yuan   ci   shi

元 词 史

陈海霞 著

团结出版社

图书在版编目（CIP）数据

元词史 / 陈海霞著. 一北京： 团结出版社，
2023.8

ISBN 978-7-5234-0208-5

Ⅰ.①元… Ⅱ.①陈… Ⅲ.①词（文学）－诗歌史－中
国－元代 Ⅳ.①I207.23

中国国家版本馆 CIP 数据核字（2023）第 105546 号

出　版：团结出版社
　　　　（北京市东城区东皇城根南街 84 号　邮编：100006）
电　话：（010）65228880　65244790（出版社）
　　　　（010）65238766　85113874　65133603（发行部）
　　　　（010）65133603（邮购）
网　址：http://www.tjpress.com
E-mail：zb65244790@vip.163.com
　　　　tjcbsfxb@163.com（发行部邮购）
经　销：全国新华书店
印　装：三河市东方印刷有限公司

开　本：163mm×240mm　16 开
印　张：21.25
字　数：325 千字
版　次：2023 年 8 月　第 1 版
印　次：2023 年 8 月　第 1 次印刷

书　号：978-7-5234-0208-5
定　价：68.00 元

序

自王国维氏《宋元戏曲考》"凡一代有一代之文学：楚之骚，汉之赋，六代之骈语，唐之诗，宋之词，元之曲，皆所谓一代之文学，而后世莫能继焉者也"之论发表后，对当时和后世的文学史观产生了深远影响。百余年来，学界研究力量多集中于唐诗、宋词、元曲，而于宋元之诗和元词则多视而不见，这对于全面客观地评价宋元文学产生了不容忽视的负面影响。

尽管如此，学界有识之士仍不为此论所囿，二十世纪四十年代，缪钺、钱锺书先生分别在其《论宋诗》和《谈艺录》中对宋诗的特色和价值有十分精辟的论断，向为学界所公认。二十一世纪以来，随着《全元文》和《全元诗》的先后问世，元曲之外，对元代诗文的研究也一改往日的冷清，出现了十分繁荣的局面，元代诗文的价值，也获得了更为客观公允的评价。

但唯独元词备受冷落的局面迄今未见实质性改观。这一方面源于前人对元词的评价不高，如晚清著名词家陈廷焯《白雨斋词话》卷一有"词兴于唐，盛于宋，衰于元，亡于明"之说。尽管近三十年来，学界对元词的重视程度有所增加，研究元词的论文和专著也时有出现。2021年，杨镰编纂《全元词》的出版，更为元词研究奠定了极好的文献基础。但总体而言，词学界对词的研究仍多集中于宋词和清词，甚至明词也受到较高的重视。截至目前，《唐宋词史》《明词史》和《清词史》都已问世，唯独元代词史尚付阙如。这对于全面客观的文学史、词学史研究而言是十分遗憾的，也是亟待补充的。

海霞女史早年跟随著名元代文学研究专家杨镰先生攻读文学硕士，对元代文学有细致深入的把握；后又随著名词学家刘扬忠先生研治词学，所作博士学位论文《元代南方词坛研究》得到答辩委员会高度评价。当时导师刘扬忠先生曾嘱咐她应继续将元词研究深入下去，写出一部全面深入的元代词史。博士毕业后，尽管日常工作十分繁杂劳累，但她牢记导师的叮咛，排除各种困难，孜孜矻矻，默默无闻地在元代词史研究领域辛勤耕耘十余年，终于向学界贡献出这部《元词史》。她的两位老师杨镰先生和刘扬忠先生近年都不幸归于道山，海霞女史继承其遗志，在元代文学和词学方面取得深厚的造诣，相信这部填补学术空白的元代词史不仅能够了却当年导师的遗愿，也为元代词学、词史研究做出了重要贡献！

　　海霞女史撰《元词史》成，嘱为序。固辞不获，因草拟数语，略述写作缘起作为弁言，冠于卷首。《元词史》的学术价值，广大读者自会有公允评判，此处所言，挂一漏万，抛砖引玉而已。尚祈海霞女史和广大读者有以教之！

郑永晓　中国社会科学院文学研究所

癸卯四月孟夏于京东寓所

目录

绪论

关于元词

第一节 元词的研究现状及价值

在中国文学史上，"唐诗、宋词、元曲、明清小说"的提法对文学研究以及认识各体文学样式产生了深远的影响。提到元代，大家首先想到的就是元曲，元曲也成为这个时代的代表性文学；提到词，首先想到的是宋词，这一文学样式在宋代得到了极好的发展，而元词与之相比则逊色不少。二者对比的结果，一些研究者甚至提出了"词衰于元"的看法，这一看法一定程度上也影响了后人对元词的评价。

在此过程中，元词的研究也显得分外艰难，总体来说，大致可以分为三个阶段。第一阶段是元词研究的起步期，即 1949 年以前。在这一时期，辑印了大量的词集，也出现了一些论词的专著。王鹏运编刻的《四印斋所刻词》、缪荃孙编选的《宋金元明人词》、吴昌绶的《景刊宋元本词》、朱孝臧的《彊村丛书》、陶湘辑的《景刊宋金元明本词》、刘毓盘辑校的《唐五代宋辽金元名家词集六十种辑》、赵万里的《校辑宋金元人词》、周咏先的《唐宋金元词钩沉》等书都出现于这一时期。论词专著有刘毓盘的《词史》、王易的《词曲史》、吴梅的《词学通论》、卢冀野的《词曲研究》等著作。总体而言，这一时期的成果主要集中在元词的辑佚、刊印和评析上，多是点式、零散式的论述。

第二阶段是元词研究的低迷期，即 1949 年至 1978 年。这一时期的元词研究基本处于停滞状态。虽然，郑振铎的《插图本中国文学史》和刘大杰的《中国文学发展史》对元词都有所涉及，但是，元词的价值和地位并未得到提升。1963 年，香港大学出版社出版了饶宗颐的《词集考》，饶先生对元代词籍和词人进行考证和辨析，并且征引前人的序跋和评论，成为元词研究的重要资料。

第三阶段是元词研究的逐步繁荣期，即 1979 年至今。1979 年，唐圭璋出版《全金元词》，共收录金元二百八十二位词人的七千多首作品，为元词的进一步研究奠定了基础。受当时条件的限制，书中难免有所疏漏，于是，学界出现了一些商榷补遗论文，这些论文无疑是对《全金元词》的进一步补充和完善。进入二十世纪九十年代，关于元词的论文和专著相对多了起来。论文不再赘述，专著有赵维江的《金元词论稿》（2000）、陶然的《金元词通论》（2001）、丁放的《金元词学研究》（2002）、崔海正主编的《金元词研究史稿》（2006）和牛海蓉的《元初宋金遗民词人研究》（2007）等。在这些著作中，作者从词史、词学等角度还原金元词，从而拓宽了金元词的研究视野。2021 年，中国社会科学院文学研究所杨镰的《全元词》出版，共收录三百四十位元代词人的四千六百三十九首词作（按照《全元词·凡例》的标准，无名氏词和断句、文学作品人物所作词、宗教教理词、竹枝词和宫词不予收入）。通过文献辑佚，史海钩沉，杨镰补充了大量的元人词作，为元词的研究提供了丰富的原始资料。

由此可见，在这一百多年的时间里，元词研究虽然取得了很大的进展，但同宋词、清词研究比起来，元词研究还是明显不足，而且提到元词时，研究者也更多地将元词和金词放在一起研究。如今，《唐宋词史》《明词史》和《清词史》都已问世，关于宋词，也出版了《北宋词史》和《南宋词史》，而我们却没有看到一部独立的《元词史》。元词尽管其艺术成就无法和宋词相媲美，但是，作为一代文学样式，它同样是元代社会生活以及词人情感的真实记录和表达，自有其独立性和研究价值。为此，陶然在《金元词通论》中专列"'词衰于元'辨"一章，他指出，词并不衰于元，而衰于南宋，导致词体衰落的诸多因素在南宋就已经出现。同时，他认为元词是宋词的延续与余波，延续了它积极的一面，也延续了它不可避免的衰颓趋势，然而不能就此认为词的衰落是从元代开始的以及元代词坛只是一片衰阑景象。这一提法无疑为我们提供了一个认识元词的新视角，要对元词进行独立观照，进而将其放在一代文学以及中国词史的维度上去考察它、研究它，自会发现它的独特性以及研究的价值和意义，这也是本书写作的初衷所在。

第二节　元词的发展与分期

提到元代，1206 年，成吉思汗统一蒙古各部，建立大蒙古国，这是建政的开端；1271 年，忽必烈取《易经》"大哉乾元"之意，改国号为"大元"，这是"元"这个国号的开端；1279 年，元彻底灭亡了南宋流亡政权，结束了自安史之乱以来长期割据的局面，这是大一统元朝的开端；1368 年，朱元璋攻占大都，建立明朝，这是大一统元朝的结束。此后，元廷退居漠北，国号仍为元，史称北元。所以说，元代真正统一的时间是 1279—1368 年，此前则是和金、南宋等政权割据的时期。

要对元代文学进行文学分期，与其他朝代相比，难度较大且和其他朝代有着明显的不同。比如张翥，他生于 1287 年，此时的元王朝刚刚实现南北统一，而他去世这一年则是 1368 年三月，这一年的正月初四，朱元璋在南京正式称帝，建立明朝。在元代像张翥这样的文人还有很多，所以不管如何给元代文学分期，我们都无法将张翥这类文人归入具体的某一期，因为他们的一生跨越了整个元代。这一现象，在唐宋明清这样的朝代中是没有的，这也是元这个朝代独特的地方。

在以往的研究中，许多研究者对元词进行了分期。幺书仪在《元词试论》一文中，较早地对元词进行了独立分期，在她看来："元词的创作，按照内容的基本特点和时间的先后，可以划分为三个时期：一、出生于元一统之前的词人之作；二、出生于元一统之后，死于元亡之前的词人作品；三、元末明初的词。"①

在黄兆汉《金元词史》中，金词和元词又各分为三期。元词第一期为太宗七年到世祖至元三十一年，即 1235—1294 年，这一时期的作品多抒发词人的身世之感和故国之痛，悲凉慷慨，以白朴、王恽、赵孟頫等三十多人为代表；第二期由成宗元贞元年到文宗至顺三年，即 1295—1332 年，这一时期的词趋向"闲适旷达"、"艳词丽句"的作风较为普

---

① 幺书仪：《元词试论》，《天津社会科学》，1985 年第 2 期，第 78 页。

遍，以曹伯启、陆文圭、张翥等三十多人为代表；第三期由惠宗元统元年到元朝末年，即1233—1368年，这一时期的词或"感慨兴亡，哀伤身世"，或"遁世逃情，啸傲山林"，以谢应芳、邵亨贞、韩奕等四十多人为代表。

赵维江《金元词论稿》指出："文体发展史的分期不仅应该反映出在一定的社会政治阶段内创作的基本风貌，更应该显示出这种文体本身随着社会变化而演进的轨迹。"[①]因此，他以北宗词为中心去考察元代词坛的面貌及变化，他认为："整个两个半世纪的金元词史，基本上是北宗词兴盛和衰微的演进史，这其中包括了北宗词体派从创立、完善、繁盛，直到走向败落的不同阶段。"[②]

陶然在《金元词通论》中，将金元词分为五个时段，即借才异代期（1127—1150）、气象鼎盛期（1151—1232）、遗民悲歌期（1233—1300）、延续传承期（1301—1350）、曲终奏雅期（1351—1368）。同时，提出了金元词断限的基本原则和标准：以创作为主导，依事迹而推定，原心迹为辅助，取两存以兼顾。

查洪德在《元代文学通论》中谈到，就一般意义上说，元代的文学史以蒙古灭金（1234）为历史起点，这是元代文学的前期。1294年，忽必烈去世，元成宗即位，元代诗文发展进入中期。1333年，元文宗去世，元朝最后一位皇帝顺帝即位，直到1368年，元顺帝退出大都，元代文学结束。

对于元代文学进入中期问题，以往研究中也存在一定争议。1294年忽必烈去世，元成宗即位，这标志着忽必烈时期征伐时代与王朝重建时代的结束。元仁宗延祐二年（1315）重开科举，一大批文人登上文坛，从而形成了元代代表性的文学思想和诗文风貌，但是对于元代文人而言，他们更重要的身份是诗文家、散曲家。从目前存词来看，词在他们的创作中并没有占到主导的位置，只是自我情感的一种抒发和表达，因此，元词的分期某种程度上和元诗分期有着一致性。

由于本书将元词作为一个独立观照对象，在元词的分期上，将元

---

① 赵维江：《金元词论稿》，北京：中国社会科学出版社，2000年，第60页。

② 同上。

词划分为三个时期：前期（1260—1294）、中期（1295—1333）、后期（1334—1368）。之所以以1260年为界，是因为就是在这一年，忽必烈采纳刘秉忠等人的建议，按照中原封建王朝的样式称帝，建立"大蒙古国"，并于1271年，正式定国号为"大元"。所以，1260年以前元代的学术和文学，可以看作是蒙古割据政权下的学术和文学，它是元初文学的前奏。而1260年以后的文学，则是向统一王朝迈进时元代的学术和文学，而且元代的学术和文学就是在这一时期所奠定的基础上向前发展的。1294年，忽必烈的去世在元代文学史上则有着分水岭式的意义。需要指出的是，元词并不是到1368年就戛然而止了。一些遗民和隐士进入明朝，进而影响了明初词坛的发展，从而成为元明过渡之际对词史有着重要影响的词人。

总体而言，考虑到元朝立国不足百年，许多词人的生卒跨越了一个朝代，以时间来硬性分期有一定局限性，而且由于统一前南北对立的局面较为明显，词风也有明显不同，统一之后南北融合之势较为明显。因此，结合词人的地域性来进行考察归类更加容易厘清元词的脉络。所以，本书在章节的设置上将词人地域性和时间性进行了结合，试图从更加广阔的视角来展示出元代词人的整体概貌。

第三节　元代词坛的地域性

对于元代词坛的认识，由于金朝早在1234年就已归入蒙古麾下，入元较早，所以，研究者往往将金元放在一起考察。就地域性而言，这一时期南北对抗，词坛上活跃的多为北方人，深受北方地域文化的影响，词风豪放质朴，因而产生了"北宗词"的提法，赵维江认为金元词就是北宗词创立、完善、高峰、繁荣和衰微的一个历史过程。所以，元代北方词坛成为研究元词的重点。然而，当南北统一之后，北人南下，南人北上，加速了南北文人之间的流动，需要强调的是，这里的流动不只是人的流动，更重要的是南北文化的交流和融合。到了元代中期，南方词坛更是涌现出了大量的优秀词人，奠定了明清南方词坛的主导地位。

就现今留存下来的元词来看，元代词坛呈现出明显的地域性特征。从地域的角度来看，元代的北方指的就是原金元时期统治的辖区，而南方则需要做一个简单的梳理。在谭其骧主编的《中国历史地图集》中，他揭示了"南方"这一地域在中国历史上的大致发展变化。在春秋战国时期，南方一般指荆楚一带和吴越一带，即今天的湖北、江苏、浙江一带。在秦朝，淮河、汉水以南诸郡即南方，北方则以黄河、渭水为主。西汉、东汉则有"扬州刺史部"，统辖相当于今天的浙江、江西、福建、江苏和安徽。三国时期，随着魏、蜀、吴鼎足之势的形成，人们习惯以长江作为南北的分界线。唐宋时代，一般以淮河、秦岭连线作为南北的分界线。1234 年，元灭金，和南宋依然维持这样一种划分。元统一南北后，基本上沿袭了唐宋的这一传统，并且将原来南宋统治区域内的人称为"南人"。所以说，元代的南方主要指江浙行省、江西行省和湖广行省的辖区。

北方词坛词人主要集中在山东、河北、河南和山西等地，南方词坛词人主要集中在浙江、江西、江苏和安徽等地。以《全金元词》为例来看，有籍贯可考的南方词人共九十五位，留存词作一千五百零六首。其中，浙江籍词人三十七位，江苏籍词人十九位，江西籍词人十七位，安徽籍词人八位，上海籍词人八位，湖南籍词人四位，湖北籍词人一位，福建籍词人一位。而浙江、江苏、福建和上海在元代都属于江浙行省。同时，未收入《全金元词》的元初南宋遗民词人，是以故都临安为中心的两浙词人群和以庐陵为中心的江西词人群。以《全元词》为例，除了生平里籍不详词人的作品外，涉及南方词人二百一十四位，共存词二千二百九十四首。其中，浙江籍词人五十八位，江苏籍词人三十八位，江西籍词人六十一位，安徽籍词人十五位，湖南湖北籍词人十二位。北方词人六十一位，共存词二千零二十二首。因此，元代南方词坛实际上就是以江浙词人为主、江西词人为辅的地域性词人群体。

刘扬忠在《略谈对词史的地域文化研究》一文中曾经指出，过去的词学研究和词史书写，对词的产生与发展的地理因素和地域文化特征有所忽视。而实际上，词创作的地域文化特色，是贯穿千年词史的一种地理文化现象。地域文化视角是研究元代词坛的重要切入点，元代文学从一开始就有着明显的北方文化特色。南北统一之后，虽然元初的南方词坛与北方词坛并存，但是仍以北方词坛为主，北方词坛延续着金源词风继续向前发展。而南方词坛以南宋遗民为主，受政治地位的影响，他们并没有取得主导词坛的地位，此时的元初南方词坛自然无法与北方词坛相抗衡。到了元代中期，南北的对抗性减弱了，彼此的交流多了起来。随着南宋遗民的去世，在元代成长起来的词人踏入词坛，此时的南方词坛仍然以江浙词人群和江西词人群为主。到了元代后期，随着曲的兴盛，词的被边缘化，士大夫逐渐退出了词的创作领域，南方隐士词人成为词坛的主要创作者。此时北方词坛的创作者已经是凤毛麟角，南方词坛占据了主导地位。至此，伴随着经济、文化中心南移的大环境，南方词坛也奠定了它在元代后期和明清词坛的主导地位。

由于元代享国不足百年，而且地域性特征较为明显，所以对于元代词坛的研究，主要选取北方词坛和南方词坛为主进行研究，同时兼顾到一些特殊群体的研究，如蒙古色目及域外词人、释道词人的研究。对于北方词坛和南方词坛的研究，主要围绕山西词人、山东词人、河北词人、河南词人、浙江词人、江西词人、江苏词人等群体进行研究，力求从空间和时间的维度对元代词人进行生动、立体的呈现，进而将元词的概貌勾勒出来。

总体而言，词并不衰于元，元词尽管无法达到宋词的高度，但是同样是有元一代与诗文、元曲并存的文学样式，是文人歌咏性情、抒发感怀的重要载体，也是中国词史上一个重要的环节，不可缺失。

第四节　元词的曲化现象

元词在后世评价中之所以为人诟病，与它的曲化有着密切的关系。部分研究者认为元词口语、俗语较多，无形中破坏了宋词所建立起来的含蓄蕴藉之美，而元代是一个诗、词、曲三种韵文并存的时代，尤其是散曲中也有小令，有时与词中小令太过相似，则又增加了辨别的难度。如赵孟頫的《人月圆》、白贲的《鹦鹉曲》、冯子振的《鹦鹉曲》、赵雍的《人月圆》、梁寅的《人月圆·春夜》、张可久的《人月圆》和《黑漆弩》，在《全金元词》和《全元散曲》中都有收录。倪瓒《小桃红·一江秋水澹寒烟》和《凭阑人·赠吴国良》在《词综》和《全元散曲》中同时出现。《御选历代诗余》又收入马致远的《天净沙·秋思》。其中，收入《御选历代诗余》的词也被收入《全元散曲》中，如邵亨贞和倪瓒的《凭阑人》，刘秉忠的《乾荷叶》，张雨的《喜春来》，王恽的《后庭花》《小桃红》，倪瓒的《殿前欢》《小桃红》《折桂令》和《水仙子》，赵孟頫和邵亨贞的《后庭花》。由此可见，词和曲在一些小令的划分上尤其含混不清。

针对这一问题，许多人发表了自己的看法，清人李渔在《窥词管见》中谈到："作词之难，难于上不似诗，下不类曲，不淄不磷，立于二者之中。大约空疏者作词，无意肖曲，而不觉仿佛乎曲。有学问人作词，尽力避诗，而究竟不离于诗。一则苦于习久难变，一则迫于舍此实无也。"① 沈谦在《填词杂说》中也谈到："承诗启曲者，词也，上不可似诗，下不可似曲。然诗曲又俱可入词，贵人自用。"② 他们二人从文体自身的角度论述了诗、词、曲之间的微妙关系以及写词的艰难。

词与曲本身就有着很深的渊源关系，李昌集在《中国古代散曲史》中谈到："在古代韵文体中，曲与词在'长短句'总体构成上是类同的，当词体诞生后不久，便有曲体的出现。依本书的观点，词、曲本是同一母体（民间杂言歌辞）在不同摇篮中（文人圈、民间层）孕育出的孪生姊妹，只是曲体进入文人圈的时代后于词而已。但曲体的成熟毕竟后于词体的成熟，而曲体较词体又有若干的不同，在这个意义上，曲体不妨可以说是词体的进一步延伸和变化。"③

隋树森在《北曲小令与词的分野》中列出十五调牌名和形式完全相同的牌名：人月圆、黑漆弩、忆王孙、太常引、喜春来、朝天子、百字令、秦楼月、梧叶儿、糖多令、小桃红、凭阑人、殿前欢、折桂令和骤雨打新荷。他认为黑漆弩、喜春来、朝天子、梧叶儿、小桃红、凭阑人、

---

① 〔清〕李渔：《窥词管见》，唐圭璋编：《词话丛编》第一册，北京：中华书局，1986 年，第 549 页。

② 〔清〕沈谦：《填词杂说》，唐圭璋编：《词话丛编》第一册，北京：中华书局，1986 年，第 629 页。

③ 李昌集：《中国古代散曲史》，上海：华东师范大学出版社，1991 年，第 208 页。

殿前欢、折桂令、骤雨打新荷九调在词中用得少，在曲中则非常见，所以将它们归入曲是可以的。至于其他六个牌名，则需要根据具体情况来定。最后提出，用风格来区分词曲是不完备的，北曲小令有雅似词者，词也有俗过北曲小令的。因此，对于北曲小令和词的分野，既要根据形式，也要照顾习惯。隋先生的这篇文章为我们区分词和北曲小令提供了重要的参照。

任中敏提出了词曲的四点分界：词宜于抒情写景，不宜记事，曲则二者皆可；词宜于悲，不宜于喜，曲则悲喜兼至；词宜于雅不宜于俗，曲则雅俗俱可；词宜于庄不宜于谐，曲则庄谐杂出。王易先生在词曲的分界中则主张从结构、音律和命意上作综合考量。同时，他还进一步指出：

> 乐府歌辞统称曰曲，唐宋以来，词体日繁，而《乐府杂录》《教坊记》《碧鸡漫志》《词源》等书，犹沿曲之称，而实包乎词；及金元曲体既成，则曲之称为所独占。然元周德清《中原音韵》论《作词十法》，及《定格》四十首之所谓词，赵子昂所谓倡夫之词名绿巾词，皆曲也；明涵虚子《词品》评诸家词，王世贞评明代诸词家，亦皆曲也：是元人已呼曲为词矣。至燕南芝庵《论曲》，举近世所谓大曲，曰苏小小《蝶恋花》，邓千江《望海潮》，苏东坡《念奴娇》，辛稼轩《摸鱼子》，晏叔原《鹧鸪天》，柳耆卿《雨零铃》，吴彦高《春草碧》，朱淑真《生查子》，蔡伯坚《石州慢》，张子野《天仙子》，皆为宋金之词；又论唱曲有地所，曰东平唱《木兰花慢》，大名唱《摸鱼子》，南京唱《生查子》等，亦皆词也：是元人又呼词为曲矣。虽然词曲之称混，而词曲之途未尝混也。[①]

由此可见，词与曲区别上的困难，实际源于名称上的混乱，在元代更是如此。词曲家张可久的创作对于我们阐释这一问题有着重要的参照作用，因为他不仅是元代以词写曲的重要人物，也是打通词曲的关键人物。他的散曲在题材内容上比他的词更为丰富，主要为写景抒怀、叹世归隐、男女恋情及酬唱赠答之作。这些作品大多写得清新明丽，为他赢

---

① 王易：《词曲史》，北京：东方出版社，1996年，第325—326页。

得了元代清丽派散曲家的美名，特别是他的写景抒怀、男女恋情之作。元代词曲兼擅的作家还有白朴、张养浩、贯云石等人，但是在打通词曲上做得最好的当属张可久。

张可久用写词的方法去写曲，除了从用韵和衬字上作区别，一些小令甚至不能在是词是曲上作清晰的判断。对于张可久散曲的评价，诸人也都以"词"论之。明人朱权在《太和正音谱》中认为："张小山之词，如瑶天笙鹤。其词清而且丽，华而不艳，有不吃烟火食气，真可谓不羁之材；若被太华之仙风，招蓬莱之海月，诚词林之宗匠也，当以九方皋之眼相之。"①李开先在辑《张小山小令序》中谈到："若是可称词中仙才矣。李太白为诗仙，非其同类耶？小山词即为仙，迄今追死而不鬼矣。"②从这里可以看出，在当时人的眼中，词曲的分界已不是那么明晰，而且曲本身就是词在新王朝的一种变体。

随着南北的统一，一种新的北方音乐元素注入文学当中。宋词在经历了南宋的文人化、案头化之后，与音乐的关系也越来越疏离。在这种背景之下，随着整个社会以通俗为美思潮的到来和文人士大夫科举之路的时废时兴，雅俗共赏的曲便成为大众普遍接受的文学形式。对于词而言，经历易代之际的战乱后，懂音律能够唱词的人更加寥落，而新来的音乐与词又存在一定的距离。词要寻求在新朝的生存空间，醇雅之路已然难以走通，这也是元代南方词人创作和理论出现差异的一个重要原因。对于曲而言，它要提升自己的地位就必然会向雅的方向靠拢，而这一目的的实现则需要借鉴词的手法。同时，为了迎合大多数人的审美趣味，通俗易懂便成为词曲在审美上折中的桥梁，于是被掩盖在雅词之下的通俗之词便被大范围地呈现出来。

在宋词的发展中，为提高词的地位，拓展词表现的范围，已经出现了"以诗为词"、"以文为词"的现象。所以以词入曲或者用写词的方法去写曲已经是词曲互动中的一种自然现象，也是被大家认可的一种方式，张可久在这一方面进行了比较成功的实践。沈雄曾经在《古今词话·词品上卷曲调》中也谈到：

---

① 〔明〕朱权：《太和正音谱》，台北：学海出版社，1980年，第11—12页。
② 〔明〕李开先：《李开先集》上册，北京：中华书局，1959年，第298页。

前人有以词而作曲者，断不可以曲而作词，如《念奴娇》《百字令》，同体也，俱隶北曲大石调。起句云："惊飞幽鸟荡残红，扑簌胭脂零落。门掩苍苔书院悄，润破纸窗偷瞧。一操瑶琴，一番相见，曾道闲期约。多情多绪，等闲肌骨如削。"又起句云："太平时节，正山河一统，皇家全盛。宫殿风微仪凤舞，翠霭红云相映。四海文明，八方刑措，田畯传歌咏。风淳俗美，庶民咸仰仁政。"此等调则词，而语则曲也，不可以不辨。竟有词名而曲调者，如《竹枝》亦有北曲，词云："胸背裁绒宫锦袍。续断丝麻杂采绦。红梅风韵海棠娇。樱桃樊素口，杨柳小蛮腰。清高。兰蕙性，不蓬高。"如《浣溪沙》也有南吕过曲，词云："才貌撑衣不整。对良宵转觉凄清。似王维雪里芭蕉景。掷菓车边粉黛情。灯月彩，少什么闹蛾儿，引神仙，隘香车，坠瑟遗琼。"如《减字木兰花》亦有北曲，词云："愁怀百倍伤。那更怯秋光。逐朝倚定门儿望。怯昏黄，塞角韵悠扬。"如《醉太平》亦有北曲，词云："黄庭小楷，白苎新裁，一篇闲赋写秋怀。上越王古台。半天虹雨残云载。几家渔网斜阳晒。孤村酒市野花开。长吟去来。"毕竟是曲而非词，恐后之集谱者，或以曲调而乱词体也。①

由此可见，词论家对以词作曲是持肯定态度的，但是以曲作词则被认为是破坏词体。针对这一问题，王水照先生在论述宋代"尊体"与"破体"问题时谈到："宋代作家一方面'尊体'，要求遵守各类文体的审美特性、形制规范，维护其'本色'、'当行'；同时又不断地进行'破体'的种种试验，这对于深入发掘各种文体的表现潜能，丰富艺术技巧，创造独具一格的文学面貌，都是有促进作用的。"②元代词曲之间的互动仍然如此，尽管不被认可，"词的曲化"已然成为元词发展中的一个重要现象，大量曲语渗入词的创作当中，元词的通俗化成为不可逆转的文学潮流。然而，作为散曲名家的张可久，不管是他的词还是他的曲都给人以清丽流转之感。

词的曲化是与曲的兴盛相伴生的一种现象，从白朴就已开始，他

---

① 〔清〕沈雄：《古今词话》，唐圭璋编：《词话丛编》第一册，北京：中华书局，1986年，第848页。

② 王水照：《王水照自选集》，上海：上海教育出版社，2000年，第80页。

的词既有气势豪迈之作，也有清丽雅洁之作，兼有多种风格。同时，他也是一位词曲兼擅的作家，散曲有小令三十七首，套数四篇。其中，小令多写时序和表达归隐情怀，套数多写景咏物。在〔双调·沉醉东风〕《渔夫》中写到：

黄芦岸白蘋渡口。绿杨堤红蓼滩头。虽无刎颈交。却有忘机友。点秋江白鹭沙鸥。傲杀人间万户侯。不识字烟波钓叟。

在他的词中，也有一首《西江月·渔父》：

世故重重厄网，生涯小小渔船。白鸥波底五湖天。别是秋光一片。竹叶醅浮绿酽，桃花浪溃红鲜。醉乡日月武陵边。管甚陵迁谷变。

这两首作品除了从词牌和曲牌上去区别，在题材和语言上则没有太大的差异。还有〔大石调·青杏子〕《咏雪》：

空外六花翻。被大风洒落千山。穷冬节物偏宜晚。冻凝沼沚。寒侵帐幕。冷湿阑干。

〔归塞北〕貂裘客。嘉庆卷帘看。好景画图收不尽。好题诗句咏尤难。疑在玉壶间。

〔好观音〕富贵人家应须惯。红炉暖不畏初寒。开宴邀宾列翠环。拼酡颜。畅饮休辞惮。

〔幺〕劝酒佳人擎金盏。当歌者款撒香檀。歌罢喧喧笑语繁。夜将阑。画烛银光璀璨。

〔结音〕似觉筵间香风散。香风散非麝非兰。醉眼朦腾问小蛮。多管是南轩腊梅绽。

白朴还有《踏莎行·咏雪》：

冻结南云，寒风朔吹。纷纷六出飞花坠。海仙翦水看施工，仙人种玉来呈瑞。梅萼清香，行梢点地。画栏倚湿湖山翠。先生方喜就烹茶，销金帐里何人醉。

两首《咏雪》虽题材内容一样，但《踏莎行·咏雪》在语言和风格上则呈现出曲化的趋势，《西江月·渔父》也有同样倾向。由此看来，词的曲化在元初就已存在。尽管南方词人在理论上极力倡导雅词，为此张炎写《词源》，周密编《绝妙好词》，但是元词的曲化和俗化已成不可阻挡之势。正如王水照所言："词本来源起民间，通俗浅显，生动活泼，迨至文人创作，渐趋雅化。然而，两宋词史中，俗化一脉与雅化一脉始终并行不废，一起走完宋词发展的全程。而同一词人，既作俗词，又作雅词，也是屡见不鲜的，著名的如柳永、欧阳修、黄庭坚等，都是双峰对峙，兼擅雅俗的。"①当词进入元代，随着整个社会以通俗为审美追求，词之俗化一脉得以大盛。作为"元代词宗"的张翥尽管在理论上倡导协律雅正的词学观，但在实际的创作中仍然出现了一些曲化和俗化之词，如《清平乐·酒后二首》，直接将语气词放入词中，影响到了词的含蓄蕴藉之美。

先生醉矣。是事忘之矣。欲友古贤谁可矣。岩子真其人矣。问渠辛苦征鞍。何如自在渔竿。终办一丘隐计、西湖鸥鹭平安。

先生醉也。甚矣吾衰也。万物不如归去也。陶令真吾师也。篱边竹蕊初黄。为花准备携觞。只恐不如人意，风风雨雨重阳。

除张翥外，元末隐士词人中的谢应芳、邵亨贞、韩奕等人都出现了词的曲化问题。关于词的曲化，主要表现在内容、语言和风格方面。其中，语言的变化则更加直观。

元人夏庭芝留下了一本记录当时戏曲艺人传记的书《青楼集》，这本书成书于元至正乙未十五年，即 1355 年，记述了元大都、金陵、维扬、武昌以及山东、江浙、湖广等地的歌妓、艺人一百一十余人的事迹，以及他们在杂剧、院本、说话、诸宫调、舞蹈、器乐等方面的艺术才能，还记录了他们与当时的一些达官显贵、文人才士、戏曲散曲作家的应酬和交往，涉及名公士大夫等五十余人。这本书不仅反映了元代艺人的生活情景，也从侧面反映了俗文学在民间的繁荣。同时，对于这些艺人的技艺，包括张可久、张翥等人都曾在诗、词等文学样式中进行反映和呈

---

① 王水照：《王水照自选集》，上海：上海教育出版社，2000 年，第 60 页。

现，元代文人对这些身处底层的艺人、歌妓更多地表达了对他们的尊重和赞美，以及对他们身世的同情，这种倾向较之以往朝代表现得更加明显和直接。由此可见，在当时俗文学繁荣的社会背景之下，文人真正地走进了民间，从而也拓宽了文学所表现的范围。

在元代，随着口语、俗语大量进入词中，虽然某种程度上会破坏词的含蓄蕴藉之美，但是也表现出了时代变化中词体风格的变化。虽然宋金俗词、文人俗词、滑稽词和道士词中也有大量的口语、俗语，但是在整个唐宋词史中，占主导地位的依然是文人雅词。只有到了元代，随着整个社会审美思潮的改变和曲的兴盛，词的通俗化才成为一种潮流。同时，词人们也大胆地将当时作曲的一些手法运用到写词当中。

总之，在以俗为美的审美风潮和曲体文学兴盛之下，词之俗化一脉得以彰显已是不争的事实。这种俗化不仅体现在词的语言上，也表现在词的整体风貌上，虽然进一步弱化了词的含蓄蕴藉之美，但是这也是社会生活发生变化后的必然结果，而且词的曲化不仅是元词不同于宋词的关捩，也是词在新的时代背景和审美风尚影响之下寻求发展的途径。在词和曲的互相借鉴中，词由南宋的雅走上了通俗一路，而曲也在这个过程中提升了自己的品位，成为雅俗共赏的一种文学样式。

第一章

元代北方词坛（上）：

山西籍词人

　　本书对于元代词人的研究，主要以杨镰《全元词》所选词人为研究对象。就元代北方词坛而言，主要由山西、山东、河北、河南等地的词人组成，杨镰在《全元词》中一共收录了六十一位词人的二千零二十二首词作。对于北方词坛而言，它进入元代的时间早于南方词坛，金朝于1234 年正式灭亡，标志着北方地区正式纳入了蒙元统治之下。在山西籍词人中，元好问、白朴对元代词坛产生了深远的影响；在山东籍词人中，刘敏中、曹伯启影响巨大；在河北籍词人中，刘秉忠、张弘范都是赫赫有名的人物；在河南籍词人中，王恽、许有壬可为其中的翘楚。另外，像丘处机、尹志平等人本书将在专门的章节中进行论述。

　　就山西词人而言，《全元词》共收录了七位词人的四百六十五首存词，其中，元好问存词最多，白朴次之，他们以存词多、影响大奠定了其在北方词坛的重要地位，同时在创作风格上也影响了元代的诸多词人。

表 1-1　山西籍词人的信息列表

序号	词人	生卒	籍贯	存词
1	元好问	1190—1257	太原秀容（今山西忻州）人	348 首
2	李德基	不详	平水（今山西临汾）人	1 首
3	白朴	1226—1308 后	祖籍陕州（今山西曲沃），徙居真定（今河北正定），自幼寄养于元好问家，曾流寓江南十多年	105 首
4	曹居一	不详	太原（今属山西）人	1 首
5	郭章	不详	山西人	1 首
6	乔吉	1280—1345	太原（今属山西）人	4 首
7	邢叔亨	不详	霍邑（今山西霍县）人	5 首

第一节　元好问与元初北方词坛

对于元好问的身份归属问题，一直存在争议，许多人把他作为金遗民中的领袖人物来看待。从1234年金灭亡到1257年元好问去世，他在新朝生活了二十多年，对元初文坛产生了深远的影响，所以，作为金元过渡之际的重要文学家，元初北方词坛自然要从元好问讲起。

元好问（1190—1257），字裕之，号遗山。太原秀容（今山西忻州）人。早年随叔父宦游各地，曾受教于古文家路铎、学者郝天挺。金宣宗兴定五年进士，但未赴吏部选。金哀宗正大元年中博学鸿词科，授儒林郎、权国史院编修等职。金亡不仕，在家中构野史亭，以著书存史自任。元世祖忽必烈闻其名，拟"以馆阁处之"，但"未用而卒"。在金元之际的北方文坛，元好问的地位与影响无人能及，"河汾诸老"、"封龙山三老"都以他为依归。诗词文在北方文坛均占据着重要的地位。有《遗山先生文

元好问像

集》四十卷、《遗山乐府》三卷（别本五卷）传世，存词三百四十八首。

他的词作中，有两首《摸鱼儿》词脍炙人口，成为世间赞美爱情的经典之作。其中一首写于乙丑岁，即1205年，当时元好问到太原考试，路上遇到一位捕雁者，给他讲述了这样一件事："今旦获一雁，杀之矣。其脱网者悲鸣不能去，竟自投于地而死。"于是，元好问买下了大雁，葬之汾水之上，垒石为识，号曰"雁丘"。"同行者多为赋诗，予亦有《雁

丘辞》，旧所作无宫商，今改定之。"

恨人间、情是何物，直教生死相许。天南地北双飞客，老翅几回寒暑。欢乐趣。离别苦。是中更有痴儿女。君应有语。渺万里层云，千山暮景，只影为谁去。　　横汾路。寂寞当年箫鼓。荒烟依旧平楚。招魂楚些何嗟及，山鬼自啼风雨。天也妒。未信与、莺儿燕子俱黄土。千秋万古。为留待骚人，狂歌痛饮，来访雁丘处。

"恨人间、情是何物，直教生死相许"一句写出了世间爱情的最高境界，另一首《摸鱼儿》可谓前一首的姊妹篇。元好问谈到，在金章宗泰和年间，河北大名府有两个青年男女，彼此相爱却遭到家人的反对，愤而投河，后来踏藕者发现了他们在水中的尸体，更令人称奇的是，那年的荷花全都并蒂而开。词人被这个凄美的爱情故事所打动，写下了这首词：

问莲根、有丝多少，莲心知为谁苦。双花脉脉娇相向，只是旧家儿女。天已许。甚不教、白头生死鸳鸯浦。夕阳无语。算谢客烟中，湘妃江上，未是断肠处。　　香奁梦，好在灵芝瑞露。人间俯仰今古。海枯石烂情缘在，幽恨不埋黄土。相思树。流年度、无端又被西风误。兰舟少住。怕载酒重来，红衣半落，狼藉卧风雨。

"问莲根、有丝多少，莲心知为谁苦"句，通过莲根、莲心这一意象深刻地写出了爱而不得的苦涩和悲伤。除了这两首《摸鱼儿》，词人还写了《江梅引》一词，记录了泰和年间另一个凄美的爱情故事。当时，有一个女孩阿金，姿色绝妙，她家欲得佳婿，让女儿自己选择。同郡某郎以文采风流自名，女孩想要嫁给他，而且二人曾经在墙头相见并聊了数语而去，相约下次在城南相见，但是，某郎因为有事未能赴约。后来，他跟随兄长做官陕右，女家不能等待，将女儿嫁给了别人，后女孩郁郁而终。又数年，某郎归来之后，"先通殷勤者持冥钱告女墓云：'郎今年归，女知之耶？'"听到这个故事的人，都为之动容，于是，词人写下了这首词。后来，白朴依据这个故事写出杂剧《墙头马上》：

墙头红杏粉光匀。宋东邻。见郎频。肠断城南，消息未全真。拾得杨花双泪落，江水阔，年年燕语新。　　见说金娘埋恨处，蒹葭沙，草不尽，离魂一只鸳鸯去，寂寞谁亲。唯有因风，委露托清尘。月下哀歌宫殿古，暮云合，遥山入翠鬟。

元好问推崇苏轼和辛弃疾，喜爱豪迈旷达之风，但他也能将爱情写得如此细腻婉转，凄美动人，所以，他是一位能将各种风格都驾驭得很好的词学大家。对于元好问而言，他经历了金元易代之际的伤痛，前后两个时期的变化使其词的情感基调也呈现出不一样的特点，如《江月晃重山·初到嵩山时作》：

塞上秋风鼓角，城头落日旌旗。少年鞍马适相宜。从军乐，莫问所从谁。　　候骑才通蓟北，先声已动辽西。归期犹及柳依依。春闺月，红袖不须啼。

从这首词可以看出，此时的词人意气风发，整首词自始至终洋溢着报国从军后积极乐观的豪迈之情，而写于 1224 年的《蝶恋花·甲申岁南都作》一词，则流露出了词人心中的哀愁。

牢落羁怀愁有信。流水浮生，几见中秋闰。千古诗坛将酒阵。一轮明月消磨尽。　　八月人间秋满鬓。桂树扶疏，更与秋风近。天上姮娥应有恨。骑鲸人去无人问。

在《水调歌头·史馆夜直》一词中，"万事粗疏潦倒，半世栖迟零落"、"归去不归去"更是透露出了词人想要隐居的想法。

形神自相语，咄诺汝来前。天公生汝何意，宁独有畸偏。万事粗疏潦倒，半世栖迟零落，甘受众人怜。许汜卧床下，赵一倚门边。　　五车书，都不博，一囊钱。长安自古歧路，难似上青天。鸡黍年年乡社，桃李家家春酒，平地有神仙。归去不归去，鼻孔欲谁穿。

元好问曾经做过内乡令、南阳令，留下了很多关于内乡的词，如

《满江红·内乡作》：

老树荒台，秋兴动、悠然独酌。秋也老、江山憔悴，鬓华先觉。人到中年元易感，眼看华屋归零落。算古来、唯有醉乡民，平生乐。　　凌浩荡，观寥廓。月为烛，云为幄。尽百川都酿，不供杯杓。身外虚名将底用，古来已错今尤错。唤野猿、山鸟一时歌，休休莫。

从这首词可以看出，此时的金朝已经处于风雨飘摇之中，"江山憔悴"、"眼看华屋归零落"写出了词人面对国运衰败的无奈之情。离开南阳后，词人写了《三奠子·离南阳后作》：

怅韶华流转，无计留连。行乐地，一凄然。笙歌寒食后，桃李恶风前。　　连环玉，回文锦，两缠绵。芳尘未远，幽意谁传。千古恨，再生缘。闲衾香易冷，孤枕梦难圆。西窗雨，南楼月，夜如年。

元好问的诗被称为"丧乱诗"，他的词同样也可称为"丧乱词"，中秋、除夕本是团圆的日子，但在词人笔下却是"兵尘万里"、"朝昏变迁"，如《水龙吟·中秋》二首，其一：

素丸何处飞来，照人只是承平旧。兵尘万里，家书三月，无言搔首。几许光阴，几回欢聚，长教分手。料婆娑桂树，多应笑我，憔悴似，金城柳。　　不爱竹西歌吹，爱空山、玉壶清昼。寻常梦里，膏车盘谷，挐舟方口。不负人生，古来惟有，中秋重九。愿年年此夕，团栾儿女，醉山中酒。

其二：

旧家八月池台，露华凉冷金波涨。宁王玉笛，霓裳仙谱，凉州新酿。一枕开元，梦恍犹记，华清天上。对昆明火冷，蓬莱水浅，新亭泪，空相向。　　烂漫东原此夕，夜如何、高秋空旷。一杯径醉，凭君莫问，今来古往。万里孤光，五湖高兴，百年清赏。倩何人唤取，飞琼佐酒，作穿云唱。

又《沁园春·除夕二首》，其一：

腐朽神奇，梦幻吞侵，朝昏变迁。怅残灯旧岁，鸡声竞早，春风归兴，雁影相先。南渡崩奔，东屯留滞，世事悠悠白发边。虚名误，遍人间浪走，恰到求田。　青红花柳争妍。意醉眼、天公也放颠。更云雷怒卷，颓波一注，冰霜冷看，老桧千年。园令家居，陶潜官罢，无酒令人意缺然。从教去，付青山枕上，明月尊前。

其二：

再见新正，去岁逐贫，今年送穷。算公田二顷，谁如元亮，吴牛十角，未比龟蒙。面目堪憎，语言无味，五鬼行来此病同。斋盐里，似杨雄寂寞，韩愈龙钟。　何人炮凤烹龙。且莫笑、先生饭甑空。便看来朝镜，都无勋业，拈将诗笔，犹有神通。花柳横陈，江山呈露，尽入经营惨澹中。闲身在，看薄批明月，细切清风。

寒食、清明本是容易让人伤感的日子，而"千里故乡千里梦，高城泪眼遥天"、"今春看又过，何日是归年"、"一夜狂风，又是海棠过了"，更是将这种悲伤渲染到了极致，如《临江仙》：

世事悠悠天不管，春风花柳争妍。人家寒食尽藏烟。不知何处火，来就客心燃。　千里故乡千里梦，高城泪眼遥天。时光流转雁飞边。今春看又过，何日是归年。

又《品令·清明夜，梦酒间唱田不伐映竹园啼鸟乐府，因记之》：

西斋向晓。窗影动、人声悄。梦中行处，数枝临水，幽花相照。把酒长歌，犹记竹间啼鸟。　风流易老。更常被、闲愁恼。年年春事，大都探得，欢游多少。一夜狂风，又是海棠过了。

1232年，他被围城中，心中忧虑，写下了《玉漏迟·壬辰围城，有怀浙江别业》：

浙江归路杳。西南仰羡，投林高鸟。升斗微官，世累苦相萦绕。不入麒麟画里，又不与、巢由同调。时自笑。虚名负我，平生吟啸。　　扰扰马足车尘，被岁月无情，暗销年少。钟鼎山林，一事几时曾了。四壁秋虫夜雨，更一点、残灯斜照。清镜晓。白发又添多少。

经历了改朝换代，人到中年之后，词人和故友的相会离别中总是带着诸多的伤感，如《临江仙·留别郝和之》：

昨日故人留我醉，今朝送客西归。古来相接眼中稀。青衿同舍乐，白首故山违。　　九万里风安税驾，云鹏悔不卑飞。回头四十七年非。何因松竹底，茅屋老相依。

词人年少时，路出绛阳，看到孙振之与琴姬红袖泣别，从而与之相识，并写诗道其事。二十五年之后，孙振之来拜访他，两人谈到旧游，恍如隔世，元好问写下这首《太常引》：

渚莲寂寞倚秋烟。发幽思、入哀弦。高树记离筵。似昨日、邮亭道边。　　白头青鬓，旧游新梦，相对两凄然。骄马弄金鞭。也曾是、长安少年。

来到山西大同浑源的岳神仙会，词人怀古伤今，不禁悲慨万千，写下《念奴娇·饮浑源岳神仙会》：

小山招隐，恨还丹、不到人间豪杰。南渡衣冠多盛集，萧洒兰亭三月。陶冶襟灵，留连光景，觞咏今无复。黄垆虽近，老怀空感存没。　　谁办八表神游，古来登览，此日俱湮灭。天景云光摇醉眼，兴在珠宫瑶阙。布席松台，脱巾石壁，散我萧萧发。短歌悲慨，海涛响振林樾。

元好问的词风格多样，尽管他推崇苏轼、辛弃疾，但是，他能够不断地进行尝试，效花间体、效朱希真和写宫体词等，如《鹧鸪天·效东坡体》：

煮酒青梅入座新。姚家池馆宋家邻。楼中燕子能留客，陌上杨花也笑人。　　梁苑月，洛阳尘。少年难得是闲身。殷勤昨夜三更雨，剩醉东城一日春。

又《江城子·效花间体咏海棠》：

蜀禽啼血染冰蕤。趁花期。占芳菲。翠袖盈盈，凝笑弄晴晖。比尽世间谁似得，飞燕瘦，玉环肥。　　一番风雨未应稀。怨春迟。怕春归。恨不高张，红锦百重围。多载酒来连夜看，嫌化作，彩云飞。

同时，他也写了很多咏物词和小令，有《江城子·赋牡丹》《江城子·赋芍药杨州红》《江城子·咏酴醿》和《鹧鸪天·莲》，如《清平乐·己亥春，济源奉先观赋杏花》：

小桥流水。一迳修篁里。走马章台人老矣。只爱明窗净几。　　杏花白白红红。花时日日狂风。不是碧壶香供，真成恼破春工。

又《鹧鸪天·木犀》：

桂子纷翻浥露黄。桂华高韵静年芳。蔷薇水润宫衣软，婆律膏清月殿凉。　　云岫句，海仙方。情缘心事两难忘。衰莲枉误秋风客，可是无尘袖里香。

小令有《浣溪沙》：

郑重聊城送客行。天山曾为望归程。人生何地不邮亭。　　燕去来鸿南北梦，绿波春草古今情。一壶芳酒且同倾。

又《点绛唇》：

对酒当歌，古来多被虚名误。道途良苦。弹指青春暮。　　九万扶摇，三尺征西墓。邛山路。断碑无数。笑煞闲居赋。

元好问在《新轩乐府引》有一段论词的文字十分有名："唐歌词多宫体，又极力为之。自东坡一出，性情之外，不知有文字，真有'一洗万古凡马空'气象，虽时作宫体，亦岂可以宫体概之！人言乐府本不难作。从东坡放笔后便难作。此殆以工拙论，非知东坡者。诗三百所载，小夫贱妇幽忧无聊之语，时猝为外物感触，满心而发，肆口而成尔。其初果欲被管弦，谐金石，经圣人手，以与六经并传乎？小夫贱妇且然，而谓东坡翰墨游戏，乃求与前人角胜负，误矣。由今观之，东坡圣处，非有意于文字之为工，不得不然之为工也。坡以来，山谷、晁无咎、陈去非、辛幼安诸公，俱以歌词取称，吟咏性情，留连光景，清壮顿挫，能起人妙思。"

由此可见，元好问对苏轼、辛弃疾等人的词极为推崇，而他也努力让自己的词能够吟咏性情，流连光景，清壮顿挫，引人妙思，所以，从他的词中能够读出故国之思、黍离之悲，也是他真实性情的抒发和表达。在创作中，他也在不断地进行尝试，而且能够将各种词风驾驭得很好，对元代词人和元代词坛产生了深远的影响。

第二节　白朴与北人南下

白朴像

白朴（1226—约1308后），字仁甫，又字太素，号兰谷，原籍隩州（今山西曲沃县），徙居真定（今河北正定县）。金元换代之际，七岁在兵乱之际，白朴"仓皇失母"。与元好问为通家之好，自幼寄养于元好问家。曾流寓江南十多年。博学，工诗词，是"元曲四大家"之一。晚年徙居建康（今江苏南京市）。他不仅是元代著名的杂剧家和散曲家，同时，也是元代的重要词家，有《天籁集》二卷，存词一百零五首。

在元初北方词坛，白朴有着特殊的人生经历。他的原籍是山西，自幼寄养在元好问家中，虽然后来徙居真定，但是，元好问对他的为人与创作都产生了深远的影响。随着蒙元的步伐逐渐向南推进，他有机会到江南游历，更是在元朝统一全国之后，在晚年定居建康，这也使得他的创作更为丰富，风格也更为多样，他也成了元朝统一后北人南下的典型代表。他在《水调歌头》词序中曾写道："予儿时在遗山家，阿姊常教诵先叔'放言古今忽白首'，感念之余，赋此词云。"

韩非死孤愤，虞叟坐穷愁。怀沙千古遗恨，郊岛两诗囚。堪笑井蛙裈虱，不道人生能几，肝肺自相仇。政有一朝乐，不抵百年忧。　叹悠悠，江上水，自东流。红颜不暇一惜，白发忽盈头。我欲拂衣远引，直上嵩山绝顶，把酒劝浮丘。藉此两黄鹄，浩荡看齐州。

在《水龙吟》一词中，他谈到："遗山先生有醉乡一词，仆饮量素悭，不知其趣，独闲居嗜睡有味，因为赋此。"

醉乡千古人行，看来直到亡何地。如何物外，华胥境界，升平梦寐。鸾驭翩翩，蝶魂栩栩，俯观群蚁。恨周公不见，庄生一去，谁真解、黑甜味。　闻道希夷高卧，占三峰、华山重翠。寻常羡杀，清风岭上，白云堆里。不负平生，算来惟有，日高春睡。有林间剥啄，忘机幽鸟，唤先生起。

据白朴在《水龙吟》词序中记载，一日，友人王文卿携看来访，话及梁园旧游，白朴写下了《水龙吟》这首词：

万金不买青春，老来可惜欢娱地。有时记得，江楼深夜，解鞍留寐。兰焰喷虹，宝香薰麝，玉醅篘蚁。更谁能细说，当年风韵，江瑶柱、荔枝味。　漂泊江湖万里，渺难寻、采菱拾翠。何心更到，折枝图上，卖花声里。蓬鬓刁骚，角巾欹堕，枕书聊睡。恨匆匆未办，莼鲈归棹，又秋风起。

白朴的好友王博文这样评价他的词："辞语遒丽，情寄高远，音节协和，轻重稳惬。凡当歌对酒，感事兴怀，皆自肺腑流出。余因以'天籁'名之。噫！遗山之后，乐府名家者何人？残膏剩馥，化为神奇，亦于《太素集》中见之矣。然则继遗山者，不属太素而奚属哉？"① 在王博文看来，他继承了元好问的衣钵，但是有一点需要指出的是，元好问词中有很深的故国之思、黍离之感，而白朴虽然在金元易代之际经历了"仓皇失母"，但是，他能够以一种更加豁达和开放的心态迎接新朝的到来。至元四年（1278），龚遇圣节，他应真定总府请作寿词《春从天上来》，其中表达的就是对新朝的认同，并祝愿皇祚绵绵。

　　枢电光旋。应九五飞龙，大造登乾。万国冠带，一气陶甄，天眷自古雄燕。喜光临弥月，香浮动、太液秋莲。凤楼前，看金盘承露，玉鼎霏烟。　　梨园。太平妙选，赞虎拜猊觞，鹭序鹓联。九奏虞韶，三呼嵩岳，何用海上求仙。但岩廊高拱，瓜瓞衍、皇祚绵绵。万斯年。快康衢击壤，同戴尧天。

　　白朴一生游历了很多地方，他的存词主要分为两个时期。第一个时期是居真定及游历的作品，第二个时期是南北统一之后，白朴定居建康并游历的作品，而且从数量上来看，他在南方创作的词多于在北方创作的词。

　　在北方的时候，他在真定、咸阳、顺天等地都留下了词作，如《水龙吟·送史总帅镇西川，时未混一》：

　　壮怀千载风云，玉龙无计三冬卧。天教唤起，峥嵘才器，人称王佐。豹略深藏，虎符荣佩，君恩重荷。看旌旗动色，军容一变，鹏翼展、先声播。　　我望金陵王气，尽消磨、区区江左。楼船万舻，瞿塘东瞰，徒横铁锁。八阵名成，七擒功就，南夷胆破。待他年画像，麒麟阁上，为将军贺。

---

① 〔清〕王鹏运《四印斋所刻词》，上海：上海古籍出版社，1989年，第450页。

这首词中的史总帅即史天泽，他是大蒙古国及元朝初年的名将，当时还没有完成统一大业，在送史天泽镇守西川之时，他写下了这首词，不仅表达出了对这位将军的赞美，而且也表达了对当时时局的看法，"我望金陵王气，尽消磨、区区江左"。同时，词人在真定居住期间，也记录下了和诸公在城南异尘堂晚眺时的感受。登临高处，看到一片藕花无数，周围是一阵清香，天色已经晚了，词人和朋友们在月下不愿离去，并希望"待载酒重来，淋漓醉墨，为写洛神赋"，如《摸鱼子·真定城南异尘堂同诸公晚眺》：

敞青红、水边窗外，登临元有佳趣。薰风荡漾昆明锦，一片藕花无数。才欲语。香暗度。红尘不到苍烟渚。多情鸥鹭。尽翠盖摇残，红衣落尽，相与伴风雨。　　横塘路，好在吴儿越女。扁舟几度来去。采菱歌断三湘远，寂寞岸花汀树。天已暮。更留看飘然月下凌波步。风流自许，待载酒重来，淋漓醉墨，为写洛神赋。

壬子（1252）冬，词人游历顺天，写下《垂杨》一词：

关山杜宇。甚年年唤得，韶光归去。怕上高城望远，烟水迷南浦。卖花声动天街晚，总吹入、东风庭户。正纱窗、浓睡觉来，惊翠蛾愁聚。　　一夜狂风横雨，恨西园、媚景匆匆难驻。试把芳菲点检，莺燕浑无语。玉纤空折梨花捻，对寒食、厌厌心绪。问东君，落花谁是主。

纵观白朴的一生，南来北往，游历了很多的地方，尽管他也思念北方，有时也会落泪，但他一直是一个洒脱豁达的人，正如他在《水调歌头》中所写，"回首北望乡国，双泪落清笳"，但是"四海有知己，何地不为家"，只要是朋友的地方就是自己的家，他渴望的是"晚节忆吹帽，篱菊渐开花"的隐居生活。

北风下庭绿，容鬓入霜华。回首北望乡国，双泪落清笳。天地悠悠逆旅，岁月匆匆过客，吾也岂匏瓜。四海有知己，何地不为家。　　五溪鱼，千里菜，九江茶。从他造物留住，办作老生涯。不愿酒中有圣，但愿心头无事，高枕卧烟霞。晚节忆吹帽，篱菊渐开花。

至元十四年（1277）冬天，在留别巴陵诸公时，他写下了《满江红》：

行遍江南，算只有、青山留客。亲友间、中年哀乐，几回离别。棋罢不知人换世，兵余犹见川留血。叹昔时、歌舞岳阳楼，繁华歇。　寒日短，愁云结。幽故垒，空残月。听闾阎谈笑，果谁雄杰。破枕才移孤馆雨，扁舟又泛长江雪。要烟花，三月到扬州，逢人说。

金陵的朱雀桥、白鹭洲、乌衣巷、凤凰台、钟山、杭州的西湖和镇江的多景楼边都留下了他的身影。至元辛卯春（1291）二月三日，他同李景安提举游杭州西湖，写下了《永遇乐》：

一片西湖，四时烟景，谁暇游遍。红袖津楼，青旗柳市，几处帘争卷。六桥相望，兰桡不断，十里水晶宫殿。夕阳下、笙歌人散，唱彻采菱新怨。　金明老眼，华胥春梦，肠断故都池苑。和靖祠前，苏公堤上，谩把梅花捻。青衫尽耐，濛濛雨湿，更著小蛮针线。觉平生、扁舟归兴，此中不浅。

甚至在他八十三岁的时候，他还去了扬州，写下《木兰花慢·灯夕到维扬》：

壮东南形胜，淮吐浪、海吞潮。记此日江都，锦帆巡幸，汴水迢遥。迷楼故应不见，见琼花、底事也香消。兴废几更王霸，是非总付渔樵。　谁能十万更缠腰。鹤驭尽飘飘。正绣陌珠帘，红灯闹影，三五良宵。春风竹西亭上，拌淋漓、一醉解金貂。二十四桥明月，玉人何处吹箫。

在南方的城市中，他最喜欢的就是南京，写了很多词记录自己的感受，初至金陵，与诸公会饮，写下《水调歌头》：

苍烟拥乔木，粉堞倚寒空。行人日暮回首，指点旧离宫。好在龙蟠虎踞，试问石城钟阜，形势为谁雄。慷慨一尊酒，南北几衰翁。　赋朝云，歌夜月，醉春风。新亭何苦流涕，兴废古今同。朱雀桥边野草，白鹭洲边江水，遗恨几时终。唤起六朝梦，山色有无中。

庚辰（1280），白朴卜居建康，暇日访古，采陈后主张贵妃事，寻绎音节，写下《夺锦标》：

霜水明秋，霞天送晚，画出江南江北。满目山围故国，三阁余香，六朝陈迹。有庭花遗谱，惨哀音、令人嗟惜。想当时、天子无愁，自古佳人难得。　惆怅龙沉宫井，石上啼痕，犹点胭脂红湿。去去天荒地老，流水无情，落花狼藉。恨青溪留在，渺重城、烟波空碧。对西风、谁与招魂，梦里行云消息。

登金陵乌衣园来燕台，词人写下《瑞鹤仙》：

夕阳王谢宅。对草树荒寒，亭台欹侧。乌衣旧时客。渺双飞万里，水云宽窄。东风羽翅，也迷却、当时巷陌。向寻常百姓人家，孤负几回春色。　凄恻。人空不见，画栋栖香，绣帘窥额。云兜雾隔。锦书至付谁拆。刘郎只见惯，金陵兴废，赚得行人鬓白。又争如复到玄都，兔葵燕麦。

登金陵凤凰台，词人写下《沁园春》：

独上遗台，目断清秋，凤兮不还。怅吴宫幽径，埋深花草，晋时高塚，销尽衣冠。横吹声沉，骑鲸人去，月满空江雁影寒。登临处，且摩挲石刻，徒倚阑干。　青天半落三山，更白鹭洲横二水间。问谁能心比，秋来水静，渐教身似，岭上云闲。扰扰人生，纷纷世事，就里何常不强颜。重回首、怕浮云蔽日，不见长安。

白朴是北方人，有着北方人与生俱来的慷慨与豪迈。然而，国破母失的人生经历，使其内心又有沉郁的一面，如《秋色横空·咏梅，顺天张侯毛氏以太母命题索赋》：

摇落初冬。爱南枝迥绝，暖气潜通。含章睡起宫妆褪，新妆淡淡丰容。

冰蕤瘦，蜡蒂融，便自有翛然林下风。肯羡蜂喧蝶闹，艳紫妖红。　　何处对花兴浓。向藏春池馆，透月帘栊。一枝郑重天涯信，肠断驿使相逢。关山路，几万重。记昨夜筠筒和泪封。料马首幽香，先到梦中。

又《凤凰台上忆吹箫·题阙》：

笳鼓秋风，旌旗落日，使君威震雄边。羡指麾貔虎，斗印腰悬。尽道多多益办，仗玉节、毫邑新迁。江淮地，三军耀武，万灶屯田。　　戎轩。几回开宴，有画戟门庭，珠履宾筵。惯雅歌堂上，起舞樽前。况是称觞令节，望醉乡、有酒如川。明年看，平吴事了，图像凌烟。

《秋色横空》为咏梅之作，描写的是北方冬天的景色。"关山路，几万重"给人一种苍凉萧瑟之感。《凤凰台上忆吹箫》展现的是北方的秋景。"况是称觞令节，望醉乡、有酒如川。明年看，平吴事了，图像凌烟"两句，则表达出词人的慷慨豪放之情。

当他迁居建康之后，词风是清俊的，情感是细腻的，他的词作也呈现出清婉细腻的特征。在白朴的创作中，尽管有些词的地域化特色并不是很明显，但是，从两个时期创作的比较中，依然可以看出词风的变化。北方时期的创作，风格以豪迈为主，情感是外放的，而南方时期的作品，风格是清丽的，情感是内敛的。词人以南方的城市为背景，以南方的风物为对象，将南方的地域文化熔铸其间。由此，白朴词的南方化特色便呈现出来。

他的词作中，也有很多咏物词，像《水调歌头·咏月》《水调歌头·十月海棠》《秋色横空·咏梅》《清平乐·咏木樨花》《清平乐·咏水仙花》《踏莎行·咏雪》等，如《清平乐·咏木樨花》：

碧云叶底。万点黄金蕊。更看蔷薇清露洗。泽国秋光如水。　　余生牢落江南。幽香鼻观曾参。见说小山招隐，梦魂夜夜云岚。

又《水调歌头·十月海棠》：

金盘荐华屋，银烛照红妆。欢游曾得多少，风雨送春忙。只道神仙渐远，争信情缘未断，自有返魂香。万木尽摇落，秾艳又芬芳。　　忆真妃，春睡足，按《霓裳》。马嵬西下回首，野日淡无光。不避山茶小雪，似爱江梅新月，疏影伴昏黄。谁唤河吕起，呵乎染胭霜。

又《清平乐·咏水仙花》：

玉肌消瘦。彻骨熏香透。不是银台金盏酒。愁杀天寒翠袖。　　遗珠怅望江皋。饮浆梦到蓝桥。露下风清月惨，相思魂断谁招。

在他这一时期的作品中，"山茶"、"竹叶"、"苦茶"这样的意象也频频出现。木樨花是桂花的别称，盛产于南方。据清代汪灏等撰《广群芳谱》记载，海棠为春季开花，而十月海棠则为秋季开花，并且结果实，盛产于长江以南。水仙、山茶、苦茶和竹叶也是盛产于南方。如果和他居于北方的作品作一对照，白朴迁居后所作词的南方化特色更加明显。

所谓"南方化特色"，应该主要包括两个大的方面。首先，词所展现的背景是南方的山水风物；其次，词的风格是清丽婉约。同时，词在整体上呈现出南方的地域文化特色。刘扬忠先生在《五代西蜀词的地域文学特色》中谈到，客观文化环境和自然环境的培育和熏陶对地域化特色的形成都是不容忽视的。比如西蜀词的形成，成都城市文化对文人词创作的推动和鼓励，四川盆地独特自然环境对词人审美情趣的熏染以及蜀中独特的文学传统都扮演了重要的角色。尽管白朴是北方人，当他迁居建康之后，南方秀美的自然环境以及固有的文学传统，对他的创作产生了重要的影响。因此，他的词作有了南方化特色，如《永遇乐·至元辛卯春二月三日，同李景安提举游杭州西湖》：

一片西湖，四时烟景，谁暇游遍。红袖津楼，青旗柳市，几处帘争卷。六桥相望，兰桡不断，十里水晶宫殿。夕阳下、笙歌人散，唱彻采菱新怨。　　金明老眼，华胥春梦，肠断故都池苑。和靖祠前，苏公堤上，谩把梅花捻。青衫尽耐，濛濛雨湿，更著小蛮针线。觉平生，扁舟归兴，此中不浅。

《水调歌头》是白朴刚到南京时所作，旧日的离宫，朱雀桥的野草，白鹭洲的江水，激发了白朴对这座六朝古都的追怀。"慷慨一尊酒，南北几衰翁"的描述，让我们感受到词人的身世之感和沧桑之叹。《永遇乐》写于 1291 年，是白朴同李景安游赏杭州西湖时所作。况周颐在《蕙风词话》中评价此词："天籁词，《永遇乐·同李景安游西湖》云：'青衫尽付（《全金元词》'付'作'耐'），濛濛雨湿，更著小蛮针线。'用坡公《青玉案》句：'青衫犹是，小蛮针线，曾湿西湖雨。'而太素语特伤心。其言外之意，虽形骸可土木，何有于小蛮针线之青衫。以坡公之'琼楼玉宇，高处不胜寒'比之，犹死别之于生离也。"①这种评价切中肯綮，"夕阳下，笙歌人散，唱彻采菱新怨"、"金明老眼，华胥春梦，肠断故宫池苑"透露出的则是历经沧桑之后不可言说的伤感情怀。

王国维先生在《人间词话》中谈到："白仁甫《秋夜梧桐雨》剧，沉雄悲壮，为元曲冠冕。然所作天籁词，不足为稼轩奴隶。岂创者易工，而因者难巧欤。抑人各有能有不能也。读者观欧、秦之诗远不如词，足透此中消息。"②由此看来，王国维先生对白朴的曲给予了极大的肯定，而对他的词则是否定的态度。先生所处的时代，小说和戏曲两种文体受到极大地尊崇，在这里，先生以宋词所取得的辉煌成就作为参照来看待元词的发展，得出这样的结论便不足为奇了。

白朴由金入元的经历以及前期词的"北宗"风范，也使许多人将白朴归入苏、辛一派。清人王鹏运在《四印斋所刻词·天籁集跋》中谈到："兰谷词源出苏辛，而绝无叫嚣之气，自是名家。元人擅此者少，当与张蜕庵（张翥号）称双美，可与知音道也。"③前人的这种评价，很容易将白朴归入"豪放"一派。四库馆臣在《天籁集》中则给出了较为客观的评价："朴词清隽婉逸，意惬韵谐，可与张炎玉田词相匹。虽其学出于元好问，而词则有出蓝之目，足为倚声家正宗。惜以制曲掩其词，故选录者多未之及，故沉晦者越数百年。"④由此可见，如果单一地去评价白朴的词有失片面，他的词是元代南北文化融合下的自然表达。

---

① 况周颐：《蕙风词话》，北京：人民文学出版社，1960 年，第 75 页。

② 王国维：《人间词话》，北京：人民文学出版社，1960 年，第 221 页。

③ 〔清〕王鹏运：《四印斋所刻词》，上海：上海古籍出版社，1989 年，第 472 页。

④ 〔元〕白朴：《天籁集》，《四库全书》第一四八八册，上海：上海古籍出版社，1987 年，第 629 页。

另外，山西籍词人还有李德基、曹居一、乔吉等人，他们存词虽少，但是也留下了对那个时代的真实记录和自己的人生感悟。乔吉（1280—1345），字梦符，号惺惺道人、笙鹤翁，太原（今山西）人。工词章，以长于乐府著称。存词四首，其中有一首是《天香引·游嘉禾南湖》：

三月三花雾吹晴。见麟凤沧洲，鸳鹭沙汀。华鼓清箫，红云兰棹，青纻旗亭。　　细看来春风世情，都分在流水歌声。劣燕娇莺，冷笑诗仙，击楫扬舲。

生为北方人的乔吉，在三月初三上巳节来到了嘉兴南湖，这里自然有着与北方不一样的景致，而且在这个日子里这里也有着别样的热闹，所以带给词人的感受也分外不同，于是他将这种情感写入词中。

邢叔亨，霍邑（今山西霍县）人。至正年间，他曾任蒲县县尹，为弘扬地方历史文化，至正二十一年春天，会聚同僚为东神山庙柱石刻《木兰花慢》词五首，如：

蒲县泰山古庙，崇强似梵王宫。去踏翠沾靴，采薇满担，一袖香风。朝中大官佐政，轻衣盖体坐肥骢。谗谄面谀时尚，贤人遁迹无踪。　　一生报国盟心胸。耳听景阳钟。正芍药翻阶，荷钱落水，柳絮飞空。纪律军中大事，运筹谁是旧元戎。我本尧都贱士，窗前经史研穷。

这首词写得比较大胆，通过"谗谄面谀时尚，贤人遁迹无踪"写出了元末朝堂的现状，谄媚之风成为时尚，贤达之人遁迹无踪。作为一心报国之人，此时有一种无力之感，于是窗前研读经史，希望能为弘扬地方文化做一些事情，在元代北方词人中也算独树一帜。

曹居一有《木兰花慢·白莲》：

爱幽花带露，映晓色，淡秋塘。恨太华峰高，庐山社远，身世相妨。谁知半溪烟景，且乘闲、华发照沧浪。羞杀风标公子，一生何限清香。　　仙家摇曳水云乡。高韵却浓妆。看脉脉盈盈，何消解语，已断人肠。呼童更须沽酒，待夜凉、和月卷荷觞。明日醒来信笔，新声付与秋娘。

曹居一为太原人，金末登进士第，入元任行台员外郎，他的词编入《名儒草堂诗余》，这首咏物词不仅写出了白莲"羡杀风标公子，一生何限清香"的独特风致，而且"高韵却浓妆"一句也写出了它的无奈之感，已断人肠、呼童沽酒此类句更是表达出了词人经历金元易代之后的惆怅之情。

郭章有《乐府乌衣怨·敬谒天圣宫》：

翠柏丹崖，碧云深锁神仙府。�势盘龙虎，楼观雄中土。　　我欲停车，又恐斜阳暮。黄尘路，客怀良苦，满目西山雨。

大德七年，即1303年，作为监察御史的郭章弹劾郎中哈剌哈孙，而哈剌哈孙秘密勾结权要，反而诬陷郭章，郭章因此入狱，最后在御史中丞的明察下，郭章才得以释放。第二年，郭章敬谒浮山名胜天圣宫，并写下这首词，"我欲停车，又恐斜阳暮"一句写出了词人心底深处的纠结，作为监察御史，词人希望维护官场的秩序，但又不得不受制于当时的权贵，于是发出了"客怀良苦，满目西山雨"的悲叹。

山西籍词人尽管人数不多，但是有了元好问和白朴这样两位重要的词人，在研究元代北方词坛乃至整部元词史时，自然不容小觑山西词人的地位，他们和河南、河北、山东籍词人共同成为元初词坛的重要力量。

第二章

元代北方词坛（中）：

河南、河北籍词人

在元代，河南不仅有着地理方面的优势，是南下、北上的重要通道，而且也是文化比较发达的地区，出现了许衡、王恽、许有壬这样的大家，他们以自身在儒学、文学等方面的造诣，不仅培养了大量的弟子，而且推动了汉文化在蒙古贵族中的传播，深远地影响了元代文坛。同时，北方词坛的河北籍词人也是非常活跃的群体，以刘秉忠、刘因等人为代表，他们或走进朝堂，或注重讲学授徒，同样对元代文学的发展起到了重要的作用。河南、河北籍词人共同成为元代北方词坛的核心力量。

第一节　河南籍词人

杨镰在《全元词》中收录了十二位河南籍词人的四百七十四首存词，在河南籍词人中，王恽、许有壬是其中的代表，并以他们为中心聚集了大量的文人。王恽博学能文，受知于元好问，受到元世祖忽必烈的器重，与东鲁王博文、渤海王旭并称为"三王"。许有壬历事六朝，以直言敢谏、不避权贵著称，与其弟许有孚、其子许桢觞咏唱和，出现了有名的"圭塘欸乃"唱和，成为文坛的一段佳话。

表 2-1　河南籍词人信息目录

序号	词人	生卒	籍贯	存词
1	许衡	1209—1281	怀州河内（今河南沁阳）人	5 首
2	王恽	1227—1304	卫州汲县（今属河南）人	244 首

序号	词人	生卒	籍贯	存词
3	陈思济	1232—1301	柘城（今属河南）人	1首
4	郭昂	约1232—1292	彰德林州（今河南林县）人	3首
5	谢醉庵	不详	中牟（今河南汤阴）人	4首
6	周景	不详	南阳（今属河南）人	1首
7	鲜于枢	1246—1302	原籍渔阳（今河北蓟县），后徙汴梁（今河南开封）	4首
8	阎宏	1255—1306	洧川（今属河南）人	1首
9	马祖常	1279—1338	寓居光州（今河南潢州）人	1首
10	许有壬	1287—1364	汤阴（今属河南）人	180首
11	许有孚	不详	汤阴（今属河南）人	20首
12	许桢（许有壬之子）	不详	汤阴（今属河南）人	10首

许衡（1209—1281），字仲平，号鲁斋。怀州河内（今河南沁阳）人。早年研习程朱理学，与姚枢、窦默互相讲习，为元代开国大儒。曾任京兆提学、国子祭酒、中书左丞、国子祭酒等职。修成《授时历》。至元十八年去世，享年七十三岁。追封魏国公，追谥文正。有《鲁斋全书》，卷七存词五首。据《元史》记载：

像 斋 鲁 許

许衡像

八年，以为集贤大学士，兼国子祭酒，亲为择蒙古弟子俾教之。衡闻命，喜曰："此吾事也。国人子大朴未散，视听专一，若置之善类中涵养数年，将必为国用。"乃亲征其弟子王梓、刘季伟、韩思永、耶律有尚、吕善端、姚燧、高凝、白栋、苏郁、姚燉、孙安、刘安中十二人为伴读。诏驿召之来京师，分处各斋，以为斋长。时所选弟子皆幼稚，衡待之如成人，爱子如子。出入进退，其严若君臣。其为教，因觉以明善，因明以开蔽，相其动息以为张弛。课诵少暇，即习礼，或习书算。少者则令习拜跪、揖让、进退、应对、或射、或投壶，负者罚读书若干遍。久之，诸生人人自得，尊师敬业，下至童子，亦知三纲五常为生人之道。①

　　许衡担任国学大学士兼国子祭酒期间，亲自选择蒙古贵族子弟教之，并且征召他的十二个弟子来作为伴读，对于儒学在蒙古人中的传播起到了重要作用。他的弟子中不乏有康里人不忽木、汉人姚燧这样的名人，对于元代文坛起到了重要的作用。

　　许衡家世务农，一生虽辗转多地做官，但对官场并不眷恋，他的词表达了对躬耕生活的喜爱之情，如《沁园春·东馆路中》：

　　自笑平生。一事无成。险阻备经。记丁年去国，干戈扰攘，□□□□，踪迹飘零。鲁道尘埃，齐封景物，旅况悠悠百恨增。斜阳里，对西风洒泪，魂断青冥。　　家园未得躬耕。又十载羁栖古魏城。念拙谋难遂，丹心耿耿，韶华易失，两鬓星星。五亩桑田，一区茅舍，快与溪山理旧盟。桥边柳，安排青眼，待我归程。

　　在词人看来，五亩桑田，一区茅舍，置身于溪山田间，是最惬意不过的生活，最后发出了"待我归程"的感叹。在做官的过程中，许衡几次因病辞官。至元十七年，他因病还乡，曾写下《满江红·别大名亲旧》：

　　河上徘徊，未分袂、孤怀先怯。中年后、此般憔悴，怎禁离别。泪苦滴成襟畔湿，愁多拥就心头结。倚东风、搔首谩无聊，情难说。　　黄卷内，消白日。青镜里，增华发。念岁寒交友，故山烟月。虚道人生归去好，谁知美事难双得。计从今、佳会几何时，长相忆。

　　又《满江红·书怀》，词人表达了此去与妻子返回桑梓之地，抱琴书于青山之侧的想法。

　　亲友留连，都尽道、归程匆遽。还可虑、干戈摇荡，路途难厄。万

---

① 〔明〕宋濂等：《元史》，北京：中华书局，1976年，第3727—3728页。

事岂容忙里做，一安惟自闲中得。便相将、妻子抱琴书，青山侧。 行与止，吾能识。成与败，谁能测。但粝餐糊口，小窗容膝。桑梓安排投老地，诗书准备传家策。使苏张从此论纵横，心难易。

同时，在《沁园春·垦田东城》一词中，词人对田园生活进行了记录。

月下檐西，日出篱东，晓枕睡馀。唤老妻忙起，晨餐供具，新炊藜糁，旧腌蓝蔬。饱后安排，城边垦剧，要占苍烟十亩居。闲谈里，把从前荒秽，一旦驱除。 为农换却为儒。任人笑、谋身拙更迂。念老来生业，无他长技，欲期安稳，敢避崎岖。达士声名，贵家骄蹇，此好胸中一点无。欢然处，有膝前儿女，几上诗书。

这首词描绘出了词人与妻子日出而作、垦田东城的田园生活，此时的词人内心是平静的，不求声名闻达，但求现世安稳。看着膝前的儿女，又有几上的诗书，内心不免生出几分欢喜之情，也让我们看到了一代大儒的另一种精神境界。整首词浑然一体，于细微处可见词人虽多年身处官场但不随波逐流的人生态度。

王恽（1227—1304），字仲谋，号秋涧，卫州汲县（今属河南）人。王恽好学善属文，受知于元好问，与东鲁王博文、渤海王旭齐名，并称"三王"。元世祖中统元年，左丞姚枢辟王恽为详议官。中统二年春，转翰林修撰，至元五年首拜监察御史，至元十四年任翰林待制。至元十八年拜行台治书侍御史，未赴职。次年春，改山东东西道提刑按察副史，一年后以病还乡。大德八年六月卒。追封太原郡公，谥文定。王恽词编入《彊村丛书》，题为《秋涧乐府》，共四卷，存词二百四十四首，是元代存词较多的词人。

王恽像

　　王恽受知于元好问，不仅他的诗风受到元好问的影响，他的词风也受到元好问的影响。在这些词中，有不少反映当时社会现实的作品，如《望海潮·乙卯岁端午，赋北郊骑鞠，呈节使史侯》：

　　龙沙王气，恒山秀色，德星光动南州。使君高宴，北城佳处，薰风红闪旗旒。两翼拥貔貅。骇鼍鸣叠鼓，杖奋惊虬。一点星飞，画柱得意过边筹。　　貂蝉元自兜鍪。笑间阎小子，谈笑封侯。万骑平原，千艘汉水，堂堂小试青油。宾从尽风流。喜武同张肆，书漫韩投。乐事更酬。醉魂还梦菊花秋。

　　"乙卯"即 1255 年，在这首词中，词人记录了这一年的端午节受史侯邀请，词人赴北郊宴游骑鞠。史侯即史天泽，文武兼备，在北方文坛有着重要的地位，王恽曾写《水龙吟·寿都督史侯，时为东平总管》一词，对他的文韬武略给予了极高的评价。

　　汉坛千古风流，笑谈自是诗书将。两淮草木，一门忠孝，先声远畅。奕世金貂，雄边韬略，三军独张。道十年汉水，旌旗动色，春都在，投壶唱。　　一点德星回照，光浮动、太山千丈。戟门春静，人安事简，提封保障。汉相规随，盖公安靖，平生心赏。见寿毫不远，凤池消息，醉仙家酿。

　　《水龙吟》这首词写于己未春三月，即 1259 年，当时王恽与柔克渡河，结果船行驶到中流风雨大作，差点翻船。感念畴昔，词人写了这首词，而且经过此事之后，对人生更加珍惜且有了更深的感悟。

　　春流两岸桃花，惊涛极目吞天去。孤舟缆解，棹歌声沸，渔舠掀舞。云影西来，片帆吹饱，满空风雨。怅淋漓元气，江南图画，烟霏尽，汀洲树。　　天地此身逆旅，笑归来、满衣尘土。功名些子，就中多少，艰危辛苦。北去南来，风波依旧，行人争渡。听沧浪一曲，渔人歌罢，对夕阳暮。

　　词人在另一首《水龙吟》词序中写道："至元二十三年丙戌孟冬二十八日

小雪，十月中，是日雪作，连明霁地，而释润于春泽，其应时显瑞，数年已来，未之见也，实可为明时庆，因作《水龙吟》以纪其和。"至元二十三年，即 1286 年，词人通过一场瑞雪写出了当时天下一统的局面，从而描绘出了一幅国泰民安的承平画卷。

画楼十日春阴，晚风吹作冰花转。初冬中候，应时呈瑞，几年未见。沽酒寻梅，就中此兴，撩人不浅。更露堂添得，虚窗夜白，清于水，光如练。　　我老久谙世味，最忻然、人安米贱。螟螣入地，麦旗掉垄，翠翻平甸。大猎清边，为民祈谷，睿思何远。在词臣合取，元和贺例，拜明光殿。

王恽一生忧国忧民，这种思想在他的词中也得以体现，他曾经在《水龙吟》词序中提到，由于七个月没有下雨，自己忧心忡忡，当清明节前的一场春雨一洗而润时，自己非常高兴，作越调以歌之，并写了"然众安，我乃能安，不然，岁屋润者其可能独安乎"，表明了词人心系国家和百姓的文人情怀。

喜看春雨如膏，东风吹作冰花转。海棠红瘦，梨花香淡，似嫌春晚。纵使寒生，犹胜空际，陌尘黄卷。道佳人拾翠，王孙忆草，都不负，寻芳眼。　　欲见太平有象，除丰年、更何可羡。田家作苦，老臣忧国，眉头俱展。最好知时，清明前后，一梨非浅。笑乐天空抱，元和诗律，梦金銮殿。

王恽曾在山西平阳做官，当清明前来禽花盛开时，芳姿绰约，词人置酒高会，遂极欢赏，于至元甲戌（1274）春写下了《酹江月》：

遗台树老，独画阑、春事犹未消歇。好在来禽花盛发，满意清明时节。翠袖翻香，朱颜晕酒，绰约冰肌洁。几年空谷，等闲飘坠香雪。　　回首绮阁东风，使君情重，一顾倾城色。只恐花飞春减却，来约樽前欢伯。起舞山香，醉歌金缕，细按红牙拍。青鸾高兴，恍然归梦瑶阙。

至元十三年，当平阳秩满，王恽丁清明节写下了《木兰花慢》，表达了他对仕宦生涯的感悟。

老西山倦客，喜今岁，是归年。笑镜里衰容，吟边华发，薄宦留连。功名事元有分，且著鞭、休羡祖生先。望重芙蓉大府，梦余禅榻茶烟。　　恨无明略卧林泉。平子太拘牵。尽俯首辕驹，寸心能了，犹胜归田。前涂事，如抹漆，又向谁、重理伯牙弦。自是一生心苦，非关六印腰悬。

南北的统一，使许多人有机会跨越南北地域的限制，踏入草原、大漠边陲，王恽的词也充分体现了这一点，如《水龙吟·送崔中丞赴上都》：

绿杨一道飞花，绣花乱点如晴雪。都门几日，翠鸾回辔，情驰魏阙。顷不忘君，时虽多暇，远犹辰说。道六条尽备，诸人多样，卒难应，和鸾节。　　物胜自余芽栟，恐都输、犭霜摧折。人无定志，事随云变，莫扪渠舌。百步穿杨，空拳搏虎，岂容重发。望君侯早晚，去登黄阁，作调元客。

又《水龙吟·送焦和之赴西夏行省》：

当年紫禁烟花，相逢恨不知音早。秋风倦客，一杯情话，为君倾倒。回首燕山，月明庭树，两枝乌绕。正情驰魏阙，空书怪事，心胆堕，伤殷浩。　　祸福无端倚伏，问古今、几人明了。沧浪渔父，归来惊笑，灵均枯槁。邂逅淇南，岁寒独在，故人襟袍。恨黄尘障尽，西山远目，送斜阳鸟。

王恽的词作中有大量的节序词，成就较高的有《酹江月·东原寒食》：

天涯寒食，问东风、底事留连行客。千树芳菲春不管，吹尽枝头红雪。湖水春波，佳人锦瑟，肠断非离索。西来一剑，不堪尘满霜锷。　　凭仗谁话春愁，一樽浊酒，醉了还重酌。尽日西归归未得，怨杀山中猿鹤。六印双旌，两都无分，此去从吾乐。太行佳处，布衣高卧云壑。

至元七年京师除夕之夜，词人灯下与儿子孺读范文正公行己，且忆马宾王来事，有感而写下《木兰花慢》：

淡中庭暝色，初遣莫，夜寒凄。对草草杯盘，昏昏灯火，客里京师。比量旧年心事，笑蹉跎、书剑向来非。谁著朱衣白简，春风三拜龙墀。　　山妻稚子竟何为。温饱汝嘻嘻。怅故国丘山，苍烟乔木，乡月空辉。葵心要须倾日，道等闲、休遣镜鸾知。自信苍颜如铁，不堪双鬓如丝。

又《三奠子·都城七夕》：

渺新秋节物，客思天涯。岩桂重，碧云赊。烟华萦紫禁，心事梦长沙。青铜里，人未老，鬓先华。　　钩帘望月，得巧谁家。儿女辈，语空哗。露翻梧叶重，河映绮楼斜。倾云液，歌金缕，岸乌纱。

王恽在文坛具有领袖式的地位，经常和文坛诸友同游酬赠，如《满江红·复用前韵有怀西溪梁园之游》：

书剑梁园，忆曾是、青骢游客。宫苑废、三山依约，绿云红雪。好在西溪王老子，留连醉尽花时节。记樽前、金缕唱新声，忘筝铁。　　襟韵合，曾衰歇。消客气，歆情说。尽暮年心事，风霜孤洁。一片黄流翻晚照，回惊吴楚东南坼。偶追思、往事叹余生，长年别。

至元十七年上巳节，王恽与西溪公饮镇阳城南高氏胜游园，写下《木兰花慢》：

问城南北柳，最好处，胜游乡。对湖水微茫，瑶翻碧潋，修禊浮觞。比量今春乐事，忆去年、书剑共游梁。晓日繁台古寺，春风碧草宫墙。　　人生离别是寻常。两岁喜徜徉。更金缕新声，佳人锦瑟，踏遍春阳。多君岁寒心在，似西溪、松柏郁苍苍。记得醉时笑语，梦回枕上犹香。

他的怀古词写得慷慨豪迈，如《水龙吟·登邯郸丛台》：

春风赵国台荒，月明几照苕华梦。从亡横破，西山留在，翠鬟烟拥。剑履三千，平原池馆，谁家耕垄。甚千年事往，野花双塔，依然是，骚人咏。　　还忆张陈继起，信侯王、本来无种。乾坤万里，中原自古，几多麟凤。一寸囊锥，初无铦颖，也沾时用。对残缸影淡，黄粱饭了，听征车动。

又《木兰花慢·居庸怀古》：

望巉巉铁峡，谁设险，劈苍岑。拥万里风烟，一栓横锁，形胜雄沉。汉王阳，忆当年、叱驭走骎骎。半夜邮亭索酒，平明燕市长吟。　　追思往事不堪寻。山色古犹今。甚三十年来，青云垂翅，素发鬖髿。投闲却教应聘，笑委身、从事老难任。立遍西风残照，山光翠满疏林。

对于金朝旧事，词人有所触及，读来有黍离之感，如《春从天上来》从承御韩氏颠沛流离的人生际遇中，感受到国破家亡对于个人的影响。

罗绮深宫。记紫袖双垂，当日昭容。锦封香重，彤管春融。帝座一点云红。正台门事简，更捷奏、清昼相同。听钧天，侍瀛池内宴，长乐歌钟。　　回头五云双阙，况天上繁华，玉殿珠栊。白发归来，昆明灰冷，十年一梦无踪。泻杜娘哀怨，和泪把、弹与孤鸿。淡长空。看五陵何似，无树秋风。

韩氏本是祖母的侄女，姿色淑婉，善书。十一岁入宫，十五岁及笄之年成为承御。她曾经侍奉金宣宗和天兴两位皇帝，历时十九年被放出宫。金亡之后，适石抹子昭，一起流寓到许昌十余年。大元至元三年

（1266），王恽的弟弟为汲令，将她接去住了数月。一日在酒席之间，谈起了往日宫掖故事，感念畴昔，恍如隔世，在座之人听了她的讲述不觉流下眼泪，为之唏嘘不已。

又《凤凰台上忆吹箫·为张孝先紫箫赋，系亡金宫中物》：

宫树春空，御屏香冷，谁遗金碗人间。爱一枝紫玉，双凤声蟠。秋月春花客思，把幽情、都付伊传。惊吹处，籁翻天吹，鹤怨空山。　　风流贵家公子，记梦里琼楼，稳跨苍鸾。恍露凝银浦，霜裂琅玕。不见云间弄玉，余音散、赤壁江寒。秦台晓，碧云零乱瑶天。

他创作了大量的寿词，如写给姚枢的《水调歌头·寿雪斋》，对于姚枢的文章不乏溢美之词，以欧阳修和韩愈相比肩。

高斋际晴雪，万象入遐观。文章在公余事，闻望到欧韩。千古微茫洙泗，浩浩发源伊洛，百折障狂澜。歌咏武公志，微抑过铭盘。　　济时心，调鼎手，未容闲。重看印窠，垂锦花底压千官。见说梅梢春信，一夜蜡痕香满，光动寿杯宽。勋业鼎钟上，留待百年看。

写给胡祗遹的有《鹊桥仙·寿胡紫山》：

秋香悬桂。光风转蕙。掩尽寻常花卉。西城来往已风流，更点检、生涯次第。　　堂名休逸。策扶流憩。占尽闲中风味。鸡声才动已扶头，红日上、花梢未起。

他还创作了大量的咏物词，有《水龙吟·赋莲花海棠》《水龙吟·赋春雪》《水龙吟·赋秋日红梨花》《水龙吟·赋筝》等，如《木兰花慢·赋芙蓉杏花》：

听夜来微雨，甚一霎，过东墙。爱活色生香，芙蓉标格，暖贮春光。珑鬆宝团琼缀，笑海棠、能睡更无香。烂漫宋郎心眼，风流时世新妆。　　少年走马杏花岗。勾惹兴偏长。记夸酒青旗，树头招飐，唤客初尝。别来吴姬粉面，比旧年、风韵转芬芳。似觉生红闹意，未容说与东皇。

又《木兰花慢·赋酴醿》：

爱雪团娇小，开较晚，尽春融。似麝染沉熏，檀轻粉薄，费尽春工。绿阴小庭晴尽，放绣帘、轻度竹梢风。待着一天香韵，醉吟留伴诗翁。　　洗妆不用露华浓。玉树湿青葱。欲细挽柔条，重围锦幄，不放春空。春残未应多恨，道典刑、犹在酒杯中。何似留芳翠枕，夜深归梦瑶宫。

同时，王恽还记录下了活跃在文坛、民间女子的身影，有乐籍张惠英、驭说高秀英，还有朱帘绣，这些女子虽处于社会底层，但是才艺堪称一绝，如《鹧鸪引·为乐籍张惠英赋》：

秋水芙蓉镜里仙。一枝明玉濯烟鬟。莺初解语调柔舌，柳不胜娇拂画栏。　　催叠鼓，按弓弯。楼心低月怯清寒。人生莫惜缠头锦，能得春风几度看。

又《鹧鸪引·赠驭说高秀英》：

短短罗袿淡淡妆。拂开红袖便当场。掩翻歌扇珠成串，吹落谈霏玉有香。　　由汉魏，到隋唐。谁教若辈管兴亡。百年总是逢场戏，拍板门锤未易当。

又《浣溪沙·赠朱帘绣》：

满意苕华照乐棚。绿云红滟逐春生。卷帘一顾未忘情。　　丝竹东山如有约，烟花南部旧知名。秋风吹醒惜离声。

王恽存词较多，他的词具有写实的特点，多方位、多角度地反映了当时的社会生活，以及在他的仕宦生涯中周游各处的所见所闻，字里行间表达出他忧国忧民的文人情怀，而且他的词在风格上也明显继承了苏轼、辛弃疾、元好问的词风，其创作与他们一脉相承。

许有壬（1287—1364），字可用，汤阴（今属河南）人，延祐二年进士，曾授辽州同知，除山北廉访司经历、转江南行台监察御史等职。许有壬历事七朝，从政近五十年，直言敢谏，不避权贵，对文坛产生了深远的影响。至正十七年以老病致仕，至正二十四年卒，谥文忠。晚年于家乡得康氏旧园，名圭塘别墅，许氏兄弟、父子及友人的唱和之作辑为《圭塘欸乃集》二卷，今均存。其词有辑本《圭塘乐府四卷》、别集一卷（《彊村丛书》），存词一百八十首。

许有壬从政将近五十年，经历了元朝的多任皇帝，曾经有人向皇帝建言，禁止汉人和南人学习蒙文和回鹘文，他极力反对，因之未能施行。当中原烽火遍地之时，他也曾试图稳定政局，但未能如愿。当他以老病归家时，当政者下诏给俸禄终身，这无疑是对他一生从政极高的肯定。他曾经在《沁园春》词中记录了自己弱冠离家、奔走人间、壮志凌云、巍科起家的一生，如《沁园春》其一：

弱冠离家，浪走人间，余三十年。奈救时才短，虚尘政府，读书功少，深负经筵。风月西清，冰霜柏署，一岁中间漫几迁。君恩重，便不教覆𫗧，直许归田。　丰碑高表洹阡。又飞上吴头万里船。把家传图史，拂除尘蠹，旧栽松竹，收贮云烟。大别嵯峨，鹄逢缥缈，尽在先生几案前。闲人事，但登楼小酌，闭户高眠。

《沁园春》其二：

老子当年，壮志凌云，巍科起家。被尘嚣沸耳，鏖成重听，簿书眯眼，攻作昏花。天上归来，山中绝倒，部曲黄牛鼓吹蛙。闲宫好，判园丁牧竖，一日三衙。　平生几度天涯。恰舣住飘飘泛海槎。向竹林苔径，时来教鹤，山泉石鼎，自为烹茶。庭下花开，楼头雨霁，尽着春风笑鬓华。功名事，问西山爽气，多少烟霞。

他曾经在《满庭芳·庚寅正月十六日夜，独酌，戏成》中给自己作了一个总结：

学本迂疏，才非明哲。天恩偶听归田。良辰美景，相遇更欣然。细数人生行止，或城市、或在林泉。都评过，忘形适意，惟是在尊前。　　只今头尽白，但怜饮量，不似当年。甚蘖痰媒渴，无事招愆。时有亲朋来劝，学康节、微醉为贤。先生笑，偶当乘兴，又作饮中仙。

"庚寅"即 1350 年，此时的元王朝已经处于风雨飘摇之中，身处官场之中"无事招愆"，于是，词人借酒消愁，"又作饮中仙"。在他的一生中，他曾经奔走多地，多处为官，当他经过黄河之时，写下了《水龙吟·过黄河》：

浊波浩浩东倾，今来古往无终极。经天亘地，滔滔流出，昆仑东北。神浪狂飙，奔腾触裂，轰雷沃日。看中原形胜，千年王气，雄壮势、隆今昔。　　鼓枻茫茫万里，棹歌声、响凝空碧。壮游汗漫，山川绵邈，飘飘吟迹。我欲乘槎，直穷银汉，问津深处入。唤君平一笑，谁夸汉客，取支机石。

又《水龙吟·游三台》：

几年三到三台，往年不似今年好。故人云集，远山屏列，蔚蓝清晓。赵舞燕歌，一时奇绝，百壶倾倒。对山川如昔，风烟不减，但人比、当时老。　　放眼秋容无际，碧澄澄、雁天霜早。曹瞒事业，悠悠斜日，茫茫衰草。为问漳流，古来豪杰，浪淘多少。有建安遗瓦，张吾笔阵，把奸雄扫。

如果说黄河的奔腾之势震撼了词人，那么，漳水之滨古邺城的遗址三台则让词人感触更深。在这里，故人云集，山川风物和历史掌故都让词人欲罢不能，虽然曹操这样的枭雄已随着历史的风烟而去，但是"把奸雄扫"这种雄浑之气仍在心中升腾，这两首词抒发了词人心中的豪迈气概。

当荀平叔赴大都之时，他写下了《摸鱼子·中都饯荀平叔都事赴大都》：

正荒寒似逃空谷，佳人又话离别。风低白草天无际，漠漠平沙如雪。

心欲折。看落日飞鸿，一线明还灭。长歌激烈。把湖海襟期，关山风物，取次付弹铗。 毛锥子，千古钻研搜刔。谁知更比鸠拙。仲宣不作登楼赋，闲杀一天秋色。珊佩珏。羡公去鸣驺，醉上长安陌。予怀转结。怕紫塞寒深，碧云暮合，酒醒见明月。

尽管他的宦海生涯很长，但是内心深处始终对自然山水保留着一份热爱，在二十多岁时，他曾与贯云石同游京师，《木兰花慢》就记载了这段经历。至大戊申八月二十五日，即 1308 年，他与贯云石同游城南的廉园，这个园子当时冠绝京师，于是写下了这首词。

渺西风天地，拂吟袖，出重城。正秋满名园，松枯石润，竹瘦霜清。扁舟采菱歌断，但一泓寒碧画桥平。放眼奇观台上，太行飞入檐楹。 主人声利一毫轻。爱客见高情。便茨剥骊珠，莲分冰茧，酒注金瓶。风流故家文献，况登高能赋有诸甥。清露堂前好月，多应喜我留名。

在以后的人生旅途中，但凡遇到山水佳处，他都会用词记录下来，如《水调歌头·题萧独清山水胜处》：

山水据全胜，消得独清人。神仙定在何处，此处可寻真。山有蓬莱气象，水有瀛洲风物，人是葛天民。玩得紫芝老，吟尽碧桃春。 四月花，千日酒，一溪云。回头下望浊世，无地不红尘。忆昔乘轺江右，目断丹霞翠壁，底事走踆踆。今日送君语，聊为自移文。

又《沁园春·寄题詹事丞张希孟绰然亭，用王继学参议韵》：

俯仰乾坤，傲睨羲皇，优游快哉。看平湖秋碧，净随天去，乱峰烟翠，飞入窗来。鸿鹄翱翔，云霄寥廓，斥鷃蓬蒿莫见猜。门常闭，怕等闲踏破，满院苍苔。 人间暮省朝台。奈乌兔堂堂挽不回。爱小轩月落，梦惊风竹，空江岁晚，诗到寒梅。两鬓清霜，一襟豪气，举世相知独此杯。京华客，问九街何处，堪避风埃。

又《沁园春·飞吟亭，和白玉蟾韵》：

少日飞腾，湖海奇胸，风云壮图。把人间远道，看为咫尺，眼前实
地，认作虚无。酾酒中天，振衣千仞，尘世烟霞有几区。君山下，见洞
庭清浅，欲问麻姑。　　故吾只是今吾。已深愧当年大丈夫。怅川流不
息，直如逝者，天风高举，更有谁欤。鼎鼐何功，江山多幸，长铗归来
食有鱼。神仙事，笑临邛道士，还在洪都。

对自然山水的热爱成为他归乡后建造"圭塘欸乃"的主要原因，他
的弟弟许有孚存词二十首，其中十首写的是《摸鱼子》，并在词序中记录
了建造"圭塘欸乃"的过程。"至正戊子秋，吾兄中丞公以赐金得康氏废
园于相城之西。池陻亭圮，垣塊卉木伐，惟双古桧在庭。徒具畚锸，从
事疏凿，池广袤千余步，深一仞，形如桓圭。西椭二洲，东规一岛，带
以平堤，缭以周垣，渠于乾艮，以时启闭。台于坤维，高可数丈，西山
岩麓，近在眉睫，百里之景可揽而有。视亭之罅漏填葺而户牖之，南为
道，道中为桥。十一月五日，导水入池，纵鱼数千尾，作乐合宾友落成。
将桥于二洲，舫于水，莲于池，柳于堤，果于亭侧，松竹花草于池南，
次第而时植焉。昔人平泉绿野，吾不知其何如。若是园者，亦城西之佳
地矣。公杖履，或氅衣，或宫锦，招佳宾，挈子弟，触咏其间，香山独
乐，不是过也。公尝谓池成，当用晁补之《摸鱼子》首句'买陂塘旋载
杨柳'为乐府。未几，明初马先生撼此以为公寿。公欢然，即席和之，
命有孚同赋，得二首。池既成，载赓八韵，通为十阕，以成初意，且以
为同声唱和张本。公因题之曰'圭塘欸乃'，是池得佳名矣。然园有亭
台，命名纪实，则必待公为记焉。"

1348 年，许有壬买下了城西康氏废园，并用心进行了改造。在塘成
之时，他写下了十首《摸鱼子》，以表达他的喜悦之情，其一：

买陂塘旋栽杨柳，归来此是先务。它乡故里都休校，旧雨不如今雨。
鸿在渚。笑尔尚南飞，吾已安孤屿。黄花解语。道人老宜秋，身安耐酒，
此正有真趣。　　銮坡路，大手深惭自许。超腾又悖钟吕。但求闲淡如
元亮，却恨诗多奇句。倾绿醑。底须按，乐天池上霓裳谱。休论往古。

有三日重阳，约君同醉，老子筑西圃。

他的弟弟许有孚也和了十首《摸鱼子》，其一：

买陂塘旋栽杨柳，诗翁急欲知务。平生想像江湖意，几度鸡鸣风雨。凫有渚。直晚景桑榆，才得烟霞屿。先贤好语。道钟鼎山林，神仙宰相，从昔不同趣。　　西池路。天意而今都许。佳人协律调吕，浮沉愿入鸡豚社，其奈香山佳句。谁我醑。又菊节相催，先约修花谱。犹今视古。有洹水秋声，林虑爽气，壮观我西圃。

临近中秋，许有壬写下《绿头鸭·八月十四日圭塘玩月》：

广寒宫。秋期明日方中。叹阴晴、自来无定，何如今夕从容。棹兰舟、乱穿波月，斟玉斝、清带荷风。身世难期，欢娱易失，名言千载记坡公。公曾道，凉天佳月，何必限春冬。况复有，西宾共载，仙季相从。　　笑疏狂、兴来无尽，舣舟更策吟筇。任诸君、班荆藉草，环四岸、度竹穿松。飞上崇台，放开老眼，冰轮谁遣却朦胧。多应是嫦娥见妒，胜事不教穷。天知我，须臾风起，万里云空。

这首词颇有苏轼词之旷达之感。八月十四日，词人和朋友们在圭塘赏月，沉浸在这美景当中，"多应是嫦娥见妒"一句写出了此情此景连身在天宫的嫦娥也应羡慕，于是发出了"天知我，须臾风起，万里云空"的感叹。

又《渔家傲·歌圭塘四时四首》：

冰尽泉香云缥缈。韶华隐隐浮林杪。酒在葫芦鱼在沼。清昼悄。好音时复来黄鸟。　　管领风光心未老。衰颜却怕清波照。有酒可斟鱼可钓。能事了。东风一曲渔家傲。

窗影修篁摇翠葆。墙阴幽径连芳草。蓦地雨来荷叶闹。香更好。乱烟浮动红云岛。　　稚柳千条丝袅袅。柳边宜著兰舟小。世态纷纷何足校。收桂棹。呜呜且和渔家傲。

露洗璇穹青杳杳。年光红入滩头蓼。翠盖撑烟吹半倒。霜信早。一衾寒影磨清晓。　　早是轩扉尘不到。好山更与供登眺。酒债渐多诗债少。翻水调。西风几叠渔家傲。

落日崇台寒力峭。登临恰似寻安道。有竹何人能径造。吾不诮。相逢要遂掀髯笑。　　双桧凌空龙妖娇。有知定讶人枯槁。珍重岁寒冰雪操。君自宝。老夫但和渔家傲。

在词人眼中，不同的季节，圭塘有不同的美，当春天来临的时候，整个圭塘冰雪融化，笼罩在缥缈云雾之中；当夏天来临的时候，窗外的修竹绿意盈盈，墙边的幽径连着芳草，稚柳袅袅；当秋天来临的时候，"翠盖撑烟吹半倒"、"一衾寒影磨清晓"；当冬天来临的时候，圭塘也进入了岁寒冰雪的季节。这四首词写得清丽婉约，颇有南宋词之遗韵。

又《太常引·圭塘四首》：

圭塘种藕已多时。贴水晓星稀。生意一朝回。便万柄、红酣绿欹。　　连宵骤雨，透空繁响，清绝不容诗。对境写襟期。要无愧、鸱夷子皮。

幽人早起赴池亭。看初日、照娉婷。风盖露珠倾。又胜似、前时雨声。　　水沉乡里，锦云深处，双桧插天青。一叶钓舟轻。似野渡、无人自横。

四堤杨柳接松筠。香破水芝新。罗袜不生尘。笑画里、凌波未真。　　红云飘缈，清风萧飒，半醉岸乌巾。不是葛天民。也做得、江湖散人。

云舒霞卷万妆浓。倒影水天红。池转小台东。又一种、娟娟玉容。　　仙肌绰约，奇芳清远，浮动水晶宫。一笑对衰翁。好同赴、庐山社中。

圭塘种藕、池亭看日、钓舟自横、红云缥缈，这里的景色美不胜收，词人也写出了自己晚年江湖散人似的惬意生活。许有壬推崇苏轼、辛弃疾，他多次效仿辛弃疾的词，写下《贺新郎·登滕王阁，用稼轩韵》：

陈迹空凫渚。怅繁华、等闲一梦，便成今古。佩玉鸣銮人如画，何处为云为雨。只明月、还生春浦。帝子当时无穷欲，奈浮云、回首浑非故。天有意，肯轻许。　　江湖襟带雄吴楚。更翩翩、三王文采，俪章骈句。一旦飞来韩家笔，才见龙翔凤舞。漫千载、怀人延伫。豪杰纷纷今谁在，笑世间、华屋争寒暑。瀛海远，去无侣。

又《菩萨蛮·宿造口用稼轩韵》：

月明江阔天如水。夜深残烛纵横泪。底事不求安。世间多好山。　　一杯君且住。万里人南去。倡汝莫要予。山寒无鹧鸪。

他的词作中还保留了很多的寿词，其中，有写给许有孚、马熙、姚燧等人的寿词，也反映出他们之间深厚的兄弟和朋友之情，如《绿头鸭·为牧庵寿》：

论斯文，世谁方驾韩欧。渺翩翩、旧家人物，一峰玉立高秋。走蒲轮、銮坡再至，照藜杖、石室重绅。要使吾元，典章文物，辉光什伯夏殷周。君信否，千言乘醉，字字花雕镂。侔堂陛，寄言渠辈，且避戈矛。　　忆当年、江湖来往，月明太乙仙舟。洒乌丝、芙蓉秋水，振宫锦、杜若芳洲。鸾鹤赓歌，鱼龙迎舞，人间元自有天游。倘来物视之毫许，岂足辱回头。终焉计，匡庐深处，已办蒗裘。

同时，他也写了大量的咏物词，如《念奴娇·赋萤》：

更阑人静，正满天晴露，半庭斜月。时见飞萤三四点，树影依稀相隔。暗地偷明，微形自照，冷焰明还灭。有时分乱，残星流下天阙。　　应念造物多情，翻腾变化，腐草还成物。多少黄姿随土壤，争似超然飞越。我正清贫，寒窗寂寞，赖尔成勋业。案头乾死，也胜零落霜雪。

又《兰陵王·赋古剑，用吉善甫韵》：

昆吾铁。神物千年不灭。时出匣、摇荡碧空，闪闪寒芒电光掣。

细看时是巨阙。三尺。斜明隙月。新丰旅，弹尔醉歌，也胜毛锥校平侧。　　沉埋土花碧。向坚石寒泉，重砺霜雪。一天星斗昏无色。因起舞为乐，崆峒试倚，魑魅胆寒石自裂。免丰狱羁绁。　　勋业。几英杰。是曾馘奸邪，腥渍余血。今方四海边尘绝。佩服处，闲伴金鱼宝玦。只愁灵化，雷雨暗，水云国。

在许有壬的词中，除了弟弟许有孚，提到次数较多的人是马熙，字明初，他们之间交往非常密切，在《圭塘欸乃集》中，就收录了马熙的词作，共十八首，其中十首是《摸鱼子》。马熙在词序中曾经谈到，在许有壬生日的时候，为他祝寿的同时也因为许有壬新得园池，了却了多年的夙愿，便以"买陂塘旋栽杨柳"为首句，写下了这首词。

买陂塘旋栽杨柳，参知绿野机务。春花秋月冬宜雪，夏有芰荷风雨。亭北渚。更倚棹观鱼，时憩东西屿。掀髯自语。任黄阁丝纶，彤庭剑履，未换涉园趣。　　人间世，多少高眠巢许。勋庸终愧伊吕。得闲宰相方为贵，谁识山中诗句。觞玉醑。看老鹤蹁跹，舞入南飞谱。清风万古。是旧隐晞韩，新堂醉白，香满菊花圃。

许桢是许有壬的儿子，至正年间任秘书郎。许有壬退居林下，治圭塘欸乃，他与许有孚、门下士马熙等与之觞咏唱和，写有《摸鱼子》：

买陂塘旋栽杨柳，求田专理农务。扁舟来往烟波里，青箬绿蓑风雨。时泛渚。把远岫遥岑，收拾来孤屿。黄华解语。道凤阁鸾台，黄尘乌帽，争似醉乡趣。　　洹溪上，道士而今惟许。非熊梦断姜吕。水声山色相萦绕，涌出笔端新句。斟桂醑。听万籁笙竽，一派仙家谱。休论往古。向种菊篱边，观鱼轩外，晚节有秋圃。

又《渔家傲》：

青入西山烟渺渺。天机只在菰蒲杪。风解冰澌融小沼。人静悄。一声何处啼山鸟。　　杖策寻芳逢野老。草芽柳眼明残照。归到圭塘还独钓。心事了。箫声暖和渔家傲。

在许有壬身上，有一个显著的特征，就是其生卒年份与元代立国时间几乎重合，他见证了元朝从兴盛到逐渐走向衰落的全过程，因此，词人前后的心态是有变化的，如果前期的词读来有一种积极的入世之感，那么后期的词则追求一种退隐田园之后的闲时之趣。

另外，河南籍词人还有郭昂、谢醉庵和鲜于枢等人。其中，郭昂曾经举荐元好问，受到廉希宪的赏识。郭昂（约1232—1292），字彦高，号野斋，彰德林州（今河南林县）人。通经史，喜读兵书，擅长开弓驰马，刀槊骑射。曾任山东统军司知事。元军南下攻宋之时，率所部围困襄阳数年之久。攻克襄阳后，曾任沅州安抚司同知等职。享年六十一岁，谥文毅，有《野斋集》。《诗渊》之中，存词三首，如《木兰花慢》：

记莲花幕底，一回首又三霜。似伺鼠痴猫，般彪老虎，甚是闲忙。风流旧游王俭，对一樽、谁语话行藏。日日弓刀小猎，年年鼙鼓沙场。　朝三暮四仅无妨。世事枉论量。叹四履山河，两淮草树，总是凄凉。马头熏风咫尺，问天涯、何处又亡羊。惭愧故都乔木，夕阳烟霭苍苍。

"日日弓刀小猎，年年鼙鼓沙场"一句写出了词人的军旅生活，"叹四履山河，两淮草树，总是凄凉"一句写出了易代之际战争给人们带来的痛楚以及由此带来的个人心境的变化，于是才会表达出"惭愧故都乔木，夕阳烟霭苍苍"的感叹。

又《点绛唇》：

浩浩苍穹，可能造物如儿戏。百年长醉。不管人憔悴。　画虎屠龙，辛苦曾留意。功名事。到今犹未。且效陈抟睡。

词人的仕途之路较为顺利，但是对于功名之事并不执着，"且效陈抟睡"一句写出了他对隐居生活的向往之情。

谢醉庵，中牟（今河南汤阴）人，存词四首。他与张鹏翼是朋友，至元年间，当张鹏翼前往扬州谒见中书右丞王公时，他写下《临江仙》二首赠行，其一：

淮海东南佳丽地，古今画品诗题。羡君去意拂晴霓。腰钱期跨鹤，舞剑异闻鸡。　自笑病来成老懒，飞沉杳隔云泥。他时相忆此分携。月明归雁过，花落子规啼。

其二：

白发壮心还未减，春风梦绕扬州。青山隐隐水悠悠。征帆从荡漾，行李亦风流。　向日侍郎今右相，元龙豪气横秋。月明千里镇淮楼。依然青眼旧，应不负依刘。

对于朋友此次扬州之行，词人在羡慕的同时，自嘲"病来成老懒"。"古今画品诗题"、"春风梦绕扬州"、"元龙豪气横秋"此类句则写出了对于友人而言这也是一次有收获的旅程。两首词风格婉丽、意境幽远。

鲜于枢（1246—1302），字伯机，号困学民，又号西溪子、虎林隐吏等，原籍渔阳（今河北蓟县），后徙汴梁（今河南开封）。至元二十九年，居钱塘之西溪，营一室名"困学之斋"。曾任两浙转运使等职。其词见于书画题跋，存词四首。

作为北方人，鲜于枢存词写的都是关于南方的风物和感悟，如《水龙吟·拱北楼呈汉臣学士》：

倚空金碧崔嵬，凤山直下如拳小。仰瞻天阙，北辰不动，众星环绕。唤起群聋，铜龙警夜，灵鼍催晓。自鸥夷去后，狂澜未息，从此压，潮头倒。　回睇讶然双璧，问遗踪，劫灰如扫。三吴形胜，千年壮观，地灵天巧。航海梯山，献琛效贡，每繇斯道。惜无人健笔，载歌谣事，诧东南好。

又《念奴娇·八咏楼》：

长溪西注，似延平双剑，千年初合。溪上千峰明紫翠，放出群龙头角。潇洒云林，微茫烟草，极目春洲阔。城高楼迥，恍然身在寥廓。　　我来阴雨兼旬，滩声怒起，日日东风恶。须待青天明月夜，一试岩维佳作。风景不殊，溪山信美，处处堪行乐。休文何事，年年多病如削。

拱北楼地处江南，被称为"三吴形胜，千年壮观，地灵天巧"，八咏楼"城高楼迥，恍然身在寥廓"，面对这样的江南盛景，词人发出了"惜无人健笔，载歌谣事，诧东南好"、"风景不殊，溪山信美，处处堪行乐"的感叹，"年年多病如削"也表达出羁旅之人身在异乡的愁苦无奈之感。

又《满江红》：

诗酒名场，人都羡、紫髯如戟。今已矣，星星满颔，不堪重摘。衰老自知来有渐，穷愁谁道寻无迹。笑刘郎、辛苦觅仙方，终无益。　　东逝水，西飞日。年易失，时难得。赖此身健在，寸阴须惜。生死百年朝有暮，盛衰一理今犹昔。问人间、谁是鲁阳戈，杯中物。

词人揽镜自照，发现白须渐多，不禁感慨年华易逝，时光难得。上阕"笑刘郎、辛苦觅仙方，终无益"，下阕"赖此身健在，寸阴须惜"写出了正因为世间根本没有不死的药方，所以人更应该珍惜时间。"生死百年朝有暮，盛衰一理今犹昔"一句，是词人对人生的一种参悟，也表现了面对生死时的豁达之情。

第二节　河北籍词人

杨镰在《全元词》中收录十三位河北籍词人的四百零八首存词。在河北籍词人中，刘秉忠、胡祇遹、魏初、张弘范、张之翰、刘因、卢挚、张埜等人都留下了词作。其中，刘秉忠是儒、释、道兼通的人物，作为中原佛教领袖海云的得意弟子，在海云还在时留在了忽必烈的身边，受到重用，并且将张文谦、李德辉等人推荐至忽必烈帐下，成为"金莲川幕府"的重要人物，对于忽必烈认识中原传统文化起到了重要作用，也为忽必烈完成统一大业奠定了重要基础。

表 2-2　河北籍词人信息目录

序号	词人	生卒	籍贯	存词
1	李冶	1192—1279	真定乐城（今属河北）人	5 首
2	杨果	1197—1271	祁州蒲阴（今河北安国）人	3 首
3	刘秉忠	1216—1274	祖籍瑞州（今河北秦皇岛），迁居邢州（今河北邢台）	82 首
4	胡祗遹	不详	磁州武安（今属河北）人	23 首
5	魏初	1232—1292	弘州顺圣（今河北阳原）人	43 首
6	张弘范	1238—1280	易州定兴（今属河北）人	34 首
7	张之翰	1243—1296	邯郸（今属河北）人	70 首
8	刘因	1249—1293	保定容城（今属河北）人	34 首
9	卢挚	不详	涿州（今河北涿州市）人	24 首
10	张埜	不详	邯郸（今属河北）人	64 首
11	王沂	不详	真定（今河北正定）人	7 首
12	安熙	1270—1311	居真定藁城（今属河北）	5 首
13	王结	1275—1336	祖籍易州定兴（今属河北）	14 首

刘秉忠像

刘秉忠（1216—1274），字仲晦，号藏春散人，初名刘侃，后出家为僧，法名子聪。祖籍瑞州（今河北秦皇岛），迁居邢州（今河北邢台）。十七岁任邢台节度使府令史，后出家为僧。忽必烈继位，拜光禄大夫、太保，参领中书省事，被称为"聪书记"。至元八年，取《易经》"大哉乾元"之意，建议蒙古以"大元"作国号，并改金中都为大都（北京）。至元十一年秋八月，卒于上都，赠太傅，封赵国公，谥文贞。元成宗时赠太师，谥文正。今存《藏春诗集》，卷一至卷四是诗，卷五为词（乐府），存词八十二首。

刘秉忠在元初文坛有着重要的地位，再加上他独特的人生经历，使得他的一生充满了神秘色彩。他在《朝中措·书怀》一词中讲述了自己十年苦读的人生经历。

布衣蓝缕曳无裾。十载苦看书。别有照人光彩，骊龙吐出明珠。　　天人学业，风云气象，可困泥涂。随著傅岩霖雨，大家济润焦枯。

他的词有着北方人的粗犷，在直抒胸臆中表达了自己的人生感悟，如《木兰花慢·混一后赋》：

望乾坤浩荡，曾际会，好风云。想汉鼎初成，唐基始建，生物如春。东风吹遍原野，但无言、红绿自纷纷。花月流连醉客，江山憔悴醒人。　　龙蛇一屈一还伸。未信丧斯文。复上古淳风，先王大典，不费经纶。天君几时挥手，倒银河、直下洗嚣尘。鼓舞五华鸑鷟，讴歌一角麒麟。

词人在经历了金元易代之际的风云变迁之后，看到了一个正逐步走向统一的欣欣向荣的王朝，词中运用了"汉鼎初成"、"唐基始建"，表达出对这个新的王朝所寄予的厚望，洗去尘嚣，希望能够开辟大元盛世。虽然刘秉忠的仕途比较顺利，但是他对此有清醒的认识，并借鲁仲连表达了自己对功名富贵的看法，如《太常引·鲁仲连》：

当时六国怯强秦。使群策，日纷纷。谈笑却三军。算自古、谁如此君。　　一心忠义，满怀冰雪，功就便抽身。富贵若浮云。本是个、江湖散人。

"一心忠义，满怀冰雪"有着儒家积极入世的情怀，但是，"功就便抽身"则又表现出功成名就之后的淡然之情。因为，在词人的价值体系中，富贵如浮云，自己本身就是一个江湖散人。他还写了《木兰花慢》，表达了对刘郎"双鬓成秋"的感叹，十年中所经历的风风雨雨，"不堪重到心头"。

笑平生活计，渺浮海，一虚舟。任紫塞风沙，乌蛮瘴雾，即处林丘。天地几番朝暮，问夕阳、无语水东流。白首王家年少，梦魂正绕扬州。　　凤城歌舞酒家楼。肯管世间愁。奈麋鹿疏情，烟霞痼疾，难与同游。桃花为春憔悴，念刘郎、双鬓也成秋。旧事十年夜雨，不堪重到心头。

又《风流子》：

书帙省淹留，人间事，一笑不须愁。红日半窗，梦随蝴蝶，碧云千里，归骤骅骝。酒杯里、功名浑琐琐，今古两悠悠。汉代典刑萧曹画一，晋朝人物，王谢风流。　　冠盖照神州。春风弄丝竹，胜处追游。诗兴笔摇牙管，字字银钩。遇美景良辰，寻芳上苑，赏心乐事，取醉南楼。好在五湖烟浪，谁识归舟。

在刘秉忠的词作中，小令居多，他留下了很多咏物词，用的词牌主要有临江仙、点绛唇，咏唱了梨花、桃花、海棠等，读来清隽雅致，如《临江仙·桃花》：

一别仙源无觅处，刘郎鬓欲成丝。兰昌千树碧参差。芳心应好在，时复问蜂儿。　　报到洞门长闭着，只今未有开时。杏花容冶没人司。东家深院宇，墙外有横枝。

又《临江仙·海棠》：

十日狂风才是定，满园桃李纷纷。黄蜂粉蝶莫生嗔。海棠贪睡着，留得一枝春。　　便是徐熙相对染，丹青不到天真。雨余红色愈精神。夜眠清早起，应有惜花人。

又《点绛唇·梅》：

策杖寻芳，小溪深雪前村路。暗香时度。更在清幽处。　　一见冰容，便有西湖趣。题新句。句成梅许。折得南枝去。

刘秉忠尽管存词不多，但是他的这些反映朝代变幻之际个人感怀的创作，足以奠定他在元初词坛的重要地位。

胡祗遹，字绍开，号紫山，磁州武安（今属河北）人。曾担任员外郎，授应奉翰林文字，兼具太常博士。江南平定，任荆湖北道宣慰副史等职。后拜翰林学士，未赴职，改任江南浙西道提邢按察使，以疾辞归。元贞元年去世，谥文靖。清乾隆时修《四库全书》，据《永乐大典》辑出《紫山大全集》二十六卷，卷七为词，存词二十三首。

在这些存词中，词人留存下三首《木兰花慢》，缘于当时友人出使日本，向其索诗，其一：

要声名洋溢，须涉险，立奇功。尽万里苍溟，鱼龙吹浪，海若，能如十万兵雄。　　明年春暖际天东。佳报定先通。看倭氏称藩，蝦夷稽颡，异服殊荣。都人聚肩重足，喜归来、朝拜大明宫。寄语三吴百越，休夸江水连空。

其二：

壮骊歌慷慨，望天际，送君行。眇月窟张骞，雪山殷侑，虚擅英名。忠肝落落如铁，要无穷渤澥伛长鲸。笑指扶桑去路，等闲风浪谁惊。　　士当一节了平生。羞狗苟蝇营。仗雷电神威，风云圣算，何往无成。佳声定随潮信，报东夷、重译观来庭。好个皇朝盛事，毋忘纪石蓬瀛。

其三：

百年湖海气，得初效，处囊锥。更绿鬓朱颜，雄姿英发，光射征衣。大夫喜伸知己，感宸恩深重此身微。虎节才辞北阙，丹诚已落东垂。　　中天雨露彻偏裨。只欠海诸夷。好敷悉丁宁，殷勤感悟，立解疑危。旸隅普霑王化，更洗心怀德径来威。一隆功名事了，清衔史册腾辉。

通过有关友人出使日本的三首词，词人写出了当时元朝国运的强大，也表达出希望这一趟日本之行，能够成就友人的一番事业，使他永垂青史的美好祝愿。尽管选用的词牌是木兰花慢，但词风慷慨豪迈，颇有苏辛词之旷达之感。

词人在《木兰花慢·题倪都运南塘莲社》中记载："庐山社、兰亭会、后世图画、题咏，至今传玩不绝也，乃知前代樽俎风流，犹为人永永景慕。其于善行名言，丰功懋烈，谁得而废之。去岁夏，仆以从百官之后，走上都间，南塘白莲雅集诸名公，皆赋乐章，自以不得一继余韵为恨。今年秋，席上运使倪公复寻旧盟，仆忝与宾末，仅赘一阕，庶几异日得附南塘莲社之故事云。"

倚西风闲在，谈清影，玉亭亭。问幽苦芳心，何时解语，脉脉盈盈。秋香欲无还有，似自怜、不嫁惜娉婷。好在芙蓉城阙，梦回罗袜尘生。　　多情争似总无情。残照又西倾。怕去去兰舟，露凉烟冷，月落参横。沙雁也能留客，倩溪光、相照晚妆明。缓按梁州丝竹，听翻白苎新声。

又《水调歌头·赏白莲招饮》：

妖娆厌红紫，来赏玉湖秋。亭亭水花凝伫，万斛冷香浮。初讶西风静婉，又似五湖西子，相对更风流。翠润宝钗滑，重整玉搔头。　　泛云腴，歌白雪，卷琼瓯。尊前共花倾倒，一醉洗闲愁。屈指秋光能几，歌咏太平风景，佳处合迟留。更倩月为烛，散发弄扁舟。

词人通过这两首词，表现出元初文人之间的风雅交游，当然，除了同僚之间，宴饮的参与者自然离不开歌妓，如《点绛唇·赠妓》一词，词风清致温婉，描写出一位歌妓虽风度高闲，但却摆脱不了命薄的宿命，字里行间表达出了对歌妓的深切同情。

风度高闲，水仙花露幽香吐。等闲尊俎。细听黄金缕。　　命薄秋娘，梦断霓裳舞。黄梅雨。燕俦莺侣。那解芳心苦。

又《木兰花慢·赠歌妓》：

话兴亡千古，试听取，是和非。爱海雨江风，娇莺雏凤，相和相催。泠泠一声徐起，坠梁尘、不放彩云飞。按止玉纤牙板，细倾万斛珠玑。　　又如辩士遇秦仪。六国等儿嬉。看捭阖纵横，东强西弱，一转危机。千人洗心倾耳，向花梢、不觉日阴移。日日新声妙语，人间何事颦眉。

词人通过这首词，生动地描写出了歌妓表演杂剧的过程，在歌妓的演出中，千古兴亡、六国群雄争霸都在纵横捭阖之间上演，倾听者完全被代入了当时的情景之中，没有感觉到时间的流逝，于是发出了"日日新声妙语，人间何事颦眉"这样的感叹，也从侧面写出了这位歌妓不俗的艺术造诣。

胡祗遹一生南北做官，喜欢和朋友们一起宴乐饮酒，这也反映在他的词作中，表现出他自由洒脱的个性，如《水调歌头·招友人饮》：

人处六函内，蚊睫一微尘。匆匆数十寒暑，驹隙等逡巡。礼乐衣冠缚束，文字功名汩没，辱宠万悲忻。雅意竟谁了，含恨入荒堙。　　笑缁黄，夸解脱，保天真。将心自游，溟漠屈蛰不生春。气化也应归尽，云影白衣苍狗，何处驻阳神。莫听三家语，来作醉乡民。

又《木兰花慢·元夜宴王三舍人宅有火塔松灯之乐》：

爱玲珑红玉，光照夜，满庭春。更翠焰浮空，朱明射月，和气留人。河东上元佳节，念客怀、谁与作情亲。喜二三更雅集，清欢满意殷勤。　　人生元夜几番新。贤主亦佳宾。尽月转参横，香残烛烬，犹胜芳晨。团圞膝前儿女，放杯行、到手莫辞频。灯火佳庭此夕，明朝世务红尘。

同时，他还有一首《太常引·寄王提刑仲谋》：

七年分袂一相逢。倏南北、又匆匆。白发两衰翁。纵握手、浑如梦中。　　共山如画，洹溪如练，空几度春风。觞咏几时同。休直待、功名景钟。

王仲谋即王恽，在这首词中，词人写出了他们之间的深厚友谊，以及久别重逢之后的欣喜和在岁月流逝中的伤感之情。

另外，词人将南北的生活经历也写入词中，如《木兰花慢·留题济南北城水门》：

历雄都大邑，厌车马，市尘深。爱历下风烟，江湖郛郭，城市山林。人家水芝香里，看万屏千嶂变清阴。无问买山高价，休论寸土千金。　　偶因王事惬闲心。佳处更登临。万斛泉珠，四围岚翠，一洗尘襟。强齐霸图陈迹，但华山、平野耸孤岑。今夕高筵清赏，明朝驿骑骎骎。

又《木兰花慢·春日独游西溪》：

爱西溪花柳，红灼灼，绿阴阴。更细水园池，修篁门巷，一径幽深。春风一声啼鸟，道韶华、一刻抵千金。飞絮游丝白日，忍教寂寞消沉。　　我来无伴独幽寻。高处更登临。但白发衰颜，羸骖倦仆，几度长吟。人生百年适意，喜今年、方始遂归心。醉引壶觞自酌，放歌残照清林。

正是有了南北的统一，词人才有机会到南方做官，并能够有幸领略南方的山水美景，这极大地开阔了当时文人的胸襟和视野，从而也扩大了词所描写的范围。

魏初（1232—1292），字太初，号青崖，弘州顺圣（今河北阳原）人。金亡，受忽必烈礼遇。中统元年，辟中书省掾史，兼掌书记，不久，以祖母年高辞官，归隐乡里，教授子弟。后荐授国史院编修官，拜监察御史等职。出任中丞，卒于官，追谥忠肃。清乾隆年间修《四库全书》时从《永乐大典》中辑出魏初诗文，编成《青崖集》五卷，卷三存词四十三首。

他的存词以寿词和酬赠之作为主，其中，寿词占了近一半。张炎《词源》曾谈到，在创作当中，寿词是非常难写的，如果在词中尽言富贵，就不免陷入尘俗之气，尽言功名就容易有阿谀奉承之嫌，尽言神仙就显得迂阔虚诞。结合这三点来看，在寿词中无俗忌之词，而且松椿龟寿有所不免，但是要善于融化字面，使语意新奇。他写了《木兰花慢·为安总管寿》：

记凤凰城下，走飞骑、扈龙舟。正春水生波，头鹅落雪，风偃貂裘。西南宪司高选，自并汾以去数君侯。处处随车有雨，行行白简生秋。　　今年冠盖驻梁州。民物沸歌讴。看绿水平田，人家烟火，桑柘鸣鸠。辉辉虎头黄节，道看看、飞下日边头。尽把中原山色，与君同醉南楼。

此词虽然是寿词，但未落入俗套，通过寿词写出了安总管的政绩，他能够让老百姓安居乐业，所治理之地则是一派繁荣之象。又《木兰花慢·为完颜振之寿》：

笑功名谩我，都几许、竞匆匆。记玉佩红鞓，长安陌上，人指青骢。归来买田故园，尽人间社燕与秋鸿。唤奴拿鱼溪上，看儿种豆村东。　　算来何物是穷通。只有读书功。爱杖履风流，崖西古石，舍北长松。宦尘千丈如海，更何心、鞍马避奴童。万古醉中天地，井蛙湖海元龙。

这首词"唤奴拿鱼溪上，看儿种豆村东"一句有辛弃疾词之神韵，而"爱杖履风流"一句颇得苏轼词之境界。

又《木兰花慢·为冯副使寿》：

记春风门巷，骑竹马、舞青衫。笑我拙何堪，君才十倍，头角巉巉。读书故都乔木，更含香兰省并归骖。醉听滦河夜雨，清吟太液秋蝉。　　别来何物是新添。霜入鬓毛尖。正渭北江东，暮云春树，得共新衔。人生别离居半，但公余、有酒且醺酣。几日邻村桑柘，梦中烟雨江南。

这首写给冯副史的寿词情真意切、不落窠臼，词人从儿时一起玩耍、读书写起，直到如今鬓入添二毛。尽管彼此之间人生别离居半，但牵挂一直都在。另外，魏初写给家人的寿词，同样非常真挚感人，如《水龙吟·为祖母太夫人九十之庆》：

玉峰千古高寒，浮花细叶难相称。风流不减，谢家林下，蔼然辉映。最关心处，岁时伏腊，蘋繁荐敬。笑人间儿女，那知许事，空脂粉，香成阵。　　惭愧儿郎草草，满金杯、绿浮春莹。此心但愿，旁沾亲旧，年年康胜。一曲龙吟，又传佳语，尊前试听。道期颐未老，十年今日，再安排庆。

又《江城子·为祖母夫人八十之寿》：

如儿花额粉香匀。点妆新。看来真。八十风流，都属太平人。长日篆烟琴一曲，瓶水暖，麝煤薰。　　酒烘仙颊晕微醺。洞庭春。要平分。儿女团圆，语笑重情亲。更看蓝衫红袖舞，歌娅姹，小诸孙。

这两首词表达了对祖母的祝福之情，希望她延年益寿，而《水龙吟》一词则写在自己生日之际，此时词人与儿子已经六年未见，表达了对儿子的思念之情。

平生翰墨箕裘，误蒙獬豸分司早。登车揽辔，风烟万壑，连云鸟道。五载归来，中台无事，江南芳草。记钱塘门外，西湖湖上，登临处，知多少。　　梦里五云楼阁，正瞻依、玉墀春好。南海阴风，越台暑瘴，不禁怀抱。白粥青斋，平心养气，万缘俱扫。便从今、收拾黄牛十角，只闲中老。

魏初的酬赠送别词以情取胜，情感细腻，词风清婉流转，如《木兰花慢·送张梦符治书赴召》：

正江南二月，春色里、送君行。对芳草晴烟，海棠细雨，不尽离情。思量汉皋城上，共当时、飞盖入青冥。醉后嘉陵山色，马头杨柳秦亭。　　十年一别鬓星星。慷慨只平生。爱激浊扬清，排纷解难，肝胆峥嵘。此心一忠自信，更太平、丞相旧知名。寄谢草堂猿鹤，移山未要山灵。

又《沁园春·留别张周卿韵》：

自揣平生，百无一能，此心拙诚。甚年来行役，交情契阔，东奔西走，水送山迎。遥望神州，故人千里，何意今年共此行。潇潇雨，算几番茅屋，灯火残更。　从教长路欹倾。拼一醉、都消磊块平。向白云直上，君吟我和，绿波江畔，我唱君赓。恰到相逢，又还相别，惭愧人间功与名。长亭外，望野烟春草，不尽离情。

《留别张周卿韵》一词，不仅写出了"君吟我和"、"我唱君赓"彼此之间的相知和默契，而且也表达了相逢又相别后的遗憾之情，"长亭外，望野烟春草，不尽离情"一句，更是将朋友之间的依依不舍渲染到了极致。

又《木兰花慢·宋汉臣墨梅并叙》：

爱笔端造化，春不尽、思无边。看诗意精神，不求颜色，物外神仙。回头水南水北，觉冰姿玉骨却凄然。一片肝肠铁石，三年雪月情缘。　洛阳尊俎记留连。慷慨正华年。恨鞍马匆匆，长亭老树，芳草离筵。西风雁来何许，忽传将、幽恨到重泉。昨日东溪再过，不堪尘满冰弦。

在这首词中，词人记录了看到契兄宋嘉议墨梅横幅后的伤感之情。"恨鞍马匆匆，长亭老树，芳草离筵。西风雁来何许，忽传将、幽恨到重泉"一句借墨梅写出了宋兄的诗意精神，整首词词风凄婉缠绵。

张弘范（1238—1280），字仲畴，易州定兴（今属河北）人。出身豪族，蒙古灭金，其父张柔从蒙古征战，是元汉军世家之一。二十岁时，即代其兄张洪略摄顺天路总管府事，中统三年改行军总管。自至元六年，统兵围困南宋江防重镇襄阳数年。元世祖忽必烈赐名"拔都"（勇士）。至元十六年，率水陆大军于厓山击溃宋将张世杰所部，陆秀夫抱幼主投海而死。张弘范在厓山海岸勒石纪功而返。享年四十三，延祐六年追封淮阳王，再改谥献武。长于诗词，有《淮阳诗余》《淮阳乐府》一卷，存词三十四首。

在张弘范的一生中，最重要的一段经历就是征伐南方，这也使得后世人在对他的评价上褒贬不一。实际上，他出生于北方汉军世家之一，与南宋政府并没有关系。在他的存词中，留下了《木兰花慢·征南三首》，其一：

混鱼龙人海，快一夕，起鲲鹏。驾万里长风，高掀北海，直入南溟。生平许身报国，等人间、生死一毫轻。落日旌旗万马，秋风鼓角连营。　　炎方灰冷已如冰。余烬淡孤星。爱铜柱新功，玉关奇节，特请高缨。胸中凛然冰雪，任蛮烟瘴雾不须惊。整顿乾坤事了，归来虎拜龙庭。

其二：

功名归堕甑，便拂袖，不须惊。且书剑蹉跎，林泉笑傲，诗酒飘零。人间事、良可笑，似长空、云影弄阴晴。莫泣穷途老泪，休怜儿女新亭。　　浩歌一曲饭牛声。天际暮烟冥。正百二河山，一时冠带，老却升平。英雄亦应无用，拟风尘、万里奋鹏程。谁忆青春富贵，为怜四海苍生。

其三：

乾坤秋更老，听鼓角，壮边声。纵马蹑重山，舟横沧海，戮虎诛鲸。笑入蛮烟瘴雾，看旌麾、一举要澄清。仰报九重圣德，俯怜四海苍生。　　一尊别后短长亭。寒日促行程。甚翠袖停杯，红裙住舞，有语君听。鹏翼岂从高举，卷天南地北日升平。记取归来时候，海棠风里相迎。

这三首征南词，词风豪迈旷达，颇有苏轼词之遗风。在第一首词中，词人表达了自己"生平许身报国"的壮志，以及"整顿乾坤事了，归来虎拜龙庭"的自信。就当时的形势而言，词人充分认识到统一是大势所趋，更重要的是，词人此次出征的目的并不是为了荣华富贵，而是"为怜四海苍生"。尽管出征的路途中困难重重，但是心中却有一种信念，那便是"仰报九重圣德，俯怜四海苍生"。在第三首词中，词人一句"记取归来时候，海棠风里相迎"，又表达出了他的豁达洒脱之情。

至元十一年，元世祖集全国之力攻打南宋，张弘范在战争中屡立奇功。至元十六年，蒙元完成了对南宋的最后一击，陆秀夫抱幼主投海而死，这标志着南宋王朝的彻底失败。在这六年中，襄阳之战是消灭南宋后统一中国的一次重要战役，也是非常艰苦的关键一战。这次战役从南宋咸淳三年（1267）蒙将阿术进攻襄阳的安阳滩之战开始，中经宋吕文焕反包围战、张贵张顺援襄之战、龙尾洲之战和樊城之战，最终因孤城无援吕文焕力竭降元为终。张弘范通过自己的词记录下了当时的战况，如《鹧鸪天·围襄阳》：

铁甲珊珊渡汉江。南蛮犹自不归降。东西势列千层厚，南北军屯百万长。　　弓扣月，剑磨霜。征鞍遥日下襄阳。玉门今日功劳了，好去临江醉一场。

又《殿前欢·襄阳战》：

鬼门关。朝中宰相五更寒。锦衣绣袄兵十万，拔剑摇环。定输赢此阵间。　　无辞惮，舍性命争功汗。将军战敌，宰相清闲。

从这两首词可以看出当时战争的惨烈程度，面对元的强大攻势，南宋并不投降，双方都投入了百万军队。但是，对于这种情况，词人并不害怕，为了赢得战争不惜舍弃自己的性命，从中也可以看出忽必烈之所以赐名张弘范"拔都"（勇士）的原因。长达六年的战争，张弘范的友人对其极为担心，于是，他写下了《满江红·襄阳寄顺天友人》，表达了怕问归期的心情，并和友人约好平定南宋后再约相见。可惜的是，南北统一之后的1280年，张弘范就去世了，享年四十三岁。

奔驿南来，拥貔貅、且趋江右。良自愧、劣才微渺，圣恩洪厚。万里长江今我有，百年坚壁非他守。看虎牙、飞上万山头，诛群丑。　　风雨梦，乡关友。南北事，君知否。寄一缄梅信，小春时后。夜静戟门严鼓角，月明莲幕闲诗酒。怕故人、相忆问归期，平蛮后。

张弘范文武兼备，在其存词中既表现出英雄的豪迈气概，又有普通人的离愁别绪，送别词写得情志绵长，表现出他细腻的一面，如《南乡子·送友人刘仲泽北归》：

烟草入重城。马首关山接去程。几度留君留不住，伤情。一片秋蝉雨后声。　　无语泪纵横。别酒和愁且强倾。后会有期须记取，叮咛。莫负中秋夜月明。

小令《清平乐》则表达了他希望南北实现统一，老百姓能过上安定生活的济世情怀。

天南地北。何日兵尘息。四海升平归老忆，凤远岐山空碧。　　衣冠滚滚争春。谁能卧辙攀轮。一剑风云未遂，几回怒发冲巾。

另外，张弘范还写了咏物词，如《点绛唇·咏海棠》：

醉脸匀红，向人无语夸颜色。一枝春雪。犹染嵬坡血。　　庭院黄昏，燕子来时节。芳心折。露垂香颊。羞对开元月。

又《点绛唇·赋梅》：

春日前村，一枝香彻江头路。月明风度。清煞西湖句。　　昨夜幽欢，梦里谁呼去。愁如许。觉来无语。青鸟啼芳树。

他的咏物词少了前词的英雄气概和直抒胸臆，多了几分细腻婉转，读来情致雅丽，由此也印证了张弘范文韬武略的不凡才能。同时，虽为一代将军，他也留下了关于歌妓的词作，如《南乡子·赠歌妓》：

浅淡汉宫妆。扇底春风玉有香。特地向人歌一曲，非常。纵使无情也断肠。　　宝髻绣霓裳。云雨巫山窈窕娘。好著千金携得去，何妨。丝竹东山醉玉觞。

这首赠妓词写出了这位歌妓高超的技艺，她的歌曲纵使无情也会让人有断肠之感。"好著千金携得去，何妨"一句从风格上接近苏轼之词，又以"丝竹东山醉玉觞"作结，自有一种豪迈之感。

张之翰（1243—1296），字周卿，号西岩，邯郸（今属河北）人。除真定路知事、户部郎中、翰林侍读学士等职，出知松江府，颇有政声。曾因病侨居高邮，寓所名"归舟斋"，专一读书授徒。元贞二年卒于任上，享年五十四岁。清乾隆间修《四库全书》，自《永乐大典》辑出张之翰诗词文，编成《西岩集》二十卷，存词七十首。

张之翰仕宦南方，希望南北双方能够取长补短，他谈到："中原万里，今为一家。君能为我渡淮泗，瞻海岱，游河洛，上嵩华，历汾晋之郊，过梁宋之墟，吸燕赵之气，涵邹鲁之风，然后归而下笔，一扫腐熟，吾不知杨、陆诸公当避君几舍地？"①

他的存词中留下了不少节序词，如《南乡子·元夜嘉陵江观放灯后作》：

> 灯夕在江阴。绿酒红螺不厌深。醉眼清江江上看，更沉。放尽春风万炬金。　流到碧波心。小竹连舟尽自禁。此夜此情谁会得，如今。都付青崖马上吟。

又《婆罗门引·辛卯中秋望月》：

> 宦游南北，月明何处不相随。十年九赋新词。今夜清光如许，无以侑金卮。想叨居此职，着甚推辞。　临风再思。是有句欲来时。除却广寒人见，尘世谁知。天香一阵，恰飘动婆娑桂树枝。秋影里、醉写乌丝。

又《金缕曲·中秋夜不能寐枕上作以自遣》：

> 未过松江去。被高沙、同盟鸥鹭，暂时留住。曾共中秋心期定，再上江船容与。待满载、淮歌楚舞。岂料桂花香雾底，正河鱼、作祟深相苦。樽有酒，不忺举。　梦中似听嫦娥语。道人生、百年才半，未为

---

① 邓瑞全等校点：《张之翰集》卷十八，长春：吉林文史出版社，2009年，第202页。

衰暮。江北江南行欲遍，几见月明三五。尝烂赏通宵达曙。可是今年情思懒，便临风误却清新句。聊援笔，为渠赋。

又《金缕曲·乙未清明》：

风雨惊春暮。恨天涯、留春未办，却留余住。时序匆匆催老大，又早飞花落絮。算禁得清明几度。试倚危栏西北望，但接天、烟水无重数。空目断，故山路。　　先茔松柏谁看护。想东风、杯盘萧索，饥乌啼树。便做松江都变酒，醉里眉头休聚。向醒后安排何处。万里南来缘底事，也何须杜宇声声诉。千百计，不如去。

他是北方人，一生宦游南北，1291年，写下了《婆罗门引·辛卯中秋望月》，1295年清明节，词人到南方做官，想到"先茔松柏谁看护"，不由悲从中来，最后发出了"万里南来缘底事，也何须杜宇声声诉。千百计，不如去"的悲叹。1296年，词人卒于任上。

元初国力强盛，1288年，友人奉命出使越南，词人写下了《沁园春·至元戊子冬，国子司业李君两山以春官小宗伯，奉命使交趾。故作此，以壮其行》：

国子先生，博带峨冠，胡为此行。正蛮烟瘴雾，远趋象郡，祥云瑞霭，近别龙庭。率土之滨，际天所覆，何处而今不太平。安南者，彼地方多少，敢抗吾衡。　　一封天诏丁宁。要老子胸中百万兵。看健如马援，精神矍铄，辩如陆贾，谈舌纵横。奉职称藩，功成事定，更放文星分外明。归来尽，不妨诗笔，颠倒南溟。

在这首词中，词人对友人不乏赞美之辞，尽管此行路途遥远，但是他相信以友人的胆识和才华定能"功成事定"。他的存词，也留下了与友人交往的酬赠之作，如《木兰花慢·同济南府学诸公泛大明湖》，"官事无穷未了，人生适意难逢"表达了词人对此次出行的喜悦之情。

唤扁舟载酒，直转过、水门东。正十里平湖，烟光淡淡，雨气濛濛。回头二三名老，望衣冠、如在画图中。但得城头晚翠，何须席上春红。　　清樽旋拆白泥封。呼作白头翁。要与汝忘情，高歌一曲，痛饮千种。夕阳醉归扶路，尽从渠、拍手笑儿童。官事无穷未了，人生适意难逢。

又《沁园春·送刘牧之同知归江南》：

昨日送春，今日送君，难禁别离。正桃花水满，远归江浙，楝花风起，轻出京师。早把功名，置之身外，世上何愁可皱眉。从今去，但求田间舍，此意谁知。　　当年交友全稀。试屈指诸君更有谁。说郭髯磊落，犹居判府，许翁清健，已谢签司。回首南关，怅然如梦，几度凭栏费所思。烦传语，甚孤怀索莫，不寄新诗。

又《摸鱼子·送李元谦南行》：

怅交游晓星堪数，今朝君又南去。独留倥偬奔忙里，尽耐风波尘土。私自言也自笑，一毫于世曾何补。欲归未许，谩缩首随人。强颜苟禄，此意亦良苦。　　扬州路，总是曾经行处。梦中淮岸江浦。年来事事多更变，犹有旧时乌府。君莫住，说正赖两三，吾辈相撑住。恨自无羽，趁万里秋风，云间孤鹤，落日下平楚。

词人情感细腻，这两首送别词写得真挚感人，《沁园春》一词更是将同僚相知之情渲染到了极致，他在词序中写道："不肖掾内台，时西溪王公为侍御史，遵晦韩兄为监察御史，恕斋霍兄为前台掾。其后柳溪耶律公提刑河北，颐轩李兄都司台幕，皆平昔所敬慕者。至元甲申春，不肖以南台里行求去，退居高沙。又二年，冬十月，迫以北归，由维扬至金陵，别行台幕诸公。适西溪、柳溪拜中丞，遵晦擢侍御，颐轩、恕齐授治书。越二十有五日，会饮颐轩寓第。时风雨间作，以助清兴。西溪草书风雨会饮之句，柳溪复出燕脂井阑之制，遵晦、恕齐道古今之事，颐轩歌乐府之章，某虽不才，亦尝浮钟举白，鼓噪其旁，一谈一笑，不觉竟醉。窃尝谓人生同僚为难，同僚相知为难，相知久敬为尤难。今欢会若此，可谓一台盛事，因作《沁园春》歌之。"

四海交亲，别离尽多，会合最难。见西溪老子，情怀乐易，柳溪公子，风度高闲。铁石心肠，风霜面目，更着中朝霍与韩。知音者，有颐轩待御，收拾清欢。　　不才自顾何颜。也置在诸公酬酢间。似兼葭依倚，琼林玉树，萧蒿隐映，春蕙秋兰。南北乌台，当时年少，双鬓而今半欲斑。明朝去，向德星多处，遥望钟山。

词人也留下了咏物词，如《水龙吟·张大经寓第牡丹》：

旧时来往燕都，为花常向花前醉。十年一梦，鬓丝如许，尚余情味。曾见君家，后园深处，满栽姚魏。恨匆匆过了，寻芳时候，又早是、春归际。　　只想十分憔悴。说两株、吐花犹未。曲栏干凭，朝酣不语，为谁凝思。拟合金笺，清平妙曲，与渠相慰。怕今宵，便有无情风雨，作遮藏计。

又《太常引·红梅》：

幽香拍塞满比邻。问开到、几层春。谢绝蝶蜂群。祇么凤、和渠意亲。　　醉红肌骨，艳红妆束，能有许时新。也待不摇唇。忍孤负、风流玉人。

刘因像

词中"十年一梦，鬓丝如许"、"艳红妆束，能有许时新"写出了词人在面对时间流逝时的无奈之感，"怕今宵，便有无情风雨作遮藏计"和"忍孤负、风流玉人"虽写牡丹和红梅，但实际写的是人生的风雨和闺中少妇的年华易逝之感。

刘因（1249—1293），字梦吉，原名刘骃，字梦骥，保定容城（今属河北）人。早年在乡里授徒度日，标举诸葛亮"静以修身"之语，自题居室"静修"。不忽木举荐于朝，擢承德郎、右赞善大夫，以母病辞归。至元二十八年召入朝，授以集贤学士之职，称病固辞，元世祖言："古有所谓不召之臣，其斯人之徒与！"至元三十年卒，享年四十五岁。延祐年间，追封容城郡公，谥文靖。诗文集《静修集》今存，存词三十四首。

刘因是元诗史上存诗达千首以上的诗人，而且诗论《叙学》是元诗理论奠基之作，但是，他的词作远不能和诗相比，不仅存词数量少，而且在创作中口语化色彩较重，缺少了含蓄蕴藉之美，如《水调歌头·同诸公饮王丈利夫饮山亭，索赋长短句，效晦翁体》中的"我扶我有门生"句。

一诺与金重，一笑对河清。风花不遇真赏，终古未全平。前日青春归去，今日尊前笑语，春意满西城。花鸟喜相对，宾主眼俱明。　　平生事，千古意，两忘情。醉眠卿且去，我扶我有门生。窗下烟江白鸟，窗外浮云苍狗，未肯便寒盟。从此洛阳社，莫厌小车行。

刘因同样在词中记录了自己的生活以及人生感悟，如《玉漏迟·汎舟东溪》：

故园平似掌。人生何必，武陵溪上。三尺蓑衣，遮断红尘千丈。不学东山高卧，也不似、鹿门长往。君试望。远山颦处，白云无恙。　　自唱。一曲渔歌，觉无复当年，缺壶悲壮。老境羲皇，换尽平生豪爽。天设四时佳兴，要留待、幽人清赏。花又放。满意一篙春浪。

汎舟东溪是词人向往的生活，他愿意陶醉在大自然当中，享受悠然自得中的闲适自在。同时，刘因在词中也表达了对友人的追忆之情，如《念奴娇·忆仲良》：

中原形势，东南壮、梦里谯城秋色。万水千山收拾就，一片空梁落月。烟雨松楸，风尘泪眼，滴尽青青血。平生不信，人间更有离别。　　旧约把臂燕南，乘槎天上，曾对河山说。前日后期今日近，怅望转添愁绝。双阙红云，三江白浪，应负肝肠铁。旧游新恨，一时都付长铗。

1275 年的元日，刘因写下《喜迁莺·乙亥元日》：

春风满面。是胸中春意，与春相见。不醉陶然，无人也笑，况是
一年清宴。宁儿挽须学语，爨妇举杯重劝。道惟愿。贫常圆聚，老常康
健。　　二十七年，世事经千变。今是昨非，春恩花柳，消尽冰霜残怨。
门外晓寒犹浅。门上垂帘休卷。灯花软。酒香浓趁歌舞，试轻轻咽。

二十七年当中，世事多变，词人有一种今是昨非之感，在元日这样
一个喜庆的节日里，表达了他对新的一年充满期冀的心情。

卢挚，字处道，一字莘老，别号疏斋，涿州（今河北涿州市）人。
博学工诗文，南宋灭亡之后，是元廷较早派往江南的官吏，驰名南北文
坛。他的诗与刘因齐名，文与姚燧并称，同时也是著名的散曲家，累
迁陕西按察使、河南路总管、湖南廉访史等职，有《疏斋集》，存词
二十四首。

在南方做官期间，卢挚晚泊采石，写下了《黑漆弩》：

湘南长忆崧南住。只怕失约了巢父。舣归舟、唤醒湖光，听我蓬窗
春雨。　　故人倾倒襟期，我亦载愁东去。记朝来、黯别江滨，又弭棹、
蛾眉晚处。

又《鹊桥仙》：

江山画图，楼台烟雨。满意云间金缕。饶他苏小更风流，便怎似、
贞元旧谱。　　西湖载酒，薰南清暑。弭棹芙蓉多处。醉扶红袖听新声，
莫惊起、同盟鸥鹭。

蓬窗春雨、楼台烟雨让卢挚这样一位北方人领略了南方的柔美；载
酒西湖、醺然而归更是让词人沉醉其间。大德六年正旦，即 1302 年的正
月初一，词人写下了《木兰花慢·大德六年正旦》：

问东风何似，早吹绿、洞庭波。要催起江头，梅妆的砾，柳态婆
娑。遥知玉墀鹓鹭，对青阳、紫禁郁嵯峨。欢动云间阊阖，应收雪外蓬

婆。　　谁将瑶瑟托湘娥。颖客播弦歌。向执法森然，寿星明处，陟顿春多。衡君也能三呼，更双成度曲奏云和。如许升平文物，仍逢混一山河。

　　从这首词可以看出，作为较早入元的北方人，他对元廷的认同感较强，也庆幸自己能够生在这统一河山之中，为此他还写了《六州歌头·题万里江山图》：

　　诗成雪岭，画里见岷峨。浮锦水，历滟滪，灭坡陀。汇江沱。唤醒高唐残梦，动奇思，闻巴唱，观楚舞，邀宋玉，访巫娥。拟赋招魂九辩，空目断云树烟萝。渺湘灵不见，木落洞庭波。抚卷长哦。重摩娑。　　问南楼月，痴老子，兴不浅，夜如何。千载后，多少恨，付渔蓑。醉时歌。日暮天门远，愁欲滴，两青螺。曾一舸。奇绝处，半经过。万古金焦伟观，鲸鳌背，尽意婆娑。更乘槎欲就，织女看飞梭。直到银河。

　　程钜夫是享誉南北文坛的人物，卢挚有《摸鱼子·乐府摸鱼子奉题雪楼先生鄂宪公馆岁寒亭诗卷》：

　　为君歌、岁寒亭子，无烦洲畔鹦鹉。江山胜概风霜地，要近鲁东家住。丘壑趣。应素爱昂霄，老柏孤松树。登高作赋。想白云阳春，碧云日暮，别有倚楼处。　　金闺彦，尚忆西清接武。年来乔木如许。团茅时复羲皇上，我醉欲眠卿去。歌欲举。还自悟君亭，琢就琼瑶句。疏斋试与。倩倚竹佳人，湘弦赴节，凉满北窗雨。

　　杜妙隆，金陵佳丽人也，卢疏斋欲见未果，深感遗憾，因题《踏莎行》于壁云，由此不仅可以看出卢挚性格中至情至性的一面，而且也从侧面反映杜妙隆虽然是一位歌妓，但是她在歌唱方面的艺术造诣已经达到了很高的水平，赢得了当时文人对她的赞美和认同。

　　雪暗山明，溪深花藻。行人马上诗成了。归来闻说妙隆歌，金陵却比蓬莱渺。　　宝镜慵窥，玉容空好。梁尘不动歌声悄。无人知我此时情，春风一枕松窗晓。

适值春日，卢挚住在刘氏楼居，翌日早起，看到瓶中红梅，写下咏物词《蝶恋花》：

冰褪铅华临雪径。竹外清溪，拂晓开妆镜。银烛铜壶斜照影。小楼遮断江云冷。　　香透罗帏春睡醒。如许才情，肯到枯枝杏。客子新声谁听莹。孤山快唤林和靖。

这首小令写出了瓶中红梅的情态，此红梅虽然没有开放于竹外清溪之间，但是自有其不俗之美，让词人产生让林逋来欣赏的想法。

张埜，字埜夫，号古山，邯郸（今属河北）人。家世文儒，诗词清丽，尤以词知名，曾任翰林修撰。有词集《古山乐府》二卷，存词六十四首。

他的存词中，主要有节序词、酬赠次韵词、咏物词和寿词等，如节序词有《青玉案·戊戌元宵客京师赋》：

千门夜色霏香雾。又春满、朝天路。回首旧游谁与语。金波影里，水晶帘下，总是关心处。　　征衫著破愁成缕。留滞京尘甚时去。旅馆萧条情最苦。灯无人点，酒无人举。睡也无人觑。

"戊戌"元宵即1298年的元宵节，词人客游京师，但满腹愁肠，此词表达了他独自住在旅馆之中的孤独寂寞之情。这一年的中秋节，词人与诸公饮于太清道院，写《水龙吟》一词，此时的他则多了一份豁达与洒脱。

一年好景君须记，桂子天香飘坠。蟾光自古，几番圆缺，几番明晦。何况人生，祸中藏福，进中隐退。向是非乡里，功名场上，百无事、苦萦系。　　便得侯封万里，到头来、虚名何济。人间最好，闲中岁月，酒中身世。一炷龙香，数声水调，几多清致。且今朝、拼取陶陶醉了，又陶陶醉。

端午节，词人出发到上海松江，写下了《木兰花慢·端午发松江》：

恨无情画舸，载离思、各西东。正佳节惊心，故人回首，应念匆匆。殷勤彩丝系臂，问如何不系片帆风。醉里阳关历历，望中烟树濛濛。　　驿亭榴火照尘容。依约舞裙红。纵旋采青蒲，自斟芳酒，酒薄愁浓。功名事浑几许，甚半生长在别离中。不似东来潮信，日斜还过吴淞。

当秋天来临的时候，风雨潇潇，秋叶落下，词人面对着秋日的西风，不由无语黯销魂，那种惆怅和伤感之情被词人描写得淋漓尽致，如《满江红·秋日》：

风雨潇潇，便酿出、新凉庭院。人乍起、一簪楸叶，不堪裁剪。翠幄渐凋槐影瘦，红衣半老蕖香浅。到秋来、何止沉休文，难消遣。　　鸿雁杳，音尘断。空极目，烟波满。想故人此际，画阑凭遍。别久几将情做梦，归迟一向恩成怨。对西风、无语黯消魂，行云远。

作为北方人的张埜有机会到北方各地游历，而南北的统一，更是让他能够踏上南方的土地，于是他将见到的美景写入自己的词中，如《满江红·卢沟桥》：

半世乾忙，漫走遍、燕南代北。凡几度、马蹄平踏，卧虹千尺。眼底关河仍似旧，鬓边岁月还非昔。并阑干、惟有石狻猊，曾相识。　　桥下水，东流急。桥上客，纷如织。把英雄老尽，有谁知得。金斗未悬苏季印，绿苔空渍相如笔。又平明、冲雨入京门，情何极。

半世奔忙，词人自认走遍了北方的土地。来到卢沟桥，看着桥下的流水、桥上的行人，不由有一种英雄老尽之感。

又《念奴娇·登石头城清凉寺翠微亭》：

翠微秋晚，试闲登绝顶，徘徊凝伫。一片清凉兜率界，几度风雷貔虎。钟阜盘空，石城瞰水，形势相吞吐。江山依旧，故宫遗迹何处。　　遥想霸略雄图，蚁封蜗角，毕竟无人悟。六代兴亡都是梦，一样金陵怀古。宫井朱阑，庭花玉树，偏费骚人句。此情谁会，舻声摇月东去。

又《八声甘州·戊申再到西湖》：

忆湖光醉别几经春，千里每神驰。恨无穷烟水，无情岁月，无限相思。万里风沙梦觉，山色碧参差。忙对玻璃镜，照我尘姿。　　欲写从前离阔，便安排画舸，准备新诗。见六桥遗构，烟雨强撑支。怨东风、红消翠减，比向来、浑是老西施。如何得、刘郎双鬓，长似当时。

北京的卢沟桥、南京的翠微亭、杭州的西湖都给词人留下了深刻的印象，他用清丽的笔调将这些地方的美写了出来。另外，他还写了《水龙吟·游钱塘西山》《水龙吟·登滕王阁》和《沁园春·宿瓜州城》等词，尤其《水龙吟·登滕王阁》一词，借古喻今，"一梦繁华何许，空留得、悲凉今古"一句更是表达了一种深沉的历史感。

画檐耸翠凌霄，暮云还送西山雨。千年陈迹，一时胜概，东南宾主。佩玉鸣銮，西风吹入，江声柔橹。漫登临赢得，征鞍倦客，离思乱，乡心苦。　　一梦繁华何许，空留得、悲凉今古。雄文健笔，星辉日映，鬼呵神护。倚遍阑干，有心也待，留题新句。见一双、白鸟苍烟影里，背人飞去。

在词风上，张埜博采众家，曾用晏殊、辛弃疾的韵，如《念奴娇·赋白莲用仲殊韵》：

水风清暑，记平湖十里，寒生纨素。罗袜尘轻云冉冉，彷佛凌波仙女。雪艳明秋，琼肌沁露，香满西陵浦。兰舟一叶，月明曾到深处。　　谁念玉佩飘零，翠房凄冷，几度相思苦。异地相看浑是梦，忍把荷觞深注。碧藕多丝，翠茎有刺，脉脉愁烟雨。江云撩乱，倚阑终日凝伫。

又《沁园春·止酒效稼轩体》：

半世游从，到处逢迎，惟尔曲生。喜一尊乘兴，时居乐土，三杯有力，能破愁城。岂料前欢，俱成后患，深悔从来见不明。筠轩下，抱厌厌病枕，恨与谁评。　请生亟退休停。更说甚、浊贤与圣清。论伐人心性，蛾眉非惨，烁人骨髓，鸩毒犹轻。裂爵焚觞，弃壶毁盒，交绝何须出恶声。生再拜，道苦无大故，遽忍忘情。

他还到辛弃疾墓前去祭拜，有《水龙吟·酹辛稼轩墓在分水岭下》：

岭头一片青山，可能埋得凌云气。退方异域，当年滴尽，英雄清泪。星斗撑肠，云烟盈纸，纵横游戏。漫人间留得，阳春白雪，千载下、无人继。　不见戟门华第，见萧萧、竹枯松悴。问谁料理，带湖烟景，瓢泉风味。万里中原，不堪回首，人生如寄。且临风、高唱逍遥旧曲，为先生酹。

"万里中原，不堪回首，人生如寄"写出了辛弃疾一生希望收复中原的无奈和伤感，也写出了世事的多变，如今元廷实现了南北的统一，所以"且临风、高唱逍遥旧曲，为先生酹"。

词人曾经同柳汤佐梁平章弟总管携酒登古台乃金之七园，写下《贺新郎》：

九日城西路。渺平川、黄云万顷，碧山无数。百尺危楼堪眺望，抖擞征衫尘土。又惹起、悲凉今古。佩玉鸣銮春梦断，赖高情、且作风烟主。嗟往事，向谁语。　人生适意真难遇。对西风、满浮大白，狂歌起舞。便得腰悬黄金印，于世涓埃何补。愈想起、渊明高趣。莫唱当年朝士曲，怕黄花、红叶俱凄楚。愁正在，雁飞处。

张埜的咏物词观察细致，情感细腻，不乏佳作，如《水龙吟·咏游丝》：

落花天气初晴，随风几缕来何处。飘飘冉冉，悠悠飏飏，欲留还去。雪茧新抽，青虫暗坠，檐蛛轻度。看垂虹百尺，萦回不下，似欲系，春光住。　凭仗何人收取，付天孙、云霄机杼。浮踪浪迹，忍教长伴，章台飞絮。惹起闲愁，织成离恨，万头千绪。望天涯、尽日柔情不断，又闲庭暮。

又《水龙吟·咏玉簪花》：

素娥宴罢瑶池，醉簪误堕庭深窈。花神爱护，绀罗轻衬，绿云低绕。秋意重缄，芳心半吐，有香多少。把幽轩好梦，等闲薰破，凉月转，人初悄。　　冷沁冰壶风袅，肯轻与、铅华相照。湘兰标致，水仙风度，也应同调。钗凤香分，鬓蝉影动，此情云渺。问何时、分付一庭寒玉，对妆台晓。

又《水龙吟·戊午春咏杏花》：

雪香飞尽江梅，上林桃李寒犹揣。墙头惊见，枯枝闹簇，生红初喷。嫩绿亭台，新晴巷陌，清明相近。甚等闲句引，狂蜂戏蝶，早不管、人春困。　　不怕蜡痕轻褪，怕东风、乱飘残粉。琐窗犹记，双鹅细剪，一簪幽恨。骏马如飞，流光似箭，归期难准。料黄昏、微雨盈盈泪眼，把燕脂揾。

同时，在张埜的词中，他也记录下了与歌者的交往，如《南乡子·赠歌者怡云和卢处道韵》：

霭霭度春空。长妒花阴月影中。曾为清歌还少驻，匆匆。变作春前喜气浓。　　一笑为谁容。只许幽人出处同。却恐等闲为雨后，东风。吹过巫山第几峰。

又《太常引·赠歌者妙音居士》：

前身应是散花仙。一念堕尘缘。参透曲中禅。比一串、摩尼更圆。　　林莺巧啭，玉冰飞韵，三昧有谁传。休惜遏云篇。早医得、维摩病痊。

"怡云"即张怡云，在夏庭芝的《青楼集》中有记载，是当时有名的歌者，而第二首的歌者则是妙音居士，词人对她们都给予了充分的肯定。

在人生的不同阶段，词人的心态是不同的，这在他的词中也有所体现，如《水龙吟·出郭》：

太行千里新晴，青山也喜归来好。一鞭秋色，半帆云影，去如飞鸟。桂玉情怀，尘埃面目，鬓华空老。道本无伎俩，颠鸾倒凤，时自把，平生笑。　　万里江湖浩渺，便安排、雨蓑烟棹。闲时哦句，醉时歌曲，醒时垂钓。十载鹓行，孤忠却念，君恩难报。倚篷窗、时向夕阳明处，认琼华岛。

又《沁园春·壬子和人为寿用止酒韵》：

身世飘零，勋业何成，鬓华渐生。记去年欢笑，遨游帝里，今年憔悴，卧病江城。直道难行，浮名识破，正要生平两眼明。心无歉，但世间公论，自有人评。　　竹风萧飒初停。算何境、能如梦境清。问命之穷达，三杯酒软，身之去就，一叶舟轻。毁誉从他，醉醒在我，赢得篷窗听雨声。秋江上，更莼鲈无限，鸥鹭多情。

又《满江红·和吴此民送春韵》：

九十韶光，惊又见、刺桐花落。春去也、愁人情绪，不禁离索。桃坞霏霏红雨暗，柳堤漠漠香绵薄。恨东风、一夜太无情，都吹却。　　功名念，平生错。尘土梦，今朝觉。有一尊分甚，圣清贤浊。听我高歌如不饮，何人绿鬓长如昨。况东君，动是再相逢，经年约。

尽管张埜的生卒年份不是很清楚，但是通过他的词可见，他比较长寿，享年应是九十多岁。这三首词表现了他不同阶段的人生感悟，《水龙吟·出郭》一词表现出了他希望有所作为，但君恩难报些许有些遗憾；《沁园春·壬子和人为寿用止酒韵》一词则是经历身世飘零、疾病痛苦之后的洒脱超然；而《满江红·和吴此民送春韵》则是他对自己一生的总结。

王结（1275—1336），字义伯，祖籍易州定兴（今属河北）。曾入充宿卫、迁集贤学士、参议中书省事等职。卒，追封太原郡公，谥文忠。

清乾隆时修《四库全书》，据《永乐大典》辑出王结诗文，重编为《王文忠集》，存词十四首。

王结祖父以质子身份跟随成吉思汗西征，曾寓居西域，他与祖籍西域的李公敏是很好的朋友，且交往密切，有三首词是写给李公敏的，如《木兰花慢·送李公敏》：

渺平芜千里，烟树远、淡斜晖。政秋色横空，西风浩荡，一雁南飞。长安两年行客，更登山临水送将归。可奈离怀惨惨，还令远思依依。　　当年寥廓与君期。尘满芰荷衣。把千古高情，传将瑶瑟，付与湘妃。栽培海隅桃李，洗蛮烟瘴雨布春辉。鹦鹉洲前夜月，醉来倾写珠玑。

又《蓦山溪·送李公敏调选湖广》：

霜余锦树，不著秋容老。时节又重阳，要迢随、清欢倾倒。可堪折柳，南浦送君行。云淡淡，雨霏霏，暮色连衰草。　　山川胜概，见说湖湘好。风月满南楼，望云霄、轺车到早。种成桃李，更看了梅华。招黄鹤，唤鹦鹉，一醉江天晓。

通过这些词，王结表达了送别友人时依依不舍的心情。王结出生于南北趋于统一之时，所以在他长大做官之后，得以在北方和南方分别履职，词中不免有羁旅之感，如《摸鱼儿·秋日旅怀》：

快秋风飒然来此，可能销尽残暑。辞巢燕子呢喃语，唤起满怀离苦。来又去。定笑我、两年京洛长羁旅。此时愁绪。更门掩苍苔，黄昏人静，闲听打窗雨。　　英雄事，漫说闻鸡起舞。幽怀感念今古。金张七叶貂蝉贵，寂寞子云谁数。痴绝处。又铲地、欲操朱墨趋官府。瑶琴独抚。惟流水高山，遗音三叹，犹冀赏心遇。

另外，他的咏物词有《满江红·咏鹤》：

华表归来，犹记得、旧时城郭。还自叹，昂藏野态，几番前却。饮露岂能令我病，窥鱼政自妨人乐。被天风、吹梦落樊笼，情怀恶。　缑岭事，青田约。空怅望，成离索。但玄裳缟袂，宛然如昨。何日重逢王子晋，玉笙凄断归寥廓。尽侬家、丹凤入云中，巢阿阁。

词人在这首咏鹤词中运用了王子晋的典故。王子晋是周灵王的儿子，从小非常聪明且有胆识。据说在他十二三岁的时候，赶上连降大雨，洪水漫过了堤岸，几乎要冲毁王宫。周灵王命人运土堵水，王子晋却在父亲面前讲了"川不可壅"的道理。于是，这孩子有胆量、有智慧的名声很快传到各国诸侯耳中，大家都很佩服他。后来，王子晋游于伊水和洛水，遇到道士浮丘公，随其上嵩山修道。几十年之后，王子晋在缑山（今河南偃师）乘白鹤升天而去。其实，这里词人借咏鹤表达了自己对归隐生活的向往之情。

安熙（1270—1311），字敬仲，号默庵。金亡，徙真定藁城（今属河北）。承继家学，以大儒刘因的私淑弟子自居，未及见面，而刘因已故。一生不屑仕进，家居教授，四方弟子前来求学，著名者有苏天爵。去世后，乡人为其立祠。今传本《安默庵先生文集》，存词五首。

安熙倾慕刘因的才学，到访容城刘因故居，写下了《酹江月》：

天山巨网，尽牢笼、多少中原人物。赵际燕陲空老却，千仞岩岩苍壁。古柏萧森，高松偃蹇，不管飞冰雪。慕膻群蚁，问君谁是豪杰。　重念禹迹茫茫，狐兔荆棘，感慨悲歌发。累世兴亡何足道，等是蚊蚋飞灭。湖海襟怀，风云壮志，莫遣生华发。中天佳气，会须重见明月。

燕赵自古多豪杰之士，词人来到古容城，拜访刘因故居，此时人已去，只剩狐兔荆棘，不由感慨"累世兴亡何足道"。大德乙巳（1305）上元日，词人写下《酹江月》：

世途艰阻，正堪悲、万里清秋摇落。况复乾坤还闭物，奚啻切床肤剥。消长盈虚，循环反覆，夜半惊孤鹤。东君著意，惠风先到岩壑。　悦亲原有清欢，箪瓢食饮，不害贫家乐。多病留侯空自苦，惭愧长身诸葛。先手躬耕，卧龙冈上，准备丰年获。豚蹄社鼓，几时同醉寥廓。

这首词写出了他未入仕途潜心教学的原因，世途险阻，词人虽满腹才学，但却是"多病留侯空自苦"。引出诸葛孔明，以此暗示他未遇到刘备这样的主公，唯有躬耕垄亩，选择过一种隐居的生活。

王沂，字师鲁（一字思鲁），徙居真定（今河北正定）。其父由金仕元，南宋亡，任职江南。延祐二年，中首科进士，曾任翰林编修、国子博士和礼部尚书等职，以总裁官身份编订辽、金、宋三朝史。曾筑石田山房以居。有诗文集《伊滨集》，存词七首。

在他的存词中，有《御街行·送王君冕二首》较为突出。

烟中列岫青无数。遮不断、长安路。杜鹃谁道等闲啼，迤逦得人归去。陇云秦树，周台汉苑，满眼相思处。　　停杯莫放离歌举。至剪烛、西窗语。元都燕麦又东风，自是刘郎迟暮。纫兰结佩，裁冰斫句，细和闲情赋。

君行广武山前路。是阮籍、回车处。问他儒子竟何成，落日大河东注。无人说与，遥岑远目，也会修眉妩。　　离宫别馆空禾黍。啸木魅、啼苍鼠。悠悠往事不经心，只有闲云来去。停云得句，归云洞府，领取渊明趣。

王沂作为首科进士，无疑在元代科举制度中书写了浓墨重彩的一笔，这两首送别词通过朋友此去经行之处所蕴含的深厚历史文化意蕴，写出了送别朋友时的依依不舍之情，结尾"纫兰结佩，裁冰斫句，细和闲情赋"和"停云得句，归云洞府，领取渊明趣"两句，也反映出了元朝初期科举不兴之后读书人那种深厚的慕陶情结，而且这种情结影响了有元一代文人的选择，陶渊明的隐居生活成为他们共同的精神家园。

第三章

元代北方词坛（下）：

山东籍词人及其他词人

在山东籍词人群中，有丘处机、尹志平、刘敏中、曹伯启等人，《全元词》收录了十四位山东籍词人的五百五十四首存词。其中，刘敏中作为文臣词人，存词较多。由于丘处机和尹志平是当时道教的掌门人，本书将在之后的释道词人群中进行专章论述。其他词人从存词数量和质量来考察，本书选取了大都词人宋褧和陕西籍词人蒲道源。

表 3-1　山东籍词人信息目录

序号	词人	生卒	籍贯	存词
1	丘处机	1148—1227	登州栖霞（今属山东）人	154 首
2	尹志平	1169—1251	东莱（今山东掖县）人	169 首
3	杨弘道	1189—1272 以后	淄川（今属山东）人	9 首
4	李志常	1197—1271	观城（今山东曹州）人	2 首
5	杜仁杰	1198—约 1277	济南长清（今属山东）人	2 首
6	商挺	1209—1288	曹州济阴（今山东菏泽）人	1 首
7	刘敏中	1243—1318	章丘（今属山东）人	149 首
8	曹伯启	1255—1333	济宁砀山（今山东单县）人	35 首
9	王旭	不详	东平（今属山东）人	28 首
10	张养浩	1270—1329	济南历城（今属山东）人	1 首
11	张起岩	1285—1353	禹城（今属山东）	1 首
12	梁宜	1291—？	茌平（今属山东）人	1 首
13	陵济国	不详	历阳（今属山东）人	1 首

第一节　山东籍词人

山东籍词人主要有刘敏中、曹伯启、王旭，其中，刘敏中和曹伯启存词最多，而且在当时的北方词坛影响最大，可以说是山东籍词人中的典型代表。

刘敏中（1243—1318），字端甫，号中庵，章丘（今属山东）人。早年受知乡先生杜仁杰。曾任中书省掾史擢兵部主事，拜监察御史、翰林直学士兼国子祭酒，除东平路总管等职。在翰林学士承旨任上以疾还乡。延祐五年卒，享年七十六。追封齐国公，谥文简。其词结集为《中庵乐府》，存词一百四十九首。

他曾经有过一段在京城做官的日子，于是记录下当时的生活及人生感悟，写景的有《木兰花慢·晓过卢沟》：

上卢沟一望，正红日、破霜寒。尽渺渺飞烟，葱葱佳气，东海西山。依稀玉楼飞动，道五云深处是天关。柳外弓戈万骑，花边剑履千官。　　寒窗萤雪一生酸。富贵几曾看。问今日谁教，黄尘匹马，更上长安。空无语，还自笑。恐当年、贡禹错弹冠。拟把繁华风景，和诗满载归鞍。

词的上阕为写景，词境开阔雄伟，尤其是"柳外弓戈万骑，花边剑履千官"一句。词的下阕笔锋一转，"恐当年、贡禹错弹冠"一句写出了词人的悲愤和无奈。当时，词人曾经弹劾权臣桑哥不成，被迫辞去监察御史之职，回归乡里。仕途受挫的人生经历，使这首词具有了沉郁、悲壮之气，有辛词之风。后来，词人又被朝廷任用，《满江红》则是对这段大都生活的生动总结。

十载京华，也曾是、飘零狂客。还有幸、公家兄弟，相逢相识。记得宣恩疏决日，柏台骢马秋官笔。甚人生聚散等闲间，都难测。　　摩抚手，天西北。放浪迹，江湖国。忽高轩飞下，今夕何夕。头上貂蝉看欲见，掌中珠颗今先得。暂放教、诗酒豁平生，公休惜。

十载京华，飘零狂客，词人有幸遇到志同道合的朋友，但是，宦海沉浮，虽然面临分别而情谊绵长，"诗酒豁平生"一句写出了词人的洒脱与豁达，正如词人所言，此词"情动于中而行于言，言不足而咏歌之"。尽管仕途遭遇挫折，但是词人始终怀有一颗爱国忠君之心，如《木兰花慢·会有诏止征南之行复以木兰花慢送还阙》：

妙年勋业在，正千载、会风云。有横槊新诗，投壶雅唱，将武儒文。风流圣朝人物，算锦衣、难避软红尘。琼岛羽林清晓，紫垣星月黄昏。　　悠悠轩旆下东秦。宾客满于门。看戏彩萱堂，挥金置酒，和气回春。平生事，忠与孝，但图忠、云路莫因循。此去秋光正好，龙墀再荷新恩。

又《满江红·送李清甫赴西蜀提刑副史》：

万古云霄，谁办得、妙龄勋业。长有恨、君恩未报，鬓毛先雪。紫诏俄从天阙下，绣衣已逐星轺发。但七千里外望庭闱，三年别。　　忠与孝，心应切。行与止，君须决。说蜀中父老，望君如渴。地迥无妨鹰隼系，山深要静狐狸穴。着新诗、收拾锦城春，归来说。

又《满江红·送郑鹏南经历赴河东廉访幕》：

宿酒初醒，秋已老、故人来别。情味恶、从前万事，不堪重说。大抵男儿忠孝耳，此身如叶心如铁。但始终夷险要扶持，平生节。　　湖海气，诗书业。霜雪地，风云客。问而今月旦，果谁豪杰。君去还经汾水上，依然照见齐州月。怕相思、休费短长吟，生华发。

在这几首词里，都提到了忠与孝，"平生事，忠与孝，但图忠、云路莫因循"、"忠与孝，心应切。行与止，君须决"、"大抵男儿忠孝耳，此身如叶心如铁"，都写出了词人对于仕宦的态度，将对国家的"忠"放在小家的"孝"之上，所以，他拜监察御史之时，敢于直谏，不怕得罪权臣桑哥，不惜失去官职，辞归乡里，用自己的实际行动践行了"忠"。

南北统一之后，词人希望大元能够开创太平盛世，他在《念奴娇·圣节进酒词》中表达了对当政者的期望，如：

> 龙飞九五，记虹流电绕，天开华旦。万宝成时秋正好，四海皇皇枕奠。教两仁风，声名文物，允协斯民愿。途歌里咏，太平今日真见。　　遥想禹子汤孙，尧臣汉相，拂晓班如剪。万国衣冠同拜舞，春满九重官殿。湛露恩隆，南山庆远，处处须新宴。瞻天望圣，玉卮力寿遥献。

元武宗即位，刘敏中被召至上京，写了《鹊桥仙·上都金莲》：

> 重房自拆，娇黄谁注。烂漫风前无数。凌波梦断几番秋，只认得、三生月露。　　川平野阔，山遮水护。不似溪塘迟暮。年年迎送翠华行，看照耀、恩光满路。

又《摸鱼儿·九日上都次韵答邢伯才》：

> 叹萍蓬、此生无定，年年客里重九。南来北去风沙梦，弹指已成白首。谁有酒。都唤起、一天秋色开林薮。还开笑口。对满意青山，多情黄菊，莫唱渭城柳。　　龙钟态，也向人前叉手。思量难以持久。东涂西抹皆倾国，只有效颦人丑。嗟汝叟。今误矣，江亭好去藏衰朽。鸣鸡吠狗。尽里社追随，何须更说，鼻醋吸三斗。

他在《水龙吟》序中记载："阳丘南逾五里，余别墅在焉。地方仅二亩，南西北皆巨沟，崖壁崭绝。下为通达人由其中，东垂蔽古藤，晦密尤峻。绣江远来触巽隅刮足而北，余流复西，渐达于坤维，周览上下，岿台宛然，因取渊明语，命之曰'赋诗之台'。南偏少东尤高敞，东向为小亭，轩户始开，而长白湖山诸峰林壑，奔跃来见，明姿晦态，与绣江相表里。复取谢灵运语，命之曰'含晖之亭'。亭之筑，实至元辛卯前重阳一日也。戏作乐府《水龙吟》一首，书于壁，以认其始，且以为老子醉后浩歌之资云。"

乾坤遗此方台，赋诗名字从吾起。十分高处，更宜着个，含晖亭子。无数青山，一时为我，飞来窗里。渺浮天玉雪，江流忽转，风雨在、寒藤底。　　尝试登临其上，把闲愁、古今都洗。长空澹澹，无言目送，飞鸿千里。看取明年，四围松菊，一番桃李。放篮舆杖屦，醒来醉往，自今朝始。

这首词写于至元辛卯，即1291年重阳节前，置身在别墅之中，词人"把闲愁、古今都洗"。词的下阕写了登临之后的观感，长空澹澹，飞鸿千里，想到明年重阳节时，四周的菊花开放，自然别是一番风景。

词人在仕宦生涯中，结识了很多知己，他曾与姚燧等人在郓城会饮，写下二首《六州歌头》，其一：

江城会饮，东壁照奎星。肝胆露，乾坤秘，尽披零。势分庭。笔下风雷发，何为尔，聊相慰，供一笑，悠悠者，总流萍。虎掷龙跳几遇，依然对、高垒深扃。睹殷盘科斗，不说换鹅经。老眼尘醒。认声形。　　中州月旦，千载后，犹洒客，有歆宁。人不见，搔首立，望余馨。海边亭。寂寞钟期远，高山曲，几人听。何必要，椿与菌，校年龄。万事元无定在，此心得到处仙灵。爱烂游南北，快马接飞舻。万里丹青。

他于扰攘尘世之中和知己朋友于美景良辰间饮酒谈心，高歌一曲，乃是人生一大乐事，如《念奴娇·自述呈知己》：

鸟飞兔走，叹劳生、浮世匆匆如此。眼底风尘今古梦，到了谁非谁是。击短扶长，曲邀横结，为问都能几。悠悠长啸，谩嗟真个男子。　　数载黄卷青灯，种兰植蕙，颇遂平生喜。冷笑纷纷儿女语，都付春风马耳。美景良辰，亲朋密友，有酒何妨醉。高歌一曲，二三知己知彼。

他也写下了自己病中的心情，如《满江红·病中呈诸友》：

昼景清和，南风扇、葛衣未试。知又是、梅黄时候，麦秋天气。宝鸭旋薰香篆小，绿阴生寂重门闭。有画梁双燕伴人愁，知人意。　　萤窗苦，貂蝉贵。穷与达，心如醉。个月来多病，不禁憔悴。讳疲怎谩衣带缓，怯眠却把窗儿倚。问阿谁、心绪正如今，还如此。

又《满江红·病中又次前韵》：

北去南来，凡几度、风沙行李。离又合、新欢旧恨，古今何已。风鉴俄瞻衡宇外，月明照见寒江底。问朱丝白雪尚依然，知音几。　　无所作，谁成毁。非所望，何悲喜。谓人生得失，卷舒天耳。病骨支离羁思乱，此情正要公料理。但无言、手捉玉连环，东南指。

尤其到了晚年，他更是表达了自己面对老病的无奈与伤感，如《南乡子·老病自戏》：

老境日蹉跎。无计逃他百病魔。强打枝撑相伴住，难呵。也是先生没奈何。　　耳重眼花多。行则敧危语则讹。暗地自怜还自笑，休么。智者能调五脏和。

另外，刘敏中还创作了咏物词和寿词，如《水龙吟·同张大经御史赋牡丹》：

春风一尺红云，粉蕤金粟重重起。天香国色，宜教占断，人间富贵。最喜风流，妆台卯酒，欲醒还醉。算年年岁岁，花开依旧，问当日、人何似。　　休说花开花谢，怕伤它、老来情味。依稀病眼，故应犹识，旧家姚魏。无语相看，一杯独酌，幽怀如水。料多情、笑我苍颜白发，向风尘底。

又《木兰花慢·寿大智先生》：

忆长庚初梦，是谁遣下蓬壶。到今日相看，仙风道骨，依旧清癯。胸中浩然何物，管三冬、读尽邺侯书。笔落千山风雨，气吞万里江湖。　　豪门落落曳长裾。醉倒倩人扶。刚只要疏闲，争教富贵，不肯饶渠。蟾宫桂春榜字，看明年、光耀满门闾。应笑青灯黄卷，却成玉带金鱼。

刘敏中早年受知于乡学杜仁杰，杜仁杰与元好问相交颇深，而且入元后屡征不起，隐逸以终老，所以，刘敏中在创作中也深受他们的影响，词作内容较为写实，尽管身居高位，但并不拘泥于此，通过词作表现出了他洒脱的个性。

曹伯启（1255—1333），字士开，济宁砀山（今山东单县）人。曾任兰溪主簿、河南行省都事、台州路治中等职。拜南台治书侍御史，未几，解职归。元英宗即位，召拜山北廉访史。泰定初，告老还乡，优游里社，居住的地方称为"曹公里"。天历中，起为淮东廉访使等职，以老辞。卒，追封鲁郡公，谥文贞。有《汉泉曹文贞公诗集》十卷，存词三十五首。

他一生辗转南北做官，游览过很多名胜，在旅途中写下了自己的观感，如《水龙吟·用杨修甫学士登岳阳楼韵》：

岳阳西望荆州，倚楼曾为思刘表。国亡家破，当时豪俊，鱼沉雁渺。王霸纷更，乾坤摇荡，废兴难晓。记观山纵酒，巡檐索句，宿官舫，篷窗小。　　不畏黑风白浪，伴一点、残灯斜照。棹歌明发，天光无际，得舒晴眺。万里驰驱，千年陈迹，数声悲啸。试闲中想象，兴来陶写，付时人笑。

又《沁园春·和复初省郎韵纪仲春陪诸名胜游西山》：

山色湖光，宜雨宜晴，春来恼人。笑劳生强半，登临有兴，身司笾库，所向无亲。马服车辕，鹰罹绦镟，也算人间一度春。情无赖，怕岸花汀草，弹指成尘。　　朋簪契我天君。更不管、长须喜与嗔。任把酒论文，且行且止，幕天席地，谁主谁宾。敬德猖狂，春陵笑傲，延寿丹青画不真。归鞍好，向梅山东下，数点行云。

《水龙吟》一词借景抒情，抒发了词人对历史的深刻感悟。对于曹伯启而言，他亲眼看到了南宋的灭亡，元朝的统一，所以有感而发，写出"国亡家破，当时豪俊，鱼沉雁渺。王霸纷更，乾坤摇荡，废兴难晓"的句子。《沁园春》一词不仅写出了西山春天的湖光山色，而且表达了他和朋友把酒论文的喜悦之情。

他的酬赠次韵之作有《酹江月·次王君阳李敏之过龙门韵》：

洪崖中断，似蜃楼、幻出层檐叠脊。欲问真源凌绝顶，安得乘风羽翮。势利相忘，驱驰不惮，面背皆京国。源泉混混，恍如夹右碣石。　遥想巢父襟怀，东溟烟雾里，片帆如席。逸气峥嵘今老矣，惆怅剑门千尺。细草平沙，敝裘羸马，长路无人识。家山回首，不应犹作行客。

又《八声甘州·和郑泽民》：

算人生南北何如，彷佛过青春。似断蓬飞絮，平生怀抱，何处通津。欢逢故山佳友，终日藉陶薰。芥蒂净如此，咸与惟新。　男子十年勋业，谩无成一事，负却晨昏。使功名都了，转首是非尘。又滞此、蝇营狗苟，料山英、也笑趁墟人。谁相约，重寻故步，经理遗文。

他曾经还写过一首《糖多令·释怀寄友人》：

衰境日匆匆。浮生一梦中。算愁怀、万古皆同。越水燕山南北道，来不尽，去无穷。　萍水偶相逢。晴天接远鸿。似人间、马耳秋风。山立扬休成底用，闻健在，好归农。

他的存词以酬赠次韵之作为主，尽管存词量不多，但是能够直抒胸臆，有"中原雅调"之称。

王旭，字景初，号兰轩，东平（今属山东）人。早年教书为生，与同郡王构、永年王磐并称"三王"。元世祖至元二十七年，受砀山县令礼遇，主持县学讲席。足迹遍及中原南北，一生未入仕途，靠资助为生。有《兰轩集》二十卷，原本已不传。存词二十八首。

他的存词量不多，主要涉及节序词、寿词和咏物词等，节序词有《水调歌头·端午》：

漱齿汲寒井，理发趁凉风。先生畏暑晨起，笑语听儿童。说道今年重午，节物随宜稍具，还与去年同。已喜酒樽冽，更觉粽盘丰。　愿人生，常醉饱，百年中。独醒竟复何事，憔悴佩兰翁。我有青青好艾，收蓄已经三载，疗病不无功。从此更多采，莫遣药囊空。

又《水龙吟·中秋和人韵》：

西风万卷堂空，卧听箫鼓谁家宴。多情惟有，碧霄明月，肯来相见。因记当年，南楼老子，座前宾满。把清谈当却，弹丝吹管。谁更问，霓裳按。　　梦里仙游惊断。怅天涯、故人难面。空留玉斧，修轮斫桂，又成衰晚。水调歌残，壮心都付，一声长叹。对清光不寐，呼儿取酒，不妨重暖。

尽管今年的端午节与去年相比没有太大的变化，但是每一个节日都寄予着人们对美好生活的祝福，比如说端午节的艾草，就是人们对身体康健的祈愿。中秋佳节，词人想起了当年宾朋满座，论文清谈，自有意趣，然而，如今飘零异乡，自己在月夜下无法入睡，于是呼儿取酒，以解烦忧。

词人也曾南游，写下《大江东·离豫章舟泊吴城山下》：

南游三载，只江山、不负中原诗客。万里行装无别物，满意风云泉石。牛斗星边，灵槎缥缈，鬓影银河湿。哀歌谁和，剑光摇动空碧。　　回首帝子长洲，洪崖仙去，风雨鱼龙泣。海外三山何处是，黄鹤归飞无力。天上佳人，袖中瑶草，日暮空相忆。乾坤遗恨，月明吹入长笛。

又《大江东·登鲸川楼》：

飞楼缥缈，碍行云、势压鲸川雄杰。宾主落成登鲸日，正是炎蒸时节。把酒临风，凭栏一笑，忘尽人间热。四围烟树，万家金碧重叠。　　休问去棹来帆，南商北旅，欢会并离别。且向樽前呼翠袖，歌取阳春白雪。千古兴亡，百年哀乐，天远孤鸿灭。酒阑人散，角声吹上明月。

南方的山水江山让词人感到"不负中原诗客"，登上鲸川楼，虽然正是炎热时节，但是把酒临风，凭栏远眺，早已忘记了人间的炎热。这两首词于自然描写中衬托出南方山水的美，对于他这位北方旅人而言，自是一次不同寻常的旅程。

王旭一生未入仕，《春从天上来·退隐》一词则表达了他追求自由，内心渴望过一种悠然自得的隐居生活。

绿鬓凋零。看几度、人间春蝶秋萤。天地为室，山海为屏。收浩气、入沉冥。便囊金探尽，犹自有、诗笔通灵。谢红尘。且游心汗漫，濯发清冷。　　平生眼中豪杰，试屈指年来，稀似晨星。虎豹关深，风波路远，幽梦不到王庭。任浮云千变，青山色、万古长青。醉魂醒。□寒灯一点，相伴荧荧。

在岁首之日，他还写了《春从天上来·贺正词》：

斗转寅方。正凤历颁春，泰应三阳。河山衍庆，宇宙呈祥。瞻帝阙，五云乡。想千官拜舞，萃龙庭、圭璧炜煌。祝君王。愿皇基巩固，国祚灵长。　　休言太平无象，看武偃文修，岁稔时康。惠泽横流，仁风远被，四海歌颂洋洋。戴尧天舜日，将何报、金鼎焚香。捧瑶觞。奏钧天一曲，万寿无疆。

由此可见，他对当时的元王朝是持肯定态度的，看到"岁稔时康"，以尧天舜日来形容当时的统治者，并祝愿国祚灵长，祝福万寿无疆。

另外，还有一位词人需要提，姜彧，字文卿，本莱州莱阳人，其父姜椿与历城张荣有旧，因避战乱投奔张荣，遂举家迁往济南。至元十八年三月，时任太中大夫、河东山西道提刑按察使，为视察水利设施，来到晋祠，作诗与《浣溪沙》二首纪行。次年上巳日重游，再次留题《鹧鸪天》词作二首，刻石为记，存词四首。

至元十八年三月中瀚日，太中大夫、河东山西道提刑按察史姜彧文卿，因视水利，敬谒祠下，少道目前之胜慨。从行者，前岚州知州平晋尹魏章、书吏王中子中，权秉中伯庸，簿尉史彦英，写下《浣溪沙·晋溪留题二阕》：

方丈堆空瞰碧潭，潭光山影静相涵。开轩千里供晴岚。　　流水桃花疑物外，小桥烟柳似江南。挽将风月入醺酣。

又《浣溪沙》：

山滴岚光水拍堤。草香沙暖净无泥。只疑误入武陵溪。　　两岸桃花烘日出，四围高柳到天垂。一尊心事百年期。

是岁九月，姜彧陪御史中丞来游，即席赋《鹧鸪天》：

满谷萧萧落叶黄。绣衣骢马驻平岗。一川野色迷秋色，四面山光接水光。　　花作阵，酒为浆。晋祠风物正重阳。殷勤留住黄华使，同放乾坤入醉乡。

又《鹧鸪天》：

一代衣冠共胜游。晋阳祠宇若为酬。溪山影里联金勒，箫鼓声中倒玉舟。　　苍壁秀，锦屏幽。留连一醉也风流。生平适意能如此，不信青青两鬓秋。

重阳佳节，正是初秋时节，一川野色让晋祠的秋色更加迷人，词人陪同御史来游，眼前的秋景让词人产生了与御史"同放乾坤入醉乡"的想法，并且发出了"生平适意能如此，不信青山两鬓秋"的感慨，这些词意境清远，词风豪迈。

第二节　其他词人

除山西、河南、河北、山东籍词人外，大都词人宋褧、陕西籍词人蒲道源都是比较有特点的词人。宋褧（1294—1346），字显夫，大都

（今北京）人，宋本之弟。早年随父在江南就学，泰定元年举进士，除秘书监校书郎等职，参与修辽、金、宋三史。卒，追封范阳郡侯，谥文清。与其兄宋本齐名，人称"二宋"或"大小宋"。有《燕石集》，存词四十首。

宋褧存词中主要有节序词、酬赠词和寿词等，节序词有《满庭芳·汴中寒食》：

> 雨意惜惜，养花天气，卖饧何处春箫。清明上巳，车马正连朝。对酒唱、归时多忘，惜花心、醉后偏饶。凝云暮，青楼帘卷，几度对魂销。 无聊。空怅望，东阑雪剩，北郭香飘。梦江南行乐，水远山遥。深院宇、绿窗啼鸟，明寒食、宝月良宵。秋千外，柳风柔小，无力著春娇。

词人寓居汴中，在寒食节不由想起了江南之地，此时却是水远山遥。先兄正献公曾经和词人同寓汴中朝元宫一年，又尝客九江，值除夕，共博而守岁，后同归京师赴举。如今，去世已经三年，词人写下了《满庭芳·寒食伤先兄正献公》，表达了对兄长深深的思念之情。

> 魂黯雪山，泪零风野，转头三度清明。感今怀旧，何事不伤情。文史共、梁园书几，枭卢对、溢浦灯檠。经行处，洞庭彭蠡，同载赴瑶京。 才名。人尽羡，朝家大宋，陆氏难兄。但驽驹小季，少后鹏程。丹桂树、何论高下，紫荆花、早变枯荣。微衷苦，乱峰如树，幽恨几时平。

在旅途之中，词人写下了自己的观感，如《木兰花慢·题峨嵋亭》：

> 唤山灵一问，螺子黛、是谁供。画婉娈双蛾，蝉联八字，雨淡烟浓。澄江婵娟玉镜，尽朝朝暮暮照娇容。只为古今陈迹，几回愁损渠侬。 千年釐氄谩情钟。惨绿带云封。忆赏月天仙，然犀老将，此恨难穷。持杯与、山为寿，便展开、修翠恣疏慵。要似绛仙妩媚，更须岚霭空濛。

寿词有《绿头鸭·送张仲容过维扬，复之钱塘结婚。正月二十日出京，是其寿日也》：

缓摇鞭。销魂桥上留连。恰春波、鸭头新绿，仓皇便买吴船。就华堂、溶溶寿酒，作绣陌、草草离筵。倾盖论交，分袂怨别，春风秋月仅经年。都门道、纷纷轻薄，余子政堪怜。　　夫君妙，心期湖海，意气云天。便明朝、拂衣径去，天涯幽恨无边。暮维舟、沙鸥飏雪，春市酒、淮柳垂烟。绿水迢迢，青山隐隐，浙江云拥洞房仙。对西湖、烟浓雨淡，少少占芳妍。归来好，扶摇九万，水击三千。

咏物词《穆护砂·烛泪》写得细腻生动，与宋词中的咏物词相比，也毫不逊色。

底事兰心苦。便凄然、泣下如雨。倚金台独立，揾香无主。肠断封家相妒。乱扑簌骊珠愁有许。向午夜、铜盘倾注。便不似、红冰缀颊，也湿透、仙人烟树。罗绮筵前，海棠花下，淫淫常怕凤脂枯。比洛阳年少，江州司马，多少定谁如。　　照破别离心绪。学人生、有情酸楚。想洞房佳会，而今寥落，谁能暗收玉箸。算只有金钗曾巧补。轻湿尽、粉痕如故。愁思减、舞腰纤细，清血尽、媚脸肤腴。又恐娇羞，绛纱笼却，绿窗伴我检诗书。更休教、邻壁偷窥，幽兰啼晓露。

蒲道源（1260—1336），字得之，号顺斋，南郑（今陕西汉中）人。居家教授生徒，曾为儒学正，罢归还乡，绝口不言仕进。元仁宗皇庆二年，征为翰林编修，又进翰林应奉，迁国子博士。延祐七年，辞官归隐，荐举为陕西儒学提举，未赴职。临终，饮酒赋诗而逝。有《顺斋先生闲居丛稿》，存词三十四首。

他的存词以酬赠次韵之作、咏物词和寿词为主，展现了大元气象，如《木兰花慢》：

想天开阊阖，正元日、受朝仪。美出震居尊，承乾继统，行夏之时。梅花领将春到，更祥烟、浮动万年枝。丽日徐行黄道，和风细、度丹墀。　　天颜有喜近臣知。称寿献瑶卮。道品物惟新，阳刚浸长，百禄咸在他的朋友中，有一位叫梅隐丈，他曾经到他的故居探访，睹物思人，想起了梅隐丈当年读书窗下，自己和他开怀畅饮、醉卧花旁的情景，如今友人已经搬到清江，再构茅堂，于是有一种物是人非之感，便写下《满庭芳·南营探梅至梅隐丈故居》：

长忆当年，读书窗下，岁寒留看孤芳。巡檐索笑，重到更彷徨。梅隐先生何在，清江外、新构茅堂。人应道、攀枝嗅蕊，那得救饥肠。　　多情余习气，芒鞋竹杖，未忍相忘。但年年依旧，疏影幽香。好是春风近也，犹记得、吟绕昏黄。开樽饮，参横斗转，同醉卧花傍。

在梅隐丈生日的时候，词人写下《酹江月·次梅隐丈寿日感怀》：

南箕月直，想青天、万里光芒生夕。谁料英灵如此赋，辜负生平胸臆。世事悠悠，尘缘衮衮，仰看晴空碧。利名余子，面骍羞汗长沥。　　幸自吾爱吾庐，南山招隐，洒扫躬厮役。但愿身强余庆在，流与子孙逢吉。畅饮遗情，浩歌乘兴，风月共呼集。从今数去，那朝非是生日。

他的次韵之作成就较高的有《酹江月·次李寿卿侍西轩先生九日赏菊》：

暮秋天气，似堪悲、还有一般堪悦。憔悴黄花风露底，香韵自能招客。手当红牙，觞飞急羽，且为酬佳节。龙山依旧，不知谁是豪杰。　　我爱隐士风流，就开三径，欲往无能得。万事会须论一醉，非我非人非物。座上狂歌，尊前起舞，待向醒时说。傲霜枝在，莫教空老寒色。

蒲道源不热衷于仕进，不以功名为业，他写过《鹧鸪天·和客中重九》：

冷落寒芳一径幽。无诗无酒若为酬。一生几得花前醉，两鬓难禁客里秋。　　思往事，泪盈眸。共嗟日月去如流。短歌谩寄乡邻友，写入新笺字字愁。

1343 年中秋遇雨，词人写了《水调歌头·癸未中秋雨闷中示德衡弟》：

天公何见戏，凡事每相乖。应知今夜秋半，故故放云霾。不遣姮娥窥户，空使骚人赏客，樽俎预安排。无复弄清影，只自黯愁怀。　　下帘栊，收绮席，罢金钗。谁能为我，叩广寒玉殿令开。待得良辰美景，却遇凄风苦雨，好事实难谐。高卧清无梦，檐溜滴空阶。

以上词勾勒出了元代北方词坛的概貌。在元朝前期，尽管南北由分裂走向了统一，但是，南北文坛仍然按照各自的轨迹在向前发展，北方词坛主要承金而来，依然保留了自己的发展趋势和风格特点。随着北人南下、南人北上，南北融合的步伐也在加快中，从而为元代词坛注入了新的生机和活力！

第四章

元代南方词坛（上）：

浙江籍词人

元代南方词坛主要承南宋而来，南方词人主要由三部分人组成：浙江籍词人、江西籍词人和江苏籍词人。这些词人出生在南方，因此将他们归入南方词人的范畴，其中，浙江籍词人主要有汪元量、仇远、赵孟頫、朱晞颜、周权、吴镇、张可久、李孝光、邵亨贞和凌云翰等共五十八位，存词九百零六首，占到了《全元词》的近五分之一。1276年，随着南宋都城临安的沦陷，元朝基本上统一了全国。1279年，在崖山海战中，陆秀夫背着年幼的小皇帝跳海而死，标志着南宋王朝正式灭亡，而浙江作为南宋王朝统治时期的核心区域，不管是由宋入元之际的词人，还是出生于元朝的词人，浙江籍词人都用自己的笔记录下了时代巨变下的社会生活和人生感悟。

第一节　宋元易代之际的浙江籍词人

元初南方词坛的主要构成者是南宋遗民词人群体，他们是以故都临安为中心的浙江籍词人群和以庐陵为中心的江西籍词人群。像张炎、周密等人一般放在南宋词史中论述，并且目前有专门的成果，本书主要以《全元词》收入词人为研究对象，故在这里不再赘述。在浙江籍词人群中，汪元量、仇远和赵孟頫为其中的代表，由于亲身经历了宋元易代之际的沧桑变化，他们的词成为其抒发故国之思和身世之感的工具，也成为他们在时代变迁中最好的情感表达方式。

表 4-1 浙江籍词人信息目录

序号	词人	生卒	籍贯	存词
1	董嗣杲	不详	杭州（今属浙江）人	3 首
2	刘铉	不详	青田（今属浙江）人	3 首
3	汪元量	1241—约 1320	钱塘（今浙江杭州）人	64 首
4	曾寅孙	不详	山阴（今浙江绍兴）人	1 首
5	赵与仁	不详	杭州（今属浙江）人	6 首
6	杨明	不详	钱塘（今浙江杭州）人	1 首
7	金绹	不详	嘉兴（今属浙江）人	1 首
8	张羃	不详	建德（今属浙江）人	1 首
9	张伯淳	1243—1303	嘉兴崇德（今浙江桐乡）人	22 首
10	仇远	1247—1326	钱塘（今浙江杭州）人	120 首
11	臧梦解	?—1335	庆元（今属浙江）人	3 首
12	赵孟頫	1254—1322	湖州（今浙江吴兴）人	36 首
13	释英	约 1255—1341	钱塘（今浙江杭州）人	12 首
14	陈孚	1259—1309	台州临海（今属浙江）人	2 首
15	管道昇（女）	1262—1319	吴兴（今浙江湖州）人	4 首
16	释明本	1263—1323	钱塘（今浙江杭州）人	11 首
17	朱晞颜	不详	长兴（今属浙江）人	41 首
18	沈景高	不详	乌程（今浙江吴兴）人	1 首
19	丁德孙	不详	鄞县三溪（今属浙江）人	2 首
20	白贲	不详	祖籍太原文水（今属山西），定居钱塘（今浙江杭州）	2 首
21	许谦	1270—1337	金华（今属浙江）人	2 首
22	杨载	1271—1323	祖籍蒲城（今属福建），迁居杭州（今属浙江）	1 首
23	赵由俊	不详	吴兴（今浙江湖州）人	1 首
24	徐再思	不详	嘉兴（今属浙江）人	3 首
25	周权	约 1280—1330	松阳（今浙江西屏）人	34 首
26	吴镇	1280—1354	嘉兴（今属浙江）人	39 首
27	张可久	1280—1352 后	庆元（今浙江宁波）人	66 首
28	张雨	1283—1350	钱塘（今浙江杭州）人	53 首

续表

序号	词人	生卒	籍贯	存词
29	王国器	1284—1366	吴兴（今浙江湖州）人	13 首
30	李孝光	1285—1350	温州乐清（今属浙江）人	27 首
31	李应祯	不详	温州乐清（今属浙江）人	2 首
32	柯九思	1290—1343	台州仙居（今属浙江）人	4 首
33	江昰	1290—1352	常山石门（今属浙江）	1 首
34	赵雍（赵孟頫次子）	1290—约 1360	吴兴（今浙江湖州）人	17 首
35	赵一之	不详	吴兴（今浙江湖州）人	1 首
36	吴景奎	1292—1355	兰溪（今属浙江）人	11 首
37	杨维桢	1296—1370	山阴（今浙江绍兴）人	9 首
38	史伯璿	1299—1354	温州平阳（今属浙江）人	7 首
39	莫昌	1302—？	钱塘（今浙江杭州）人	1 首
40	王毅	1313—1354	龙泉（今属浙江）人	5 首
41	袁士元	约 1305—？	鄞县（今浙江宁波）人	7 首
42	俞和	1307—1382	钱塘（今浙江杭州）人	2 首
43	高明	约 1308—1359	永嘉平阳（今浙江瑞安）人	1 首
44	邵亨贞	1309—1401	祖籍淳安（今属浙江），徙居华亭（今上海松江）	146 首
45	岳榆	不详	义兴（今浙江宜兴）人	1 首
46	郏韶	不详	湖州（今浙江吴兴）人	1 首
47	贝琼	1314—1379	崇德人（今属浙江）	15 首
48	陶宗仪	1316—1403 后	黄岩（今属浙江）人	6 首
49	释宗泐	1318—1391	本黄岩（今属浙江）陈姓，临海（今属浙江）周氏养子	2 首
50	沈禧	不详	吴兴（今属浙江）人	55 首
51	宋禧	不详	余姚（今属浙江）人	1 首
52	何景福	不详	淳安（今属浙江）人	1 首
53	吴瑾	不详	嘉兴（今属浙江）人	3 首
54	叶森	不详	钱塘（今浙江杭州）人	1 首
55	凌云翰	1323—1388	钱塘（今浙江杭州）人	28 首

序号	词人	生卒	籍贯	存词
56	邾 经	不详	西夏人，上世居海陵（今江苏泰州）人 元明之际寓居钱塘（今浙江杭州）	1首
57	汤 式	不详	象山（今属浙江）人	1首
58	李 济	不详	汤溪（今浙江金华）人	1首

汪元量（1241—约1320），字大有，号水云，钱塘（今浙江杭州）人，南宋末宫廷琴师。德祐二年（1276），蒙古铁骑直捣杭州，由于国弱主幼，宋皇室不战而降。在元军的押解下，汪元量随三宫北徙大都（北京）。在大都，汪元量以琴艺受到元世祖忽必烈的赏识，但这并不能抚平汪元量内心的亡国之痛，他日思夜想希望回到江南。至元二十五年（1288），汪元量在元世祖忽必烈的许可下，以道士身份南归。隐迹钱塘，往来于匡庐、彭蠡间，浪迹湖山以终。

清黄虞稷《千顷堂书目》著录《湖山类稿》十三卷、《水云词》三卷，但《水云词》已佚，其词留存在《湖山类稿》《永乐大典》《诗渊》之中，存词六十四首。

同他的诗歌一样，汪元量的词同样具有黍离之感，属于宋亡之词的一部分。虽然只是一位宫廷琴师，但是，他身处于宫廷这一环境之中，在南宋灭亡之际，被迫随三宫北上。北上途中，汪元量用自己的词记录下了当时的社会变迁，如《洞仙歌·毗陵赵府兵后僧多占作佛屋》：

西园春暮。乱草迷行路。风卷残花堕红雨。念旧巢燕子，飞傍谁家，斜阳外、长笛一声今古。　　繁华流水去。舞歇歌沉，忍见遗钿种香土。渐橘树方生，桑枝才长，都付与、沙门为主。便关防、不放贵游来，又突兀梯空，梵王宫宇。

"毗邻"指常州，元世祖至元十三年（1276），元兵挥师南下后，攻打毗陵，在战争中这里遭受到了极大的破坏，曾经繁华的赵府庭院，在经历了战争之后，往日的盛景已是不复存在，"乱草迷行路"、"繁华流水去"。此时的汪元量随从三宫赴燕，途经常州，不仅看到了城破之后的惨景，也从外面依稀窥见里面高大的楼阁，但此时的楼阁全部成为了佛堂，感怀之下写下此词。

又《水龙吟·淮河舟中夜闻宫人琴声》：

鼓鞞惊破霓裳，海棠亭北多风雨。歌阑酒罢，玉啼金泣，此行良苦。驼背模糊，马头匼匝，朝朝暮暮。自都门燕别，龙艘锦缆，空载得、春归去。　　目断东南半壁，怅长淮、已非吾土。受降城下，草如霜白，凄凉酸楚。粉阵红围，夜深人静，谁宾谁主。对渔灯一点，羁愁一搦，谱琴中语。

在北上的途中，词人在夜晚的舟中听着宫人哀怨的琴声，不由地发出了"此行良苦"、"已非吾土"、"谁宾谁主"的感叹。从这里可以看出，对于此次随三宫北徙大都，词人不仅有国破家亡后的悲痛之情，更有对北上之行生死未卜的"凄凉酸楚"。

到了幽州之后，词人写下了《望江南·幽州九日》：

官舍悄，坐到月西斜。永夜角声悲自语，客心愁破正思家。南北各天涯。　　肠断裂，搔首一长嗟。绮席象床寒玉枕，美人何处醉黄花。和泪捻琵琶。

此时的幽州官舍静悄悄的，但是对于故乡的思念却让词人夜不能寐，一直坐到月亮西斜。在幽州，汪元量还写下了《婆罗门引·四月八谢太后庆七十》：

一生富贵，岂知今日有离愁。锦帆风力难收。望断燕山蓟水，万里到幽州。恨病余双眼，冷泪交流。　　行年已休，岁七十又平头。梦破银屏金屋，此意悠悠。几度见青冢，虚名不足留。且把酒、细听筚篥。

他还曾写过《太常引·四月初八庆六十》：

广寒宫殿五云边，看天上、烛金莲。香袅御炉烟。拥彩仗、千官肃然。　　世间王母，月中仙子，花甲一周天。乐指沸华筵，更福寿，千年万年。

谢太后本名谢道清，在南宋灭亡后被元军从临安押往大都居住，降封寿春郡夫人。通过这首庆谢太后七十的寿词，汪元量记录下了谢太后国破家亡、颠沛流离的晚年生活。至元二十年（1283），谢道清去世，享年七十四岁。同时，宋度宗此时已去世，在他的生日，词人写下了《玉楼春·度宗愍忌长春宫斋醮》，一句"寡妇孤儿流血泪"表达了宋室三宫北上后的凄苦之情。

咸淳十载聪明帝。不见宋家陵寝废。暂离绛阙九重天，飞过黄河千丈水。　长春宫殿仙坛沸。嘉会今辰为愍忌。小儒百拜酹霞觞，寡妇孤儿流血泪。

王清惠是南宋宫中的昭仪，她才华横溢，能写文章，到大都后，教幼君瀛国公学习书史，后出家为女道士。公元 1276 年正月，元兵攻入临安，南宋灭亡。三月，王清惠随三宫三千人作俘北上。途经北宋时的都城汴梁夷山驿站，勾起王清惠深切的亡国之痛，在驿站墙壁上题了词《满江红·太液芙蓉》：

太液芙蓉，浑不似、旧时颜色。曾记得、春风雨露，玉楼金阙。名播兰馨妃后里，晕生莲脸君王侧。忽一声、鼙鼓揭天来，繁华歇。　龙虎散，风云灭。无限事，凭谁说。对山河百二，泪沾襟血。驿馆夜惊乡国梦，宫车晓碾关山月。愿嫦娥、垂顾肯相容，从圆缺。

词的创作者虽然是一介深宫女子，但她没有只停留在个人遭遇的不幸上，而是把眼光投向国家，这首词表现了深沉的家国之痛，并且还表现了她敏锐的政治见识，具有震撼人心的力量。于是，这首词传遍中原，文天祥、邓光荐、汪元量等皆有词相和，汪元量写下了《满江红·和王昭仪韵》：

天上人家，醉王母、蟠桃春色。被午夜、漏声催箭，晓光侵阙。花覆千官鸾阁外，香浮九鼎龙楼侧。恨黑风、吹雨湿霓裳，歌声歇。　　人去后，书应绝。肠断处，心难说。更那堪杜宇，满山啼血。事去空流东汴水，愁来不见西湖月。有谁知、海上泣婵娟，菱花缺。

当词人听到宫人鼓瑟奏霓裳曲时，不由泪如雨下，写下了《四犯剪梅花·宫人鼓瑟奏霓裳曲》：

绿荷初展。海榴花半吐，绣帘高卷。整顿朱弦，奏霓裳初遍。音清意远。恍然在、广寒宫殿。窈窕柔情，绸缪细意，闲愁难剪。　　曲中似哀似怨。似梧桐叶落，秋雨声颤。岂待闻铃，自泪珠如霰。春纤罢按。早心已、笑慵歌懒。脉脉凭栏，槐阴转午，轻摇歌扇。

十三年的异乡漂泊，亡国之痛、思乡之情时时涌动在词人的心间，如《忆秦娥》：

马萧萧。燕支山中风飘飘。风飘飘。黄昏寒雨，直是无憀。　　玉人何处教吹箫。十年不见心如焦。心如焦。彩笺难寄，水远山遥。

又《传言玉女·钱塘元夕》：

一片风流，今夕与谁同乐。月台花馆，慨尘埃漠漠。豪华荡尽，只有青山如洛。钱塘依旧，潮生潮落。　　万点灯光，羞照舞钿歌箔。玉梅消瘦，恨东皇命薄。昭君泪流，手捻琵琶弦索。离愁聊寄，画楼哀角。

汪元量以道士身份回到江南之后，隐迹钱塘，往来于匡庐、彭蠡间，《莺啼序·重过金陵》这首词便是词人得以南归后重游金陵所作。

金陵故都最好，有朱楼迢递。嗟倦客、又此凭高，槛外已少佳致。更落尽梨花，飞尽杨花，春也成憔悴。问青山、三国英雄，六朝奇伟。　　麦甸葵丘，荒台败垒。鹿豕衔枯荠。正潮打孤城，寂寞斜阳影里。听楼头、哀笳怨角，未把酒、愁心先醉。渐夜深、月满秦淮，烟笼寒水。　　凄凄惨惨，冷冷清清，灯火渡头市。慨商女不知兴废，隔江犹唱庭花，余音亹亹。伤心千古，泪痕如洗。乌衣巷口青芜路，认依稀、王谢旧邻里。临春结绮。可怜红粉成灰，萧索白杨风起。　　因思畴昔，铁索千寻，漫沉江底。挥羽扇、障西尘，便好角巾私第。清谈到底成何事。回首新亭，风景今如此。楚囚对泣何时已。叹人间、今古真儿戏。东风岁岁还来，吹入钟山，几重苍翠。

重过金陵，词人从历史、人物、街巷、江河、城郭的角度入手，描写了古今兴亡的大主题，借古伤今，抒写了亡国之痛，整首词格调凄恻哀怨，意味深长。

南宋灭亡之时，汪元量二十多岁，正值人生中最好的年华，经历了改朝换代之后的沧桑巨变后，他在元朝生活了四十多年，所以，对于易代之际的感触也最深，他的词也具有了词史的特征。

仇远（1247—1326），字仁近，一字仁父，自号山村居士，一作山村，钱塘（今浙江杭州）人，工诗善词。宋末，与白珽俱以诗知名，被称为"仇白"。入元，任溧阳儒学教授。仇远与赵孟頫、戴表元、方回、吾丘衍、鲜于枢、张炎、周密等人皆有诗词唱和，张翥、张雨等人均出其门，他的诗词创作对张翥、张雨产生了深远的影响。著有《金渊集》六卷，原本已佚，现存者为清人从《永乐大典》中所辑。有词集《无弦琴谱》二卷，现存词一百二十首。

尽管仇远生卒年份与汪元量在时间上相近，但不同的遭际和入元后的人生选择不同，他们的词在风格上呈现出巨大的差异，汪元量多黍离之悲，仇远存词虽是汪元量的近两倍，但入元后溧阳儒学教授的身份，使他在词的创作上风格更加平实、清婉，如《忆旧游》：

忆寒烟古驿，淡月孤舟，无限江山。落叶牵离思，到秋来，夜夜梦入长安。故人剪烛清话，风雨半窗寒。甚宦海漂流，客毡寂寞，忍说间关。　　征衫赋归去，喜故里西湖，不厌重看。莫待青春晚，趁莺花未老，觅醉寻欢。故园更有松竹，富贵不如闲。却指顾斜阳，长歌李白行路难。

在这样一个淡月孤舟的秋夜里，词人思念那些旧日一起欢游的故友们，虽然"宦海漂流"，但是始终对故里西湖有着深深的思念之情，于是写道故园有松竹闲趣，不如"趁莺花未老，觅醉寻欢"。

又《忆旧游》：

> 对庭芜黯淡，院柳萧疏，还又深秋。正一星灯暗，更一声雁过，一点萤流。合成一片离思，都在小红楼。想扑地阴云，人愁不尽，替与天愁。　　酸风未应□，雨簌簌潇潇，欲下还收。忆绣帏贪睡，任花梢晨影，移上帘钩。被池半卷红浪，衣冷覆熏篝。怎忘得江南，风流庾信空白头。

"怎忘得江南，风流庾信空白头"一句同样表达出了易代之际词人的郁结之情。在《水龙吟·羁旅》中，词人写道：

> 晓星低射疏棂，㼱寒却枕还慵起。炊烟逗屋，隔房人语，灯前行李。霜滑平桥，雾迷衰草，时闻流水。怅雕鞍独拥，清寒满袖，入斜月、空山里。　　漫把鞭梢暗指。酒旗边、柴门犹闭。分冰点墨，因风欲寄，梅花万里。宝帐春慵，梦中肯信，有人憔悴。待归来、别寄倚新腔，换却泪毫愁纸。

在《台城路》中，词人又写道：

> 海棠才试春光小，西风便吹秋去。白石粼粼，丹林点点，装缀东皋南浦。清游顿阻，谩空有园林，可无钟鼓。一曲庭花，隔江谁与问商女。　　离怀浑似梦里，碧云犹冉冉，佳人何处。越岫鸡盟，秦楼燕约，争奈年华已暮。凭高吊古，算只有梅花，伴人凄楚。极目天长，淡霞明断雨。

"待归来、别寄倚新腔，换却泪毫愁纸"、"隔江谁与问商女"、"凭高吊古，算只有梅花，伴人凄楚"，词人在情感上，始终对于亡国之悲有着深沉的表达。

仇远的咏物词有《临江仙·柳》《摸鱼儿·柳絮》《雪狮儿·梅》《瑶花慢·雪》《齐天乐·蝉》，通过这些咏唱的对象，表达了自己的忧伤愁绪，诸如"离觞愁听琵琶"、"风吹不尽愁绪"、"雨歇空吟，一番凄楚"、"奈一度凄吟，一番凄楚"，如《临江仙·柳》：

> 湘水晓行无酒，楚乡客久思家。空城暗柳老愁芽。燕归才社后，人

老尚天涯。　记得津头轻别，离觞愁听琵琶。东风吹泪落鸥沙。一番新雨重，飞不起杨花。

又《摸鱼儿·柳絮》：

恼晴空、日长无力，风吹不尽愁绪。马头零乱流光转，粟粟巧粘红树。闲意度。似特地、随他燕子穿帘去。徘徊不语。谩仿佛眉尖，留连眼底，芳草正如雾。　冥濛处，独凭阑干凝伫。翠蛾今在何许。隔花箫鼓春城暮，肠断小窗微雨。休更舞。明日看、池萍始信低飞误。长桥短浦。恨不似危红，苍苔点遍，犹涩马蹄驻。

又《齐天乐·蝉》：

夕阳门巷芒城曲，清音早鸣秋树。薄剪绡衣，凉生鬓影，独饮天边风露。朝朝暮暮。奈一度凄吟，一番凄楚。尚有残声，蓦然飞过别枝去。　齐宫往事谩省。行人犹与说，当时齐女。雨歇空山，月笼古柳，仿佛旧曾听处。离情正苦。甚懒拂冰笺，倦拈琴谱。满地霜红，浅莎寻蜕羽。

入元后，他担任溧阳儒学教授，但是，归隐之心时时萦绕于心间。晚年，他更是畅游山水间，结交方外之士，足迹遍及江南各地，如《摸鱼儿·答二隐》：

爱青山、去红尘远，清清谁似巢许。白云窗冷灯花小，夜静对床听雨。愁不语。念锦屋瑶筝，却伴闲云住。莲心尚苦。谩自折兰苕，苕书蕉叶，都是断肠句。　鸥沙外，还笑失群鸳鹭。凄凉烟水深处。碧笺空寄江南弄，鸦墨乱无行数。梅半树。恨未识、佳人日莫情谁与。何时辇路。共系柳游鞯，印苔金屐，湖曲步春去。

仇远是元代前期非常活跃的诗人、词人，在文坛有着举足轻重的作用。他出自张炎门下，张翥、张雨都是他的学生，对于宋元词坛，他起到了承前启后的重要作用。作为元初重要词人，张翥正是在对仇远的师承中，融合"南宗词"和"北宗词"之风格，从而成为有元一代词宗。

第二节　元代浙江文臣词人

入元之后，每个人由于出身及人生遭际的不同，在时代巨变中做出的选择也不同，有的词人从情感上很难适应这种易代之际的变化，于是选择浪迹江湖，归隐山林；有的词人尽管对前朝留有余念，但是顺应时代的变迁，走上仕途，实现自身的价值。赵孟頫作为宋宗室之后，他受到程钜夫的推荐走入仕途，也用词这一文体记录下了自己的人生感悟。朱晞颜则是作为一般承平文臣词人的典型代表，在为官之路上辗转南北，兢兢业业，同样用词记录下了日常生活。另外，浙江文臣词人还有张伯淳、张可久等人，他们同样用词记录下了时代的变迁和人生的感悟。

赵孟頫（1254—1322），字子昂，号松雪道人、水精宫道人，湖州（今浙江吴兴）人。宋宗室之后，入元授兵部郎中，迁集贤直学士，出为济南路同知。累迁翰林学士承旨，荣禄大夫，延祐六年请老归，卒，追封魏国公，谥文敏。赵孟頫不仅诗文享誉当时，也是元朝著名的书法家，影响深远。有《赵子昂诗集》七卷、《松雪斋集》十一卷，均有传本。《松雪斋集》卷十，所作传颂一时。其妻管道昇，其子赵雍，外孙王蒙，都是知名书画家。存词三十六首。

赵孟頫的词中，有写景词十二首，为《巫山一段云·巫山十二峰词》，分别描绘了敬坦峰、登龙峰、朝云峰等处的景色，如写松鹤峰的：

赵孟頫像

松鹤堆岚霭，阳台枕水湄。风清月冷好花时。惆怅阻佳期。　别梦游蝴蝶，离歌怨竹枝。悠悠往事不胜悲。

春恨入双眉。

写望泉峰的：

晓色飘红豆，平沙枕碧流。泉声云影弄新秋。触处是离愁。　　脸泪横波澹，眉攒片月收。佳人妩笑准难休。半整玉搔头。

节序词有三首，在中秋节，词人写下了《水调歌头》：

行止岂人力，万事总由天。燕南越北鞍马，奔走度流年。今日夫容洲上，洗尽平生尘土，银汉溢清寒。却忆旧游处，回首万山间。　　客无哗，君莫舞，我欲眠。一杯到手先醉，明月为谁圆。莫惜频开笑口，只恐便成陈迹，乐事几人全。但愿身无恙，常对月婵娟。

这首词是一首和牟成甫的词，用的是苏东坡的韵，写于己巳中秋，即 1269 年，此时的南宋王朝已经处于风雨飘摇之中，词人与魏鹤台饮酒芙蓉洲。这首写中秋的词表达了他在奔走流年中的无奈之感，含蓄中见凄婉，"行止岂人力，万事总由天"、"但愿身无恙，常对月婵娟"就是对这种情绪的一种宣泄的表述。

对于元朝的元日，即正月初一，词人也有记录，其中不乏溢美之词，如《万年欢·元日朝会乐府中吕宫》：

天上春来。正阳和布泽，斗柄初回。一朵祥云捧日，万象生辉。帝德光昭四表，玉帛尽、梯航来会。彤庭敞，花覆千官，紫霄鵷鹭徘徊。　　仁风遍满九垓。望霓旌缓引，宝扇徐开。喜动龙颜，和气蔼然交泰。九奏箫韶舜乐，兽尊举、麒麟香暖。从今数，亿万斯年，圣主福如天大。

斗柄初回，春天来临，万象生辉，正值一元初始，仁风吹遍神州，"从今数，亿万斯年，圣主福如天大"一句写出了对新朝和皇帝的祝福之情。此词的艺术价值虽不高，但可贵处在于从侧面反映出了当时词人的心态。

又《万年欢·上元》：

阊阖初开。正苍苍曙色，天上春回。绛帻鸡人时报，禁漏频催。九奏钧天帝乐，御香惹、千官环佩。鸣鞘静，嵩岳三呼，万岁声震如雷。　　殊方异域尽来。满彤庭贡珍，皇化无外。日绕龙颜，云近绛阙蓬莱。四海欢欣鼓舞，圣德过、唐虞三代。年年宴，王母瑶池，紫霞长进琼杯。

上元即元宵节，通过这首词，词人记录下了元朝元宵节时的盛况，此时朝廷官员们盛装上朝，觐见皇帝，异域使者来朝拜贺，四海欢欣鼓舞，一派喜乐之景，表现出了元朝建国之后一副欣欣向荣的气象。

入元后，赵孟頫以宋宗室之后仕元，身居高位，"荣际五朝，名满四海"（夏文彦《图绘宝鉴》卷五），对于南北文化的交流融合起到了重要作用。尽管这样，赵孟頫也因为仕元这一举动在当时有一定争议，入元南宋遗民词人周密和他是朋友，双方并没有因为仕元与否产生分歧，但是遗民赵思肖却因此与其绝交。作为南宋宗室后人，他对于新朝是认同的，评价是客观的，"殊方异域尽来"、"四海欢欣鼓舞"写出了元朝的强大，如《月中仙·应制》：

春满皇州。见祥烟拥日，初照龙楼。宫花苑柳，映仙仗云移，金鼎香浮。宝光生玉斧，听鸣凤、箫韶乐奏。德与和气游。天生圣人，千载希有。　　祥瑞电绕虹流。有云成五色，芝生三秀。四海太平，致民物雍熙，朝野歌讴。千官齐拜舞，玉杯进、长生春酒。愿皇庆万年，天子与天齐寿。

他的咏物词有《江城子·赋水仙》和《水调歌头·和张大经盆荷》，《水调歌头·和张大经盆荷》一词，以盆中荷花起意，表达了此中佳趣，自是别有洞天的深远意境。

江湖渺何许，归兴浩无边。忽闻数声水调，令我意悠然。莫笑盆池咫尺，移得风烟万顷，来傍小窗前。稀疏淡红翠，特地向人妍。　　华峰头，花十丈，藕如船。那知此中佳趣，别是一壶天。倒挽碧筒釂酒，醉卧绿云深处，云影自田田。梦中呼一叶，散发看书眠。

题画词有《水龙吟·题萧史图》：

倚天百尺高台，雕檐画栋撑云表。夜静无尘，秋魂万里，月明如扫。谁凭阑干，玉箫声起，乘鸾人到。信情缘有自，何须更说，姮娥空老。　　我将醉眼摩挲，是谁人丹青图巧。为惜秦姬，堪怜箫史，写成烦恼。万古风流，传芳至此，交人倾倒。问双星有会，一年一度，那知清晓。

在他的《虞美人·浙江舟中作》中则表达出了自己的归隐之情。

潮生潮落何时了。断送行人老。消沉万古意无穷，尽在长空、澹澹鸟飞中。　　海门几点青山小。望极烟波渺。何当驾我以长风。便欲乘桴、浮到日华东。

赵孟頫虽位居高位，但是也留下了赠妓词，如《浣溪沙·李叔固丞相会间赠歌者岳贵贵》：

满捧金卮低唱词。尊前再拜索新诗。老夫惭愧鬓成丝。　　罗袖染将修竹翠，粉香吹上小梅枝。相逢不似少年时。

在李叔固丞相组织的宴会上，歌妓岳贵贵在席间向词人索要新诗。他和李叔固一样都是由宋入元之人，此情此景，不禁让词人百感交集。年华已逝，鬓以成丝，再次相逢，席间之人都已不是少年时的模样。虽然就赵孟頫的一生而言，他在仕进之路上较为顺畅，但是作为南宋宗室后人，有时仍然处于尴尬的位置，但是，他在诗词文、书法、绘画领域的成就，不仅使他成为连接宋元的关键人物，也成为在元代打破南北界限的重要人物。

朱晞颜，字景渊，长兴（今属浙江）人。早年笃志于学，终日挟册危坐。士大夫多从之游。因为会国书（蒙古族文字），选任平阳州蒙古掾。又任长林丞，在江西瑞州监税。与杨载、揭傒斯、鲜于枢唱和往返。有《瓢泉集》四卷，罕见传本。清乾隆时修《四库全书》，从《永乐大典》中辑出朱晞颜诗词文章，重编《瓢泉吟稿》五卷，其中存词一卷（卷三），含有散曲数首。存词四十一首。

在朱晞颜的存词中，祝寿词有八首，送别词有七首，节序词有四首，其余则为唱和酬赠词。在《齐天乐·蓟门寒食》中，词人写道：

青烟一夜传宫烛，朝来管弦都试。宝扇传歌，银瓶索酒，柳下骄骢曾系。怜红妖翠。任栲栳量珠，伴春俱醉。不道无情，花残春老顿容易。　　人生几何适意。甚前时风度，今番情味。楚褐凝尘，涛笺封泪。愁在断鸿声里。情丝恨绮。尽付与风樯，燕儿论理。不似流红，解随东去水。

"蓟门"泛指北京，此时的词人是在大都过寒食节，因为远离家乡，这样一个节日更易在词人心中涌起一丝伤感之情，"人生几何适意"、"愁在断鸿声里"也让整首词呈现出了一种伤感的基调。同时，词人还写了两首关于端午节的词，《喜迁莺·永嘉思远楼端午》和《过秦楼·客中端午》。其中，《喜迁莺·永嘉思远楼端午》更具特色。

香尘盈箧。是旧日赐来，宫罗叠雪。服艾衣清，浴兰汤暖，输与个人娟洁。性巧戏拈，针缕魇得、虎儿狞劣。鬓半鬌，贴朱符翠篆，同心双结。　　愁绝追楚俗。独吊湘累，日映沉菰叶。彩鹢浮空，鸣鼍聒尽，十里翠红相接。漫有倚空栏槛，谁把朱帘高揭。归去也，听叩舷儿女，尚传歌阕。

思远楼是古代温州最著名的楼宇之一，深受古代文人墨客的喜爱，尤其是每年的端午节，在这里观看龙舟竞渡成为一种时尚。在这首词中，词人用"十里翠红相接"写出了思远楼端午节的繁华热闹。在楼上，词人看着眼前的湖光美景，不仅有对屈原的凭吊，而且也表达出不如"归去"的心境。

又《木兰花慢·送陈国材都目》：

拂溪藤香润，缄翠墨，寄深情。忆月满箫台，春回炎海，驿骑宵征。相思顿成春梦，恰方州、接武叙前盟。愧我弓刀分倅，多君案牍劳形。　　佳声。宾佐喜逢迎。曹局赖经营。更尊俎谭谐，丰襟清旷，逸思纵横。正好相依晚岁，忽欢传、梅菊已交承。粗喜分携不远，春来把酒江城。

又《庆宫春·送袁仲野归绍兴》：

彩笔传歌，青衫提剑，幕中谁似风流。使橄联芳，宾筵接武，后尘每继清游。晓云春梦，试回首、星霜再周。仙曹书满，荐刬交推，一鹗横秋。　　扁舟乍可夷犹。一镜平湖，数点轻鸥。醉客疏狂，骚翁豪放，二公同是朋俦。仕而犹隐，料出处、胸中已筹。故山虽好，未许归来，一赋休休。

送别两位友人，尽管心中不舍，但是词人与友人相约"粗喜分携不远，春来把酒江城"，"仕而犹隐，料出处、胸中已筹。故山虽好，未许归来，一赋休休"一句更是写出了自己要在仕隐之间找到人生的位置。

另外，词人为郑天趣的《三湘集》写《渡江云》：

渺寒云万里，孤舻载雪，逐雁渡三湘。倦游频选胜，抚剑延年，赍酒过滕王。清泉自酙，秋草合、贾傅祠荒。算都是、伤心吊古，和月贮吟囊。　　难忘。云边梅屋，雨底苏房，料裁云缝雾。应自有、知心老妪，相与平章。澧兰沅芷曾亲撷，返醒魂、犹带骚香。看未足、渔歌又起沧浪。

作为元代文臣，朱晞颜做官辗转多地，不仅在北方平阳州做过蒙古掾，而且在南方江西瑞州做过监税，在吴澄的评价中，将他称为"良吏"，但是，从他的词中总能读出一些江湖之感，这也是许多元代文人共同的特点，有着很深的归隐情结，试图在仕隐之间找到人生的平衡点。

张伯淳（1243—1303），字师道，别号养蒙先生，嘉兴崇德（今浙江桐乡）人。宋末举进士，仕为太学录。元世祖至元二十三年，荐授杭州儒学教授，迁浙东道按察司知事等职，后辞归。大德五年扈从上都，大德七年卒，谥文穆。存《养蒙集》十卷，存词二十二首。

　　宋亡之后，张伯淳正是而立之年，本是施展才华的时候，但是，自至元十六年（1279）元世祖统一国家以来，元朝有三十多年的时间未曾实行科举，直到皇庆二年（1313），元仁宗才下诏恢复。延祐元年（1314），全国举行乡试；次年，举行会试和殿试。在这样的时代背景下，张伯淳是幸运的，在程钜夫奉旨到江南访贤时，他和赵孟頫一起被举荐入朝。因此，程钜夫对他有知遇之恩，他的存词中就有一首寿词《临江仙·寿程雪楼》：

　　白雪楼前清昼永，新来喜事连绵。朱明绿暗麦秋天。绣衣何日去，丹荔已香传。　　前夜团团明月好，清光留照华筵。锦囊随处地行仙。庭椿关望眼，同庆八千年。

　　又《木兰花慢》：

　　载西山爽气，添不重，月船轻。记前度今朝，琼花烂漫，管领歌声。今岁浓华深处，羡衮衣、还看彩衣荣。人世云萍相遇，岁寒松柏长青。　　行行。催觐朵云明。晓色上舻楼。看春去春来，依然黄阁，移近家庭。浮云倘来轩冕，算古今、久远是功名。尚有寒崖枯卉，东君也解留情。

　　又《齐天乐·送马德良》：

　　人生南北如歧路，相逢自怜不早。倾盖班荆，分灯并壁，吟卷笔床茶灶。交情古道。怕催诏翩翩，好风吹到。聚久别难，砌蛩那更碎怀抱。　　临行谁劝驻马，待将尘土事，妨我吟啸。小住虽佳，还堪就否，催得云帆缥缈。官梅正好。比前度孤山，胜开多少。两处心旌，倚楼同晚照。

　　又《贺新郎·次韵》：

　　回首章台路。又一番春事阑珊，满帘风絮。郭外谁家间院落，别是壶天意趣。判一日、来游一度。除却忧愁风雨外，肯容他、野马埋双屦。行乐地，更何处。　　人生忍把佳期误。况今朝满坐春风，怎禁不去。莲社兰亭当日话，便合从今委付。算此语、非缘婴誉。饮少欢多还觉醉，看归途、叠嶂青无数。情未足，日催暮。

有元以来，科举制度废而立，立而废，始终处于一种断断续续的状态，但这并不代表张伯淳没有用仕之心。就西山而言，北京、杭州皆有此地名，此处应为杭州。从"前度今朝"及"今岁浓华深处"两句来看，词人应是故地重游。词人于月色之中乘船过西山，看着今日的繁华景象，遂想起从前自己也曾在这琼花烂漫之中管领歌声。而今退隐于浓华深处，眼看着他人身着衮衣、志得意满，今昔对比之中不由慨叹，人世间果然如白云苍狗、流水浮萍一般变幻无常。无论世事如何变迁，对于个人来说，"功名"二字实在是捉摸不定的事情。这首词虽旨在感叹世事无常、繁华如梦，但字里行间对功名犹未完全忘怀，"未能忘禄从三仕，应悟浮荣等六如"其实是他内心最真实的想法，反映出了他在仕隐之间的犹豫挣扎。

又《木兰花慢·赠弹琵琶者》：

爱长芦年少，将雅调，寄幽情。尽百喙春和，群喧夜寂，老凤孤鸣。都来四条弦里，有无穷、旧谱与新声。写出天然律吕，扫空眼底秦筝。　　落红。天气暖犹轻。洗耳为渠听。想关塞风寒，浔阳月色，似醉还醒。轩窗静来偏好，到曲终、怀抱转分明。相见今朝何处，语溪乍雨初晴。

喜爱那对着酒垆的少年，将悠悠情思寄托于高雅的曲调之中。琵琶奏出春日百鸟鸣唱相和之音，白日里热热闹闹，夜晚却沉寂安静，只有年老的凤凰独自哀鸣。花瓣飘落，天气微暖，此时的词人认真地听乐师演奏，想到了昭君出塞时边塞的寒冷苍凉，想到了浔阳江头商人妇在月色下的孤寂之情，此时似醉还醒。一曲终了，当词人听明白了曲中之意，不由感叹今日一别不知何时再见，而此时的天气，已是雨过天晴。整首词描写细腻婉转，可以看出词人对弹琵琶者高超技艺的赞美之情，以及词人产生的知音之感。

张可久（1280—1352后），原名张久可，字可久，号小山，庆元（今浙江宁波）人。早年客居吴江，以散曲知名，是元代散曲大家。至大、延祐间，居住在杭州，曾任绍兴、衢州等地路吏，后至元年间，在桐庐典史任上，至正初，任昆山幕僚。《小山乐府》是未经重编的元人词曲集，存词六十六首。

作为元代散曲大家，从张可久的词中能够了解他的交友圈，有贯云石、薛昂夫、冯子振等，如《六州歌头·浙江观潮，贯学士四万户同集》：

灵鳌何物，天外吐层阴。谈笑顷，浙江阔，海门深。载雷车，霹雳挥神斧，劈仙岛，掀地轴，冯夷宅，鼋鼍窟，渺难寻。十里红楼图画，展西风、快我登临。好客披襟。发萧森。　符金虎。袍银鼠。携玉尘。盍瑶簪。喜骄儿踏浪，旗尾互浮沉。醉胥魂，浇海君，酒频斟。隐□越峰数点，搅飞花、浑在波心。爱渔舟荡雪，击楫起吴音。月上秋林。

贯云石，本名小云石海涯，祖籍高昌王国的鲁克沁（今新疆鄯善），入居中原后定居大都，曾是翰林学士，也是散曲界名人，最终辞去官职，选择在钱塘定居。作为同是在散曲方面活跃的名家，他们在江南有了更深的交流。浙江观潮可以说是一年中的盛景，在这首词中，词人与贯云石同集，表达出他们"爱渔舟荡雪，击楫起吴音"的情怀。虽然张可久在词方面的成就远不能和他在散曲方面的成就相提并论，但这些词同样是对那个时代和自己生活的真实记录。

又《绿头鸭·和马九皋使君湖上即事》：

别多时。彩笺犹寄相思。自当年、黄州人去，不忺朱粉重施。翠屏寒、秋凝古色，主奁空、影淡芳姿。蜨抱愁香，莺吟怨曲，残红一片洗胭脂。更谁汲、香泉菊井，寂寞水仙祠。西泠鹜、苔衣生满，懒曳筇枝。　尚依依、月移疏影，黄昏翠羽参差。问丹砂、石涵坠井，寻古寺、金匾题诗。岁晚江空，童饥鹤瘦，匆匆舍此欲何之。且重和，四时渔唱，象管写乌丝。仙翁笑、梅花折得，上闹竿儿。

又《绿头鸭·湖上遇雪，再用前韵》：

胜花时。临风渺予思。厌春妍、红娇绿姹，铅花只恁轻施。温模糊、难描树影，白鬅鬙、尽改松姿。裙溅冰泥，鞋翻粉印，浣纱人倦洗胭脂。青山老、丹移玉井，何处葛公祠。断桥外、频催画桨，误击琼枝。　　忆当年、阿苏小小，鸾箫能品参差。紫云娘、双歌献酒，绿蓑翁、独钓成诗。楼殿摇空，管弦作市，乐天有句寄微之。欢未足，朱帘尽卷，怯怕雨丝丝。谁呵乎、戗金船上，装个狮儿。

马九皋即薛昂夫，元代散曲家，回鹘（今维吾尔族）人，张可久以"绿头鸭"和薛昂夫湖上即事。在词中，词人用平实的语言记录了当年在黄州与他离别之后，虽然匆匆数年一晃而过，但是对于友人的思念一直都在，而且他们在离别的日子里会用书信传递彼此之间的友情。

又《木兰花慢·为乐府杨氏晓莺春赋，次海粟学士韵》，海粟学士即冯子振，这是一首次韵词。

爱金衣公子，偏占得，绿杨堤。喜蔼蔼韶光，熹熹曙色，恰恰娇啼。惊飞。踏翻花影，曳残声、犹在画楼西。仙客词添琴谱，佳人梦断罗帏。　　庞眉。退叟命新题。雅宇重名姬。笑银喋交关，青鸾相对，紫燕双栖。凄迷。暮年风景，向阴阴、夏沐听黄鹂。何必五更杜宇，张生已自言归。

在张可久的词中，还有写给李芝秀、张文秀和王英的词，如《鹧鸪天·贻乐府李芝秀》：

秀结梨园五色芝。瑞云婀娜玉参差。佩环摇影青霞洞，歌扇留香白雪词。　　花可可，柳枝枝。别情还似送春时。洞箫吹月商颜远，采药人来好寄诗。

又《百字令·赠弹一弦子张文秀》：

一行秋思，记孙登当日，山中琴趣。谁识吾宗，父老子、自制寸金皮鼓。箫截孤篁，丝抽独茧，替尽琵琶谱。轻挑慢捻，西湖何限怀古。　　堪笑锦瑟无端，繁弦五十，撩乱春云缕。得似嘈嘈公凤语，只手换宫移羽。绝艺无双，法门不二，喜遇知音侣。灯窗对影，为君挑尽寒雨。

又《鹧鸪天·客维扬为乐府王英赋》：

一点芳春近破瓜。生香小朵莹无瑕。水曹梅萼初擎蕾，石土琼苞未放花。　　眉刷翠，鬓堆鸦。淡妆何必尚铅华。御沟红叶题诗处，应记当年天子家。

元人夏庭芝在《青楼集》中，记载了元代一百一十多位歌妓、艺人的生活和才艺，以及她们与五十多位剧作家、散曲家、诗人及名士的交往。她们的主要才艺是唱杂剧，如果还能谈谐，则更受追捧，李芝秀就是其中的一位，据记载，她能"记杂剧三百余段"。张文秀同样也有高超的技艺，张可久称赞她"绝艺无双，法门不二"，将她作为自己的知音。

悠游山水中，江南的美景总是会激发出词人的怀古之情，如《木兰花慢·维扬怀古》：

笑多情明月，又随我，上扬州。爱十里珠帘，千钟美酒，百尺危楼。风流。聒天笳鼓，记茱萸、漫下菊花秋。淮水东来渺渺，夕阳西去悠悠。　　巡游。当日锦帆收。翠柳缆龙舟。但老树寒蝉，荒祠野鼠，古渡闲鸥。娇羞。美人如玉，算吹箫、座客不胜愁。未可腰钱鹤背，且将十万缠头。

又《木兰花慢·重过吴门》：

又三高祠下，依古柳，缆轻舟。渺飞过垂虹，相迎画鹢，劳动沙鸥。凝眸。绿阴多□、小红帘、犹是酒家楼。万古清风范蠡，一轮明月苏州。　　休休。不似少年游。两鬓已经秋。记乌鹊新桥，黄鹂旧市，白虎荒丘。风流。美人何在，但离离、草色辨长州。莫上姑苏台上，夕阳无限诗愁。

重过吴门不仅引发了词人的怀古之思，而且也让词人有了岁月之感，上次来时还是少年，此次再来"两鬓已经秋"。另外，酬赠次韵之作有《百字令·湖上和李溉之》：

六桥如画，看地雄两浙，人骄三楚。谁隔荷花，听水调、懒棹采莲船去。鹤舞盘云，虹销歇雨，一缕南山雾。冷香凝绿，嫩凉生满庭宇。　犹记醉客吹箫，自苏郎去后，别情无数。明月天坛尘世远，青鸟替人传语。玉解连环，书裁折叠，没放相思处。裴公亭上，诗来还是怀古。

在张可久的存词中，有大量的小令，有些小令写得清致婉丽、意蕴深远，如"片时春梦，十年往事，一点时愁。海棠开后，梨花暮雨，燕子空楼"。但是，也有一些小令以口语入词，削弱了词的美感。

李孝光（1285—1350），字季和，自号"五峰狂客"，温州乐清（今属浙江）人。他一直隐居雁荡山下，至正四年（1344），元顺帝"诏征隐士"，六十岁的李孝光才欣然出仕。曾任秘书监著作郎、秘书监丞等职。至正十年（1350），李孝光黯然离开大都，在南归途中郁郁而终。清人王鹏运将李孝光的词辑入《四印斋汇刻宋元三十一家词》，《宋元四家词存》亦编进李孝光《五峰词》（存其词均二十二首）。山东省图书馆馆藏明钞本《五峰先生集》卷五，存词二十七首。

对李孝光而言，虽然他试图过一种逍遥自在的隐士生活，然而深受儒家文化影响的他，仍然希望英雄有用武之地，对于仕途依然有所期待，如《水调歌头》：

坐上且停酒，听我别时歌。人生会面何少，离别一何多。我有两行铁汁，平生不为人泣，但恐也滂沱。劝尔且轰饮，挈脚打琵琶。　走儿童，骑竹马，折桃花。沙头日日风雨，犹自鼓频挝。今日玉箫台下，明日天台路上，是处是天涯。鹏搏扶摇稳，我欲趁飞车。

在这首词中，"鹏搏扶摇稳，我欲趁飞车"一句就表现出了词人希望有所作为的雄心壮志。他的词在语言的表达上较为平淡，却也塑造出了他"五峰狂客"的潇洒风神，如《满庭芳·赋醉归》：

昨夜溪头，潇潇风雨，柳边解下渔舟。狂歌击楫，惊起鹭边鸥。笑杀子猷访戴，待到门、兴尽归休。得似我，赏衣颠倒，大叫索茶瓯。　　长怪乞公，赋人似量，偏曲如钩。有大于江海，小仅盈杯。爱酒青莲居士，又何苦、枕藉糟丘。玉山倒，风流脍炙，为子孙谋。

又《念奴娇》：

男儿堕地，便试教、啼看定知英物。老去即追风月债，天地也应空壁。黄石残书，赤松归去，不料头如雪。子房何信，竟推何者为杰。　　醉后一笑掀髯，狂歌拍手，四座清风发。竹帛功名人安在，去去云鸿没灭。枣下枯枝，黄金虚牝，此是真毫发。豪吟轰饮，直须唤取明月。

他尽管希望有机会走上仕途，但内心深处始终对此有清醒的认知，如《水龙吟》：

倚阑遥见江南，狒狸前度愁风雨。英雄安在，龙颠虎倒，空悲朝露。落日荒宫，北风过雁，奈何踌躇。见行人指点，战场犹说，三城下，西州路。　　有客登高长啸，访诸君、旧游无处。麒麟何物，累累谁者，消沉千古。北海人豪，骆驼坡下，而今黄土。算无过何逊风流，便拟赋，官梅去。

他的怀古佳作有《满江红·登楼怀古》：

万里神州，浑泊向、小楼西北。长倚遍，阑干拍碎，只惊山色。吹裂玉箫人不见，窈然飞去骑黄鹄。会唤将、明月替人愁，□应得。　　今古事，休重说。英雄泪，空沾臆。被老渔识破，一声长笛，落月仲宣怀古赋，清宵庾亮登临屐。问白鸥、何用苦相思，矶头石。

同时，李孝光以口语、俗语入词，因而他的词有明显的曲化倾向，如《满江红·钱塘舟中作》，这首词以对话的形式展开，写出了词人出仕的原因为："叹果哉忘世，于吾何有。百万苍生正辛苦，到头苏息悬吾手。而今归去又重来，沙头柳。"由此可见，词人心中始终有一种济世救民的情怀。民不聊生的社会现实，让词人下决心结束隐居生活。当这一愿望达成之时，词人希望自己依然能够"功成便引身去，大不负书诗"。然而，现实的残酷最终还是磋磨了李孝光，他救世的理想并没有实现，最后在南归途中抑郁而终。由于杨维桢对他的推崇，李孝光在南方文人中有着广泛的影响。他的出仕经历，也影响了周围的许多朋友，使他们在元代后期的历史选择中更加坚定了隐居的决心。

赵雍（1290—约1360），字仲穆，吴兴（今浙江湖州）人，赵孟頫次子。泰定四年，荫授昌国州知州，改海宁知州。至正十四年，累迁集贤待制，至正十六年，航海南还，以湖州路同知致仕。书画并长，诗词皆工。《知不足斋丛书》有辑本《赵待制遗稿》一卷（诗词合编），系清人鲍廷博据《赵雍自书诗词》手迹编成。存词十七首。

赵雍的词深受赵孟頫的影响，如《玉耳坠金环》：

乳燕交飞，晓莺轻啭花深处。画堂帘幕卷东风，晴雪飘香絮。犹记当时院宇。悄寒轻、梨花暮雨。绣衾同梦，鸳枕双敧，绿窗低语。　　春已阑珊，落红飘满西园路。强拈针线解春愁，只是无情绪。无奈年华暗度。黛眉颦、柔肠万缕。章台人远，芳草和烟，萋萋南浦。

又《烛影摇红》：

新绿成阴，落红如雨春光晚。当年谁与种相思，空羡双飞燕。寂寞幽窗孤馆。念同游、芳郊秀苑。香尘随马，细草承轮，都成肠断。　　别久情深，几时重约闲庭院。高楼终日卷珠帘，极目愁无限。莫恨蓝桥路远。有心时、终须再见。休教长怨，镜里孤鸾，箧中团扇。

又《木兰花慢》：

恨匆匆赋别，回首望，一长嗟。记执手临流，迟迟去马，浩浩平沙。此际黯然肠断，奈一痕、明月两天涯。南去孤舟渐远，今宵宿向谁家。　　别来旬日未曾过，如隔岁年华。纵极目层崖，故人何处，泪落兼葭。聚散古今难必，且乘风、高咏木兰花。但愿朱颜长好，不愁会少离多。

赵雍作为赵孟頫的次子，诗词皆工，读《玉耳坠金环》《烛影摇红》和《木兰花慢》三首词，有宋词遗韵，委婉情长，颇有柳永词之遗风。《玉耳坠金环》《烛影摇红》两词，将闺中少妇对远方良人的思念之情写得哀婉凄恻。《木兰花慢》一词"记执手临流，迟迟去马，浩浩平沙"则与柳永词"执手相看泪眼，竟无语凝噎"有异曲同工之妙。

又《水调歌头》：

春色去，何忧春去尚凝寒。满地落花芳草，渐觉绿阴圆。马足车尘情味，暑往寒来岁月，扰扰十余年。赢得朱颜老，孤负好林泉。　　宝装鞍，金作镫，玉为鞭。须臾得志，纷华满眼纵相谩。功名自来无意，富贵浮云何济，于我亦徒然。万事付一笑，莫放酒杯干。

这首词表达了词人对人生的感悟，"暑往寒来岁月，扰扰十余年"。俗事中词人的容颜已经老去，也辜负了大好的林泉之美，但是对自己而言，功名富贵宛如浮云，想到这些，不禁发出"万事付一笑，莫放酒杯干"的感慨。在这里，词人表达的是自己的一种释然之情。

吴景奎（1292—1355），字文可，兰溪（今属浙江）人。以好学闻名，十三岁为乡正，曾被聘为浙东宪府掾等职。宋濂自云是吴景奎"契家侄"，至正十五年卒于家，享年六十四。有《药房樵唱》，存词十一首。

行于天台道中，词人写下了《满江红·天台道中》：

翠逼篮舆，天台路、树迷烟际。襟袖冷、朔风初定，露华才坠。珠斗横空孤嶂远，金波摇月寒潭碎。问刘郎、采药问神仙，知何地。　　终不负，风云志。还有待，江山意。想琐窗应念，故人归去。翠羽梅花山下梦，青衫枫叶江头泪。算邮亭、一曲好姻缘，何时会。

从这首词可以看出，尽管天台路"树迷烟际"，此时的词人却是意气风发，"终不负，风云志。还有待，江山意"。然而，写《满江红·归故居答杨润之》之时，词人的心态已经发生了明显的变化。

袖拂西风，临古道、行行且止。遥指处、故园三径，归程十里。老虹青红疏雨外，远山紫翠斜阳里。更澄江、万顷白鸥轻，天连水。　　铜花锈，貂裘敝。空负了，平生志。慨几多往事，昨非今是。仙沉腰围缘底瘦，愁潘鬓影今如许。有元龙、百尺最高楼，君来倚。

词人走在古道之上，且行且止，回家的路越来越近了，下阕却笔锋一转，"空负了，平生志。慨几多往事，昨非今是"一句写出了壮志未酬、昨非今是的感慨。词人虽少年得志，但几次辞归，在仕途之路上始终未能施展才华。

在其存词中，他有赠妓词《疏影·为刘架阁赋赠妓者》：

缟衣仙子，倚东风花信，先占春色。弻酒含颦，脉脉无言，青鸟为传消息。暗香一点才浮动，早自有、东君怜惜。想前身、傅粉精神，化作飞琼肌骨。　　还向影娥池上，借霓裳一曲，徘徊歌席。清夜梨花，同梦方甘，又似楚云踪迹。新欢旧恨知多少，算檀板金尊消得。折芳馨、欲寄相思，人在江南江北。

"新欢旧恨知多少"道出了这些女子的心酸境地，"欲寄相思，人在江南江北"一句写出了离别的伤感之情，元代词人留下了很多赠妓词，这些赠妓词更多表达的是对她们的怜惜之情，身处下层，命运飘零，对她们的尊重和同情也成为元代赠妓词的一大特色。

杨维桢（1296—1370），字廉夫，号铁崖、铁笛道人，晚号东维子，山阴（今浙江绍兴）人。泰定四年（1327）进士，授天台县尹，改任绍兴钱清场盐司令。元顺帝至正初，授杭州四务提举，转建德路推官。升为江西儒学提举，时逢战乱，他避兵富春山而未赴职。后迁居钱塘。张士诚占据苏杭时，浪迹于浙西山水之间。明洪武二年（1369），召修礼乐书，书成，准备授予官职，但杨维桢说："岂有八十岁老妇，就木不远，而再理嫁者邪！"明确表示自己不仕新朝。次年，赐安车诣京师，留居三个月，放还，不久去世，享年七十五岁。虽然杨维桢是元末最主要的诗文家之一，他作品的数量、影响与成就都很高，他的"铁崖体"诗曾风靡一时，出入于他门下的诗人，先后有上百人之多，但存词仅九首。

其中一首为祝寿词，其余八首为《踏莎行》，写于至正丙午，即1366年，据《香奁集并序》记载，云间诗社出香奁八题，大部分人为题所困，即使有人写出来了，在词人眼中还是不值一提，然而当云庵老先生将自己所写的八首《踏莎行》给杨维桢时，他认为语言娟丽流转，是难得一见的上乘佳作，于是让翠儿度腔歌之，并且进行印刷。同时，词人也写了《踏莎行·芳尘春迹》和《踏莎行·云窗秋梦》等八首，如《踏莎行·玉颊啼痕》：

天然玉质洗铅华，怪底偏将半面遮。红滴香冰融獭髓，彩黏腻雨上梨花。　　收乾通德言难尽，点湿明妃画莫加。聚得斑斑在何处，软绡寄与薄情家。

又《踏莎行·云窗秋梦》：

骨冷魂清酒力微，路迷错草是还非。罗浮晓月相将落，巫峡断云何处飞。　　金弹撒过惊忽忽，玉龙嘶了尚依依。不知直到钧天所，记得《霓裳》乐谱归。

总体而言，杨维桢的存词不仅数量少，而且在语言风格上也较为朴实平淡，无法和他在诗歌方面的成就相提并论。

第三节　元代隐士词人

入元之后，由于人生遭际的不同，每个人在时代巨变中做出的选择也不同。有元一代，隐士始终是这个朝代的独特存在。如果说，宋元易代之际，文人选择隐居，有着他们对南宋王朝的眷恋和怀念。那么，出生在元代的文人，由于一开始科举不兴，即使元仁宗在延祐元年（1314）恢复科举，但是文人们走入仕途的热情似乎也不再那么高涨，有些文人依然选择了隐居生活。到了元朝末年，社会动荡，选择隐居的文人数量就更多，因此，隐士这一群体也贯穿了整个元代历史。

元代的隐士词人主要有三类，一类是遗民型隐士词人，他们在旧朝曾经走上仕途，但是前朝灭亡之后，他们对之仍然有着很深的眷恋之情，因此选择了隐居；一类是纯粹型隐士词人，隐居是他们选择的一种生活方式，功名利禄，朝代更迭，都无法影响他们对这种生活方式的选择，代表人物有吴镇；一类是学官型隐士词人，一开始他们隐居乡里，进入新朝后即使担任过学官，但是更多时间隐居乡里，教授学生，这并不影响我们对其隐士身份的认同，像邵亨贞、凌云翰和陶宗仪就属于这一范畴。

吴镇（1280—1354），字仲圭，自号梅花道人，嘉兴（今属浙江）人，工诗，善书画，一生隐居未仕，被称为"吴隐君"。他在元代诗、书、画被誉为"三绝"，居室号"梅花庵"，自署"梅花庵主"，有《梅花道人词》一卷，存词三十九首。

在他的词中，有《渔父词》二十八首。后人曾将其诗文辑成《梅花道人遗墨》二卷，卷下存词，所作《渔父图》所题之词，是元词名篇，如《渔父·渔父图》三首：

红叶村西夕照余。黄芦滩畔月痕初。轻拨棹，且归与。挂起渔杆不钓鱼。

点点青山照水光。飞飞寒雁背人忙。衢小浦，转横塘。芦花两岸一朝霜。

醉倚鱼舟独钓鳌。等闲入海即乘潮。从浪摆，任风飘。束手怀中却放桡。

第一首渔父词描写了一幅秋天黄昏的美景。当夕阳徐徐落下的时候，月亮开始慢慢升起。劳累了一天的渔父，轻轻摇动着船桨，准备回家。整首词呈现出一种静谧、和谐之美。沈雄《古今词话》认为："仲圭《渔父》词'红叶村西日影余。黄芦滩畔月痕初'为麘溪沈处士作也。元镇绘之为图，词亦淡洁。"①这些词清丽淡雅，给人一种超逸之美，受他高超画艺的影响，这些词达到了"词中有画，画中有词"的境界。

吴镇还作了《渔父·临荆浩渔父图》二十五首，达到了同样的艺术效果。如：

> 洞庭湖上晚风生。风触湖心一叶横。兰棹稳，草衣轻。只钓鲈鱼不钓名。

> 重整丝纶欲掉船。江头新月正明圆。酒瓶倒，岸花悬。抛却渔竿和月眠。

> 残阳浦里漾渔船。青草湖中欲暮天。看白鸟，下平川。点破潇湘万里烟。

> ……

吴镇还写了八首《酒泉子》，用来描写自己家乡嘉禾（嘉兴）的八处美景。他在嘉禾八景题序中写道："胜景者，独潇湘八景。得其名，广其传，惟洞庭秋月、潇湘夜雨。余六景皆出于潇湘之接壤，信乎其为真八景者矣。"于是，他认真阅读图经，选取其中的八景，于至正四年（1344）绘之成图，并且以酒泉子为调，依次写成空翠风烟、龙潭暮云、鸳湖春晓、春波烟雨、月波秋霁、三闸奔湍、胥山松涛、武水幽澜八词，如《酒泉子·龙潭暮云》：

> 三塔龙潭，古龙祠下千年迹，几番残毁喜犹存。静胜独归僧。　　阴森一径松阴直。楼阁层层耀金碧。祈丰祷旱最通灵。祠下暮云生。

又《酒泉子·鸳湖春晓》：

> 湖合鸳鸯，一道长虹横跨水，涵波塔影见中流。终日射渔舟。　　彩云依傍真如墓，长水塔前有奇树。雪峰古甃冷于秋。策杖几经游。

> ……

---

① 〔清〕沈雄：《古今词话·词评》下卷，唐圭璋编：《词话丛编》第一册，北京：中华书局，1986 年，（以下所引此书皆同），第 1021 页。

吴镇作词长于小令，而且经常将作画之法融入词中，既有画面感，读来又简洁明了，《沁园春·题画骷髅》一词则表明了他选择隐居生活的原因以及超然物外的人生态度。

漏泄元阳，爷娘搬贩，至今未休。吐百种乡音，千般扭扮，一生人我，几许机谋。有限光阴，无穷活计，汲汲忙忙作马牛。何时了，觉来枕上，试听更筹。　古今多少风流。想蝇利蜗名谁到头。看昨日他非，今朝我是。三回拜相，两度封侯。采菊篱边，种瓜园内，都只到邙山一土丘。惺惺汉，皮囊扯破，便是骷髅。

尽管吴镇一生足迹不出乡里，但是对于世道人生他却看得很通透。在他眼中，不管是"三回拜相，两度封侯"，还是"采菊篱边，种瓜园内"，最后的归途都是一样的。所以，在人生选择上，他看淡功名利禄，更注重艺术造诣的内修和提升。

邵亨贞（1309—1401），字复孺，号贞溪（或清溪），祖籍淳安（今属浙江），徙居华亭（今上海松江）。"博通经史，赡于文词，工篆隶。与王原吉、申屠仲权、郏忠义交。常为陶九成作《南村草堂记》，洪武戊午岁也。"[1]邵亨贞在元朝一直是隐士身份。入明，邵亨贞一度出任松江儒学训导，受儿子牵连，遣戍颍上，后释归。享年九十三岁，有《蚁术词选》四卷，存词一百四十六首。

在浙江籍词人中，邵亨贞是存词量最多的一位，而且由于他高寿，横跨了元、明两个朝代，但是终元一代，他始终是一名隐士。在其词作中，他写了大量的节序词，其词具有写实的特点，可以看作是元明易代之际的词史。

在邵亨贞的节序词中，写到了除夕、元日、元宵、寒食、清明、七夕、中秋和重阳等节日。在这些词中，邵亨贞基本上都写了词序，而且时间脉络清晰，这相当于列出了一个清晰的时间表，如《恋绣衾·辛丑元日》：

门前爆竹儿女喧。野人家、时序尚然。尽说道、春来好，老来人、长怕换年。　东风到底无崖岸，也殷勤、相过小园。第一是、朱颜改，纵花开、羞插鬓边。

---

① 〔清〕钱谦益：《列朝诗集小传》，上海：上海古籍出版社，1983 年，第 103 页。

这首词写于至正辛丑，即 1361 年，描写的是过春节时的场景，此时的元王朝已经处于风雨飘摇之中，但是对于普通老百姓而言，爆竹声中，儿女喧闹，过节的气氛依然很浓厚。春节之后，就会迎来春天，但是对于年纪渐老的人来言，最怕的却是过年。随着时序的变化，容颜会改变，纵然花开，也不好意思再将花插在鬓边。这首词表现出了词人在面对时间流逝时的无奈之感。

又《恋绣衾》：

重逢元夜心暗惊。忆当年、诸老放晴。对芳景、张灯火，画堂深、箫鼓到明。　　乌衣巷口东风在，甚而今、春草乱生。试点检、繁华梦，有梅花、曾见太平。

这首词写的是辛丑上元日的元宵佳节，词人回忆起当年元宵节和友人一起欣赏美景，观看灯火直到天明的往事，而如今却是春草乱生，这一切犹如繁华一梦。今昔对比之余，让词人心生诸多伤感之情。

在上元节的前一夕，词人看到积雪初晴，有了春天的气息，小溪之上有人家张灯结彩，于是写下《江月晃重山》：

梅萼香融霁雪，檐牙暖溜悬冰。出林幽鸟动春声。元宵近，愁里梦还惊。　　村巷依然素月，寒窗只是青灯。难寻遗老问承平。南朝事，千古独伤情。

积雪消融，一阵阵梅花的香味扑鼻而来，从山林中飞出的鸟儿带来了春天的声音，但是心中的惆怅却让词人从梦中惊醒。虽然就要迎来一年一度最热闹的元宵节，但是村巷里只有一轮淡淡的明月照耀着大地，寒窗映射着一盏青灯，"难寻遗老问承平"、"千古独伤情"表达了词人在这乱世之中的惆怅伤感之情。

又《满江红·丙午重阳前二日雨霁泗泾倚阑望九山》：

云锁吴山，重阳近、满城风雨。层楼外、摩挲病眼，尚堪延伫。采菊有谁忘世虑，催租底事妨诗句。纵乌巾、潦倒不禁秋，犹能赋。　　村隐隐，牛羊路。烟冉冉，蒹葭渡。是几番兴废，几番今古。世乱可堪逢节序，身闲犹有余风度。且凭高、呼酒发狂歌，愁何处。

　　这首词写于丙午重阳的前两日，即 1366 年的重阳节前夕。从这首词可以看出，此时的元王朝已经是"云锁吴山"、"满城风雨"，对于词人而言，生逢乱世，又值此节序，唯有登高喝酒狂歌，才能寄托心中的惆怅之情。

　　又《水龙吟·戊申灯夕云间城中作》：

　　兵余重见元宵，浅寒收雨东风起。城门傍晚，金吾传令，遍张灯市。报道而今，依然放夜，纵人游戏。望愔愔巷陌，星毬散乱，经行处、无歌吹。　　太守传呼迢递，谩留连、通宵沉醉。香车宝马，火蛾蓂茧，是谁能记。犹有儿童，等闲来问，承平遗事。奈无情野老，闻灯懒看，闭门寻睡。

　　《水龙吟》作于"戊申灯夕"，即 1368 年。这一年的正月初四，朱元璋即皇帝位，定国号大明，建元洪武。所以，随后的元宵节普天同庆，遍张灯市，人们又可以通宵游玩。对于词人而言，这是进入新朝之后的第一个元宵节，在经历了战争的满目疮痍之后，回归平静的生活更显难能可贵，但是，面对此情此景，词人却无法快乐起来。此时，一些好奇的儿童来向他打听元朝的遗事，然而词人则以"奈无情野老，闻灯懒看，闭门寻睡"作结。尽管在元朝词人是一名隐士，但是改朝换代依然让他生发出诸多的伤感之情。

　　又《虞美人》其一：

　　客窗深闭逢三五。不恨无歌舞。天时人事总凄然。只有隔窗明月似当年。　　老夫分外情怀恶。无意寻行乐。眼前触景是愁端。留得岁寒生计在蒲团。

　　又《虞美人》其二：

　　无情世事催人老。不觉风光好。江南无处不萧条。何处笙歌灯火做元宵。　　承平父老头颅改。就里襟怀在。相逢不忍更论心。只向路旁握手共沉吟。

《虞美人》二首写于"壬子岁元夕",即洪武五年（1372年）。战争之后,一个新的王朝建立了,百废待兴。然而,在词人心中更多的是悲苦之情,像是"天时人事总凄然"、"无意寻欢乐"、"江南无处不萧条"、"眼前触景是愁端"、"不觉风光好"。在这里,词人没有欢欣雀跃,有的是"只向路旁握手共沉吟"的悲叹。

邵亨贞写寒食节的《六州歌头》,清明节的《齐天乐》,除夕的《江城梅花引》以及其他节序词也都是以写实为主,如《六州歌头》:

刘郎老去,孤负几东风。思前度,玄都观,旧游踪。怕重逢。新种桃千树,花如锦,应笑我容颜改,浑不比、向时红□。我亦无情久矣,繁华梦、过眼成空。纵而今再见,何似锦城中。往事匆匆。任萍蓬。　忆欢娱地,经行处,秦楼畔,灞桥东。春冉冉,花可可,雾濛濛。水溶溶。几度题歌扇,欹醉帽,绕芳丛。　时序改,人面隔,鬓霜浓。别有武陵溪上,秦人在、仙路犹通。待前村浪暖,鼓楫问渔翁。此兴谁同。

又《齐天乐·甲戌清明雨中感春》:

离歌一曲江南暮,依稀灞桥回首。立马东风,送人南浦,认得当年杨柳。梨花过后。悄不见邻墙,弄梅纤手。绮陌东头,个人还似旧时否。　相如近来病久。纵腰围暗减,犹未全瘦。宿酒昏灯,重门夜雨,寒食清明依旧。新愁谩有。第一是伤心,粉销红溜。待约明朝,问舟官渡口。

又《江月晃重山·中秋客窗》:

碧树天香带露,朱楼翠袖欹寒。夜深人醉碧阑干。玲珑影,长是隔帘看。　又见庭前素魄,何堪镜里朱颜。十年一梦此身闲。西窗悄、诗兴颇相关。

又《江城梅花引·己卯除夕》：

灯前儿女小团圞。岁将阑。夜将残。一度逢春，一度减朱颜。明日东风三十二，又添得，二毛侵，鬓底斑。　　世间世间行路难。身世闲。天地宽。往事往事恨未了，长恨儒冠。爆竹声中，春又到柴关。一任黄尘门外扰，且留取，旧梅花，独自看。

还有《八归·庚辰七夕与卫立礼同用此调》《摸鱼子·寒食雨中》《齐天乐·甲戌清明雨中感春》《齐天乐·戊子清明次曹云翁韵》等，通过这些节序词，词人展示了元明易代之际的社会生活以及自己的人生感悟。在南宋灭亡之后，邵亨贞的父亲邵桂子隐居乡里。受父亲的影响，终元一代，邵亨贞始终是一名隐士。明初，他一度出任松江儒学训导，但是受到儿子的牵连，被发配颍上，很久之后才被释放归乡。可以说，时代还是和他开了一个很大的玩笑，让他在易代之后遭受了人生的重创。

酬赠词在他的词作中占了近三分之一，不仅体现了用诗言志、用词言情的传统观念，而且也反映出他当时的交游圈，有钱抱素（号素庵）、钱应庚（字南金）兄弟俩。他们是松江（今属上海）贞溪人，以诗词知名乡里，钱应庚与其兄钱抱素在《铁网珊瑚》卷九《贞溪诸名胜词翰》，著录诗词若干篇。目前钱抱素存词四首，钱应庚存词六首。他们相互之间留下了唱和酬赠之词。在《春草碧》题序中，邵亨贞写道："南金契兄始托交时，与仆俱未弱冠，今乃百年过半矣。暮景相从之乐，世故牵掣，殆今未遂。兵后避地溪滨，复得旦暮握手，慨前迹之易陈，预后期之可拟，不能已于言也。"在这里，词人说明了与钱南金是结拜兄弟，当时两人还不到二十岁，如今五十年过去了，两人已近七十，在经历了战乱之后避居溪滨，能够旦暮相随，共谈往事，感慨之情溢于言表，于是写下了《春草碧》二词，其一：

岁寒归计曾商略。富贵与神仙，辜前约。儒冠已负平生，不羡扬州去骑鹤。蓬鬓老风霜，心如昨。　　惟应郢上高才，风斤惯削。相见问行藏，重评泊。无情最是桑榆，那得昌阳引年药。山水有清音，同行乐。

其二：

乱离避世无方略。何处可寻幽，须期约。桃源只在人间，争得身轻跨寥鹤。空忆旧欢游，成今昨。　自怜兵后多愁，吟肩顿削。老病有孤舟，难安泊。残年但愿相依，尔汝忘形纵狂药。白首待时清，应无乐。

另外，邵亨贞还写了《风入松》《阮郎归·次韵南金早秋夜思》《隔溪梅令·和南金鸳湖舟中韵》《八归·秋叶咏怀寄钱南金》《摸鱼子·岁晚感怀寄南金》《霜叶飞·小溪岁晚与南金夜坐分韵》《春从天上来·此南金早春韵》等，在《南浦·次韵答南金见寄》一词中写道：

烟水隔殊乡，又匆匆误了，蹋青时候。一别几多时，河桥外、官柳青条犹瘦。君来为问，渡江桃叶曾来否。生怕木兰双艇子，只道故人依旧。　孤村寒食骏寻，料归期渐近，花开休骤。油壁耐东风，先拼取、同醉乱红千亩。凭阑望久。几番魂断烟中岫。从此相逢休草草，莫对夕阳搔首。

在《扫花游·春晚次南金韵》一词中写道：

柳花巷陌，悄不见铜驼，采香芳侣。画楼在否。几东风怨笛，凭阑日暮。一片闲情，尚绕斜阳锦树。黯无语。记花外马嘶，曾送人去。　风景长暗度。奈好梦微茫，艳怀清苦。后期已误。剪烛花，未卜故人来处。水驿相逢，待说当年恨赋。寄愁与。凤城东、旧时行旅。

《扫花游》一词，词风接近周邦彦，吸收其儒雅含蓄的风格特征，又不失之衰迟颓放。黄兆汉在《金元词史》中也发出了这样的感叹："真不愧为元代的一大作手！元末词家之中，能够上追南宋的，除复孺之外，可说是无第二人了。而仇山村、张蜕岩与复孺实为元词的主流，元词之所以还能继续南宋的词统，他们三人实有着不可或缺的重要性。"[①]吴梅在《词学通论》中也谈到："及邵复孺出，合白石、玉田之长，寄烟柳斜阳之

---

①　黄兆汉：《金元词史》，台湾：台湾学生书局，1992 年，第 268 页。

感，其《扫花游》《兰陵王》诸作，尤近梦窗。殿步一朝，良无愧怍。"①
由此可见，在诸多评论者看来，邵亨贞承袭了南宋的词风，合姜夔、张
炎之长，词风近似吴文英，和仇远、张翥共同成为元词的主流。

在钱应庚（即钱南金）的六首存词中，其中五首都是与邵亨贞的唱
和酬赠词，如《八声甘州》，他在题序中写道："应庚顿首再拜复孺学士
兄长文席。应庚初六日，辱所惠书，即访便答谢。而连雨弗果，非敢略
耳。甘州之寄，尤见不鄙。此时方块坐南牖，三复来教。所谓况味彼此
同也。谩尔倚歌奉报，不过抒其郁郁。附有近作一二首，同上一笑。夏
至必能锦还，又图唔尽兹。草草不宜。"

折兰难寄远，渺汀蒲，烟思共依依。甚檐花听断，骚章歌罢，此意
谁知。满眼孤村流水，肠断去年时。过了端阳日，重问归期。　　同是
天涯羁旅，叹湘灵鼓瑟，笑我全非。九江风雨外，有客澹忘归。正目渺、
骞情愁予，又吴潮、吹上竹枝词。西窗夜，待剪灯深坐，却话相思。

这首词表达了他们之间深厚的兄弟之情，适逢战乱，天涯羁旅，道
出了自己对兄长的挂念之情。在《西江月》中，更是将他们之间三十余
年的情谊尽抒其中，如题序中交代："复孺先生用，仲参幕赞《西江月》
韵作词见教。读之情谊蔼然，数语之间，而三十余年交情世故，曲折备
尽。三复降叹，僭尔步韵以谢，尚冀改正。友弟钱应庚再拜。"

往事俄惊如梦，白头追感前时。半生辛苦为吟诗。词笔输君工
致。　　世变俱成老大，年来更觉衰迟。通家欲结岁寒期。未必天工
无意。

又《台城路·寒食后雨轩独坐次复孺韵》："寒食后，雨轩独坐。因
读复孺先生《台城路》佳词，草草次韵，以纪一时情深。久不奉献，殊
负无故人也。并冀恕宥。钱应庚拜。"

一庭芳草闲春昼，疏疏弄帘花影。鼓子风喧，苔痕雨湿，还听蛙

---

① 吴梅：《词学通论》，上海：华东师范大学出版社，1996年，第124页。

声鸣井。沉吟坐暝。正绮席杯空，蕙炉烟冷。老去无情，好春不减旧芳景。　　天涯谁念倦旅，闭门风雨意，独自禁领。南浦歌长，西堂梦远，往事不堪追省。沧浪望迥。记那日归舟，此怀犹骋。莫倚危楼，乱红愁万顷。

邵亨贞和钱抱素有关的词有《拟古十首》《江城梅花引》《红林檎近·水村冬景次钱素庵韵》《齐天乐》等，如《春草碧》：

儒冠不解明韬略。底处是生涯，云门约。无端寄迹兵戈，蕙帐荒寒怨秋鹤。岁暮且归来，情如昨。　　故人几度传心，曾烦手削。门外见仙槎，须停泊。老来岁月无何，乞与刀圭九还药。三岛景长春，寻真乐。

又《氏州第一·丙申初冬次钱素庵韵》：

江国初寒，云外雁过，怀人烟浪千顷。短策行吟，荒台延伫，斜日依然照影。鸥鸟桥边，几负了、扁舟清兴。旧约蹉跎，新诗冷落，怎堪提省。　　故里年来欢事迥。算何似、向时风景。倚马朱扉，调筝翠袖，一向新盟冷。但沉思、游宴处，红楼外、柳条相映。不见君来，待重寻、山阴夜艇。

而在钱抱素的四首存词中，有《台城路·次邵复孺韵》：

碧云深处遥天暮，经年雁书沉影。雨散梅魂，风醒草梦，还见春回乡井。花明柳暝。念贾阁香空，谢池诗冷。流水斜阳，旧游那是旧风景。　　怀思横泖雅趣，故人吟啸里，得意酬领。谱缀台城，缄传蒨水，肯把俊游重省。凭高倚迥。纵老兴犹浓，不堪驰骋。隔断相思，浦潮波万顷。

又《春草碧》：

客窗闲理清商谱。弹到断肠声，伤今古。自怜素发无多，犹记纹疏夜深语。空剩旧时踪。迷南浦。　　梨花燕子清明，谁家院宇。没个好情怀，杯慵举。天涯行李萧萧，还是新愁老羁旅。那更落花深，红似雨。

又《琐窗寒·题玉山草堂》：

书带生香，忘忧弄色，四窗虚悄。茅茨净覆，栋宇洗空文藻。卷珠帘，雨痕暮收，绮罗静隔红尘岛。对纸屏素榻，拂潭烟树，扫檐风条。　　深窈。西园晓。似日照炉峰，数声啼鸟。琼莲倚盖，晓水靓妆孤袅。浣花溪，尚余旧春，秾芳剩馥吟未了。望东林，小径斜通，梦约香山老。

在钱南金逝世之后，邵亨贞写下了《追悼南金钱文学二十韵》。从"夜语巴山话，阳春郢上吟。对棋忘寝息，沽酒唤登临"、"风尘多契阔，乡井共浮尘"的描述当中，我们看到他在老友亡逝后的悲痛心情。

邵亨贞对赵孟頫评价极高，他在追和赵文敏公旧作十首中曾经谈到，在他十四岁的时候，赵孟頫去世，因此没有机会拜访文敏公，但是每见先辈谈论他的时候，就像谈天上人，无不让他心驰神往，因此也以未能亲眼目睹赵孟頫的风采作为人生的一大憾事。于是，他追次元韵，以学先辈的风流文采。王国器是赵孟頫的女婿，画家王蒙的父亲，字德琏，号云庵，吴兴（今浙江湖州）人。工诗词，存词十七首，邵亨贞写了《摸鱼子·题王德琏山居图》：

遍乾坤、好山无数，古来高隐能几。相逢尽道林泉胜，无奈利名朝市。青嶂里。望曲径深门，彷佛柴桑里。先生傲世。任短褐长镵，清琴浊酒，占断晋风致。　　疏林下，别有谈玄麈尾。清风长满窗几。门前剥啄何须问，应是采芝仙子。谁可比。已不减、当时鸡犬空中起。留连晚计。尽穴石藏书，锄云种玉，千古有灵气。

又《贺新郎·题王德琏水村卷》：

一段江南绿。望依依、沙鸥起处，辋川横幅。十里平郊人烟聚，掩映汀洲几曲。试与问、隐君林屋。花径竹门春窈窕，有苍颜绿鬓人如玉。挥白羽，跨黄犊。　　高情远继巢由躅。向沧浪、濯缨垂钓，自歌还续。手种陂塘千株柳，隔断红尘万斛。算独有、渔舟来熟。待约西施同载酒，趁桃花、浪暖相追逐。寻胜地，访遗俗。

郏仲仪、张翔南在邵亨贞的词作中多次出现，他们是很好的朋友，在易代之际有着共同的情感共鸣，在戊申年，即1360年，邵亨贞写《齐天乐》两首，其一：

当年放浪苏台下，长从故人诗酒。茧帖飞花，鹍弦度曲，思绕阊门杨柳。星霜易久。怅十载分携，几番回首。沧海尘昏，屋梁落月尚依旧。　　山林何处寄傲，不如人意事，长是八九。有客传书，多君玩世，况是不忘衰朽。明朝见后。纵少壮难追，好怀还有。醉墨淋漓，浩歌开笑口。

其二：

六朝千古台城路，伤心几番兴废。形胜空存，繁华暗老，举目江山还异。风尘万里。奈迁客驱驰，去程迢递。故旧相望，雁边消息缈难寄。　　春风凤凰台上，转蓬回首处，应叹身世。江总情深，陈琳橄倦，投老竟成归计。斜阳某水。且净洗缁衣，任休行李。只怕东山，兴来还又起。

当年和朋友们一起放浪苏台，把酒言欢，共同度过了一段非常难忘的岁月。但是，人生不如意十之八九，在经历了几番兴废，风尘万里，消息难寄，如今的张翔南终于在漂泊数载之后得以还家，词人发自内心地为朋友感到高兴。

戊戌冬初，即1358年，词人写了《齐天乐》，在这首词中记录了此时居民荡析、黄茅白骨的凋敝民生。

西风满面吹华发，肩与遍行荒野。草莽无垠，人烟埽迹，犹有青山如画。斜阳又下。奈倦宿军营，喜逢田舍。官事驱驰，旅途情绪顿衰谢。　　天边雁飞渐远，故园回首处，离恨难写。寒入征衣，云遮望眼，忘却向来潇洒。尘氛未解。便好问归舟，早图休驾。梦绕寒谿，小梅应绽也。

从这首词可以看出，此时的江南，尽管青山依然如画，但是在战乱的影响下到处都是荒野，人烟稀少。当夕阳西下的时候，一群疲倦的兵士践踏庄稼，天边的大雁越飞越远，词人不由思念起故园，希望能早日结束战乱，回到故乡。

总体而言，在邵亨贞的词作中，最能代表他词学成就的当属节序词和咏怀酬赠词。较之他的咏物词，这些词更为真挚与灵动，更能体会其“词心”。从笔记和史料的记载中可以看到宋代人越来越注重各种节令，而且将节令写入词中，到元初，这些节令更是成为南宋遗民抒写故国之思和亡国之恨的载体，邵亨贞也创作了大量的节序词。尽管不愿入仕元朝，但是元朝灭亡之后，词人又产生了南宋遗民式的落寞与悲凉。由此，一个试图挣扎又不断深陷其中的古代隐士形象跃然纸上。

又《阮郎归》：

茂陵多病不胜秋。多情还倚楼。隔江何处泊离舟。有人歌远游。　　清兴在，此生浮。老来长是愁。西风吹拂白蘋洲。旧鸥今在不。

又《渡江云》：

朔风吹破帽，江空岁晚，客路正冰霜。暮鸦归未了，指点旗亭，弭棹宿河梁。荒烟乱草，试小立、目送斜阳。寻旧游、恍然如梦，辗转意难忘。　　堪伤。山阳夜笛，水面琵琶，记当年曾赏。嗟老来、风埃憔悴，身世微茫。今宵到此知何处，对冷月、清兴犹狂。愁未了，一声渔笛沧浪。

这两首词，可以说是邵亨贞对自己一生的总结。“清兴在，此生浮。老来长是愁。”“嗟老来、风埃憔悴，身世微茫。今宵到此知何处，对冷月、清兴犹狂。愁未了，一声渔笛沧浪。”如果以 1351 年红巾军起义为界，将其一生分为两段的话，他四十三岁前的生活还算平静惬意，而后五十年则是在战争、逃亡以及内心的煎熬中度过的。"朔风吹破帽"的自画像，使我们不由想到这位老人在六十岁时冲寒冒雪，前往金陵解救自己狱中的儿子；在六十八岁的时候，去澄江接回自己寡居无后的女儿。这位长寿的老人在晚年不仅遭遇了战争，而且忍受了常人无法想象的痛苦和煎熬。于是，词人通过文字这样一种方式去消解内心的痛苦："故人重见几星霜。鬓苍苍。视茫茫。把酒歔欷，唯有叹兴亡。须信百年俱是梦，天地阔，且徜徉。"邵亨贞尽管在晚年遭受了诸多不幸，但是内心深处始终有一份苏东坡式的豁达。

在邵亨贞的词作中，他写美人眉目的两首咏物词尤其得到后世的推崇。现录《沁园春》如下：

巧斗弯环，纤凝妖媚，明妆未收。似江亭晓玩，遥山拂翠，宫帘暮卷，新月横钩。扫黛嫌浓，涂铅讶浅，能画张郎不自由。伤春倦，为皱多无力，翻作娇羞。　　填来不满横秋。料著得人间多少愁。记鱼笺缄启，背人偷敛，雁钿胶并，运指轻揉。有喜先占，长颦难效，柳叶轻黄今在否。双尖锁，试临鸾一展，依旧风流。

——眉

漆点填眶，凤梢侵鬓，天然俊生。记隔花瞥见，疏星炯炯，倚阑延伫，止水盈盈。端正窥帘，薝腾凭枕，睟盼檀郎长是青。销凝久，待嫣然一顾，密意将成。　　困酣时倚银屏。强临镜挼抄犹未醒。忆帐中亲睹，似嫌罗密，尊前斜注，翻怕灯明。醉后看承，歌时斗弄，几度孜孜频送情。难忘处，是香罗揾透，别泪双零。

——目

陶宗仪在《南村辍耕录》中赞道："宋刘改之先生过词，赡逸有思致，赋《沁园春》二首以咏美人之指甲与足者，尤纤丽可爱……近邵青溪亨贞嗣其体调以咏眉目，真隽永有味……"[1]清代沈雄认为其"一赋美

---

① 〔元〕陶宗仪：《南村辍耕录》，北京：中华书局，1959年，第183页。

人眉，一赋美人目，新艳入情，世所传诵"。① 许昂霄在《词综偶评》中叹道："此二首与刘改之两阕俱工丽可喜。似此描写，亦何妨为大雅罪人。"② 叶申芗《本事词》认为："似此体物工雅，应不让龙洲独步矣。"③ 吴梅先生在《词学通论》中也谈到："复孺以眉目〔沁园春〕二词，得盛名于时，实是侧艳语，不足见复孺之真面也。其自序云：'龙洲先生以此词咏指甲小脚，为绝代脍炙。继其后者，独未之见。'是复孺仅学龙洲耳。不知龙洲二词，亦非刘改之最得意作，而世顾盛推之。世人遂以二词概复孺，亦可谓不知复孺者矣。"④ 由此可见，这两首词虽然不能代表邵亨贞的主要词学成就，但是却得到了评词者的高度认可，认为这两首词描写细腻、工丽雅正、隽永有味。

邵亨贞的拟古词有《拟古十首》、《河传》三首、《昭君怨》一首、《花间诉衷情》拟古三首。在这些拟古词中，邵亨贞分别模仿了"花间派"、周邦彦、陈与义、姜夔、史达祖、辛弃疾、元好问和刘过等人的创作风格，尤其是《鹊桥仙·拟稼轩中原怀古》一首颇得稼轩神韵。

残阳陇树，寒烟塞草。戏马台前秋老。黄河日日水东流，断送却、英雄多少。西秦笳鼓，东山寄傲。万事付之一笑。闲来系马读残碑，又目断、江南飞鸟。

残阳照在西秦的土地上，一声声笳鼓传来，使人顿时有沧桑沉郁之感，此词可谓邵亨贞拟作中的佳作。他的拟作中有些词出现了口语化和散曲化倾向，如《河传·拟花间》一首。同时，对"花间派"进行模仿，但缺少了花间词的繁华和浓艳。吴梅先生在《词学通论》中谈到："其词如拟古十首，凡清真、白石、梅溪、稼轩，学之靡不神似，即此

① 〔清〕沈雄：《古今词话·词评》下卷，唐圭璋编：《词话丛编》第一册，北京：中华书局，1986 年，第 1022 页。

② 〔清〕许昂霄：《词综偶评》，唐圭璋编：《词话丛编》第二册，北京：中华书局，1986 年，第 1570 页。

③ 〔清〕叶申芗：《本事词》卷下，唐圭璋编：《词话丛编》第三册，北京：中华书局，1986 年，第 2379—2380 页。

④ 吴梅：《词学通论》，上海：华东师范大学出版社，1986 年，第 137—138 页。

可见词学之深。"① 对于这一点，邵亨贞在《拟古十首》中也谈到："因悟古人作长短句，若慢则音节奇概，人各不类，往往自成一家。至于令则律调步武句语，若无大相违者，闲有奇语，不过命以新意，亦未见其各成一家也。所以令之拟为尤难，强欲逼真，不无蹈袭，稍涉己见，辄复违背。"

另外，邵亨贞还留下五首题画词，其中《菩萨蛮·苏小小像》可为佳作，其余几首艺术价值不是太高。

钱塘回首春狼藉。湖山依旧横金碧。何处是儿家。粉墙杨柳斜。佳期难暗卜。檀板传心曲。随意带宜男。就中应未堪。

陈匪石在《声执》卷下中这样评价元代词人："其确为元人者，只刘藏春、许鲁斋两家，余皆南宋遗民。其词皆樊榭所谓凄恻伤感，不忘故国者。是名虽属元，实乃南宋余韵。盖草窗、碧山、玉田、山村之所倡导，如张翥、张雨、邵亨贞等，皆属此派。在元代词学为南方之一流别，与北人平博疏快者迥乎不同。"② 此种评价可谓切中肯綮，在元初，南宋词风在周密、张炎、仇远等人的倡导下继续向前发展，而张翥、张雨、邵亨贞则成为这条链条上的重要一环。同时，邵亨贞和谢应芳、倪瓒、梁寅、舒頔、舒逊、华幼武、邵亨贞、王逢、陶宗仪、俞和、凌云翰、韩奕形成了一个庞大的元末隐士词人群体。

邵亨贞的词反映了他近一个世纪的人生经历及对社会和人生的思考。四库馆臣在《野处集》提要中写到："亨贞终于儒官，足迹又不出乡里，故无雄篇巨制以发其奇气。而文章大致清丽，步伐井然，犹能守先正遗矩者。案陶宗仪《南村辍耕录》载，亨贞所作咏眉目〔沁园春〕词二首，隽永清丽，颇得倚声三昧，盖所长尤在于此。惜词选已佚，今不可得而见矣。"③ 由此可见，四库馆臣对邵亨贞的词学成就是肯定的，但是只注意到他的咏物词，这是在今天的研究中需要给予纠正

---

① 吴梅：《词学通论》，上海：华东师范大学出版社，1986 年，第 138 页。

② 陈匪石：《声执》，唐圭璋编：《词话丛编》第五册，北京：中华书局，1986 年，第 4961 页。

③ 〔元〕邵亨贞：《野处集》，《四库全书》第一千二百一十五册，上海：上海古籍出版社，1987 年，第 185—186 页。

和补充的，他的创作除了咏物词，反映社会现实的节序词以及酬赠之作都是他对那个时代的真实表达和深度思考，同样具有重要的价值和意义。

凌云翰（1323—1388），字彦翀，号柘轩，钱塘（今浙江杭州）人。元末授兰亭书院山长，不赴。入明后做四川成都教授，贬谪南荒而卒。《彊村丛书》辑《柘轩词》一卷。凌云翰曾作梅词《霜天晓角》、柳词《柳梢青》各一百首，号"梅柳争春"，存词二十八首。

在他的词作中，咏怀酬赠之作十九首，题画词四首，寿词三首，咏物词二首。他的词多表达隐居之乐和对桃园生活的追寻，偶尔也有对故园的思念之情，所作《苏武慢·鸣鹤余音》，流传颇广，如：

芳草纤纤，游丝冉冉，可爱地晴江碧。世事浮云，人生大梦，歧路谩悲南北。漉酒春朝，步蟾秋夜，却忆旧时巾舄。问故园、何日归欤，松菊已非畴昔。　　谁似我、十亩柔桑，千头佳橘，饱有绿阴朱实。溉釜烹鱼，饭疏饮水，胜咀绛霞琼液。鸟倦知还，水流不竞，乔木且容休息。喜闲来、事事从容，睡觉半窗晴日。

又《苏武慢》：

身在云间，目穷天际，一带远山如格。隐隐迢迢，霏霏拂拂，蔓草寒烟秋色。数著残棋，一声长啸，谁识洞庭仙客。对良宵，明月清风，意味少人知得。　　君记取，黄鹤楼前，紫荆台上，神有青蛇三尺。土木形容，水云情性，标韵自然孤特。碧海苍梧，白蘋红蓼，都是旧时行迹。细寻思，离乱伤神，莫厌此生欢剧。

又《苏武慢》：

醉里闲吟，兴来独往，山静悄无人语。两岸桃花，一溪春水，似忆仙源无路。花上莺啼，云间犬吠，偶到洞仙琳宇。便相留、闲话长生，嗟我委形非故。　　图画里、昔日天台，当年刘阮，此说荒唐无取。避世秦人，放舟渔子，却恐偶然相与。岭日将沉，林风忽动，吹落半帘红雨。待少焉、月出东方，拄个瘦藤归去。

《苏武慢》共十三首，凌云翰在题序中写到，最初是全真冯尊师作二十篇，能和者很少，让人有遗世独立、羽化登仙之想。后来自己读了虞集的遗稿，欲尽和之，写了十三首，字里行间表达出世事浮云，人生大梦，不如拄藤归去的想法。

陶渊明在元代一直受到文人的喜欢，他的归隐生活成为很多文人向往的生活，凌云翰在《蝶恋花》中写到："历历武陵如在目。几时同借仙源宿。"表达了对这种生活的向往之情。

过雨春波浮鸭绿。草阁三间，人住清溪曲。旧种小桃多似竹。乱红遮断松边屋。　　有客抱琴穿翠麓。隔水呼舟，应是怜幽独。历历武陵如在目。几时同借仙源宿。

又《浪淘沙·赋元夕遇雨次俞紫芝韵》：

雨打上元灯。无处邀朋。何如窗下且瞢腾。谩忆牙旗穿夜市，铁马春冰。　　歌舞有人曾。倦与争能。越罗裁服换吴绫。尽道先生归隐也，乌帽乌藤。

从这两首词可以看出，词人的隐居生活虽然简单朴素，但是置身于大自然中，草屋三间，小桃绕门，这种生活虽然孤寂，但对词人而言自有一种自得其乐之美。

另外，题画词《满江红·咏梨花鸟图》含蓄隽永，是他词中难得的清丽之作。

谁写琼英，空惊讶、年华虚度。依约似、清明池馆，粉容遮路。蝴蝶又来丛里闹，鹧鸪还占枝头语。向东阑、惆怅几回看，愁如许。　　疑有月，光摇树。疑是雪，香生处。自洗妆人去，凄凉非故。白发宫娃歌吹远，青旗酒舍诗吟古。记黄昏、灯暗掩重门，听春雨。

又《狮儿词·赋梅和仇山村韵》：

蹇驴破帽，知是几度寻春，山南山北。惆怅亭荒仙远，苔枝空绿。

村醪正熟。为花醉、何妨留宿。春光似怕人冷落，先回空谷。　　潇洒生意自足。有高标、不厌矮篱低屋。与雪相期，侧耳隔窗虫扑。晚晴纵步，又还信、一枝筇竹。莫嫌独。自在画阑东曲。

又《风入松·和贝廷琚助教韵》：

谁教齿豁更头童。从唤作衰翁。惜花已自因花瘦，况飘零、万点随风。须信人生如梦，休言世事皆空。　　紫骝嘶过画桥东。犹记软尘红。重来绿遍西湖路，消魂是、杜宇声中。经眼倚妆飞燕，伤心照影惊鸿。

"仇山村"即仇远，"贝廷琚"即贝琼，词人通过这两首唱和词，不仅表现出对他们词风的认同，而且也表达出人生如梦的感悟。另外，凌云翰还写了《商角调定风波·赋崔莺莺传》：

把丽情、分付良工，传奇谩为重省。开户迎风，拂花动月，写尽西厢景。笑书生，最侥倖。刚道师婚胜琴聘。况静。问姓名非是，近时三影。　　空思遮境。画盐梅、不济调羹鼎。翻残金旧日，诸宫调本，才入时人听。减容光，懒窥镜。凤枕鸳衾与谁。重赠。李绅歌意，续微之咏。

凌云翰在创作中多以口语、俗语入词，因而像"不须分、天上人间，南北东西皆可"这样的句子很多，但放在元代这样一个散曲盛行的大环境里，也就不足为奇了，是时代风尚影响下自然而然的一种文学表达。

陶宗仪（1316—1403后），字九成，号南村，黄岩（今属浙江）人。著书收徒，虽然得到浙帅泰不华的举荐，皆不就。张士诚据吴，署为军谘，亦不赴。洪武四年，诏征天下儒士，六年命有司举人才皆及宗仪，称病不赴。晚岁，有司聘为教官，非其志也。存词六首，其中三首为咏物词，虽极力铺排，却不够精工，如《一萼红·赋红梅次郭南湖韵》：

水云乡。又南枝逗暖，绰约汉宫妆。春艳秾分，朱铅浅试，翠袖独倚修篁。想应道东风料峭，剪霞彩，零乱补绡裳。勾漏寻真，丹丘授诀，傲睨冰霜。　　毕竟孤标还在，纵夭桃繁杏，难侣寒香。玛瑙坡头，珊瑚树底，江南别是春光。且莫倚、高楼玉管，怕轻盈飞处误刘郎。依旧小窗疏影，淡月昏黄。

《月下笛·赋落梅》一词则流于口语化。

东阁诗悭，西湖梦残，好音难托。香消玉削。早孤标顿非昨。阿谁底事频横笛，不道是、江南摇落。向空阶闲砌，天寒日暮，病鹤轻啄。　　情薄。东风恶。试快觅飞琼，共翔寥廓。冰魂漠漠，谩怜金谷离索。有时巧缀双蛾绿，天做就、宫妆绰约。待一点脆圆成，须信和羹问却。

他在南方隐士词人中较为活跃，邵亨贞为他的书室赋词一首《西江月·赋陶九成瞗牖朝光书室》：

土室融融曙色，山窗晏晏春眠。东风和气满壶天。依约镜奁初展。晴散茅檐云彩，暖浮纸帐香烟。一枝花影弄婵娟。染就素罗团扇。

陶宗仪后来寓居华亭，即上海，他在《南浦》中写道，在松江城北三十里的地方有个会波村，这里有山有水，春天桃花盛开，村里鸡犬之声相闻，有武陵遗风，隐者停云子就隐居在这里。一条船置于水光山色之中，主人或钓鱼，或弹琴，或小酌一杯，忘却了世俗的功名利禄。词人曾经和主人在舟中喝茶，不觉写下此词，而主人谱入中吕调，又配以洞箫，极尽缥缈之思。

如此好溪山，羡云屏九叠，波影涵素。暖翠隔红尘，空明里，著我扁舟容与。高歌鼓枻，鸥边长是寻盟去。头白江南，看不了，何况几番风雨。　　画图依约天开，荡清晖，别有越中真趣。孤啸柘篷窗，幽情远、都在酒瓢茶具。水溟茫，摇晚月明，一笛潮生浦。欲问渔郎无恙否，回首武陵何许。

元末隐士词人，就其词作的思想内容而言，以日常生活中的所遇所感和四时物象的变化为书写对象，小到朋友家人的生日，大到战争中的流徙奔走，通过词表达出他们对往昔岁月的追怀。在他们的词中，对乱离生活和功名利禄的厌倦，对桃源的追寻是他们所要表现的重要主题，正如陶宗仪在《南浦》词题序中所写："春时桃花盛开，鸡犬之声相闻，殊有武陵风概，隐者停云子居焉。一舟曰水光山色，时放乎中流，或投竿，或弹琴，或呼酒独酌，或哦咏陶谢韦柳诗，殆将与功名相忘。"这不仅是陶宗仪自己的桃源理想，也是元末隐士词人共同的慕陶情结在社会生活中的折射。

第四节 其他浙江籍词人

在浙江籍词人中，除了宋元易代之际的词人、文臣词人和隐士词人外，还有个别词人身份较为特殊，需要进行专门论述。比如管道昇，《全元词》共收入两位女性词人，而管道昇便是其中之一。王国器是赵孟頫、管道昇的女婿，画家王蒙的父亲，据记载，他工诗词，但存词仅有十三首。周权虽然在元代没有机会出仕，身份也不是隐士，但是在南方词坛仍然是很独特的存在。

管道昇（1262—1319），字仲姬，吴兴（今浙江湖州）人。赵孟頫的妻子，封为魏国公夫人。能书善画，尤以画竹石兰梅知名。她是《全元词》选入的两位女词人之一，存词四首，为《渔夫》：

遥想山堂数树梅。凌寒玉蕊发南枝。山月照，晓风吹。只为清香苦欲归。
南望吴兴路四千。几时回去雪溪边。名与利，付之天。笑把渔竿上画船。
身在燕山近帝居。归心日夜忆东吴。斟美酒，脍新鱼。除却清闲总不如。
人生贵极是王侯。浮利浮名不自由。争得似，一扁舟。弄月吟风归去休。

词人通过这四首词，一方面表达了身在燕山对故乡吴兴的思念之情，另一方面表达了对功名利禄的看法，它宛如浮云，让人失去自由，不如过一种归隐的生活。存词虽少，但词风清丽，虽为女子，颇有苏东坡的旷达豪迈之气。

据《清河书画舫》卷十记载，赵孟頫在评价妻子的词时曾经谈到：

"吴兴郡夫人不学而能诗，不学画而能画，得于天者然也。此《渔父词》皆相劝以归之意，无贪荣苟进之心，其与'老妻强颜道，双鬓未全斑，何苦行吟泽畔，不近长安'者异也。"

王国器（1284—1366），字德琏，号云庵（一作筠庵），吴兴（今浙江湖州）人。工诗词，存词十三首，其中四首为题画词，如《踏莎行·破窗风雨为性初微君赋》：

润逼疏棂，寒侵芳袂。梨花寂寞重门闭。检书剪烛话巴山，秋池回首人千里。 记得彭城，逍遥堂里。对床梦破檐声碎。林鸠呼我出华胥，怳然枕石听流水。

又《菩萨蛮·题黄公望溪山雨意图》：

青山不趁江流去。数点翠微林际雨。渔屋远模糊。烟村半有无。 大痴飞醉墨。秋与天争碧。净洗绮罗尘。一巢栖乱云。

又《菩萨蛮·题倪征君惠麓图》：

秋声吹碎江南树。正是潇湘肠断处。一片古今愁。荒碕水乱流。 披图惊岁月。旧梦何堪说。追忆谩多情。人间无此情。

又《西江月·题洞天清晓图》：

金润飞来晴雨，莲峰倒插丹霄。蕊仙楼阁隐岩峣。几树碧桃开了。 醉后岂知天地，月寒莫辨琼瑶。一声鹤叫万山高。画出洞天清晓。

王国器虽然存词不多，但是由于他在诗词画方面的较高造诣，能够将三者很好地融合在一起，从而营造出词中有画的优美意境，故其词也具有清致雅丽的风格。

周权（约1280—1330），字衡之，号此山，松阳（今浙江西屏）人。延祐六年（1319），周权携诗稿北游京师。袁桷非常赏识他，称他"磊落湖海之士"，想要为他推荐官职，没有成功，但是他的才华得到了赵孟頫、欧阳玄、陈旅等人的赏识。赵孟頫应其请，为他书"此山"二字。有《周此山先生集》十卷，《元四家集》本《此山集》十卷，存词三十四首。

在大都期间，周权写下了《洞仙歌·谢欧阳学士偕陈众仲教授过访》一词，以答谢欧阳玄和陈旅对他的深厚友情。虽然在大都没有走上仕进之路，但是他的诗名却在大都文化圈广泛传播。

京尘满鬓，汗漫游还倦。环佩玲珑惊梦断。恰玉堂仙伯，携取圜桥，词翰客、枉顾情何恋恋。衣冠何磊落，闲雅雍容，不把声光时自炫。谩轻敲团月，煮玉泉冰，□啸傲、几多萧散。笑归去，蓬莱跨清风，任香彻胸中，五千书卷。

对于这段北游大都的经历，他还写了《沁园春》一词以自嘲。

笑此山人，抛却白云，又来玉京。忆泰华黄河，曾观钜丽，轻衫短帽，只凭飘零。鸥鹭洲边，杉萝溪上，尽可渔樵混姓名。瓶无粟，有西山芝熟，南涧芹生。　　底须役役劳形。但方寸宽闲百念轻。况末路逢人，眼应多白，东风吹我，鬓已难青。酒浪翻杯，剑霜闪袖，磊隗频浇未肯平。何妨去，借相牛经读，料理归耕。

周权尽管满腹才学却未能为自己赢得一官半职，似乎是胸中磊块未能平复，但是相牛经读、料理归耕未尝不是一种人生选择。在《满江红》中，词人同样表达了归耕田园后的怡然自得之乐。

独酌新丰，任疏放、从人不识。还只是、旧时把酒，秋风狂客。颠倒天吴归短褐，风涛岁月头将白。笑平生、仅有气如虹，难教屈。　　也不学，悲弹铗。也不作，谭扪虱。共梅花心事，岁寒冰雪。眼底山川徒历遍，胸中史记无雄笔。合归来、依旧饭吾牛，歌明月。

"毗陵"即江苏常州，当时词人离开这里已经二十年了，一日北归，去访旧时朋友，发现已经是寥若星辰，不由心中感慨，写下了这首词。

在《念奴娇·姑苏台怀古》一词中，词人写到：

> 飞台千尺。直雄跨层云，东南胜绝。当日倾城人似玉，曾醉台中春色。锦幄尘飞，玉箫声断，麋鹿来宫阙。荒凉千古，朱阑犹自明月。　　送目独倚西风，问兴亡往事，飞鸿天末。且对一尊浮大白，分甚为吴为越。物换星移，叹朱门、多少繁华销歇。渔舟歌断，夕阳烟水空阔。

词人出生于元朝刚刚统一南宋之后，前朝的遗音仍在，当登上姑苏台不由地想起发生在这里的尘封往事，于是感叹物换星移中一切繁华终将消歇，但夕阳烟水如故，整首词意蕴深远，读来令人回味良久。

词人从大都返回途中，曾登楼怀古，感慨项籍遗事，写下《百字谣》：

> 登临把酒，问黄楼人去，几番风雨。妙绝颍滨楼上赋，坡老龙蛇飞舞。千载风流，两翁笑傲，淮泗归谭麈。衣冠安在，我来空自延伫。　　下视阛阓喧尘，惨昏烟落日，西风鼙鼓。昔日争雄怀楚霸，百万屯云貔虎。世事茫茫，山川历历，不尽凭阑思。城头今古，黄河日夜东去。

这座楼由苏辙作赋，苏东坡书写，并刻在石头上。千载之后，这些人物都随着历史的风烟而去，词人城头怀古，不由感慨万千。《水调歌头·述怀》一词，词人则是对人生的另一种抒怀。

> 十载几风雪，又酌玉京春。玉堂天上仙客，怜我倦红尘。却挽翩翩飞袂，东望赤霞晨气，高处访三神。上界足官府、斋风快骑麟。　　感生平，歌慷慨，泪沾巾。天球苍佩，奈何偏属黑头人。岁晚相如多病，前日冯唐已老，憔悴不堪闻。长啸送明月，归枕北山云。

词人出生在元朝，因此，在他内心深处希望在这个时代有所作为，于是北游京师，以自己的才华在大都文人圈中赢得了声望。但是，令人遗憾的是，他没有赢得出仕的机会，最后南归，在归园田居中走过了自己的一生，于是会有"感生平，歌慷慨，泪沾巾"的失望，文词情真意切，也塑造出一个满腹才华却不得志的文士形象。

第五章　元代南方词坛（中）：江西籍词人

宋初江西籍词人晏殊、晏几道、欧阳修的词打破了从晚唐到五代前期以花间派为代表的香艳熟软的词风，并且他们从民间汲取养料形成了词坛上承前启后的重要流派——江西词派。这些词人以他们的创作和重要影响不仅对宋词的发展起到了重要作用，而且也为元代南方词坛在中后期逐步占据主导地位奠定了重要基础。据《全元词》统计，元代江西籍词人共六十一位，存词五百六十六首。存词相对较多的是程钜夫，存词五十五首，另外还有梁寅、刘埙、虞集、吴澄等人。从他们在词坛的声望及影响力而言，程钜夫和虞集无疑为其中的代表。

表 5-1　江西籍词人信息目录

序号	词人	生卒	籍贯	存词
1	刘元	不详	吉水（今属江西）人	1 首
2	李震	不详	庐陵（今江西吉安）人	1 首
3	颜奎	1235—1308	永新（今江西吉安）人	8 首
4	罗志仁	不详	庐陵（今江西吉安）人	7 首
5	杨樵云	不详	涂川（今属江西）人	3 首
6	宋远	不详	涂川（今属江西）人	1 首
7	萧烈	不详	涂川（今属江西）人	1 首
8	刘应雄	不详	西昌（今江西泰和）人	1 首
9	赵功可	不详	庐陵（今江西吉安）人	8 首
10	黄水村	不详	宜春（今属江西）人	1 首
11	危复之	不详	临川（今江西临川）人	1 首
12	姜个翁	不详	清江（今属江西）人	1 首

序号	词人	生卒	籍贯	存词
13	鞠华翁	不详	吉水（今属江西）人	2 首
14	王从叔	不详	庐陵（今江西吉安）人	5 首
15	吴元可	不详	禾川（今江西永新）人	4 首
16	彭履道	？—1304	丰城（今江西南昌）人	3 首
17	黄子行	不详	修水（今属江西）人	6 首
18	萧汉杰	不详	吉水（今属江西）人	4 首
19	段弘章	不详	禾川（今江西永新）人	1 首
20	刘贵翁	不详	庐陵（今江西吉安）人	1 首
21	王炎午	1252—1324	安福（今属江西）人	1 首
22	刘天迪	不详	西昌（今江西泰和）人	6 首
23	刘景翔	不详	安成（今江西安福）人	4 首
24	李天骥	不详	庐陵（今江西吉安）人	1 首
25	刘应几	不详	安成（今江西安福）人	1 首
26	周孚先	不详	西昌（今江西泰和）人	3 首
27	尹济翁	不详	庐陵（今江西吉安）人	5 首
28	彭泰翁	不详	安成（今江西安福）人	3 首
29	曾允元	不详	西昌（今江西泰和）人	4 首
30	姚云	不详	高安（今属江西）人	9 首
31	赵文	1239—1315	庐陵（今江西吉安）人	31 首
32	何希之	不详	乐安（今属江西）人	3 首
33	刘埙	1240—1319	南丰（今属江西）人	30 首
34	燕公楠	1241—1302	南康建昌（今江西永修）人	1 首
35	胡一桂	1247—约1314	婺源（今属江西）人	8 首
36	程钜夫	1249—1318	建昌路南城（今属江西）人	55 首
37	吴澄	1249—1333	抚州崇仁（今属江西）人	11 首
38	王奕	不详	玉山（今属江西）人	27 首
39	黎廷瑞	1250—1308	鄱阳（今属江西）人	32 首
40	胡炳文	1250—1333	婺源（今属江西）人	3 首
41	刘将孙	1257—？	庐陵（今江西吉安）人	21 首
42	吴存	1257—1339	鄱阳（今属江西）人	30 首

续表

序号	词人	生卒	籍贯	存词
43	董寿民	1266—1346	婺源（今属江西）人	22首
44	刘诜	1268—1350	庐陵（今江西吉安）人	6首
45	朱友闻	不详	鄱阳（今属江西）人	1首
46	薛昂夫	约1272—1350	西域回鹘人，家族入居中原后先居河南沁阳，又迁往江西南昌	3首
47	虞集	1272—1348	抚州崇仁（今属江西）人	31首
48	朱思本	1273—1332后	临川（今江西抚州）人	3首
49	彭元逊	不详	禾川（今江西永新）人	20首
50	梁寅	1303—1390	新喻（今江西新余）人	41首
51	陈谟	1305—1388	泰和（今属江西）人	1首
52	周闻孙	1307—1360	庐陵（今江西吉安）人	8首
53	于立	不详	南康庐山（今属江西）人	1首
54	王礼	1314—1386	庐陵（今江西吉安）人	10首
55	刘夏	1314—1370	安成（今江西安福）世家	5首
56	郭钰	1316—1376后	吉水（今属江西）人	2首
57	吴会	1316—1388	金溪（今属江西）人	8首
58	刘炳	不详	鄱阳（今属江西）	19首
59	叶兰	不详	鄱阳（今属江西）人	1首
60	熊梦祥	不详	南昌进贤（今属江西）人	13首
61	周巽	不详	吉安（今属江西）人	12首

第一节　元初南宋江西词派影响之词人

宋代江西词坛人数众多，大家迭出，从清代开始，即有学者提出"江西词派"的说法，一直沿用至今。南宋时，辛弃疾、刘辰翁等人都是以群体的方式活跃于江西词坛，他们相互唱和，诗词往来频繁，元初江西词坛就是沿着这条路径向前发展的。入元之后，南宋词人刘辰翁尽管回乡隐居，埋头著书，但是他对元初南方词坛的影响则是不容置疑的。

《全元词》中存词只有一首的刘元，早年跟随刘辰翁学习，存词八首的颜奎，不求仕进，一生在乡里兴学，学者称他为"吟竹先生"，留下了两首关于刘辰翁的词，一首是《醉太平·寿须溪》：

> 茶边水经。琴边鹤经。小窗甲子初晴。报梅花小春。 小院晋人。小车洛神。醉扶儿子门生。指黄河解清。

一首是《大酺·和须溪春寒》，其词风颇有南宋余韵。

> 唱古荼蘼，新荷叶，谁向重帘深处。东风三十六，向园林都过，余寒犹妒。公子狐裘，佳人翠袖，怎见此时情否。天上知音杳，怪参差律吕，世间多误。记画扇题诗，单衣试酒，梦归泥絮。 嗟春如逆旅。送归路、远涉前无渡。回首住、凌波亭馆，待月楼台，满身花气凝香雾。度入南薰去。留燕伴、不教迟暮。但一点、芳心苦。生怕摇落，分付荷房收贮。晚妆又随过雨。

尹济翁存词五首，其中一首为《风入松·癸巳寿须溪》：

> 曾闻几度说京华。愁压帽檐斜。朝衣熨贴天香在，如今但、弹指兰阇。不是柴桑心远，等闲过了元嘉。 长生休说枣如瓜。壶日自无涯。河倾南纪明奎璧，长教见、寿炁成霞。但得重携溪上，年年人共梅花。

"癸巳"即 1293 年，在刘辰翁生日的时候，尹济翁写下了这首祝寿词。由此也可看出，刘辰翁在江西词人中的重要影响，他的诗词文风是文人们学习的对象，当时的文人对他也是充满敬仰之情。

另外，江西吉安人罗志仁存词七首，其中一首为《金人捧露盘·丙戌过钱塘》：

> 湿苔青，妖血碧，坏垣红。怕精灵、来往相逢。荒烟瓦砾，宝钗零

乱隐鸾龙。吴峰越巘，翠罨锁、若为谁容。　　浮屠换、朝阳殿，僧磬改、景阳钟。兴亡事、泪老金铜。骊山废尽，更无宫女说玄宗。海涛落月，角声起，满眼秋风。

　　词人在"丙戌"即1286年，路过浙江钱塘，写下了这首词。这首词采用写实和用典相结合的手法，写出了钱塘在易代之后的变化。此时，词人经过的地方已是一片荒烟瓦砾，朝阳殿也多了很多僧人。这些兴亡之事，不仅让词人想起了泪老金铜，还想到了玄宗遗事，心中不由徒增伤感之情。

　　又《霓裳中序·四圣观》：

　　来鸿又去燕。看罢江潮收画扇。湖曲雕阑倚倦。正船过西陵，快篙如箭。凌波不见。但陌花、遗曲凄怨。孤山路，晚蒲病柳，淡绿锁幽院。　　离恨。五云宫殿。记旧日、曾游翠辇。青红如写便面。下鹄池荒，放鹤人远。粉墙随岸转。漏碧瓦、残阳一线。蓬莱梦，人间那信，坐看海涛浅。

　　来鸿去燕，船过西陵，往日游过的四圣观，如今已是人去池荒，在残阳映照之下，更显凄凉，心中不免感慨万千。词人在今昔对照之中，写出了经历时代变迁之后的落寞之情。

　　江西泰和人刘天迪的《一萼红·夜闻南妇哭北夫》一词，反映了宋元易代之际当时的社会现实。

　　拥孤衾，正朔风凄紧，毡帐夜惊寒。春梦无凭，秋期又误，迢递烟水云山。断肠处、黄茅瘴雨，恨骢马、憔悴只空还。揉翠盟孤，啼红怨切，暗老朱颜。　　堪叹扬州十载，甚倡条冶叶，不省春残。蔡琰悲笳，昭君怨曲，何预当日悲欢。谩赢得、西邻倦客，空惆怅、今古上眉端。梦破梅花，角声又报春阑。

　　整首词在语言的表达上凄婉哀怨，塑造了一个处在深闺中的南妇对身处北方的丈夫的思念之情。同时，在情感的表达上也直抒胸臆，写出了闺中少妇的无奈与孤独之情。

在元初江西词人中，他们以刘辰翁为核心，将他作为效仿的对象，尽管他目前留存词作不是太多，但在词的风格上与江西词派相似，在情感的表达上多有黍离之感，反映出宋元易代之际人们生活的现状和情感的变化。其实，综观整个元代的江西词人，始终未能走出江西词派词风的影响，当然也未能超越南宋江西词派的艺术成就。

第二节　元代江西学者词人

江西人杰地灵，不仅在宋代出现了很多大家，而且在元代同样涌现出很多有才文人，有赵文、刘将孙、胡炳文和梁寅等，他们富有学识，成为元代南方词坛的重要组成部分，也构成了元代江西学者词人这一群体。这些学者词人尽管出生在南宋并在此期间生活了很长时间，但是进入新朝后，他们或担任教授，或担任学正，实际上已经属于仕元词人，《元史·选举志》曾云："凡师儒之命于朝廷者，曰教授，路府上中州置之。命于礼部及行省及宣慰司者，曰学正、山长、学录、教谕，路州县及书院置之……中原州县学正、山长、学录、教谕，并受礼部付身。各省所属州县学正、山长、学录、教谕，并受行省及宣慰司劄付……教授之上，各省设提举二员，正提举从五品，副提举从七品，提举凡学校之事。"[1]

赵文（1239—1315），原名赵凤之，字仪可，一字惟恭，别号青山，庐陵（今江西吉安）人。元军攻占临安之后，赵文至闽地，入文天祥幕府。汀州陷落，潜归乡里。早期，为东湖书院山长，选授南雄路学教授。《永乐大典》辑《青山集》八卷，卷八存词十首，《名儒草堂诗余》卷中存九首，《全宋词》又据《翰墨大全》各集，辑出十二首，共存词三十一首。

在赵文的存词中，《莺啼序》二首是他根据自己的经历所写，凄婉动人，有南宋江西词派之遗韵，如《莺啼序·春晚》：

---

① 〔明〕宋濂等撰：《元史》卷八十一，北京：中华书局，1976 年，第 2032—2033 页。

东风何须红紫，又匆匆吹去。最堪惜、九十春光，一半情绪听雨。到昨日、看花去处，如今尽是相思树。倚斜阳脉脉，多情燕子能语。　　自怪情怀，近日顿懒，忆刘郎前度。断桥外、小院重帘，那人正柳边住。问章台、青青在否，芳信隔、□魂无据。想行人，折尽柔条，滚愁成絮。　　闲将杯酒，苦劝羲和，揽辔更少驻。怎忍把、芳菲容易，委路春还，倒转归来，为君起舞。寸肠万恨，何人共说，十年暗洒铜仙泪，是当时、滴滴金盘露。思量万事，成空只有初心，英英未化为土。　　浮生似客，春不怜人，人更怜春暮。君不见、青楼朱阁，舞女歌童，零落山丘，便房幽户。长门词赋，沉香乐府，悠悠谁是知音者，且绿阴、多处修花谱。殷勤。更倩啼莺，传语风光，后期莫误。

又《莺啼序·有感》：

秋风又吹华发，怪流光暗度。最可恨、木落山空，故国芳草何处。看前古、兴亡堕泪，谁知历历今如古。听吴儿，唱彻庭花，又翻新谱。　　肠断江南，庾信最苦，有何人共赋。天又远、云海茫茫，鳞鸿似梦无据。怨东风、不如人意，珠履散、宝钗何许。想故人、月下沉吟，此时谁诉。　　吾生已矣，如此江山，又何怀故宇。不恨赋、归迟归计，大误当时，只合云龙，飘飘平楚。男儿死耳，嘤嘤呢呢，丁宁卖履分香事。又何如、化作胥潮去。东陵岂是，无能成败纷纷，归来手种瓜圃。　　膏残夜久，月落山寒，相对耿无语。恨前此、燕丹计早，荆庆才疏，易水衣冠，总成尘土。斗鸡走狗，呼卢蹴鞠，平生把臂江湖旧，约何时、共话连床雨。王孙招不归来，自采黄花，醉扶山路。

在第一首词中，看着眼前逐渐逝去的春光，词人的内心是孤寂苦闷的。尽管入元之后词人走上了仕途，但是内心的苦闷却无处诉说，十年间每每想起故国，无数次不由落泪。在第二首词中，词人进行了转场，此时已是秋天，木落山空，不由想到了故国的芳草何在，不由流下了眼泪，但是知音难寻，词人无处诉说，于是安慰自己，人生就是这样，"如此江山"又何必心怀"故宇"。由此可见，词人尽管曾经参加文天祥的幕府，但是在进入元朝之后，当词人面对这样一个统一的王朝时，从情感上还是认可的，这也是他入元之后选任南雄路学教授的重要原因。这两首词，词人通过景物的变化、典故的使用，将心中郁积的情感表达出来，在凄婉哀怨之余，又潜藏着内心纠结之后的一份释然之情。这是赵文存词中艺术成就较高的词作之一。

又《塞翁吟·黄园感事》：

又海棠开后，楼上倍觉春寒。绿叶润，雨初乾。爱远树团团。当时剩买名花种，那信付与谁看。十载事，土花漫。但青得阑干。　　悲欢。思人世、真如一梦，留不住、城头日残。看眼底、西湖过了，又还见、赵舞燕歌，抹粉涂丹。凭君更酌，后日重来，直是晴难。

"思人世、真如一梦，留不住、城头日残"一句，写出了赵文作为宋元易代亲历者的真实感受和人生感悟。他的存词中还有不少寿词，如《莺啼序·寿胡存斋》《最高楼·寿刘介叔》等，但是，无论从语言还是风格上都未能达到《莺啼序》的艺术境界，其中，有一首是《洞仙歌·寿须溪。是年，其子受鹭洲山长》：

千年鹭渚，持作须翁酒。胜有儿孙上翁寿。向玉和堂上，樽俎从容，笑此处，惯著丝纶大手。金丹曾熟未，熟得金丹，头上安头甚时了。　　便踢翻炉鼎，抛却蒲团，直恁俊鹤梢空时候。但唤取、心齐老门生，向城北城南，傍花随柳。

须溪即刘辰翁，在刘辰翁之子受鹭洲山长之时，词人为他写下了这首祝寿词。由此也可看出，刘辰翁在江西词人中的声望和影响都是巨大的。

刘埙（1240—1319），字起潜，别号水云村（一作水村），南丰（今属江西）人。宋亡，隐居近二十年，后荐举为建昌路学正。学问广博，研经究史，以七十岁高龄任延平路儒学教授。由于他在宋亡后以遗民自居，后又食元禄，受到诟病。元仁宗延祐六年去世，有《隐居通议》三十一卷、《水云村稿》十五卷等。清人朱孝臧曾辑刘埙词成《水云村诗余》一卷。存词三十首。

　　他尽管存词量不是很多，但是其词有清晰的时间线，无疑生动地记录了当时社会的变迁和自己置身这一时代洪流的人生感悟，如《长相思·客中》：

　　雾隔平林，风欺败褐，十分秋满黄华。荒庭人静，声惨寒蛩，惊回羁思如麻。庾信多愁，有中宵清梦，迢递还家。楚水绕天涯。黯销魂、几度栖鸦。　　　对绿橘黄橙，故园在念，怅望归路犹赊。此情吟不尽，被西风、吹入胡笳。目极黄云，飞渡处、临流自嗟。又斜阳，征鸿影断，夜来空信灯花。

　　这首词写于景定壬戌秋，即公元 1262 年，南宋景定三年。"吹入胡笳"一句暗示着此时的南宋王朝已经处于风雨飘摇之中，看着眼前的时局，词人的心中也平添了诸多惆怅，唯有面对眼前的流水暗自嗟叹。

　　又《意难忘·咸淳癸酉用清真韵》：

　　汀柳初黄。送流车出陌，别酒浮觞。乱山迷去路，空阁带余香。人渐远，意凄凉。更暮雨淋浪。悔不办，窄衫细马，两两交相。　　　春梁语燕犹双。叹晓窗新月，独照刘郎。寄笺频误约，临镜想慵妆。知几梦，恼愁肠。任更驻何妨。但只怜，绿阴匝匝，过了韶光。

　　"咸淳癸酉"即 1273 年，在这首词中，词人用了周邦彦的韵，意境幽深凄婉，通过闺中妇人"寄笺频误约，临镜想慵妆"这样一种情景，表达出了人渐远、意凄凉的心境，同时感叹一切都已错过韶光，词意虽然比较隐晦，但依然透露出浓浓的伤感之情。

　　又《买陂塘·兵后过旧游》：

　　倚楼西、西风惊鬓，吹回尘思萧瑟。碧桃影下骖鸾梦，十载云沉雨隔。空自忆。漫红蜡香笺，难写旧凄恻。烟村水国。欲闲却琴心，蠹残篋面，老尽看花客。　　　河桥侧。曾试雕鞍玉勒。如今已忘南北。人间纵有垂杨在，欲挽一丝无力。君莫拍。浑不似、年时爱听酒边笛。湘帘巷陌。但斜照断烟，淡萤衰草，零落旧春色。

战争之后，词人路过以前游览的地方，不仅感慨"难写旧凄恻"，如果说以前南宋和元分庭抗礼，如今人们"已忘南北"，这里以垂杨暗喻力挽狂澜之人，却最终是"一丝无力"。后来，词人隐居近二十年，而《贺新郎》一词就是他隐居生活的真实写照。

醉里江南路。问梅花、经年冷落，几番烟雨。玉骨冰肌终是别，犹带孤山瑞露。想蕴藉、和羹风度。万紫千红嫌妒早，羡仙标、岂比人间侣。聊玩弄，六花舞。　　云寒木落山城暮。忽飘来、暗香万斛，春浮江浦。茅舍竹篱词客老，拟傍东风千树。看好月、亭亭当午。流水村中清浅处，称横斜疏影相容与。时索笑，想应许。

又《洞仙歌·大德壬寅秋送刘春谷学正》：

津亭折柳，正秋光如画。绕路黄花拥朝马。叹市槐景淡，池藻波寒，分明是、三载春风难舍。军峰天际碧，云隔空同，无奈相思月明夜。　　薇药早催人，应占先春，休如我、醉卧水边林下。待来岁、今时庆除书，绣锦映宫花，玉京随驾。

大德六年即 1302 年，此时词人入元已近二十年，所以和前两首词比起来，心态已经发生了很大的改变，因此，在送别刘春谷学正时，也有了"待来岁、今时庆除书，绣锦映宫花，玉京随驾"这样的句子，表现出了对新朝的认同和接受，这也是他最终选择仕元的原因所在。

在刘埙词作中，他记录了和乐师、歌妓的交往，有《清平乐·赠教坊乐师》《柳梢青·哀二歌者邓元实同赋》，在《湘灵瑟·故妓周懿葬桥南》一词中，他写到：

酸风泠泠。哀笳吹数声。碎雨冥冥。泣瑶英。　　花心路，芙蓉城。相思几回魂惊。肠断坟草青。

这首词虽然只是一首小令，谈不上多高的艺术成就，但从中能够看出他对身处下层社会歌妓的深切同情。此外，他还创作了咏物词，有《天香·次韵赋牡丹》和《烛影摇红·月下牡丹》，如《天香·次韵赋牡丹》：

雨秀风明，烟柔雾滑，魏家初试娇紫。翠羽低云，檀心晕粉，独冠洛京新谱。沉香醉墨，曾赋与、昭阳仙侣。尘世几经朝暮，花神岂知今古。　　愁听流莺自语，叹唐宫、草青如许。空有天边皓月，见霓裳舞。更后百年人换，又谁记、今番看花处。流水夕阳，断魂钟鼓。

词人以咏牡丹次韵，整首词笼罩在愁绪之中，不管是愁闷中听流莺自语，还是感叹唐宫青草，在词人看来百年之后无人能记得今日看花之处。面对眼前的流水夕阳，又以"魂断钟鼓"作结，更是衬托了这种悲凉的气氛，其实这也是经历易代之后文人们始终难以走出的心理桎梏。

胡一桂（1247—约1314），字庭芳，婺源（今属江西）人，好读书，尤精《易》。年十八，领宋景定五年乡荐，试礼部不第。入元，退而讲学，远近师从。学者称其双湖先生。有《双湖文集》，存词八首。

经历了宋元易代之际的社会变迁，胡一桂选择过一种讲学的生活。尽管这是他在时代变迁中的主动选择，但是他的词在情感的表达上始终是孤独忧伤的，如《青玉案·社日》：

年年社日停针线，怎忍见、双飞燕。今日江城春已半。一身犹在，乱山深处，寂寞溪桥畔。　　春衫着破凭谁换。点点行行泪痕满。落日解鞍芳草岸。花无人戴，酒无人劝，醉也无人管。

"一身犹在，乱山深处，寂寞溪桥畔"写出了适逢社日，自己远离家乡亲人，身处乱山深处的孤独寂寞之感，而"花无人戴，酒无人劝，醉也无人管"更是将这种孤独渲染到了极致，读来哀婉凄恻。

又《鱼游春水·春思》：

秦楼东风里，燕子还来寻旧垒。余寒犹峭，红日薄侵罗绮。嫩草芳，抽碧玉。茵媚柳，轻拂黄金缕。莺啭上林，鱼游春水。　　几回栏杆遍倚。又是一番新桃李，佳人应怪归迟。梅妆泪洗，凤箫声绝，沉鱼孤雁，望断清波无双鲤。云山千里，寸心千里。

　　这是一首闺怨词，写了一位少妇春日怀念远人的情态、心理，其中，景物描写和人物刻画也都非常细腻，而且词人通过对闺中少妇的描写衬托出了自己的孤独寂寞之感。

　　又《孤鸾·梅花》：

　　天然标格，是小萼堆红。芳姿挺白淡伫，新妆浅点寿阳宫。额东君，想留厚意。倩年年与传消息。昨夜前村雪里，有一枝先折。　　念故人何处。水云隔纵，驿使相逢，难寄春色。试问丹青手，是怎生描得。晓来一番雨过，更那堪数声羌笛。归去和羹未晚，劝行人休摘。

　　词的上阕描写了在昨晚的雪夜中，一枝梅花被折，下阕却笔锋一转写出了对故人身在何处的思念之情。一番风雨之后，"更那堪数声羌笛"更是写出了词人在时代变迁中难以言说的悲凉之感。梅花是品行高洁的象征，词人借梅花表达了自己的人生态度。

　　王奕，字伯敬，号斗山，玉山（今属江西）人。生于南宋，入元后曾出任玉山县儒学教谕，与谢枋得等南宋移民交往密切。据《全元词》王奕小传："清乾隆年间编《四库全书》，因王奕《玉窗如庵记》末署'岁癸巳二月朔，前奉旨特补玉山儒学教谕王奕伯敬谨撰并书'，认为'癸巳为至元三十年（1293），然则奕食元禄久矣，迹出其处，与仇远、白珽相类'（《四库全书总目》卷一六六）。改题元人。"仅存《玉斗山人集》三卷，存词二十七首。

　　在他的存词中，大部分是怀古咏史词，如《贺新郎·金陵怀古》：

　　决眦斜晖里。品江山、洛阳第一，金陵第二。休论六朝兴废梦，且说南浮之始。合就此、衣冠故址。底事轻抛形胜地，把笙歌、恋定西湖水。百年内，苟而已。　　纵然成败由天理。叹石城、潮落潮生，朝昏知几。可笑诸公俱铸错，回首金瓯瞥徙。谩浣了、紫云青史。老媚幽花栖断础，睇故宫、空枘英雄髀。身世蝶，侯王蚁。

又《八声甘州·题维扬摘星楼》：

问苍天、苍天阒无言，浩歌摘星楼。这茫茫禹迹，南来第一，是古扬州。当日双龙未渡，风月一家秋。中分胡越后，横断江流。　　百年间春梦，笑□槐柯蚁穴。多少王侯。谩平山堂里，棋局几边筹。是谁教、海乾仙去，天地付浮沤。书生老，对琼花一笑，白发苍洲。

又《唐多令·登淮安倚天楼》：

直上倚天楼。怀哉古楚州。黄河水、依旧东流。千古兴亡多少事，分付与、白头鸥。　　祖逖与留侯。二公今在不。眉尖上、莫带星愁。笑拍危阑歌短阕，翁醉矣，且归休。

词人一生中游历了很多地方，有金陵古都，还有扬州的摘星楼、淮安的倚天楼。每到一处，看到眼前的美景，以及这个地方所蕴含的深厚的历史意蕴，词人都不由生发处许多的感慨，"纵然成败由天理。叹石城、潮落潮生，朝昏知几"、"百年间春梦，笑□槐柯蚁穴。多少王侯。谩平山堂里，棋局几边筹"、"千古兴亡多少事，分付与、白头鸥"。多少名人随着历史的烽烟而去，词人今日能够做的，唯有"书生老，对琼花一笑，白发苍洲"、"笑拍危阑歌短阕，翁醉矣，且归休"，于是在咏叹之余表达了几许无奈以及不如归去之情。正是有了南北的统一，词人的视野更加开阔，他也有机会过山东、至孔林、登泰山，复遂淮楚，往复六千里。他在感慨山川所历之妙时，写下了两首《贺新郎》，其一：

有客过东鲁。自葛水、泛舟西下，帆开三楚。万里湖光磨水镜，五老落星烟渚。又飞过、二姑门户。彭泽柳青新旧色，望九华、依约池阳路。风雨庙，乌江羽。　　蛾眉牛渚皆如故。问缘何、鲁港汀洲，江声无语。采石书生勋业在，公子锦袍何处。流恨下、秦淮商女。多景楼头吟北固，笑平山堂里谁为主。且烂饮，琼花露。

其二：

醉醒琼花露。买扁舟、邵伯津头，向秦邮去。流水孤村鸦万点，回首少游斜树。又著访、山阳酒侣。细剔留城碑藓看，上歌台、一啸江东主。望凫泽，过邹鲁。　孔林百拜瞻茔墓。历曲阜、少皞之墟，大庭之库。竟涉汶河登泰岱，候清光夜半开玄圃。迤逦问、东平归路。茧冢黄花吟笑罢，新州醉白楼头赋。复淮楚，寻故步。

这种游历，放在南北政权对抗之时，是不可想象的。如今，词人有机会"泛舟西下，帆开三楚"，去领略各地不同的风光。过溮港丁家洲时，词人想到这是德祐渡江的地方。当年，南宋恭帝德祐元年、元世祖至元十二年（1275），元兴兵二十万，水陆并进，大举攻宋。元军长驱直入，过江直指南宋京都临安（今浙江杭州）。经此（今安徽芜湖西南）一战，宋军主力全部瓦解，元军乘胜追击，当时，南宋各地官员大部分准备降元，临安危在旦夕。宋恭宗德祐二年（1276），临安陷落。如《水调歌头·过溮港丁家洲，乃德祐渡江之地，有感》：

长江衣带水，历代鼎彝功。服定衣冠礼乐，聊尔就江东。追忆金戈铁马，保以油幢玉垒，烽燧几秋风。更有当头著，全局倚元戎。　攒万舸，开一棹，散无踪。到了书生死节，蜂蚁愧诸公。上有黄天白日，下有人心青史，未必竟朦胧。停棹抚遗迹，往恨逐冥鸿。

在王奕的创作中，尽管他食元禄久矣，仍不乏以遗民自居。在南宋统治时期，陆游、辛弃疾至死都盼望着能够收复失地，在王奕词中，他写了许多唱和陆游、辛弃疾的词，如《酹江月·和辛稼轩金陵赏心亭》：

英雄老矣，对江山、莫遣泪珠成斛。一笔西风休掩面，白浪黄尘迷目。凤去台空，鹭飞洲冷，几度斜阳木。欲书往事，南山应恨无竹。　宁是商女当年，后来腔调，拍手铜鞮曲。偃蹇老松虽拗而，犹逞一枰残局。乌巷垂杨，雀桥野草，今为谁家绿。赏心何处，浩歌归卧梅屋。

又《南乡子·和辛稼轩多景楼》：

豪杰说中州。及此见题多景楼。曹石当年徒浪耳，悠悠。岁月滔滔江自流。　　风雪老兜鍪。不混关河事不休。浪舞桃花颠又蹶，赢刘。莫与武陵仙客谋。

又《水调歌头·和陆放翁多景楼》：

迢迢嶓冢水，直泻到东州。不拣秦淮吴楚，明月一家楼，何代非聊非相，底事柴桑老子，偏恁不吹刘。半体鹿皮服，千古晋貔貅。　　过东鲁，登北固，感春秋。抵掌嫣然一笑，莫枉少陵愁。说甚萧锅曹石，古矣苏吟米画，黑白满盘收。对水注杯酒，为我向东流。

尽管陆游、辛弃疾曾经是那么希望能够收复失地，但是历史的前行不会以个人的意志为转移，终究是蒙元最终统一了南北。虽然词人心中会有落寞、悲凉，但是当他"过东鲁，登北固，感春秋"时，他的心境是不一样的，他的心态随之也发生改变，因此他顺应这一历史趋势，以儒学教谕的身份食禄新朝。在创作中，他的词有写实的特点，具有"词史"的性质，在艺术方面的成就也较高，所以，将他归入元代江西学者词人的范畴。

黎廷瑞（1250—1308），字祥仲，别号芳洲，鄱阳（今属江西）人。宋咸淳七年进士，授肇庆府司法参军，未赴职。至元二十三年，摄本路路学教授。著有《芳洲集》，存词三十二首。

在他的存词中成就较高的是怀古咏史词。经历了宋元易代之际的沧桑变化，他在写这些词时感触会更深，也更易打动读者，如《八声甘州·金陵怀古》：

恨巨灵、多事凿长江，消沉几英雄。恨乌江亭长，天机轻泄，说与重瞳。更恨南阳耕叟，撺掇紫髯翁。一弹金陵土，战虎争龙。　　杯酒凤凰台上，对石城流水，钟阜诸峰。问六朝陵阙，何处是遗踪。后庭花、更无留响，渺春潮、残照笛声中。悲欢梦，芜城杨柳，几度春风。

又《水龙吟·金陵雪后西望》：

不知玄武湖中，一瓢春水何人借。裁冰翦雨，等闲占断，桃花春社。

古阜花城，玉龙盐虎，夕阳图画。是东风吹就，明朝吹散，又还是、东风也。　　回首当时光景，渺秦淮、绿波东下。滔滔江水，依依山色，悠悠物化。璧月琼花，世间消得，几多朝夜。笑乌衣、不管春寒，只管说、兴亡话。

金陵作为一座有着深厚文化底蕴的历史名城，当词人来到这里，不由想起了项羽等英雄人物，如今只能"问六朝陵阙，何处是遗踪"。同时，雪后的金陵也有着不一样的美，玄武湖在夕阳下宛如一幅图画。依依山色，滔滔江水，默默诉说着这里的兴亡故事。词人非常欣赏项羽，写下了《大江东·题项羽庙》：

鲍鱼腥断，楚将军、鞭虎驱龙而起。空费咸阳三月火，铸就金刀神器。垓下兵稀，阴陵道隘，月黑云如垒。楚歌哄发，山川都姓刘矣。　　悲泣呼醒虞姬，和伊死别，雪刃飞花髓。霸业休休骓不逝，英气乌江流水。古庙颓垣，斜阳老树，遗恨鸦声里。兴亡休问，高陵秋草空翠。

在《水龙吟·九日登城》一词中，词人营造了荒城、落日、西风的萧瑟意境，而且满街芳草却无行路，沉吟无语之下拍打栏杆，表达出词人羡慕过那种平沙落雁、沧波归鹭的隐逸生活。

荒城落日西风，满街芳草无行路。楼台羽化，萤飞故苑，蛩吟践础。不减承平，半湖秋月，隔溪烟树。慨江南风景，一朝如许，教人恨、王夷甫。　　对酒强推愁去。酒醒来、愁还如故。青萍三尺，阴符一卷，土花尘蠹。试问黄花，花知余否，沉吟无语。拍阑干，空羡平沙落雁，沧波归鹭。

除了怀古咏史词写得很好，他还有一首闺怨词，如《祝英台近·闺怨》：

彩云空，香雨霁。一梦千年事。碧幌如烟，却扇试新睡。恁时杨柳阑干，芙蓉池馆，还只似、如今天气。　　远山翠。空相思，淡扫修眉，盈盈照秋水。落日西风，借问雁来未。只愁雁到来时，又无消息，只落得、一番憔悴。

这首词生动形象地描绘了闺中少妇的漫漫等待与哀怨之情，在语言的使用上层层推进，因而对良人的思念之情也更浓烈，最后一句"又无消息，只落得、一番憔悴"表达了她的失望和难过，整首词写得细腻婉转。

刘将孙（1257—？），字尚友，别号养吾，庐陵（今江西吉安）人，刘辰翁之子。元仁宗皇庆二年，被举荐为光泽主簿，历任延平教官、临汀书院山长等职。他自幼承继家学，有其父风范，被称作"小须"。有《养吾斋集》三十二卷，存词二十一首。

由于经历了宋元易代的变迁，他的词和父亲刘辰翁一样在风格上颇有黍离之感，如《摸鱼儿·己卯元夕》：

又匆匆、一番元夕，无灯更愁风雨。人间天上无归梦，惟有春来春去。愁不语。漫泪湿香绡，茅草人何许。百年胜处。还更有琉璃，春棚月架，万眼蝶罗否。　　风流事，辜负后来儿女。可怜薄命三五。千金无买吴呆处，更说龙飞凤舞。今又古。便剩有才情，无分登楼赋。春醅独抚。也难觅阿瞒，肯容狂客，醉里试醯鼓。

"己卯元夕"即1279年的元宵节。在这首词中，由于战争的硝烟刚刚过去，元宵节已经没有了往日的热闹与繁华，一句"人间天上无归梦，惟有春来春去"写出了词人的无奈之情，唯有在醉中"试醯鼓"。

又《六州歌头·元夕和宜可》：

天涯倦客，如梦说今宵。承平事，车尘涨，马鸣萧。火城朝。狂歌闲嬉笑，平康客，五陵侠，闲相待，沙河路，灞陵桥。万眼琉璃，目眩去闲买，一剪梅烧。数金蛾彩蝶，簇带那人娇。说著魂销。掩鲛绡。　　波翻海，尘换世，铜仙泪，铁心娆。渺何地，跨朱履，解金貂。步宫腰。瑶池惊燕罢，瓶落井，箭离弨。灯楼倒，吴儿老，绛都迢。点点梅梢残雪，似东风、吹恨难消。悄山村渔火，风鬓立春宵。绕寒潮。

这首和宜可的元宵词，采用了对比的手法，词的上阕描述了往日元宵节的胜景，车水马龙，灯火通明，人们狂歌嬉笑，沉浸在欢乐之中；词的下阕笔锋一转，"波翻海，尘换世"一句道出了朝代更替之后的变化，灯楼倒，吴儿老，此情此景，让"铜仙"都落泪，此处通过今昔对照和使用典故写出了词人在元宵节时的悲凉心境。

又《摸鱼儿·甲申客路闻鹃》：

雨萧萧、春寒欲暮。杜鹃声转山路。东风于汝何恩怨，强管人间去住。行且去。漫憔悴十年，愁得身成树。青青故宇。看浩荡灵修，徘徊落日，不乐复何故。　　曾听处。少日京华行路。青灯梦断无语。风林飒飒鸡声乱，摇落壮心如土。今又古。任啼到天明，清血流红雨。人生几许。且赢得刘郎，看花眼惯，懒复赋前度。

这首词写于 1284 年，当时词人在旅途中听到了杜鹃的啼叫声，于是写下了这首词。当时，天空中下着春雨，空气中还夹杂着寒冷的气息，杜鹃的声音在山路上回转，词人不由想起了杜鹃啼血的典故，于是抒发了人生几何的感慨，这样的场景也很好地表达了词人低沉伤感的情绪。

他还写了《改调满江红》：

千里酸风，茂陵客、咸阳古道。宫门夜、马嘶无迹，东关云晓。牵上魏车将汉月，忆君清泪知多少。怅土花、三十六宫墙，秋风袅。　　衰兰露，啼痕绕。画阑桂，雕香早。便天还知道，和天也老。独出携盘谁送客，刘郎陵上烟迷草。悄渭城、已远月荒凉，波声小。

这首词写得极为工整，词人自己在评价中也谈到，虽然不能和贺铸的作品相媲美，但写得也比较平妥。词人还有一首咏物词《水调歌头·败荷》，借衰败的荷花写出了世事的变迁和人世的风雨。

摇风犹似箑，倾雨不成盘。西风未禁十日，早作背时看。寂寞六郎秋扇，牵补灵均破屋，风露半襟寒。坐感青年晚，不但翠云残。　　叹此君，深隐映，早阑珊。人间受尽炎热，暑夕几凭阑。待得良宵灏气，正是好天良月，红到绿垂乾。摇落从此始，感慨不能闲。

又《沁园春》：

> 流水断桥，坏壁春风，一曲韦娘。记宰相开元，弄权疮痏，全家骆谷，追骑仓皇。彩凤随鸦，琼奴失意，可似人间白面郎。知他是，燕南牧马，塞北驱羊。　　啼痕自诉衷肠。尚把笔低徊愧下堂。叹国手无棋，危涂何策，书窗如梦，世路方长。青冢琵琶，穹庐笳拍，未比渠侬泪万行。二十载，竟何时委玉，何地埋香。

这首词写于元成宗元贞二年（1296）。据刘将孙题序所言："大桥名清江桥，在樟镇十里许，有无闻翁赋《沁园春》《满庭芳》二阕，书避乱所见女子，末有埋冤姐姐、衔恨婆婆语，极俚。后有螺川杨氏和二首，又自序生杨嫁罗，丙子暮春，自涪翁亭下舟行，追骑迫，间逃入山，卒不免于驱掠。行三日，经此桥，睹无闻二词，以为特未见其苦，乃和于壁。复云，观者毋谓弄笔墨非好人家儿女，此词虽俚，谅当近情，而首及权奸误国。又云，便归去，懒东涂西抹，学少年婆。又云，错应谁铸，皆追记往日之事，甚可哀也。因念南北之交，若此何限，心常痛之。适触于目，因其调为赋一词，悉叙其意，辞不足而情有余，悲矣。"词人在樟镇（今江西清江）清江桥上，看到避乱女子写的冤苦之词，深深触动了他的遗民之恸，于是写了该词，这是一首丧乱词。从序中可以看出，他以深厚的同情，追述了二十年前发生在此地的一幕悲剧，词人对擅权误国的权臣痛予谴责，对受难者给予了极大的同情。全词语言洗练，善于用典，感情深挚，在词的创作上达到了较高的水平。

吴存（1257—1339），字仲退，号月湾，鄱阳（今属江西）人，少有卓识，不仕。延祐年间强起应试，中选。授本路学正，调宁国路学教授。未久，引年归。《鄱阳五家集》卷五有《乐庵遗稿》，存词三十首。

在他的词作中，词人用较多的笔墨描写了南方的风物和民俗，端午节的龙舟、重阳节的茱萸、钱塘江的潮水都进入词人的描写之中，如《水龙吟·督军湖观竞渡》：

> 平湖暮色冥濛，雷风唤起双龙舞。吸乾彭蠡，须臾噀作，一川烟雨。汉女霓旌，湘妃翠盖，冯夷鼍鼓。想祝融指挥，涛奔浪卷，来赴世间端

午。　　此地番君旧境，问当年军容何许。垂杨断岸，几回想像，水犀潮弩。风景依然，英雄远矣，悠悠汉楚。笑邦人只记，饭筒缠彩，汨罗怀古。

这首词描写的是南方端午节的习俗，尽管湖上暮色濛濛，但挡不住人们端午节赛龙舟的热情，"想祝融指挥，涛奔浪卷"写出了场面的热闹。尽管汉楚的英雄人物已经离词人那个时代很远了，但是人们通过包粽子、缠五色线、竞渡这样的方式，表达对屈原的怀念之情。

又《摸鱼儿·九日会周南翁于溪上》：

问篱边、黄花开否，瓮头新酒篘未。故人有约酬佳节，一幅锦云先坠。凝莫睇。正溪上，西风飒飒吹凉袂。行人笑指。大似渊明，吟诗吻燥，忍待白衣至。　　曾报与，松下巢居居士。应来别墅同醉。三人对月歌还舞，千载重阳奇事，何况是。青云士、京华冉冉催征骑。吾侪耄矣。愿强健年年，茱萸在手，分寄五千里。

重阳佳节，词人和周南翁等朋友在溪水相会。此时，微风习习，吹着大家的衣袂。三人对着月亮又歌又舞，虽然知道自己年华正老去，但是在这样一个日子里，手拿茱萸，还是要祝愿年年身体康健。

又《八声甘州·禊日禁酤》：

甚无情一信楝花风，卷尽市帘青。对楼台寂寂，管弦悄悄，烟雨冥冥。屋角提壶笑我，不上五峰亭。此日流觞节，宜醉宜醒。　　说与渠仆知否，正门讥太白，巷诟刘伶。网丝沉玉斝，藓晕入银瓶。右将军、兰亭诗序，尽风流、千载事须停。西窗下、焚香昼永，一卷茶经。

这首词描写了上巳节的情景。昔日王羲之兰亭集会，众文人曲水流觞的情景仍历历在目，而词人此时独坐西窗，唯有一卷茶经相伴。虽然词人欲极力营造一幅优美的图景，然而"楼台寂寂，管弦悄悄，烟雨冥冥"一句，仍太过平淡。"说与渠侬知否"、"巷诟刘伶"又有着明显的口语色彩，从而破坏了整首词的含蓄之美，但是像《浣溪沙·春闺送别》这样的小令，写得却是含蓄隽永，富有韵味。

花满离筵酒满瓶。摘花未语泪先零。杯行教醉莫教醒。　　今夜酴醾连理枕，明朝柳絮短长亭。一般杜宇两般听。

在这首词中，词人将春天的离别写得极为感人。语言虽简单，但极富情韵，达到了清润雅畅的效果。又《木兰花慢·清明夜与芳洲话旧》：

又清明寒食，淡孤馆，郁无憀。正杜宇催春，桐花送冷，门巷萧条。芳洲老仙来下，絮黄冠、翠氅珮琼瑶。两客清谈未了，三更风雨潇潇。　　青云妙士早相招。同泛浙江潮。看眼阅青徐，气横燕赵，天路逍遥。明年此时何处，定软红道上玉骢骄。万里江南归梦，青灯还忆今宵。

"芳洲"即黎廷瑞，和吴存同为鄱阳人，他们的作品同被收入《鄱阳五家集》中。在这首词中，词人描述了和友人清明夜话的美好时刻，"同泛浙江潮"、"气横燕赵"自有一种豪迈之气，"万里江南归梦，春灯还忆今宵"则表达出和友人共许明年再聚的约定，这首词词人将男子情感中的豪气和细腻很好地结合在一起。

梁寅（1303—1390），字孟敬，号石门，新喻（今江西新余）人。元末辟为集庆路儒学训导，后以亲老辞，遂隐居。据《明史》记载："太祖定四方，征天下名儒修述礼乐。寅就征，年六十余矣。时以礼、律、制度、分为三局，寅在礼局中，讨论精审，诸儒皆推服。书成，赐金币。将授官，以老病辞还。结庐石门山，四方士多从学，称为梁五经，又称石门先生。"[1] 卒年八十七。有《新喻梁石门先生集》，存词四十一首。

梁寅经历了元明易代之际的社会动荡，他的词留下了对当时社会生活的生动记录，如《玉蝴蝶·丙午元夕》：

霁景烟霞五色，黄金柳袅，碧玉桃开。再睹升平气象，处处春回。且追随、村歌里巷，休耽恋、绮席楼台。独徘徊。人看月上，月趁人

---

① 〔清〕张廷玉等：《明史》卷二百八十二，北京：中华书局，1974年，第7226页。

来。　　　因怀。金陵旧曾游玩，御街灯火，远照秦淮。友胜同欢，醉听箫鼓闹春雷。几年间、风驰云往，千里外、水复山回。是仙才。飙轮许借，重访蓬莱。

"丙午元夕"即1366年，此时明朝的统一战争已接近尾声。经历了元末战乱，再次看到社会出现升平气象，词人的内心是喜悦的。然而在离乱岁月中，昔日朋友的流散也使词人倍感孤独落寞，于是引发出对往日岁月的追怀和与对友人重聚的渴望。

又《永遇乐》：

年少羡君，有如琼树，相见何晚。虎瞰山前，轻船同载，正桂花香满。封溪一夕，孤蓬听浪，又趁朔风遄返。计行藏、只堪一笑，怕令白鸥惊见。　　君如管辂，聪明夐异，能道山翁奇蹇。绛阙蓬莱，人间天上，翘首仙凡远。何时访我，竹溪松壑，尽有白云堪玩。写长怀、且寄南飞秋雁。

这首词写于丙午岁仲秋，即1366年的中秋节，当时词人与胡中山同船前往南昌，但行至樟镇而返。分别一月余，词人写这首词寄给他，上阕谈到与胡中山相见恨晚，同船一路一起孤篷听浪，却因朔风不得不折返，于是依依惜别，下阕则表达了对好友前来共赏竹溪松壑的殷切期盼。

在元末战乱结束之后，词人回到家中，正值桃花盛开，有感而发写了《鱼游春水·避乱还家见桃花盛开》：

家邻千峰翠。幽径重开荆棘里。小桃花艳，春日盈盈霞绮。香入骚人碧玉杯，色映游女青螺髻。带露更娇，迎风尤媚。　　古有墙东避世。况似武陵风光美。时时独酌花间，别有天地。不教扫迳看尤好，意欲寻仙从兹始。岩前白云，石边流水。

词人避乱还家，家中桃花盛开，宛如武陵风光，自是别有一番天地，想要寻仙就从现在开始，岩前的白云，石边的流水，这里如同仙境一般，由此也可看出词人归家之后的喜悦心情。

他的词还记录了闲居的乐趣，如《玉蝴蝶·闲居》：

天付林塘幽趣，千章云木，三径风篁。虽道老来知足，也有难忘。旋移梅、要教当户，新插柳、须使依墙。更论量。求田种秫，辟圃栽桑。　　荒凉。贫家有谁能顾，独怜巢燕，肯恋茅堂。客到衡门，且留煮茗对焚香。看如今、苍头白发，又怎称、紫绶金章。太痴狂。人嘲我拙，我笑人忙。

又《木兰花慢·桃源》：

爱山中日月，春渐去，又还来。望水绕人家，云生窗户，岫转峰回。层层绛桃千树，似丹霞、散绮映楼台。世上从教桑海，人间自有蓬莱。　　渔郎未必是仙才。偶尔到天台。喜相问相邀，山中觳觫，树里樽罍。缘何便寻归路，是风波险处未心灰。要似秦民深隐，桃花只好移栽。

词人对这种闲居般的桃源生活是向往的，在词人眼里，山中日月、水绕人家、桃花盛开都宛如人间蓬莱。闲居时的生活，求田种秫，开圃载桑，煮茗焚香，人嘲我拙，我笑人忙。元惠宗至正十五年，他以亲老辞去儒学训导一职，回到家中。明初，征入京师，修礼乐书，书成，以老病辞归，结庐石门山讲学。临终之际，词人写下《西江月·临终作》：

八十七年住世，二三千卷文章，有些古怪有些狂，自许中人以上。　　常乐即同贵宦，多书也当田庄。遥瞻圣主谢恩光，归路风清月朗。

在这首词中，他对自己的一生进行了总结，一共留下两三千卷文章，自认性格古怪狂傲，自评中等以上。在他看来，内心常乐即是富贵，家中书多就是财富，因此归路风清月朗，此生没有遗憾。

熊梦祥，字自得，号松云道人，南昌进贤（今属江西）人，博读群书，旁通音律。以茂才举教官，任白鹿书院山长，授大都路儒学教授、崇文监丞，以老疾归，诗酒放浪淮浙间，卒年九十余岁。著有《释乐集》和《析津志》，存词十三首。

这十三首《富春乐》词写的是岁时风纪，从正月到十二月，其中，六月写了两首，因此共十三首，这些词是关于元代社会生活习俗的重要记录。

正月皇宫元夕节，瑶灯炯炯珠垂结。七宝漏灯旋曲折。龙香热，律吹大蔟龙颜悦。　　综理王纲多傅说，盐梅鼎鼐劳调燮。灯月交辉云翳绝。尊休彻，天街是处笙歌咽。

二月天都初八日，京西镇国迎牌出。鼓乐铿锵侪霶篥。金身佛，善男信女期元吉。　　白伞帝师尊帝释，皇城望日游宫室。圣主后妃宸览毕。劳宣力，金银匹君恩锡。

三月京师寒食早，苑墙柳色摇宫草。太室荐新皇祖考。培街道，元勋衔命歌天保。　　紫燕游丝穿翠葆，桃花和饭清明到。追远松楸和泪扫。莺花晓，人心莫逐东风老。

四月吾皇天寿旦，丹墀华盖朝仪粲。警跸三声严外办。听呼赞，千官虎拜咸欢忭。　　礼毕相君擎玉盏，云和致语昌宫宴。十六天魔呈舞旋。大明殿，齐称万寿祈请晏。

五月天都庆端午，艾叶天师符带虎。玉扇刻丝金线缕。怀荆楚，珠钿彩索呈宫黼。　　进上凉糕并角黍，宫娥彩索缠鹦鹉。玉屑蒲香浮绿醑。葵榴吐，銮舆岁岁先清暑。

正月元夕节，即元宵节，宫廷里非常热闹，到处张灯结彩，乐师们演奏着音乐，连皇帝也非常高兴。适逢十五，彩灯和明月辉映，人们沉浸在这欢乐之中。到了二月初八，鼓乐喧天，是善男信女礼佛的日子，由于元朝统治者信奉佛教，圣主后妃也会参加相关活动。三月的寒食节、清明节，四月皇帝的生日，都是重要的日子。到了端午节，宫廷会给各个中央机构、省市府衙官员发放画扇、彩索、拂子、凉糕，还会放假一天。节日前两三天，大都城内已经开始售卖凉糕、粽子、艾虎、泥大师、彩线符袋牌，百姓游玩庙会，到处是一派热闹的景象。王公贵族也会选出自己圈养的上等骏马，在专门的竞技场所举办打马球、射柳等活动。

六月京师日逢六，五更汲水劳童仆。豆面油盐香馥馥。经三伏，晨昏鼎鼐调和足。　　垂舌狮庞伸复缩，榴花喷火蒲翻绿。雨过籍田苗秀育。皇家福，更期四海俱丰熟。

六月滦京天使速，恭迎御酒乾羊肉。原庙宗禋分太祝。包茅缩，伯五十年调玉烛。　　史馆宸仪天日煜，油然臣子羹墙肃。释乐裸将从国俗。天威瞩，不遐皇祖贻多福。

七月皇朝祠巧夕，化生庭院罗金璧。彩线金针心咫尺。堪怜惜，星前月下遥相忆。　　钿盒蛛丝觇顺逆，觚棱萤度凉生腋。天巧不如人巧怪。年光掷，长生殿里空尘迹。

八月雨京秋恰半，金闺胜赏冰轮碾。玉琯南宫音乍转。霓裳燕，穆清一曲云中按。　　宝钏生凉侵玉腕，瑶觞九醖瓜新荐。月色人心同缱绻。深宫晚，一声促织瑶阶畔。

九月登高簪紫菊，金莲红叶迷秋目。万乘时还劳万福。麾幢矗，云和乐奏归巢曲。　　三后鸾舆车碌碌，宝驮象轿香云簇。玉斧内仪催雅卜。天威肃，爨人早已拢银烛。

十月天都扫黄叶，酒浆出城相杂还。热送寒衣单共袷。愁盈颊，追思泪雨灰飞蝶。　　太室迎寒应祭袷，黄钟中管应钟协。凯裸神来诚敬浃。音容飖，常仪太尉应当摄。

冬月京中号朔吹，南郊驾幸迎长至。绣线早添鸾凤翅。争相试，辟寒犀进宫娥喜。　　龙裹中官多宠贵，银貂青鼠裘新制。白马宝鞍衔玉辔。藏阄戏，鸳衾十酒人贪睡。

腊月皇都飞腊雪，铜槃冻折寒威烈。八日朱砂香粥啜。宫娥说，璚帏宰下休教揭。　　鼎馔豪家儿女悦。丰充羊醴劳烹切。九九梅花填未彻。严宫阙，宰臣准备朝元节。

　　"六月滦京天使速，恭迎御酒乾羊肉"一句写出了每逢六月，御驾会带着官员到上都办公避暑，七月、八月的滦京是一年中最美的时节，他们会在这里过七夕节和中秋节，等到九月，金莲川的红叶让秋天变得分外美丽，这时皇帝带着众大臣随从浩浩荡荡回到大都。到了十月，天气逐渐变冷，腊月飞雪，大家又在准备迎接朝元节，即冬至的到来。熊梦祥虽然存词量不多，但他的词较为写实，生动地记录了元代的时序节令、风俗以及两京巡幸制度。陈高华、史卫民所著《元大都元上都研究》中谈到："熊梦祥在《析津志辑佚》中所记'九月车驾还都，初无定制。或在重九节前，或在节后，或在八月'，这些记载是可信的。"①

另外，江西学者词人中还有胡炳文和刘诜。胡炳文（1250—1333），字仲虎，号云峰，婺源（今属江西）人。以《易》名家，能发朱熹未尽之义，东南学者称他"云峰先生"。元初为信州书院山长，后调兰溪州学正，入《元史·儒学》传。存词三首，两首酬和之作，一首寿词。如《满江红·赠吴又玄》：

一画先天，谁知得、已涵玄九。这易玄机括，子云传授。杜宇一声春欲晓，牡丹几朵花开昼。问尧夫、数字自何来，俱参透。　心胸里，罗星宿。心画上，占爻繇。看肆中帘卷，门前车辏。易字分明书日月，□天真是谈天□。岂太玄、而后遂无玄，如今又。

胡炳文精通理学，将理的玄机融入词中，"已涵玄九"、"易玄机括"使此词具有了理学的味道。这首词还运用了易学游戏，玄拆字闲，下边暗含他的姓，非常巧妙，但就词学成就而言并不高。

刘诜（1268—1350），字桂翁，号桂隐，庐陵（今江西吉安）人。终生未仕，一生以讲学为生。其门四方求文之士，络绎不绝。卒年八十三，门人私谥文敏。有《归隐存稿》十四卷，存词六首，《满庭芳·次韵赋萍》是其中较为突出的一首。

碧唾成花，翠玑浮雾，水边裙影知谁。半沟未合，脂水过生肥。小扇迎风试拂，翩翩去、还复差池。凭栏处，怕伊贪见，见了却忘归。　桥西。青不住，乳鸳行破，一瞬沦漪。看疏如有恨，密似相依。元是情根种得，更千古、欲尽何时。重相约，章台春腻，还上最长枝。

刘诜虽是元代专攻经学的大儒，但此词却没有半点理学气和道学气。

---

① 陈高华、史卫民：《元大都元上都研究》，北京：中国社会科学出版社，2020年，第204、221页。

词人将深厚的情感熔铸在景物当中，自有一股清旷之气。况周颐《蕙风
词话》卷三评此词："韩致尧诗'树头蜂抱花须落，池面鱼吹柳絮行'。
邵复孺词'鱼吹翠浪柳花行'，由韩诗脱化耶？抑与韩暗合耶？刘桂隐
《满庭芳·赋萍》云：'乳鸳行破，一瞬沦漪。'非胸次无一点尘，此景未
易会得。静深中生明妙矣。邵句小而不纤，最有生气，却稍不逮，桂隐
近于精诣入神。"①

第三节　元代江西文臣词人

　　在元代江西文臣词人中，程钜夫、虞集和吴澄的作用非常显著。程
钜夫受元世祖的赏识，到江南访贤，为朝廷举荐了大量人才，而且四十
余年间位居显要，作为四朝元老，朝廷典册多出其手；吴澄作为程钜夫的
同学，虞集的老师，他引领草庐学派在文坛产生了重要的影响；虞集作为
南北统一之后的文坛代表，"元诗四大家"之一，在元代文坛同样产生了
深远的影响。

程钜夫像

　　程钜夫（1249—1318），原名程文
海，字钜夫，号雪楼，又号远斋，建昌
路南城（今属江西）人。元军南下攻宋，
程钜夫叔父以建昌城降元，作为质子授
宣武将军等职。元世祖时受赏识，为翰
林学士，曾奉诏到江南访求贤俊，得南
宋名士赵孟頫、张伯淳等二十余人。皇
庆元年，修《元武宗实录》，并议行科
举。延祐三年以老病致仕还乡，居家三
年追封楚国公，谥文宪。《宋元名家词》
编入《雪楼乐府》一卷，存词五十五首。
　　他在文坛是比较活跃的，存词多为
酬赠、祝寿、送别和题写之类的词作，

---

①　况周颐：《蕙风词话》，北京：人民文学出版社，1960年，第83页。

艺术成就虽不是很高，但是却能反映出当时文人的风貌和他们的生活，如《满江红·送陈正善绣使将指江闽》：

楚甸春浓，早重染、甘棠旧绿。天又念，海深江阔，达聪明目。汉使只今应遣十，周官自古须廉六。羡绣衣、遥映衮衣明，人如玉。　　论别恨，犹未足。还怕见，征车速。待相随千里，试骑黄鹄。无奈江山分去住，漫教风雪欺松竹。问使君、如肯酌红泉，寻三谷。

在这首词中，词人将陈正善此次的使命通过典故娓娓道来，也表达了自己依依不舍的心情；下阕在情感上稍作转折，便呈现出一种沉雄豪迈之气，与他的婉丽之作《点绛唇·送王荩臣》形成了鲜明的对比。

绿鬓青云，王郎故是乘骢侣。阿龙风度。想在乌衣住。　　带得春来，又共春归去。江头路。美人何处。官柳吹风絮。

程钜夫与李孝光、卢挚、姚燧相交，在存词中留下了关于他们的词。他在《沁园春》序中谈到，李孝光将《沁园春》词寄给自己，想到李孝光常年隐居乡里，以退为高，而自己则是以进为忠，这两种选择都对，感慨之下，倚歌而和。

十载京华，骑马听鸡，自怜阔疏。看春风葵麦，敷舒如此，故园桃李，憔悴知与。要乞闲身，聊追故步，雪艇烟蓑一钓夫。君恩重，却许令便养，欲去踟蹰。　　竹西准拟宁居。咏不到、娉娉袅袅余。又桥边巷口，燕寻旧垒，天东海角，月上新衢。尸素有惭，澄清无补，岂不怀归畏简书。堪时用，得卿如卿法，吾自吾庐。

他还写了《摸鱼儿·次韵卢疏斋宪使题岁寒亭》：

问疏斋、湘中朱凤，何如江上鹦鹉。波寒木落人千里，客里与谁同住。茅屋趣。吾自爱吾亭，更爱参天树。劳君为赋。渺雪雁南飞，云涛东下，岁晏欲何处。　　疏斋老，意气经文纬武。平生握手相许。江南江北寻芳路，共看碧云来去。黄鹄举。记我度秦淮，君正临清句。歌声缓与。怕径竹能醒，庭花起舞，惊散夜来雨。

又《浪淘沙·次疏斋韵题杨生卷》：

城上望宸楼。梦里神游。山无重数水悠悠。惟有江西杨处士，来往扁舟。　　金凤落何洲。君试回头。呢喃檐燕替谁留。谁道明年如斗大，借问沙鸥。

又《蝶恋花·戏疏斋怡云词后》：

长忆山中云共住。出处无心，只恨云无语。今日能歌还解舞。不堪持寄山中侣。　　谁道解愁愁更聚。自有卿卿，惯画双眉妩。问取悭风并涩雨。相逢认得怡云否。

从这三首词中，我们能够看出他和卢挚之间深厚的情谊。在《摸鱼儿》一词中，程钜夫对于卢挚的才华充满赞许之情，并且写下了两人之间很多的往事，而《浪淘沙》则是借卢挚的韵题杨生卷，《蝶恋花》则对友人有一种戏谑的味道。

他与刘敏中也有着交往，不仅为刘敏中写了祝寿词《千秋岁·寿刘中庵》，而且还写了《鹊桥仙·次中庵韵题解安卿盆梅》：

南枝春盛，斜斜整整。犹带孤山光景。相逢索笑耐尊空，向老瓦盆中自省。　　风霜人老，关河路永。赖得生成惯冷。凭谁移傍太初岩，待雪月交光对影。

关于姚燧，词人写了《感皇恩·次韵姚牧庵题岁寒亭》：

翠节下天来，通明谁侍。地有高斋要名士。相逢恨晚，老矣酒兵诗帅。岁寒同一笑、千年事。　　黄鹤羁情，暮云离思。半掬心香火初炽。梅花满树，又是一年冬至。正相思，恰有江南使。

在程钜夫的存词中，寿词有三十六首，《摸鱼儿·寿燕五峰右丞》可为寿词中的佳作。

记江梅、向来轻别，相逢今又平楚。东风小试南枝暖，早已千林烟雨。春几许。向五老仙家，移下琼瑶树。溪桥驿路。更月晓堤沙，霜清野水，疏影自容与。　　平生事，几度含章殿宇。隔花幺凤能语。苔枝夭娇苍龙瘦，谁把冰须细数。千万缕。簇一点芳心，待与和羹去。移宫换羽。且度曲传觞，主人花下，今日庆初度。

寿词向来难写，程文海如此着笔，自有一股清雅之气，这首写给燕公楠的寿词在元代寿词中亦为佳作。程文海虽是南方人，但做官大都的仕宦经历，使他的性格中又多了一份北人的豪气，也体现在了他的词中。另外，他还留存下一首写给高丽王的寿词《太常引·寿高丽王》：

沁园岁岁菊留芳。待此日、庆真王。金鼎爕和元。造寿域、同开八荒。　　带河山砺，一传千岁，地久与天长。晴日上扶桑。便先照、琼阶玉觞。

其他寿词，不仅未跳出窠臼，而且将俗语、口语、常语入词，如"官不在高，名何必大，无用满堂金玉。但愿太平，无事日用，莫非天禄。从今去，看寿如磐石，鬓须长绿"、"人生七十古来稀，仁且寿。谁能到"等这样的句子。

吴澄（1249—1333），字幼清，晚年又字伯清，抚州崇仁（今属江西）人。南宋时举进士不中，在家乡建草屋居住，著书讲学，人称"草庐先生"，与许衡并称为元代南北的两位大儒。元世祖至元二十三年，程钜夫奉诏赴江南访贤，举荐了吴澄。他们少年相识，交情很好，和刘将孙、赵文、姚云等人也都相熟。吴澄一生多次任职，多次辞官。南归之时，赵孟頫还写了一篇《送吴幼清南还序》，吴澄也有《别赵子昂序》。卒，追封临川郡公，谥文正。他的孙子吴当编《吴文正集》四十九卷，存词十一首。

作为元代的大儒，他的词包含了对宇宙人生问题的理学思考，如《谒金门·依韵和孤蟾四阕》中的"如何喜"、"如何乐"、"如何快"、"如何悟"，这些词是他性情的真实流露，如《渡江云·揭浩斋送春》：

名园花正好，娇红姹白，百态竞春妆。笑痕添酒晕，丰脸凝脂，谁与试铅霜。诗朋酒伴，趁此日、流转风光。尽夜游、不妨秉烛，未觉是疏狂。　　茫茫。一年一度，烂熳离披，似长江去浪。但要教、啼莺语燕，不怨卢郎。问春春道何曾去，任蜂蝶、飞过东墙。君看取，年年潘令河阳。

通过这首词，我们看到一代大儒、理学名家吴澄潇洒疏狂的一面。在春天即将逝去之时，他会和酒朋诗侣踏春游赏、秉烛夜游，沉浸在春天的莺啼燕语中。王奕清在《历代词话》卷九中谈到，此词曾"流传一时"。元代留存下来词人之间的创作活动并不多，而吴澄在《临江仙》一词题序中，则为后人记录下他们的一次分韵赋词经历，以至于况周颐在《蕙风词话续编》卷二中作为元代"故实"记录下来。"九日，舟泊安庆城下，晚歇临江水驿，于时月明风清，水共天碧，情景甚佳，与徐道川方复斋况肩吾方清之驿亭草酌。子文京侍以殊乡又逢秋晚分韵，得殊字，赋临江仙。"

去岁家山重九日，西风短帽萧疏。如今景物几曾殊。舒州城下月，未觉此身孤。　　胜友二三成草草，只怜有酒无茱。江涵万象碧霄虚。客星何处是，光彩近辰居。

徐道川、方复斋、况肩吾、方清之、文京的词已佚，关于他们的资料也是少之又少。翻检《吴文正集》，还有写给徐道川的《徐道川次文生韵仍韵奉呈》和《归舟次韵徐道川》二诗，他们是很好的朋友。虞集《道园学古录》收《题况肩吾县令赠行卷》一诗，《元风雅后集》也收录了他的《题梅卷》。

他的存词中留下一组四首咏梨花的词，如《木兰花慢·和杨司业梨花》：

是谁家庭院，寒食后，好花稠。况墙外秋千，昼喧凤管，夜灿星球。萧然独醒骚客，只江蓠汀若当着羞。冰玉相看一笑，今年三月皇州。　　于底须歌舞最高楼。兴味尽悠悠。有白雪精神，春风颜貌，绝世英游。从教对花无酒，这双眉、应不惹闲愁。那更关西夫子，许来同醉香篝。

《木兰花慢·再用韵》：

正群芳开遍，花簇簇，蕊稠稠。看艳杏夭桃，蒸霞作糁，辊绣成球。天然素肌仙质，对秾妆艳饰似含羞。痴绝京华倦客，贪春忘却南州。　　以传闻天上玉为楼。此事付悠悠。且白昼风前，黄昏月下，烂熳同游。神疑藐姑冰雪，又何须、一醉解千愁。自有壶中胜赏，酿来玉液新篘。

《木兰花慢·三用韵》：

好风流诗老，双鬓上，雪霜稠。忆少壮欢娱，呼鹰逐兔，走马飞球。春风断肠柔唱，拼千金一笑破矫羞。此日花时意气，当年梦里扬州。　　明客床百尺卧危楼。往事总悠悠。把湖海人豪，消磨变换，洙泗天游。应知裂麻司业，为前时、谏舌颇多愁。去今却堪痛饮，瓮头有酒频篘。

《木兰花慢·四用韵》：

看风花烟柳，浓又淡，少还稠。有小巧微虫，垂天布网，转地搏球。冲融一般春意，只啼莺语燕向人羞。收取尘间乐事，都归杓里舒州。　　下绮筵珍馔醉青楼。光景信悠悠。奈蜗队虾群，空中聚散，水上浮游。谁知太和真趣，本无愁、何用更浇愁。问字频来未已，漉巾不要亲篘。

　　这组词描写细腻，写出了寒食过后，梨花盛开时的情态，以拟人手法赋予梨花以风骨，"天然素肌仙质，对秾妆艳饰似含羞"写出了梨花的淡雅之美，而"痴绝京华倦客，贪春忘却南州"一句更是写出了词人沉醉其中，衬托了梨花的卓尔不凡。此情此景，更是让词人回忆起少年时的欢游，呼鹰逐兔，走马飞球。往事悠悠，唯有痛饮以解惆怅。总体而言，这组词堪称元词中咏梨花之佳作。

　　虞集（1272—1348），字伯生，号道园，又号邵庵，抚州崇仁（今属江西）人，早年以契家子身份师从吴澄。元成宗时，曾任大都路儒学

像生伯虞

虞集像

教授，又任国子助教，升博士；元仁宗时，除太常博士，迁集贤修撰，后改翰林待制等，曾与王结到上都讲经；元文宗时，除奎章阁侍书学士，还任《经世大典》总裁；元顺帝至正八年五月病逝。任职四朝，谥文靖，追封仁寿郡公，他奖掖后进，倡导古学，影响一代文风，为"元诗四大家"之一。诗文结为《道园学古录》《道园类稿》等，存词三十一首。

他的《风入松·寄柯敬仲》一词最为传唱，尤其"杏花春雨江南"一句成为元词的代表，也奠定了他在元代词坛的重要地位。

画堂红袖倚清酣。华发不胜簪。几回晚直金銮殿，东风软、花里停骖。书诏许传宫烛，香罗初剪朝衫。　御沟冰畔水挼蓝。飞燕又呢喃。重重帘幕寒犹在，凭谁寄、银字泥缄。为报先生归也，杏花春雨江南。

陶宗仪在《南村辍耕录》卷十四中记载："吾乡柯敬仲先生九思，际遇文宗，起家为奎章阁鉴书博士，以避言路居吴下。时虞邵庵先生在馆阁，赋《风入松》长短句寄博士云……词翰兼美，一时争相传刻，而此曲遂遍满海内矣。"[1]这首词不仅反映出虞集和柯九思的深厚友情，更重要的是"杏花春雨江南"一句，对江南的美作了最好的阐释，从而引发出对江南春景的无限遐想。

又《柳梢青·杨补之梅花》：

从别幽花。玉堂金马，十载忘家。横幅疏枝，如逢旧识，同在天涯。　荒村茅屋敧斜。待归去、重寻钓槎。解却丝钩，青鞋藜杖，翠竹江沙。

---

① 〔元〕陶宗仪：《南村辍耕录》，北京：中华书局，1959年，第172页。

这首词写于"至顺癸酉立春"，即 1333 年。当时有朋友持逃禅翁此卷让虞集读，虞集读后清润蕴藉，使人意消，所以写下了这首词。

又《贺新郎》：

丹荔明如火。想江城、薰风乍透，绣帘青琐。宝篆香销初睡起，叶底流莺又过。算几度、思归未果。欲剪冰绡凭谁寄，恐腰围、渐减愁无那。临岸曲，命舟舸。　　凉宵冉冉银蟾度。望清辉、千里照人，雾低云觯。准拟雕梁栖飞燕，早晚新巢定妥。叹会少离多似我。留滞文园头先白，念琴心、久为芳尘锁。将旧恨，归江左。

写这首词的时候，词人因为生病正居家，当时陈众仲认为乳燕飞华屋调最宜时，连度数曲，词人觉得他的词妙则声劣，声律很稳然而语言卑俗，于是写下了这首词。虞集是兼擅音律的词人，在他的身边也聚集了一些懂音律、能唱词的歌者，如会稽的费无隐。他在《苏武慢》题序中写到："会稽费无隐独善歌之，闻者有凌云之思，无复流连光景者矣。予山居每登高望远，则与无隐歌而和之……予与客清江赵伯友，临川黄观我、陈可立游。东叔吴文明，平阳李平幼子翁归，泛舟送之。水涸，转鄱阳湖，上豫章，遇风雪，十五六日不能达三百里。清夜秉烛，危坐高唱，二三夕间，得七篇半。每一篇成，无隐即歌之。"虞集通过他的词保留下元代词人之间的交游酬和以及唱词活动的珍贵记录，如《苏武慢》：

自笑微生，凡情不断，轻弃旧矶垂钓。走马长安，听莺上苑，空负洛阳年少。玉殿传宣，金銮陪宴，屡草九重丹诏。是何年、梦断槐根，依旧一襄江表。　　天赐我，万叠云屏，五湖烟浪，无限野猿沙鸟。平明紫阁，日晏玄洲，晞发太霞林杪。苍龙腾海，白鹤冲霄，颠倒一时俱了。望清都，独步高秋，风露洞天初晓。

又《无俗念》：

十年窗下，见古今成败，几多豪杰。谁会谁能谁不济，故纸数行明灭。乱叶西风，游丝春梦，转转无休歇。为他憔悴，不知有甚干涉。　　寥寥无住闲身，尽虚空界，一片中宵月。云去云来无定相，月亦本无圆缺。非色非空，非心非佛，教我如何说。不妨跬步，蟾蜍飞上银阙。

这些词高旷豪迈，有东坡遗风，清人陈廷焯在《词则·别调集》中评到："道园老子胸襟，此词约略可见。"①除这些颇有气势的词作外，他的小令则写得清丽婉转，如《浣溪沙》：

江上秋风日夜生。萧萧两鬓葛衣轻。芭蕉丛竹共幽情。　　病骨不禁湘簟冷，梦魂犹似玉堂清。画檐疏雨过三更。

又《一剪梅·春别》：

豆蔻梢头春色阑。风满前山。雨满前山。杜鹃啼血五更残。花不禁寒。人不禁寒。　　离合悲欢事几般。离有悲欢。合有悲欢。别时容易见时难。怕唱阳关。莫唱阳关。

又《南乡一剪梅·招熊少符》：

南阜小亭台。薄有山花以次开。寄语多情熊少府，晴也须来。雨也须来。　　随意且衔杯。莫惜春衣坐绿苔。若待明朝风雨过，人在天涯。春在天涯。

寿词《风入松·为莆田寿》一词写得也有几分清幽之气。

频年清夜肯相过。春碧卷红螺。画檐几度徘徊，月梁园迥，无复鸣珂。门外雪深三尺，窗中翠浅双蛾。　　旧家丹荔锦交柯。新玉紫峰驼。长安日近天涯远，行云梦、不到江波。欲度新词为寿，先生待教谁歌。

另外，虞集在词的题序中记录了这样一件事情，淮南故将军家有一歌妓，才容自许，而且善自度曲。欧阳镇守淮南的时候，妓为将军愿见公，不幸的是还没有来得及见面就去世了，于是，虞集写下了

---

① 〔清〕陈廷焯：《词则·别调集》卷三，上海：上海古籍出版社，1984年，第5页。

《烛影摇红》：

雪映虚檐，梦魂正绕阳台近。朝来谁为护熏笼，云卧衣裳冷。应念兰心薰性。对芳年、才华自信。洞房春暖，换羽移宫，珠圆璧莹。　板压红牙，手痕犹在余香泯。当时惟待醉翁来，教听莺声引。可惜闲情未领。但雕梁、尘销雾暝。几回清夜，月转西廊，梧桐疏影。

对于虞集的评价，后人存在极大的争议。陈廷焯认为自己虽极不喜欢元词，而虞集却是他喜欢的三家之一。王世贞则把元词衰亡的原因归咎于虞集，他在《艺苑卮言》中谈到："元有曲而无词，如虞、赵诸公辈，不免以才情属曲，而以气概属词，词所以亡也。"[①]郑文焯在《大鹤山人词话》中谈到："元人词亡虑数十家，见之李西涯《南词录目》，以乐府名家者，惟虞集《鸣鹤遗音》、张翥《蜕岩词》最称雅正。"[②]其实，对《鸣鹤遗音》而言，俗语、口语充斥词中，实在谈不上"雅正"，如：

六十归来，今过七十，感谢圣恩嘉惠。早眠晏起，渴饮饥餐，自己了无星事。数卷残书，半枚破砚，聊表秀才而已。道先生、快写能吟，直是去之远矣。没寻思、挂个青藜，靸双芒屦，走去渡头观水。逝者滔滔，来之衮衮，不觉日斜风细。有一渔翁，蓦然相唤，你在看他甚底。便扶携、穿起鲜鱼，博得一尊同醉。

又《苏武慢》：

对酒当歌，无愁可解，是个道人标格。好风过耳，皓月盈怀，清净水声山色。世上千年，山中七日，随处惯曾为客。尽虚空、北斗南辰，此事有谁消得。　曾听得、碧眼胡僧，布袍沧海，直下钓丝千尺。掣取鲸鱼，风雷变化，不是等闲奇特。寒暑相推，乾坤不用，历劫不为陈迹。可怜生、忘却高年，长伴小儿嬉剧。

---

① 〔明〕王世贞：《弇州四部稿》卷一五二，《四库全书》第一千二百八十一册，上海：上海古籍出版社，1987年，第448页。

② 郑文焯《大鹤山人词话》附录《蛾术词选跋》，唐圭璋编：《词话丛编》第五册，北京：中华书局，1986年，第4336页。

虞集精于音律，但是在曲化之风盛行之时，他的语言不免仍会流于时俗，所以，他的词风并不统一，词中有极俗的语言，也有"杏花春雨江南"这样极其优美且有意韵的句子，而且《风入松》一词虽然并不能代表他的整体词作水平，但"杏花春雨江南"一句已经奠定了他在元代词坛以及中国词史上的地位。正如陈廷焯所评价的："虞道园词笔颇健，似出仲举之右。然所作寥寥，规模未定，不能接武南宋诸家。惟'报道先生归也，杏花春雨江南'二语，却有自然风韵。"①

燕公楠（1241—1302），字国材，号芝庵，南康建昌（今江西永修）人。至元二十二年（1285）夏，召至上都，奏对称旨，世祖赐名"赛因囊嘉"，曾任湖广行省右丞等职。大德五年，还朝。存词一首，为《摸鱼儿·答程雪楼见寄》：

> 又浮生、平年六十，登楼怅望荆楚。出山寸草成何事，闲却竹烟松雨。空自许。早摇落江潭，一似琅琊树。苍苍天路。谩伏枥心长，衔图翅短，岁晏欲谁与。　　梅花赋，飞堕高寒玉宇。刚肠还宁馨语。英雄操与君侯耳，过眼群儿谁数。霜鬓缕。只梦听枝头，翡翠催归去。清觞飞羽。且细酌盱泉，酣歌郢雪，风致美无度。

程文海与燕公楠是同乡兼好友，这首词即燕公楠答程钜夫《摸鱼儿·寿燕五峰右丞》所作。在六十岁生日的时候，词人仍有"老骥伏枥，壮心不已"的雄心，但词人时有掣肘之感，于是归去之声便萦绕耳际。燕公楠存词虽少，但颇能反映南人中达者之心态。

---

① 〔清〕陈廷焯：《白雨斋词话》卷三，北京：人民文学出版社，1959 年，第 56 页。

第六章

元代南方词坛（下）：

江苏籍词人及其他词人

元代南方词坛以浙江籍词人和江西籍词人为主，江苏籍词人也非常活跃，《全元词》收录三十八位词人的共三百一十七首作品。其中，谢应芳、袁易等人影响较大。同时，湖南、湖北、安徽、福建也有较为活跃的词人，欧阳玄和姚燧不仅活跃于官场，而且在文人中也产生了重要影响，在元词史上起到了重要作用。

第一节　元代江苏籍词人

在元代江苏籍词人中，谢应芳存词最多，影响也最大。陆文圭、袁易、倪瓒、张肯、韩奕等人彼此互动，使江苏籍词人成为元代南方词坛值得关注的一个群体。江苏籍词人中的释原妙、释善住和释妙声这些释子词人，将在后面的章节中进行专门论述。

表 6-1　江苏籍词人信息目录

序号	词人	生卒	籍贯	存词
1	释原妙	1238—1295	吴江（今属江苏）人	4 首
2	顾岩寿	不详	京口（今江苏镇江）人	1 首
3	王容溪	不详	无锡（今属江苏）人	1 首
4	陆文圭	1252—1336	江阴（今属江苏）人	28 首
5	陈深	1260—1344	吴县（今江苏苏州）人	7 首
6	石岩	1260—1344 后	镇江（今属江苏）人	1 首
7	袁易	1262—1306	长洲（今江苏苏州）人	30 首

序号	词人	生卒	籍贯	存词
8	卫培	不详	昆山（今江苏太仓）人	2首
9	陆行直	1273—1347后	姑苏（今江苏苏州）汾湖人	1首
10	卫德嘉	不详	云间（今江苏松江）人	1首
11	卫德辰	不详	云间（今江苏松江）人	1首
12	释善住	1278—约1330	吴郡（今江苏苏州）人	13首
13	偰玉立	约1294—？	高昌回鹘人，入中原定居南昌，后以溧阳（今属江苏）为籍贯	1首
14	谢应芳	1296—1392	武进（今江苏常州）人	65首
15	苏大年	1297—1365	广陵（今江苏扬州）人	1首
16	倪瓒	1301—1374	无锡（今属江苏）人	18首
17	华幼武	1307—1375	无锡州（今江苏无锡）人	3首
18	王立中	1309—1385	祖籍遂宁（今属四川），寓居吴中（今属江苏）	1首
19	王蒙	？—1385	湖州（今江苏吴兴）人	2首
20	顾瑛	1310—1369	昆山（今江苏太仓）人	4首
21	陆仁	不详	祖籍河南，寓居昆山（今江苏太仓）	1首
22	张逊	不详	姑苏（今江苏苏州）人	1首
23	袁华	1316—1373后	昆山（今江苏太仓）人	1首
24	王逢	1319—1388	江阴（今属江苏）人	1首
25	张肯	不详	定居吴中（今属江苏）	28首
26	何可视	不详	嘉兴（今属江苏）人	2首
27	释妙声	1308—？	吴县（今江苏苏州）人	2首
28	王行	1331—1395	吴县（今江苏苏州）人	18首
29	殷奎	1331—1376	昆山（今江苏太仓）人	3首
30	韩奕	1334—1406	吴县（今江苏苏州）人	29首
31	高启	1336—1374	长洲（今江苏苏州）人	33首
32	华惊韠	1341—1397	无锡（今属江苏）人	2首
33	陈亢宗	不详	昆山（今江苏太仓）人	2首
34	徐绩	不详	无锡（今属江苏）人	5首

续表

序号	词人	生卒	籍贯	存词
35	陆辅之	不详	姑苏（今江苏苏州）人	1首
36	王 燧	不详	吴人（今属江苏）人	1首
37	张月潭	不详	江都（今江苏扬州）人	1首
38	丘汝乘	不详	江都（今江苏扬州）人	1首

陆文圭（1252—1336），字子方，江阴（今属江苏）人。博通经史百家，宋亡隐居城东，学者称他"墙东先生"。元仁宗延祐初年恢复科举，同陈栎一样，虽中乡举，但以老疾辞。泰定、天历间，应聘设教于容山。清人王鹏运辑为《墙东诗余》，刊入《四印斋汇刻宋元三十一家词》，存词二十八首。

在他的一生中，始终不愿出仕，元仁宗延祐年间参加乡试是被迫的，均未赴礼部试，后来也是应聘了一个教职。他的《探春慢·和心渊己巳元夕韵》一词颇有黍离之感。

细草黏冰，疏林补雪，衰翁未觉春暖。曝背低檐，燎衣破灶，谁识舞台歌馆。乐事如今懒。谢邻伴、东招西唤。何消看试华灯，月光，今夕圆满。　　念昔繁华帝里，侍凤辇夜游，棚晓人散。迓鼓方催，韵箫正美，忽被西风吹断。簌簌梅花落，忍听得、一声羌管。怀古伤情，泪痕湿，春衫短。

"己巳元夕"即1329年的元宵节，华灯初上，月光照耀大地，值此良宵佳节，即将老去的人却未能感到春天的到来。词人在词的下阕还写道，此时此刻的自己特别怀念南宋时的元宵节。但是，如今这一切美好都被吹散了，只听得一声羌管在耳。怀古让人伤情，在这种思念中作者的泪水不由湿透了春衫。

他在洛阳耆英会写了两首《酹江月》，表达了自己在改朝换代之后对人生的感悟，"先哲凋零，后生坦率，多以儒为戏"写出了先哲逝去，世风日下后的无奈之感，"人生如梦，江流日夜东去"道尽了词人内心的悲凉之感。

其一：

戴花刘监，算耆英会上，与吾同岁。伊洛山川今如古，人事几番兴废。梦枕初残，黄粱未熟，已换人间世。箪瓢钟鼎，看来一等滋味。　　天上赤白双丸，东来西往，出没真儿戏。惟有神仙长年诀，长似功名富贵。欲捣玄霜，难寻玉杵，何日蓝桥遇。裴郎老矣，云英那肯随去。

其二：

延年有术，飨古松根下，茯苓千岁。纵是延年如何益，命也道之将废。思古之人，词章节行，杲杲行当世。遗风流韵，渊然尚有余味。　　无奈先哲凋零，后生坦率，多以儒为戏。每笑唐人书不读，直把黄金买贵。山泽奇才，云林真隐，没齿何曾遇。人生如梦，江流日夜东去。

词人于己巳二月二十二日，即 1329 年曾游北门，写下了《满江红》：

试检春光，都不在、槿篱茅屋。荒城外、牯眠衰草，鸦啼枯木。黄染菜花无意绪，青描柳叶浑粗俗。忆繁华、不似少年游，伤心目。　　棠邬锦，梨园玉。燕衣舞，莺簧曲。艳阳天输与，午桥金谷。行处绮罗香不断，归时弦管声相逐。怕夕阳、饮散近黄昏，烧银烛。

此时的北门，已是一片衰草枯木，想起往日的繁华，如今已不再是少年之游，于是不由地伤心难过。词人也曾到滕王阁一游，写下了《减字木兰花慢·滕王阁》，同样感叹了物换星移中的人世变化。

九皋明月夜，跨一鹤赴仙都。听佩玉锵鸣，骖鸾小住，高阁凭虚。萋萋草生南浦，兴未阑、归去东吴。笑指尊前二客，昨宵良会非欤。　　庄周蝴蝶两蘧如。变化一华胥。叹物换星移，壶中日月，镜里头颅。芳洲独醒人在，采芙蕖，岁晏孰华予。欲泛兰舟容与。烟沙漠漠重湖。

他的存词中还留下了赠歌者的词，具有含蓄、轻灵之美，如《点绛唇·土仲谦席上，歌者魏都惜求了华写真，为赋》：

　　小立娉婷，歌声低遏行云住。不胜珠翠。玉面慵梳洗。　　除却姚黄，魏紫谁堪比。君描取。卷中人美。得似崔徽未。

又《满江红·赠歌者》：

　　儿女多情，颇自恨、风云气少。春梦里、莺啼燕语，瞥然惊觉。寸寸凌波莲步稳，弯弯拭黛山眉峭。似红云、一朵罩江梅，天然好。　　舞腰细，歌喉巧。锦茵褪，梁尘饶。更盈盈笑靥，樱唇红小。金琖爱从心里换，玉山偏向怀中倒。奈刘郎、前度看桃花，如今老。

又《减字木兰花·即席赠歌者夏奴》：

　　香肌玉润。花前忽听流莺韵。移步金莲。斜转清眸踏舞筵。　　困娇无力。蜀锦缠头拚百尺。安处奴乡。且住容山过夏凉。

另外，《点绛唇·情景四首》堪称他小令中的佳作：

　　玉体纤柔，照人滴滴娇波溜。填词未就。迟却窗前绣。　　一幅花笺，适与何人手。还知否。孤灯坐守。渐入黄昏后。
　　笑靥多羞，低头不觉金针溜。凭媒将就。凤枕回双绣。　　月地云阶，何日重携手。心坚否。齐眉相守。愿得从今后。
　　永夜无憀，更堪点滴听檐溜。枕寒难就。堆乱床衾绣。　　人面桃红，还忆攀浆手。君知否。倚门独守。又是清明后。
　　闷托香腮，泪痕一线红膏溜。将身错就。枉把鸳鸯绣。　　柳带青青，攀向行人手。天知否。白头相守。破镜重圆后。

　　况周颐在《蕙风词话》卷三中认为："陆子方《墙东诗余》，〔点绛唇〕《情景四首》，其一云：'玉体纤柔，照人滴滴娇波溜。填词未就。迟却窗前绣。'情景之佳，殆无逾此。"① 由此也可看出，陆文圭一生中无意仕进，

---

① 况周颐：《蕙风词话》，北京：人民文学出版社，1960 年，第 77 页。

潜心学问教学，在词的创作中情感细腻，并对身处下层的歌者进行了描写，对她们的遭际表达了深深的同情。

袁易（1262—1306），字通甫，长洲（今江苏苏州）人。他不乐仕进，江浙行省委任徽州路石洞书院山长，任期满，辞归故里。住宅中修建一间居室，名"静春堂"，藏书万卷，亲手校订。赵孟頫为他画《卧雪图》《高士图》，把他比作汉代高安，与龚璛、郭麟孙并称为"吴中三君子"。有《静春词》一卷，存词三十首。

在他的存词中，节序词有《忆旧游·元夕雨》：

> 记笙歌茂苑，绣锦吴歈，京样风流。夜弛金吾令，正笼纱竟陌，雾暖春柔。翠蓬阆府。移下花影一天浮。任画管催更，玉绳挂晓，犹醉西楼。　　回头。事如梦、奈杜牧多情，难忘扬州。小雨重门闭，但檐花敲句，灯影笼愁。黛云暗锁妆镜，不是玉娥羞。怕倦客今宵，凭栏见月怀旧游。

在这首词中，词人用对比的手法描写了元宵佳节对朋友的怀念之情。记得以前的元宵节，自己和朋友们醉卧西楼，热闹非凡，而如今往事如梦，眼前淅淅沥沥的小雨更给节日增添了几分惆怅，自己只有对着月亮怀念往日生活的美好。所以，当张炎来拜访他时，他喜不自胜，写下了《木兰花慢·喜玉田至》，在词中直白地表达出自己的喜悦和对友人的挽留之情。

> 渺仙游倦迹，乍玄圃，又苍梧。甚海阔天长，月梁有梦，雁足无书。冷然御风万里，喜□袍、还对紫霞裾。一自黄楼赋后，百年此乐应无。　　萧闲吾爱吾庐。花淡淡，竹疏疏。更岁晚生涯，薄田二顷，甘橘千株。诸君便须小住，比桑麻、杜曲我何如。不用南山射虎，相从濠上观鱼。

又《风入松·和张玉田润元夕》：

> 彩鳌仙乐响空明。前度凤来迎。月圆月缺年年事，是今番、特地关心。五夜重判烂醉，三分尚有余春。　　玉壶寒沁一天星。车马气如

云。笼纱竞逐香尘暗，笑幽人、门掩花阴。未见山中历日，梦中池草先青。

张玉田即张炎，他精通音律，审音拈韵、遣词造句方面也是流丽清畅，给人"清空"、"骚雅"之感，但袁易的和词和张炎相比，还是少了一份含蓄蕴藉之美。在袁易词中，多次提到朋友吕勉夫，他们之间经常酒阑更唱迭和，涉及他的词有《南柯子》三首，在词中他直接表达了对吕勉夫人品的仰慕。当连日雪意凄迷时，词人和勉夫江村眺望，写下《念奴娇》：

暮云楼阁，送悠悠今古，飞鸿明灭。敛到黄芦洲乱吐，点缀微茫残雪。浅水湾碕，疏篱门径，淡抹墙腰月。灞桥清思，向人一片愁绝。　堪笑滕六羞惭，三年刻楮，怪放玲珑叶。争得并刀双练带，裁出春风千厣。重按瑶华，新翻白苎，舞趁金钗节。玉龙擎重，为子飞动鳞鬣。

正月初九，当勉夫暂时入城后，词人写下《摸鱼儿》以寄之。

裹空蒙、冻云如墨，匆匆人在南浦。灞桥蹇步驮愁却，递与快帆轻橹。堪恨处。正短烛烧残，未刻西窗句。荒林断莽。便闲了门前，近人鸥鸟，此意向谁语。　行藏事，尽道日天也悟。流萍忽散还聚。玉缸春涨葡萄绿，准拟千觞飞羽。君听取。怕越客灯宵，留滞吴箫鼓。江村夜午。来共倚寒梅，吹香弄影，璧月照琪树。

新春之后下了两场雪，词人与勉夫对坐萧斋，即景漫赋，写下《洞仙歌》；当勉夫暂时入城，又因赋寄之《摸鱼儿》；两人一月之中有二十九日喝醉，当别人提及此事时，两人抵掌大笑，口占《江城子》一阕；当家中兰花开时，勉夫即席赋，袁易和之《满庭芳》。另外，他还写了四首和勉夫的《浣溪沙》。由此可见，他们之间惺惺相惜，结下了深厚的友谊。

袁易存词中还有咏物词《南乡子·十月海棠盛开》《菩萨蛮·和天

民赋十月海棠》等，如《高阳台·鸳鸯菊》：

浴水雕翎，眠纱绣羽，天然宜在沧洲。翠被余声，凉宵陡顿惊秋。妖姿不共流年谢，带睡魂、飞上枝头。任烟波，多少凄凉，分付轻鸥。　　金英浓露才收。误芰荷翻雨，□梦悠悠。陶令归来，十分芳意谁酬。惜花长是招花恼，况动人、名字风流。默销凝，添得东篱，一段闲愁。

在这首词中，词人由鸳鸯菊想到了陶渊明，"惜花长是招花恼"，只是平添一段闲愁罢了。整首词清新雅致，自有一种清远淡雅之致。

谢应芳（1296—1392），字子兰，号龟巢，武进（今江苏常州）人。耿介尚节义，作为文章，咸有根柢。元末徙居吴之荇门，避兵吴淞江上。所至，人钦其德，延致恐后。筑室松江之旁。年逾八十，归隐衡山。一度参与修撰郡志。明程敏政称其为"布衣中奇士也"[1]。《彊村丛书》收录《龟巢词》一卷，补遗一卷，现存词六十五首。

谢应芳的人生轨迹跨越了近一个世纪，据《四库全书》记载，其议论"皆有关于国计民生，人心风俗，非徒以笔墨为物役者"[2]。他的词也具有了"词史"的性质，如《蓦山溪·遣闷至正丙申岁作》：

无端汤武，吊伐功成了。赚尽几英雄，动不动、东征西讨。七篇书后，强辨竟无人，他两个，至诚心，到底无分晓。　　骷髅满地，天也还知道。谁解挽银河，教净洗、乾坤是好。山妻笑我，长夜饭牛歌，这一曲，少人听，徒自伤怀抱。

又《沁园春·丁酉春寓堠山钱氏写怀》：

冷笑班超，要觅封侯，弃了毛锥。看今来古往，虚名何用，朝荣夕悴，浮世堪悲。老我衣冠，傍人篱落，赖有平生铁砚随。西庄上，对溪

---

① 〔明〕程敏政：《篁墩文集》卷三十六，《四库全书》第一千二百五十二册，上海：上海古籍出版社，1987年，第631页。

② 〔元〕谢应芳：《龟巢稿》，《四库全书》第一千二百一十八册，上海：上海古籍出版社，1987年，第4页。

山如画，鸥鹭忘机。　　相逢喜得新知。更不用黄金铸子期。把胸中磊块，时时浇酒，眼前光景，处处题诗。轻帽簪花，柔茵藉草，时复尊前一笑嬉。沉酣后，任南山石烂，东海尘飞。

又《沁水曲·壬寅岁旦枕上述怀》：

四海烟尘，一棹风波，经行路难。幸儿孙满眼，布帆无恙，夫妻白首，青镜犹团。笠泽西头，碧山东畔，又与梅花共岁寒。新年好，有茅柴村酒，荠菜春盘。　　傍人莫笑儒酸。已烂熟思之不要官。任伏波强健，驱驰鞍马，磻溪遭遇，弃掷渔竿。霜满朝靴，雷鸣衙鼓，何似农家睡得安。闲寺里，唤山童把盏，野老交欢。

1351 年，元朝爆发了红巾军农民起义，社会进入了极为动荡的时期，这三首词分别写于 1356 年、1357 年和 1362 年，描述了当时的社会动荡和自己的生活。四海烟尘，自己面对眼前的时局已是无能为力，于是和家人避居茅村，"把胸中磊块，时时浇酒，眼前光景，处处题诗"。因为只有喝醉之后，才能忘却这些世事的纷扰。词人也曾到青龙躲避兵祸，如《风入松·辟兵青龙食萝葡有感》：

青龙地暖土酥香。产玉似昆冈。可怜不入瑶池宴，到冰壶、风味凄凉。忽忆故园时序，春盘春酒羔羊。　　青丝生菜韭芽黄。银缕染红霜。桃花人面柔荑手，酒微酣、犀箸频将。鞍鼓一声惊散，六年地老天荒。

除了这些写清楚明确纪年的词外，他的节序词也留下了对那个时期的真实记录，如《水调歌头·中秋言怀》：

战骨缟如雪，月色淡中秋。照我三千白发，都是乱离愁。犹喜淞江西畔，张绪门前杨柳，堪系钓舟。有酒适闲情，何用上南楼。　　摐金甲，驰铁马，任封侯。青鞋布袜，且将吾道付沧洲。老桂吹香未了，明日明年重看，此曲为谁讴。长揖二三子，烦为觅菟裘。

尽管是中秋佳节，但是"战骨缟如雪"、"都是乱离愁"写出了老百姓在战乱中的不幸生活，于是，词人发出了"幸年来、阮籍惯穷途、无心哭"的哀叹。又《贺圣朝·马公振见访以词留别喜而和之》：

吴淞旧雨相邻住。喜复来今雨。那时因遇。十年艰险，剑头炊黍。　　如今相见，衰颜醉酒，似经霜红叶。湖山佳处。登高望远，遍题诗去。

况周颐在《蕙风词话》中评此词："龟巢老人词《贺圣朝·和马公振留别》云：'如今相见，衰颜醉酒，似经霜红叶。'衰老乱离之感，言之蕴藉乃尔，令人消魂欲绝。"[①]

谢应芳留下的题画词，写得清致淡雅，如《西江月·题画》：

缘树云林窈窕，青苔石磴萦纡。两人林下曳长裾。应是山中巢许。　　空谷似闻樵斧，危桥不渡征车。谁来为我借茅庐。来与白云同住。

又《高阳台·题张德机荆南精舍图》：

阳羡溪山，辋川烟雨，隐然画里观诗。芳草王孙，别来几度春归。最怜屋壁藏蝌蚪，化劫灰、飞入昆池。好阶墀。书带青青，竹雪霏霏。　　相逢共约归期。待玄龟出洛，朱凤鸣岐。丘壑幽寻，正须重制荷衣。斩蛟射虎都休问，有白鸥、堪与忘机。近西枝。移我龟巢，邻尔渔矶。

他的咏物词有《风入松·梅花》：

岁寒心事旧相知。相别去年时。如今重睹春风面，此年时、消瘦些儿。天上玉堂何在，人间金鼎频移。　　风尘不染素罗衣。脉脉倚柴扉。桃根桃叶争春媚，尽教他、浓抹胭脂。老我扬州何逊，垅头谁为题诗。

---

①　况周颐：《蕙风词话》，北京：人民文学出版社，1960 年，第 88 页。

这首词通过描写凌寒独放的梅花，歌颂了梅花傲雪凌霜的高洁品质，同时借咏梅来表现自己的情操，也抒发了词人在朝代更替中对待人生的一种态度。在谢应芳的词作中，追求简单闲适的生活是其中一个重要主题，如《水调歌头》：

牙齿豁来久，老气尚横秋。买得归耕黄犊，儿辈幸无愁。相近六龙城下，只在三家村里，结屋如小舟。倚树览山色，且免赋登楼。　　看官爵，都不似，醉乡侯。里翁闲话，便同学士坐瀛洲。寄语东吴朋友，乘兴能来涡浦，舣舟听渔讴。无酒不须虑，解我破貂裘。

明洪武九年，词人住在千墩，四年之后，词人想要回到故土，于是写下这首词表达自己的意愿，同时和吴下友人作别。他的词中还有两首自述词，记录了他简单的闲居生活，如《沁园春·寄昆山友人并自述》：

泉石膏肓，尘土驱驰，还家鬓霜。想吟边茗碗，清风习习，醉中琴操，流水洋洋。口不雌黄，眼无青白，凫鹤从教自短长。闲居好，有溪篷钓具，林馆书床。　　春风宾主壶觞。坐慈竹轩中挹翠香。尽剧谈千古，神游混沌，高歌一曲，兴在沧浪。老我牛衣，怀人马帐，谁似彭宣到后堂。都传语，问鱼书久绝，兔颖何忙。

又《沁园春·自述》：

笠泽东头，翠竹渔庄，沧洲钓船。看三江雪浪，烟波如画，一篷风月，随处留连。巨口鲈鱼，团脐螃蟹，坐饮蓬窗醉即眠。蒹葭畔，不收筊篰，意若忘筌。　　向来四海戈铤。好战舰都成赤壁烟。笑痴儿航海，空寻蓬岛，渔郎失路，漫说桃源。鸥社盟寒，歌声断续，烟水廖廖数百年。玄真子，有家传旧曲，重扣吾舷。

谢应芳的词语言通俗，有的词有着明显的曲化倾向。但是，不可否认的是，他的存词真实地记录了元末动荡的社会现实和他自己近一个世纪的人生感悟，从而具有了"史"的特征。

倪瓒（1301—1374），字元镇，号云林，无锡（今属江苏）人。他的清閟阁，与杨维桢的草玄阁、顾瑛玉的山草堂，同为江南文人会集之所。一生隐居未仕，是元代著名画家，列为"元末四大家"之一。家中藏书数千卷，手自勘定。至正初，天下无事，忽尽鬻其家产，得钱尽推与知旧，人皆窃笑。及兵兴，富家尽被剽掠，他扁舟箬笠，往来湖柳间，人们始服其前识。清初曹培廉将其诗文重编成十二卷，题名《清閟阁全集》。存词十八首。

倪瓒像

在元末的战乱中，他的内心深处始终是伤感的，《江城子·感旧》一词就表达了他的这种情愫。

> 窗前翠影湿芭蕉。雨潇潇。思无聊。梦入故园，山水碧迢迢。依旧当年行乐地，香径杳，绿苔饶。　　沉香火底坐吹箫。忆妖娆。想风标。同步芙蓉，花畔赤栏桥。渔唱一声惊梦觉，无觅处，不堪招。

又《江城子》：

> 满城风雨近重阳。湿秋光。暗横塘。萧瑟汀蒲，岸柳送凄凉。亲旧登高前日梦，松菊径，也应荒。　　堪将何物比愁长。绿泱泱。绕秋江。流到天涯，盘屈九回肠。烟外青蘋飞白鸟，归路阻，思微茫。

听着窗外雨打芭蕉的声音，词人百无聊赖，睡梦中回到了久别的故园。这里山水依旧，充满花香的小路，绿色的苔藓，吹着洞箫的少年，赤阑桥的芙蓉，一切是那么美好。当渔翁的歌唱声传来的时候，词人梦醒之余明白一切已经无法寻觅。《江城子》一词，描写了时近重阳，词人与亲旧在梦中登高望远，而如今长满松树、菊花的小径也已经荒芜了，以"归路阻，思微茫"作结表明一切已经无法回到从前。据《清閟阁集》记载："洪武七年，元镇七十有四，始还乡里，寓其姻邹惟高家，遂死。"①经历了亡国失家之痛后的倪瓒，他的晚境是凄凉的，如《人月圆》二首：

伤心莫问前朝事，重上越王台。鹧鸪啼处，东风草绿，残照花开。　怅然孤啸，青山故国，乔木苍苔。当时明月，依依素影，何处飞来。

惊回一枕当年梦，渔唱起南津。画屏云嶂，池塘春草，无限消魂。　旧家应在，梧桐覆井，杨柳藏门。闲身空老，孤篷听雨，灯火江村。

"闲身空老，孤篷听雨，灯火江村"的描述中，让我们看到了词人自己——一位前朝遗老在孤独中的吟啸。离家漂泊的日子里，他对故园的情感也更为浓烈。王奕清《历代词话》认为第二首"词意高洁"②。对于第一首，陈廷焯则认为："风流悲壮，南宋诸钜手为之，亦无以过，词岂以时代限耶？"尽管倪瓒没有以"遗民"标榜，但他对故国、故园的情感是深厚真挚的。

《蝶恋花》一词，倪瓒则为我们展示了他失去精神家园后的痛楚之情。

夜永愁人偏起早。容鬓萧萧，镜里看枯槁。雨叶铺庭风为扫。闭门寂寞生秋草。　行路难行悲远道。说著客行，真个令人恼。久客还家贫亦好。无家谩自伤怀抱。

他唯一的寿词具有画的意境，如《太常引·寿彝斋》：

柳阴濯足水侵矶。香度野蔷薇。芳草绿萋萋。问何事、王孙未归。　一壶浊酒，一声清唱，帘幕燕双飞。风暖试轻衣。介眉寿、遥瞻翠微。

---

① 〔元〕倪瓒：《倪云林先生小传》，《四库全书》第一千二百二十册《清閟阁集》，上海：上海古籍出版社，1987年，第326页。

② 〔清〕王奕清等：《历代词话》卷九，唐圭璋编：《词话丛编》第二册，北京：中华书局，1986年，第1290页。

况周颐在《蕙风词话》中评此词："寿词如此著笔，脱然畦封，方雅超逸，'寿'字只于结处一点，可以为法。"[①]《绘事备考》中也写到：倪瓒"天资高妙，赋性孤介，于书无所不窥，然只得其梗。既有洁疾，所居清閟阁中，几席图书纤埃不染。即地平石砌，亦明净如拭……善写山水，尤长于林木竹石，清疏淡远，风致绝伦"。[②]

他的题画词有《定风波·题画梅》：

> 欹帽垂鞭送客回。小桥流水一枝梅。醉后红绡都不记，□剩，幽香却解逐人来。　松畔扶闲频置酒。携手。与君看到十分开。少壮相从今雪鬓。因甚。流年清兴两相催。

庚寅腊月，即1350年，倪瓒同陶宗仪前往玉山草堂拜访云楼子，是日微雪落在红梅之上，云楼子给大家展示了管夫人的雪梅，见此情景，词人写下了这首题画梅词，送客回来之时，于小桥流水之中看到盛开的梅花，虽然由于醉酒无法记得具体的情形，但是那种幽香却是沁人心脾。与朋友携手共赏梅花，从少壮到如今鬓发斑白，不禁让人心生感慨。整首词描写细腻，感情真挚。

元代歌妓活跃于文人当中，尽管身份低微，但是以其才貌绝佳得到了文人的认可，这些文人对她们的身世表达了同情，倪瓒也留下了《柳梢青·赠妓小琼英》：

> 楼上玉笙吹彻。白露冷、飞琼佩玦。黛浅含颦，香残栖梦，子规啼月。　扬州往事荒凉，有多少、愁萦思结。燕语空梁，鸥盟寒渚，画阑飘雪。

从此首词可以看到，他用词记录了社会的动荡以及自己内心最真实的感受，虽然乱离灾难使他的画更多地去表现枯木竹石，但他的词却是清雅蕴藉，自带飘逸不俗之气。

---

① 况周颐：《蕙风词话》，北京：人民文学出版社，1960年，第86页。
② 〔清〕王毓贤：《绘事备考》卷七，《四库全书》第八百二十八册，上海：上海古籍出版社，1987年，第301页。

韩奕（1334—1406），宋忠献魏土埼的后代。"字公望，吴人。生于元文宗时。少目眚，筮得蒙卦，知目眹不可疗，遂扁其室曰'蒙斋'。绝意仕进，与王宾友善，偕隐于医。"①《姑苏志》也记载："虽居廛市而乐事游览，放浪山水间。褐衣芒屦，一童自随往来山僧野客家，累月不去。"②入明，依然隐遁不仕，终于布衣。和王宾、王履齐名，被称为"吴中三高士"。《彊村丛书》辑《韩山人词》一卷，收录二十九首。

在韩奕词作中，咏怀酬赠之作十九首，节令词三首，闺怨词三首，题画词两首，寿词两首。在元人词作中，他们继承了南宋词人的传统，擅长用节令词反映社会变迁，并表达自己深沉的情感，韩奕有《女冠子·元夕》：

又元宵近。冷风寒雨成阵。春泥巷陌，悄无车马，数碗残灯，依稀相映。夜深光已暝。是处败垣颓砌，荧荧青燐。但隆隆鼓，珰珰漏，打破一城荒静。　　古来此地繁华盛。歌舞欢相竞。何事如今，恁地都无些剩。空传下几句，旧腔新令。故老风流尽。漫唱西楼月转，也无人听。自剔残红炧，半窗梅影，伴人愁鬓。

这首元宵词采用了写实的手法，当元宵节临近的时候，凛冽的寒风伴着春日的雨不期而至，路上悄无车马，只有依稀的灯影相映。夜深了，隆隆的鼓声打破了荒凉中的宁静。词人想起这里曾经是多么的繁华，一片歌舞升平，如今却只传下几句旧腔新令，许多东西也没有人能够欣赏。百无聊赖中词人自剔灯花，只有半窗的梅影伴着自己孤独惆怅的身影。这首词不仅细腻地刻画出词人的孤独寂寞之情以及内心深处的萧瑟和悲凉，而且也营造出繁华过后只剩下一片凄凉的幽远意境。

又《高阳台·七夕》：

织锦停机，服箱休驾，两情此夕交欢。碧汉无云，银波万顷茫

---

① 〔清〕钱谦益：《列朝诗集小传》，上海：上海古籍出版社，1983年，第100页。

② 〔明〕王鏊：《姑苏志》卷五十五，《四库全书》第四百九十三册，上海：上海古籍出版社，1987年，第1047页。

然。凭谁为问泛仙槎去，问佳期、何事经年。奈玉蟾易老不多光景留连。　　老逢佳节欢怀少，漫随他儿女，瓜果开筵。今古无情，算来最是青天。不曾见与何人巧□，只知间阻因缘。信而今悲欢离合，遍满人间。

七夕节本是一个团圆的节日，但是词人却用"信而今悲欢离合，遍满人间"一句作结，写出了战乱会让无数家庭流离失所，营造了一种哀婉、忧伤的基调，同时又有一种沉郁之感。又《瑞龙吟·钱塘怀古》：

佳丽地。寂寞涛响空城，草深荒垒。龙飞凤舞山形，宛然不复，当时王气。　　西湖外。缺岸断桥泠落，几湾烟水。画船总有笙歌，向甚处，有垂杨可系。　　遍野离离禾黍，月观风亭，有无遗址。惟有两峰南北，在夕阳里。因思当日，翠辇尝南渡。二百年、生民同乐，是中歌舞。一自重华去。算几渡曾经消瘦。不似如今最。辽鹤倘重归，到东门市。怎知城郭，也应非故。

在这首词中，词人通过钱塘的兴亡变化，表达自己改朝换代时的沧桑之感。韩奕的《卜算子·雨中》一词则是对这种伤感情绪的肆意表达。

急霰打窗纱，正是愁时候。无奈愁多著酒消，反被愁消酒。　　又灭又明灯，还短还长漏。为问梅花有甚愁，也似愁人瘦。

尽管这首小令由于五个"愁"字的使用，破坏了词的含蓄之美，但是贯穿整首词的愁绪也成为韩奕当时心情的真实写照，这也是散曲盛行之时元词的自然表达。虽然韩奕在元末的战乱中幸存下来，但随着旧友的离去，孤独却时时笼罩着他，如《卜算子·九日》：

白发对黄花，又一番重九。相会年年少旧人，独酌杯中酒。　　世意短恒多，此语君知否。莫问明年健似今，且折茱萸寿。

又《贺新郎·送别》：

烟雨枫桥路。算年来、几番送别，故人千里。君亦当初缘底事，不
念平生侪侣。容易把、幽欢间阻。岁晚却思来访旧，旧处亭馆，废垣荒
圃。寒日照，残桑梓。　　同游似我今余几。且留恋、小窗清夜，挑灯
疑语。身外事多何必问，□□□□□□。况鬓影、相看如许。秋草萧萧
连茂苑，正堪愁、杜牧诗中意。谁画在，行装裹。

《卜算子》中，又逢重阳佳节，词人随着年龄的增长，相会之时旧日
的朋友越来越少，于是独自喝着杯中的酒，唯有祈愿健康。《贺新郎》词
中"几番送别，故人千里"，词人来到旧日的亭馆，已是"废垣荒圃"、
"秋草萧萧"，让这首送别词更显凄婉动人。

他的存词当中，还有一首《沁园春·题莺莺像》：

伊昔浦东，恼人春色，犹烦画工。想娉婷娇态，楚宫烟柳，婵娟媚
质，灞岸霜蓉。二八芳姿，一枝秾艳，锁不住深闺锦绣中。西厢外，等
闲蜂蝶，穿透帘栊。　　张郎俊雅谁同。独占巫山神女峰。记一时欢会，
花浓寺静，千年旧恨，叶落山空。薄俗流传，新声描写，展转翻成郑卫
风。高唐梦，水流花谢，寂寞遗踪。

《西厢记》在元代影响很大，词人通过题莺莺像写出了对人生的感悟，
二八女子，一枝秾艳，锁不住深闺，一时欢会，生出多少陈年旧恨，但
是，这些爱情之中的遗憾都会随着流水落花逝去，空留下寂寞遗踪。

第二节　元代湖南湖北籍词人

据《全元词》统计，元代两湖词人十二位，共存词一百七十三首。湖北
籍词人中有姚燧、滕宾、詹玉、魏观和韩守益五人，共存词七十九首，其中，
姚燧在文坛的地位较高，影响较大。湖南籍词人中有王梦应、李琳、冯子振
和欧阳玄等七人，共存词九十四首。其中，冯子振和欧阳玄的影响较大。

表6-2 湖北籍词人信息目录

序号	词人	生卒	籍贯	存词
1	姚燧	1238—1313	徙居武昌（今属湖北）	49首
2	滕宾	不详	黄冈（今属湖北）人	11首
3	詹玉	不详	古郢（今湖北荆州）人	15首
4	魏观	不详	蒲圻（今湖北武昌）人	3首
5	韩守益	不详	石首人（今属湖北）人	1首

表6-3 湖南籍词人信息目录

序号	词人	生卒	籍贯	存词
1	王梦应	不详	攸县（今属湖南）人	5首
2	李琳	不详	长沙（今属湖南）人	3首
3	冯子振	1257—?	攸州（今湖南攸县）人	43首
4	欧阳玄	1283—1358	浏阳（今属湖南）人	12首
5	马熙	不详	衡州安仁（今属湖南）人	18首
6	刘三吾	1308—1399	茶陵（今属湖南）人	12首
7	罗大玙	1328—1360	益阳（今属湖南）人	1首

姚燧（1238—1313），字端甫，号牧庵，祖籍营州柳城（今辽宁朝阳），徙居武昌（今属湖北）。早年师从许衡，曾授秦王府文学、陕西汉中道提刑按察副使，任翰林直学士、授大司农丞、江东廉访史、江西行省参政，拜太子少傅等官职。元贞元年，参修元世祖实录。至大四年，告老南归。今存《牧庵集》三十六卷，卷三十五、卷三十六为词，存词四十九首。

作为许衡的弟子，姚燧也成了一代文章大家，张养浩和贯云石都出自其门下。姚燧一生，辗转各地任职，当李景山出使越南的时候，他写下了《满江红·送李景山使交趾》。"交趾"即越南，也叫安南，整个元代，安南与元朝一直有着密切的联系，李景山出使安南也成为当时政坛的一件大事，留下了大量的安南纪行作品，姚燧不仅有《送梁贡父尚书使安南诗并引》，而且也写下了送李景山出使词，预祝使者完成外交使命，令安南称臣纳贡。"道皇元威德，万方臣妾"一句，更是反映出了当时元朝的强大。

六诏江山，十年厌、挐舟还辙。但只有、日南遐域，未尝持节。八月秋风来朔漠，燕然已没鞍鞯雪。料此时、铜柱瘴云收，无炎热。　　御尺一，行宜决。烦重为，雕题说。道皇元威德，万方臣妾。直以越裳声教阻，千金装匦渠谁屑。要降王、明日共辌轩，来金阙。

姚燧和卢挚感情深厚，他曾经读程雪楼的《岁寒亭记》，击节之余，扳卢挚例，写下《感皇恩》：

寻丈岁寒亭，何多环侍。烟节云旃万青士。旄头铁甲，更两苍官为帅。落成天雨雪、皆奇事。　　不独玄冬，偏生幽思。六月清风失炎炽。三年转烛，君去岂无人至。惟应无坐啸、文章使。

又《绿头鸭·又寄疏斋》：

笑疏斋，老来犹未情疏。似嫌呼、缑山笙鹤，表彰特号云居。善形容、世间有几，写绰约、天外无余。我怅离群，阳春寡和，溯蓠来食武昌鱼。对芳酒、一声金缕，丝竹用何如。今逾信、古人一言，名下无虚。　　记前回、东山胜赏，万株霜叶红初。向岩前、缓移玉勒，怕林下、相失篮舆。忘赋桃花，清新捷对，坐令辞客掷中书。看明日、片帆东下，江渺正愁予。凭消遣、算除睡乡，能到华胥。

在这首词中，姚燧忆起了上次与卢挚在东山共赏红叶，当时万株霜叶初红，彼此之间相与唱和，两人有知音之感。整首词意境深远，清隽雅致。

当清明节和上巳节同日的时候，词人在感叹之余，写下了《木兰花慢》：

畅光风袅袅，转幽蕙，泛崇兰。最上巳清明，相期一日，百岁逢难。秋千自儿女事，快邻翁、覆手羽觞乾。莫道韶华一月，从今已属春残。　　故人回首隔长安。轮值下金銮。对赐火新烟，应思被禊，何地江干。依然齿牙牢在，并年时、花似露中看。独赖中书未老，言时发尚冲冠。

他的咏物词有《烛影摇红·赋海棠》：

袅袅东风，碧湘左畔群山围。海棠无语不成蹊，桃李羞牛后。生脸朱唇晕酒。问坡仙、肝肠锦绣。未容花睡，银烛高烧，何如晴昼。　十事之中，不随人意长居九。结贻憔悴笑灵均，兰苣盈襟袖。今代巫阳恐有。剑南呼、樵人画手。向青轩底，貌取妖妍，为司花寿。

又《六州歌头·赋木莲花》：

灵均不信，木末搴芙蓉。徒自洁，好奇服，芰荷缝。看心胸。霁月光风。似爱莲叟，云难狎，应亦未观，林下淡丰容。坐荫高花十丈，身疑在，玉井三峰。甚东皇遣与，桃李斗春浓。男色昌宗。失昌丰。　访平泉记，奇草木，惟赤柏，与金松。岷岭导江，浩浩发临邛。进吴侬。万里江南北，行欲遍，未曾逢。堪怅恨，风与雨，苦相攻。怕学琼花不坠，潜飞去，地上无踪。奈明朝酒醒，空对夕阳春。流水溶溶。

"灵均"即屈原，这两首词虽然咏唱的是海棠和木莲花，但是词中很多意象都和《离骚》有着密切的关系，表达了词人对屈原高洁精神的赞美之情，但是，"十事之中，不随人意长居九"这样的句子用语太过直白，一定程度上影响了整首词的含蓄蕴藉之美。由此可以看出，在元代俗文学兴盛的文化环境之下，连姚燧这样的大家也不能避免语言的俗化。

当自己度过了一个花甲的岁月后，他写下了《水调歌头·守岁》：

六十一年似，窗隙白驹驰。人家守岁痴计，明日怕容辞。万事才堪一笑，何必朱颜年少，谁不侮吾衰。只看屠酥酒，先酌襁中儿。　无以为，闲櫽括，谪仙诗。人生日日浑醉，百岁以为期。三万六千场耳，一日杯倾三百，巧历算能推。试问自今去，余有几何卮。

又《菩萨蛮·皇庆癸丑春赏花词》：

> 两闲日月同悠久。算来无比东君寿。一岁一归来。光风吹九
> 垓。　　花枝依旧好。只自伤垂老。七十六年人。见花能几春。

"皇庆癸丑"即 1313 年，在春天赏花的时候，词人写下了这首词，并发出了"花枝依旧好。只自伤垂老"的感叹，也就是在这一年，姚燧去世，享年七十六岁。同他的诗歌比起来，他的词艺术价值并不高，但也生动地记录下了他所走过的人生岁月。

詹玉，字可大，别号天游，古郢（今湖北荆州）人。权臣桑哥党羽，历任翰林应奉、集贤学士。桑哥败，被弹劾罢官。《元名儒草堂诗余》《天下同文集》等均存其词，存词十五首。

如《齐天乐·赠童瓮天兵后归杭》：

> 相逢唤醒京华梦，吴尘暗斑吟发。倚担评花，认旗沽酒，历历行
> 歌奇迹。吹香弄碧。有坡柳风情，逋梅月色。画鼓红船，满湖春水断桥
> 客。　　当年何限俊侣，甚花天月地，人被云隔。却载苍烟，更招白鹭，
> 一醉西门又别。今回记得。再折柳穿鱼，赏花催雪。如此湖山，忍教人
> 更说。

这首词上阕写杭州西湖的景色，下阕词人把依依惜别之情和故国之思、兴亡之叹熔铸一炉，通过游乐来表现对"如此湖山，忍教人更说"的叹惋之情。当词人看到古卫舟时，想到别人曾说此舟载过钱塘宋室宫人，于是写下《三姝媚曲》：

> 一篷儿别苦。是谁家、花天月地儿女。紫曲藏娇，惯锦窠金翠，玉
> 墩钟吕。绮席传宣，笑声里、龙楼三鼓。歌扇题诗，舞袖笼香，几曾尘
> 土。　　因甚留春不住。怎知道人间，匆匆今古。金屋银屏，被西风吹
> 换，蓼汀蘋渚。如此江山，应悔却、西湖歌舞。载取断云何处。江南
> 烟雨。

在这首词中，词人感叹如此江山不管是宋也好，还是如今的元也好，

都曾沉迷于西湖歌舞之中，"匆匆今古"的叹息之中表达了历史惊人的相似之处，整首词有着深沉的历史兴亡之感。至元年间，词人监醮长春宫，偶然看见羽士丈室古镜，形状像秋叶，背后刻着"宣和御宝"四字，于是有兴亡之叹，写下《霓裳中序第一》：

> 一规古蟾魄。瞥过宣和几春色。知那个、柳松花怯。曾磋玉团香，涂云抹月。龙章凤刻。是如何、儿女消得。便孤了、翠鸾何限，人更在天北。　　磨灭。古今离别。幸相从、蓟门仙客。萧然林下秋叶。对云淡星疏，眉青影白。佳人已倾国。赢得痴铜旧画。兴亡事，道人知否，见了也华发。

又《桂枝香·丙子送李倅东归》：

> 沉云别浦。又何苦扁舟，青衫尘土。客里相逢，洒洒舌端飞雨。只今便把如伊吕。是当年、渔翁樵父。少知音者，苍烟吾社，白鸥吾侣。　　是如此英雄辛苦。知从前、几个适齐去鲁。一剑西风，大海鱼龙掀舞。自来多被清谈误。把刘琨、埋没千古。扣舷一笑，夕阳西下，大江东去。

词人送友人东归，写下了对现实的思考，"把刘琨、埋没千古"一句道出了英雄无用武之地的现实窘境，但是，以"扣舷一笑，夕阳西下，大江东去"作结，又有着苏轼对待人生的豁达和淡然。

冯子振（1257—?），号海粟，又号怪怪道人，攸州（今湖南攸县）人。博通经史，元世祖至元年间，仕为承事郎、集贤待制。他交友广泛，文思敏捷，散曲收入《阳春白雪》与《朝野新声太平乐府》中，贯云石称其所作："豪辣灏烂，不断古今。"（《阳春白雪序》）存词四十三首。

他的存词中大部分是《鹦鹉曲》，同时曲家也把这些词归入散曲当中。由于冯子振精通音律，因此创作的《鹦鹉曲》音律和谐，其实在这里归入词曲皆可。他在题序中曾经有记录，晁无咎（即晁补之）的《鹦鹉曲》写到："侬家鹦鹉洲边住。是个认字渔父。浪花中一叶扁舟，睡煞江南烟雨。觉来时满眼青山，抖擞绿蓑归去。算从前错怨天公，甚也有安排我处。"冯子振于壬寅即 1302 年留在上京，想到晁无咎的《鹦鹉曲》没有继续创作之人，而且大家在创作时经常受制于韵度，否则不能歌。当时在座诸公举酒，让冯子振和之，于是词人以汴、吴、上都、天京的风景酬和四十二首《鹦鹉曲》。

忽必烈登基之后，为了加强统治，建立了两都巡幸制度，以大都为首都，以上都为陪都，皇帝每年"北巡"上都，逐渐形成了一套正规的巡幸制度，冯子振有幸前往上都，写下了《鹦鹉曲·至上京》：

澶河西北征鞍住。古道上不见耕父。白茫茫细草平沙，日日金莲川雨。　　李陵台往事休休，万里汉长城去。趁燕南落叶归来，怕迤逦飞狐冷处。

这首词作于 1302 年，写出了上京与大都的不同之处，一路上没有从事耕作的农民，满眼望去都是细草平沙，金莲川皇帝的行宫还经常下雨。他们路经李陵台时看到了万里长城，这些地方都有着深沉的历史感。当天气转凉的时候，一行人又跟随着皇帝返回大都。

虽然身在官场，受到权臣桑哥的赏识，但是，词人对荣华富贵看得很淡，始终希望回到故乡过清静的归隐生活，如《鹦鹉曲·荣华梦短》：

朱门空宅无人住。村院快活煞耕父。霎时间富贵虚花，落叶西风残雨。　　总不如水北相逢，一棹木兰舟去。待霜前雪后梅开，傍几曲寒潭浅处。

又《鹦鹉曲·故园归计》：

重来京国多时住。恰做了白发伧父。十年枕上家山，负我湘烟潇雨。　　断回肠一首阳关，早晚马头南去。对吴山结个茅庵，画不尽西湖巧处。

据《青楼集》记载，珠帘秀杂剧为当今独步，冯子振为她写词《鹧鹧天·赠珠帘秀》：

> 凭倚东风远映楼。流莺窥面燕低头。虾须瘦影纤纤织，龟背香纹细细浮。　　红雾敛，彩云收。海霞为带月为钩。夜来卷尽西山雨，不著人间半点愁。

在这首词中，冯子振对珠帘秀给予了高度的评价，不仅写出了珠帘秀较好的容颜体态，也写出了她高超的技艺水平。尽管冯子振是散曲大家，但是他在创作中讲究音律韵度，自有一种和谐之美。

欧阳玄（1283—1358），字原功，号圭斋，浏阳（今属湖南）人。入朝为国子博士、国子监丞、翰林待制。修辽、金、宋诸史，为总裁官。死后追封楚国公，谥曰文，做官四十余年，朝廷典册多出其手，有《圭斋文集》。存《渔家傲》词十二首。

这组词写于至顺壬申二月，即1332年。此时词人刚修完《经世大典》，正打算南归，"属春雪连日，无事出门，晚寒附火，私念及此，夜漏数刻，腹稿具成，枕上不寐，稍谐叶之。明日，笔之于简，虽乏工致，然数岁之中，耳目之所闻见，性情之所感发者，无不隐括概见于斯。至于国家之典故，乘舆之兴居，与夫盛代之服食器用，神京之风俗方言，以及四方宾客宦游之况味，山林之士未尝至京师者，欲有所考焉，此亦可见其大略矣"。

> 正月都城寒料峭。除非上苑春光到。元日班行相见了。朝回早。阙前褉帕欢相抱。　　汉女姝娥金搭脑。国人姬侍金貂帽。绣毂雕鞍来往闹。闲驰骤。拜年直过烧灯后。

> 二月都城春动野。引龙灰向银床画。士女城西争买架。看驰马。官家迎佛官兰若。　　水暖天鹅纷欲下。鹰房奏猎催车驾。却道海青逢燕怕。才过社。柳林飞放相将罢。

> 三月都城游赏竞。宫墙官柳青相映。十一门头车马并。清明近。豪家寒具金盘钉。　　墦祭流连芳草径。归来风送梨花信。向晚轻寒添酒

病。春烟暝。深深院落秋千迥。

四月都城冰碗冻。含桃初荐瑛盘贡。南寺新开罗汉洞。伊蒲供。杨花满院莺声弄。　岁幸上京车驾动。近臣准备銮舆从。建德门前飞玉鞚。争持送。葡萄马乳归银瓮。

五月都城犹衣夹。端阳蒲酒新开腊。月傍西山青一揥。荷花夹。西湖近岁过苕霅。　血色金罗轻汗揭。宫中画扇传油法。雪腕彩丝红玉甲。添香鸭。凉糕时候秋生榻。

六月都城偏昼永。辘轳声动浮瓜井。海上红楼敲扇影。河朔饮。碧莲花肺槐芽沈。　绿鬓亲王初守省。乘舆去后严巡警。太液池心波万顷。闲芳景。扫官人户捞渔艇。

七月都城争乞巧。荷花旖旎新棚笊。笼袖娇民儿女狡。偏相搅。穿针月下浓妆佼。　碧玉莲房和柄拗。晡时饮酒醒时卯。淋罢麻秸秋雨饱。新凉稍。夜灯叫卖鸡头炒。

八月都城新过雁。西风偏解惊游宦。十载辞家衣线绽。清宵半。家家捣练砧声乱。　等待中秋明月玩。客中只作家中看。秋草墙头萤火烂。疏钟断。中心台畔流河汉。

九月都城秋日亢。马头白露迎朝爽。曾向西山观苍莽。川原广。千林红叶同春赏。　一本黄花金十镪。富家菊谱签银榜。龙虎台前驼鼓响。擎仙掌。千官瓜果迎銮仗。

十月都人家百蓄。霜松雪韭冰芦菔。暖炕煤炉香豆熟。燔獐鹿。高昌家赛羊头福。　貂袖豹祛银鼠襦。美人来往毡车续。花户油窗通晓旭。回寒燠。梅花一夜开金屋。

十一月都人居暖阁。吴中雪纸明如垩。锦帐豪家深夜酌。金鸡喔。东家撒雪西家嗦。　纤指柔长宫线弱。阳回九九官冰凿。尽道今冬冰不薄。都人乐。官家喜爱新年朔。

　　十二月都人供暖箑。宫中障面霜风猎。甲第藏钩环侍妾。红袖撇。笑歌声送金蕉叶。　　倦客玉堂寒正怯。晓洮金井冰生鬣。冻合灶觚汤一楪。吴霜镊。换年懒写宜春帖。

　　这十二首词描写了大都的民情风俗，正如欧阳玄在题序中所言，自己为官四十余年，所见所感基本反映在这些词中，另外，当时朝廷典册多出自他手，他对国家典故、乘舆兴居、服饰器用、神京风俗方言以及四方宾客宦游况味都有所了解，所以，他的存词虽少，但为后人留下了大都民情风俗的珍贵资料。

　　欧阳修是欧阳玄的同乡，他的先人即庐陵人，后来迁居浏阳。对欧阳修《渔家傲》体制的模仿，也传达出欧阳玄对欧阳修这位同乡的欣赏之情。至于写作这组词的意图，词人在题序中已经给出了详细的交代："近年窃官于朝，久客辇下，每欲仿此，作十二阕，以道京师两城人物之富，四时节令之华，他日归农，或可资闲暇也。"除此之外，宁希元、宁恢据《析津志辑佚·岁纪》写《补〈全金元词〉二十九首》一文，录《富春乐》词十三首。这些词同样记录了元末的大都及宫廷风俗。

　　马熙，字明初，衡州安仁（今属湖南）人，仕至右卫率府教授，与许有壬、许有孚兄弟交往密切。许氏兄弟及许有壬之子许桢集唱和诗词，题为《圭塘欸乃集》，其中有马熙之作，收入其词十八首，如《摸鱼子》：

　　买陂塘旋栽杨柳，参知绿野机务。春花秋月冬宜雪，夏有芰荷风雨。亭北渚。更倚棹观鱼，时憩东西屿。掀髯自语。任黄阁丝纶，彤庭剑履，未换涉园趣。　　人间世，多少高眠巢许。勋庸终愧伊吕。得闲宰相方为贵，谁识山中诗句。觞玉醑。看老鹤翩跹，舞入南飞谱。清风万古。是旧隐晞韩，新堂醉白，香满菊花圃。

　　又《渔家傲》：

　　八十邻翁头似葆。为言环翠埋荒草。不似圭塘风物闹。清昼好。来游往往逢郊岛。　　细浪粼粼风袅袅。柳丝柔直荷钱小。凫短鹤长无用较。舟可棹。扣舷重和渔家傲。

从这些词可以看出，马熙尽管走入仕途，但在他的创作中，毫不隐讳地表达了对简单恬淡生活的向往之情，对这种生活的赞美也成为他创作中的重要组成部分。

李琳，别号梅溪，长沙（今属湖南）人，咸淳十年进士。入元以文学知名，《天下同文集》《名儒草堂诗余》，均编入其词，存词三首，其中，有《木兰花慢·汴京》：

蕊珠仙驭远，横羽葆、簇霓旌。甚鸾月流辉，凤云布彩，翠绕蓬瀛。舞衣怯环珮冷，问梨园、几度沸歌声。梦里芝田八骏，禁中花漏三更。　　繁华一瞬化飞尘，辇路劫灰平。怅碧灭烟销，红凋露粉，寂寞秋城。兴亡事空陈迹，只青山、淡淡夕阳明。懒向沙鸥说得，柳风吹上旗亭。

汴京是北宋的都城，词人在上阕描写了汴京往日的繁华，下阕在对比中写了汴京的没落，此时繁华落尽，只剩下寂寞秋城。兴亡之事，空留陈迹，对着青山夕阳，词人也懒得向沙鸥诉说。整首词将汴京前后的变化描写得非常细腻，在对比中有兴亡之感、沧桑之叹。

第三节　元代安徽福建籍词人及其他词人

据《全元词》统计，安徽籍十五位词人，存词一百零一首，以陈栎、舒頔为代表；福建籍六位词人，存词一百首，有名的有洪希文和林鸿；上海籍六位词人，存词八十九首，其中，钱抱素和钱应庚与邵亨贞交往密切，已放在元代隐士词人中进行论述，杨基作为由元入明词人，将放在元词的余响一节中进行重点论述。另外，广东、四川和云南籍七位词人，存词近五十首，其影响和艺术成就不高，这里不再赘述。

表6-4 安徽籍词人信息目录

序号	词人	生卒	籍贯	存词
1	束从周	不详	合肥（今属安徽）人	1 首
2	王璋	不详	宣城（今属安徽）人	1 首
3	陈栎	1252—1334	休宁（今属安徽）人	16 首
4	唐桂芳	1299—1370	歙县（今属安徽）人	9 首
5	舒頔	1304—1377	绩溪（今属安徽）人	21 首
6	舒逊	不详	绩溪（今属安徽）人	5 首
7	陶安	1315—1371	当涂（今属安徽）人	24 首
8	黄枢	1318—1377	休宁（今属安徽）人	4 首
9	杨琢	1319—?	新安（今安徽徽州）人	8 首
10	赵汸	1319—1369	休宁（今属安徽）人	2 首
11	汪斌	不详	新安（今安徽徽州）人	5 首
12	范冉	不详	新安（今安徽徽州）人	1 首
13	唐和	不详	新安（今安徽徽州）人	1 首
14	佘修	不详	新安（今安徽徽州）人	1 首
15	苏景元	不详	新安（今安徽徽州）人	2 首

表6-5 福建籍词人信息目录

序号	词人	生卒	籍贯	存词
1	黄公绍	不详	邵武（今属福建）人	30 首
2	韩信同	1252—1332	宁德（今属福建）人	1 首
3	洪希文	1282—1366	莆田（今属福建）人	33 首
4	张以宁	1301—1370	福州古田（今属福建）人	2 首
5	林弼	1325—1381	龙溪（今属福建）人	3 首
6	林鸿	不详	福清（今福建福州）人	31 首

表6-6　上海籍词人信息目录

序号	词人	生卒	籍贯	存词
1	钱抱素	不详	松江（今属上海）贞溪人	4首
2	钱应庚	不详	松江（今属上海）贞溪人	6首
3	董纪	不详	上海（今上海）人	6首
4	俞俊	不详	祖籍嘉兴，占籍华亭（今属上海）	1首
5	袁介	不详	占籍松江华亭（今属上海）	1首
6	杨基	1326—1378后	占籍松江华亭（今属上海）	71首

陈栎（1252—1334），字寿翁，休宁（今属安徽）人。南宋灭亡后，隐居乡里，潜心学问，讲学授徒。临川吴澄认为他"有功于朱氏"，江东之人凡是想向他求学的，他都介绍到陈栎门下，学者称他为"定宇先生"。延祐年间被迫应试，虽中选，终不赴礼部试。揭傒斯认为他"乃与吴澄并称"。有《陈定宇先生文集》等，存词十六首。

他的词多为应酬之作。其中，寿词八首，代人赠和词七首，寄赠词一首，多颂扬之语，成就不高，如《水调歌头·寿金沧洲花甲》：

天遣东莱吕，丁巳瑞南州。秬侯芳裔如此，生岁媲前修。偻指六旬逾一，过眼流光两世，花甲又从头。浩气塞天地，吾道付沧洲。　日未暮，宴初列，九霞流。齐眉偕老如愿，桂子播芳猷。孙橐箕张双宿，祖付诗书千卷，此外复何求。但愿延椿算，燕翼更贻谋。

唐桂芳（1299—1370），一名唐仲，字仲实，号白云，又号三峰，歙县（今属安徽）人。至正中期荐授崇安县学教谕，迁南雄路学正，丁忧归。入明，担任紫阳书院山长。明人程明政编《唐氏三先生集等》，存词九首。

在他的词中，送别词占了六首，如《念奴娇·送治中》：

急流勇退，笑纷纷、谁似新安别驾。门掩青山，无客到、昼卧桃花骢马。报国丹心，流年白发，洗尽功名想。道旁惆怅，贤哉又见疏广。　况有九帙慈亲，琼花开处，日暖扶鸠杖。烨烨谢庭兰玉苗，都是清朝卿相。富贵归休，政如饮酒，不醉仍留量。扬州骑鹤，月明恍在天上。

又《木兰花慢·送沈洞云》：

芝山何处是，呼白鹤，与君骑。恁富贵功名，黄粱梦熟，也是儿嬉。休拘束，且孟浪，向新丰沽酒浣诗脾。光彻胸中星斗，气腾笔下虹霓。　　相逢邂逅吐珠玑。声价簸南箕。恐素发慈亲，青灯儿子，应怪归迟。鄱阳半帆秋色，正芦花潇瑟脍鱼肥。舒卷洞云无际，长江烟雨离离。

在送别朋友之际，词人通过"报国丹心，流年白发，洗尽功名想"和"恁富贵功名，黄粱梦熟，也是儿嬉"写出了对功名利禄的看法，"休拘束，且孟浪"有着李白的疏狂洒脱，素发慈亲、青灯儿子、芦花潇瑟和脍鱼正肥这样的意象叠加在一起，表达了不如归去的隐居之情。

《满江红》一词则表达了他不如"抱琴归去"的人生选择。

薄宦驱驰，衣尚带、燕台飞雨。心自喜，谪仙人物，襟怀如水。潇洒笑谭霏玉屑，铿锵文韵谐钟吕。看红莲、开遍透帘，香熏风里。　　摇画鹢，烟波语。斟绿醑，莼鲈美。正月明、秋好抱琴归去。梅菊交承敦世好，江山迎送关情绪。愿绣衣、霄汉立青春，声名起。

舒頔（1304—1377），字道原，号贞素，绩溪（今属安徽）人。做过元朝的"贵池教谕"，任满调到丹徒。至正年间，转为台州路儒学正，由于道路阻塞，没有到任，一直隐居山中。明朝建立，朝廷几次征诏，舒頔都以病拒绝，而且还将自己的居所称作"贞素斋"。其弟舒远、舒逊都有诗名。有《贞素斋集》八卷，词存集中，《彊村丛书》辑为《贞素斋诗余》一卷。存词二十一首。

舒頔亲身经历了元末的战乱，哀叹时事不宁、生灵涂炭，写下了《满江红》：

天也多情，巧幻出、天河寒水。多态度、悠悠扬扬，轻黏窗纸。万里岂无祥瑞应，四方已在饥寒里。把溪山、好处纵模糊，须臾耳。　　江海阔，风尘起。狐兔狡，鹰鹯耻。假蛮夷威柄，侵渔而已。诸老忠良皆柱石，九重仁圣真天子。待明朝、晴霁看青山，清如洗。

在杨溪躲避兵乱的时候，写下了《水调歌头·时杨溪避兵》：

饱来石上卧，醉向水边吟。山灵不管闲事，容我尽登临。山外猿啼鹤唳，世上虎争狼斗，此地白云深。古今一抔土，天地亦何心。　　隔茅庐，尘万丈，不相侵。林泉自有佳处，石溜似鸣琴。汉室煌煌大业，唐代昭昭正绪，此理细推寻。高咏出山去，草木亦知音。

他曾经想要有一次武林（今属杭州）之行，但是由于遭遇变乱，未能成行，写下《小重山》以表达自己的遗憾之情。

笑问西风一叶舟。阿谁招我上，武林游。岂知身世两悠悠。西湖好，孤负桂花秋。　　应笑乐平侯。无端千百计，一场休。愿将功烈阐皇猷。南飞雁，莫为稻粱谋。

关于端午节的时序词，舒頔一共写了三首，从中可以看出当时元代社会的变化，当社会还处于太平时期的时候，他写了《小重山·端午》：

碧艾香蒲处处忙。谁家儿共女，庆端阳。细缠五色臂丝长。空惆怅，谁复吊沅湘。　　往事莫论量。千年忠义气，日星光。离骚读罢总堪伤。无人解，树转午阴凉。

此时的人们沉浸在过端午节的愉快氛围当中，大家采撷艾蒿、蒲草，青年男女用五色丝带缠绕着手臂，而此时的词人却想起了屈原，但没有人理解他此时的心情，于是他到树荫底下去乘凉。《水龙吟》一词，词人则记录了一个"四方汹汹，民思太平"的端午节。

轻云阁雨还晴，苍黄又负端阳节。去年今日，大鄣深处，寸肠千结。

好事无多，良辰难再，犹传遗孽。看连城澒洞，大家愁恼，这光景、何时歇。　　因想金陵佳丽，闹秦淮、龙舟称绝。牙樯锦缆，翠冠珠髻，画阑罗列。回首丘墟，满襟尘土，向人空说。且停杯，容我离骚细读，吊罗江月。

在这首词中，词人运用对比的手法，描写了端午节的变化，以前过节，金陵佳丽纷纷出动，秦淮河上龙舟称绝，人来人往，热闹非凡，如今是“好事无多，良辰难再，犹传遗孽”，于是词人发出感叹，不知道这民不聊生的日子什么时候能够结束。

又《摊破南乡子·端阳值雨》：

风雨送端阳，愁闷里过了时光。葵榴相倚空争靓，龙舟罢渡，锦标休夺，谁吊沅湘。　　无酒也何妨。放闲身，滋味多长。痴云顽雾都收了，万方宁谧，四民康泰，歌咏陶唐。

尽管端午节下雨了，人们无法赛龙舟，但是，这个时候四方太平了，百姓康泰，所以，舒頔要歌咏这太平盛世。三首端午词，细腻地刻画了从治到乱再到治三个时期的变化。从舒頔身上也可以看到，和南宋遗民的孤介和忠愤比起来，此时的隐士也更为客观和理性，能够更好地看待和处理自己与新朝的关系。

同时，舒頔在词中也反复表达了自己的隐居之志，如《风入松》：

故人情况近如何。应被酒消磨。醉来笑倚娉婷卧，伤心处、暗湿香罗。肱曲红生玉笋，鬓偏翠卷新荷。　　薰风枕簟届诗和。著我醉□歌。襄阳旧事今安在，风流客、屈指无多。休说玉堂金马，争如雨笠烟蓑。

又《沁园春·次前闲适韵》：

多少闲情，桃源问蹊，柯山看棋。把杏花春雨，从头吟了，木犀秋月，开户邀之。气卷风云，眼空江海，万古从前我已知。君休笑，任陈抟假睡，豫让佯痴。　　风回太液清池，欲留住、东皇共笑嬉。想乾坤浩浩，谁曾整顿，干戈扰扰，孰问安危。笼络人才，登崇禄秩，赤箭青芝败鼓皮。都休问，看营巢燕子，哺乳莺儿。

舒頔的词大多平易质朴，然《风入松·雨后偶成》却极为细腻流转，如：

纱窗过雨晚凉生。枕簟不胜清。冰肌玉骨元无汗，香风过，深院语流莺。翠幌光摇绛蜡，画堂暖泻银瓶。　　玉筝牙板按新声。云鬓宝钗横。银丝脍细红鳞脆，扬州月，照我醉吹笙。旧事十年犹记，壮怀此日堪惊。

舒頔的词也有明显的曲化特点，如《沁园春·闲适》中："赫赫功名，堂堂事业，不博先生这肚皮。休瞒我，任官高禄厚，也要些儿。"这些词在遣词造句上较为随意，口语、常语、俗语比比皆是。

舒逊，字士谦，号可庵，绩溪（今属安徽）人。他是舒頔的弟弟，有《搜枯集》一卷，词存集中，共五首。

身处元末，他的词自然少不了对世事的记录，如《满江红·小庄有感》：

岁晚江空，更风雪、连朝情恶。门紧闭、清寒飚厉，重重帘幕。老屋数椽聊掩庇，山田几亩多碗确。叹前村，乔木碧参天，今凋落。　　三杯酒，还堪乐。一局棋，尤难着。任功名盖世，到头都错。世事宛如春梦短，人情恰似秋云薄。对青灯，感慨几兴亡，今犹昨。

风雪之中，家门紧闭，词人看到昔日乔木参天的村庄如今已经凋落，于是感叹世事犹如春梦般短暂，在感慨兴亡之中表达了时间的流逝之感。整首词意境幽远，感伤哀婉。

他的两首寿词，都是写给哥哥舒頔的，如《木兰花慢·寿贞素兄》：

怪夜来南极，祥光炯炯中天。恰先借新春，暂留残腊，为庆稀年。弟兄垂垂白发，愿年年辉映棣楼前。尊酒光摇暖旭，炉熏细袅轻烟。　　诗书一脉继青毡。五世喜家传。忆京口横经，天台振铎，往事悠然。回头十年如梦，看园花灼灼几春妍。争似苍苍松柏，岁寒同保贞坚。

又《水调歌头·寿贞素兄》：

稀年古来少，何况又逾三。双瞳炯炯凝碧，白发更盈簪。刚把残冬留住，先借新春四日，拼醉倚晴酣。荣悴付定命，艰险任经谙。　舞斑衣沾腊醅，典春衫。觥筹兄弟交错，同是鬓鬖鬖。自喜衣冠奕世，未堕诗书如线。此外更何惭。笑问梅花信，春已到枝南。

在这两首寿词中，词人表达了他们兄弟情深直到年老且诗书五世传家之义，并且祝愿自己的哥哥如同松柏一样，延年益寿，同保贞坚。

陶安（1315—1371），字主敬，当涂（今属安徽）人。至正四年举乡试，授明道书院山长。至正中，避乱居家。朱元璋渡江，陶安随李习率父老出迎，朱元璋留陶安参幕府。入明后，曾参与修国史。卒年五十七岁。《陶学士先生文集》卷十，存词二十四首。

由于词人在明朝仅生活了四年，所以他的大部分词作写于元末，对当时的社会生活进行了生动地记录，如《水调歌头·偶述》：

皇天万物祖，生气本冲和。忍令古今天下，治少乱常多。血溅中原戎马，烟起长江樯橹，沧海沸鲸波。割据十三载，无处不干戈。　问皇天，天不语，意如何。几多佳丽，都邑烟草莽平坡。苔锁河边白骨，月照闺中嫠妇，赤子困沉痾。天运必有在，早听大风歌。

元末十几年的割据混战，导致民不聊生，河边的白骨、闺中的寡妇、赤子困沉痾成为社会常态，一句"早听大风歌"，表达了词人希望有刘邦这样的英雄出现，能够结束战乱，让国家走向统一的美好心愿。

又《金缕曲·夜宿省中有怀贺久孚》：

庭树秋声冷，夜迢迢、漏传银箭，月明华省。最惜稽山无贺老，短烛照人孤影。做好梦又还惊醒。风透围屏青绫薄，且披衣、立傍梧桐井，兵卫肃，画廊静。　江湖聚散如萍梗。笑谈间、云霄满足，一鞭驰骋。

万壑水晶天不夜，人在玉晨仙境。说近日四郊无警。兵后遗民归田里，渐桑麻绿映鹅湖岭。须再见，好光景。

"兵后遗民归田里，渐桑麻绿映鹅湖岭。须再见，好光景"一句写出了词人希望战乱结束，让老百姓回归故里的迫切心情。当社会趋于稳定，老百姓开始从事农业生产，桑麻映绿了鹅湖岭，词人相信此等美好的光景会出现，这里深切地表达了词人对国泰民安的渴望和祝愿之情。

又《水调歌头·言怀》：

天地一开辟，日月几东西。古今气化无息，万物岂能齐。春树珍禽韵巧，秋水红鳞影捷，松石伴幽栖。佳景与心会，得句或无题。　　碧油幢，苍玉佩，紫金泥。明时文武，勋业我亦弃锄犁。志在螭头直笔，道在床头古易，奏策济群黎。野鹤忽飞到，清梦绕山溪。

在这首抒怀之作中，词人写出了他入明出仕的原因，希望成就一番功业，用自己所学"济群黎"。在易代之际，他的思维是开阔的，经历了多年的战乱，他对朱元璋建立的明朝持肯定态度，并且以一种积极的心态去迎接这样一个新的朝代。如果将元代入明词人和由宋入元词人相比，前者在情感上相对平和，他们顺应朝代更替的规律，或者选择隐居或者选择出仕，没有那么沉重的黍离之感。

汪斌，字以质，新安（今安徽徽州）人。著有诗集《云坡集》，并曾将至正十二年战乱期间所作诗篇结为《壬辰藁》，均未见传本，存词五首。其中，他的怀古词《醉江月·吴山怀古》通过登临吴山远眺，写出了宋室的衰亡，整首词有兴亡之感。

登临遐眺，叹当年、一夜朔风狼藉。石塔镇南人共怒，怒气上轰霹雳。废苑荒凉，粉墙颓圮，万事空陈迹。阙庭何在，钟声敲断岑寂。　　闻道十里西湖，荷花香里，歌舞成悲戚。湖上有山山有恨，应恨旧京乖隔。秦老和戎，贾生罔上，后世见之方策。兴亡回首，暮烟衰草凝碧。

范冉，新安（今安徽徽州）人，生卒不详。词见《新安文献志》卷六十。有《苏武慢·遣怀》：

万里征途，一鞭行色，吟尽江山佳致。梁苑风光，灞桥雪景，总是壮游之地。旅食京华，观光上国，浩有凌云豪气。正翱翔附凤，攀龙谁料，中原蜂起。　　犹且自、马骤西秦，帆飞东海，应遂五湖归计。江上观潮，天边望日，惊见吴山苍翠。云飞已返，鸟倦知还，断送平生愁绪。喜归来谁是，相知风月，满天无际。

在这首词中，词人描写了自己旅食京华、观光上都的经历，以及在畅游大好河山之中油然而生的凌云豪气。然而，此时元代社会已经进入了动荡时期，"云飞已返，鸟倦知还"一句暗示着词人的满腔抱负终将付诸东流。

苏景元，新安（今安徽徽州）人，生卒不详。词见《新安文献志》卷六十。《醉蓬莱·自述》一词写出了元代儒生的遭际。

叹儒生何事，酷爱吟诗，有甚滋味。残灯破砚，兀兀穷年岁。扫地焚香，拥衾闭户，总是平生志。击壤之谣，南风之咏，怡然心醉。　　想著古来，几多豪贵，栾范之家，后为皂隶。花落花开，自有东君记。灞桥雪中，西堂梦里，千载庆诗风致。笔补乾坤，囊封星斗，倦来且睡。

在自述中，词人写出了自己作为一介儒生日常酷爱吟诗，然而残灯破砚反映了他生活的窘迫，"击壤之谣，南风之咏"表达了词人对于太平盛世人人丰衣足食的向往之情，但一想到古往今来那些豪贵之家后来也沦落到市井讨生活，于是也便释然了。这也反映出儒士在元代的地位并不高，时废时兴的科举制并没有为更多人提供施展才华的广阔舞台，至少苏景元是这种情况。

黄公绍，字直翁，别号在轩，邵武（今属福建）人。宋咸淳元年进士。入元，隐居乡里。有《在轩集》，存词三十首。

他的存词中咏物词较多，有咏唱木芙蓉、荼蘼、木樨、白莲的词，还有咏唱梅花的词，描写细腻传神，如《喜迁莺·荼蘼》：

乱红飞雨。怅春心一似，腾腾闷暑。密绾柔情，暗传芳意，人在垂杨深宇。晓雪一帘幽梦，半点檀心知否。春不管，想粉香凝泪，翠鬟含趣。　　谁念芳径小，新绿戋戋，问讯今何许。玉冷钗头，罗宽带眼，缥缈青鸾难遇。望断碧云深处，倚遍画阑将暮。空惆怅，更江头桃叶，溜横波渡。

又《花犯·木芙蓉》：

翠奁空、红鸾蘸影，嫣然弄妆晚。雾鬟低颤。飞嫩藕仙裳，清思无限。象床试锦新翻样，金屏连绣展。最好似、阿环娇困，云酣春帐暖。　寻思水边赋娟娟，新霜□旧约，西风庭院。肠断处，秋江上、彩云轻散。凭谁向、一筝过雁。细说与、眉心杨柳怨。且趁此、菊花天气，年年寻醉伴。

他的存词中还有咏唱吴江长桥的词，如《莺啼序·吴江长桥》：

银云卷晴缥渺，卧长龙一带。柳丝蘸、几族柔烟，两市帘栋如画。芳草岸、弯环半玉，鳞鳞曲港双流会。看碧天连水，翻成箭样风快。　白露横江，一苇万顷，问灵槎何在。空翠湿衣不胜寒，日华金掌沆瀣。甃花平、绿文衬步，琼田涌出神仙界。黛眉修，依约雾鬟，在秋波外。　阁嘘青蜃，楼啄彩虹，飞盖蹴鳌背。灯火暮，相轮倒影，偷睇别浦，片片归帆，远自天际。舞蛟幽壑，栖鸦古木，有人剪取松江水，忆细鳞巨口鱼堪鲙。波涵笠泽，时见静影浮光，霏阴万貌千态。　蒹葭深处，应有闲鸥，寄语休见怪。倩洗却、香红尘面，买个扁舟，身世飘萍，名利微芥。阑干拍遍，除东曹掾，与天随子是我辈，尽胸中、著得乾坤大。亭前无限惊涛，总把遥吟，月明满载。

这首词在描写吴江长桥时极力铺陈，不仅写了白天长桥的美景，宛如长龙，而且还写了夜晚的长桥，夜幕之下，灯火点点，相轮倒影，片片归帆从天际而来，自有一种与白天不同的美。此情此景，词人在感叹身世飘萍、名利微芥之时，有李白散发弄扁舟之感。整首词描写细腻，实为元人咏桥词中之佳作。

福建籍词人洪希文存词三十三首，多涉及南方的民情风俗和日常生活。洪希文（1282—1366），字汝质，号去华山人。他侍奉父亲居住山中，有《续轩渠集》。在他的作品中，出现了"茶词"，如《阮郎归·焙茶》《浣溪沙·试茶》《品令·试茶》《踏莎行·雪中山茶》。在《浣溪沙·试茶》中写到：

独坐书斋日正中。平生三昧试茶功。起看水火自争雄。　　势挟怒涛翻急雪，韵胜甘露透香风。晚凉月色照青松。

又《品令·试茶》：

旋碾龙团试。要著盏无留腻。矞云献瑞，乳花斗巧，松风飘沸。为致中情，多谢故人千里。　　泉香品异。迥休把寻常比。啜过惟有，自知不带，人间火气。心许云谁，太尉党家有妓。

“试茶”指烹茶的全过程，宋代词人中就有多人写作这一题材，而在元人中，洪希文是写作茶词最多的一位，这与福建是产茶之地有密切的关系。同时，洪希文还创作了《如梦令·樱桃》《洞仙歌·早梅》《蝶恋花·腊梅》和《水调歌头·雪梅》等咏物词。他在《洞仙歌·早梅》中写到：

野亭驿路，尽是寻幽客。水曲山隈浩无极。见松荒菊老，岁晏江空，摇落尽、几点南枝消息。　　天寒云淡，月弄黄昏色。绰约真仙藐姑射。占得百花头上，积雪层冰，捱不去，只恁地皑皑白。问广平心事竟何如，纵铁石肝肠，也难赋得。

在这首词中，词人刻画出傲立雪中的早梅形象，并且指出它的美是难以用语言形容的。洪希文长期隐居在福建山中，他的词善于捕捉日常生活中的细微之事，从而为我们展现出平常之美。

张以宁（1301—1370），字志道，福建古田（今属福建）人，学者称之“翠屏先生”。洪武三年，病卒。有《翠屏集》四卷等，存词仅二首。《明月生南浦》一词写出了末世之感。

海角亭前秋草路。榕叶风清，吹散蛮烟雾。一笑英雄曾割据，痴儿却被潘郎误。　　宝气销沉无觅处，藓晕犹残，铁铸遗宫柱。千古兴亡知几度，海门依旧潮来去。

词人得知南汉主刘鋹故宫铁铸四柱犹存，在周览叹息之余，夜泊三江口，梦中写了一首词，醒来之时只记得两句"千古兴亡知几度，总付潮回去"，于是写下这首词。

林鸿，字子羽，福清（今福建福州）人，诗文知名闽中。明初，以人才征至南京，官至精膳司员外郎，年未四十，自勉归。闽中"十才子"中，林鸿为首。有《鸣盛集》，存词三十一首。

词人喜欢悠游山水，曾在红桥、冶城逗留，和红桥故人春游，写下了《玉漏迟·记红桥故人春游》：

惊鸦翻暗叶，桐花坠露，曲房新晓。蜡炬香笼，准备惜花起早。翠沼凝脂冰活，呵素手、衬妆初了。香径小。水溶溶波暖，正宜临眺。　谁信造物无私，偏付与容华，称鬞宜笑。更放花朝，日日霁多阴少。不惜千金费尽，但惜取、数峰残照。归骑杳、纵醉宜眠芳草。

离开红桥之时，词人写了《大江东去·留别虹桥故人》，以表达自己的依依不舍之情。

钟情太甚，人笑我、到老也无休歇。月露烟云，多是恨、况与玉人离别。软语叮咛，柔情婉变，镕尽肝肠铁。歧亭把酒，水流花谢时节。　应念翠袖笼香，玉壶温酒夜，夜银瓶月。蓄喜含嗔，多少态，海岳誓盟都设。此去何之，碧云春树合，晚峰千叠。图将羁思，归来细与伊说。

在离开冶城时，词人写下了《大江东去·留别冶城游好》：

无情白发，更能消、人世几回离别。短帽轻衫，风雨里、何况落花时节。载酒红桥，藏阄紫陌，多少闲风月。年来情绪，不应如此凄切。　应念故旧飘零，剑歌中夜起，唾壶敲缺。苦竹黄茅，山店远，落日鹧鸪声咽。此别经年，故山凝望久，海天空阔，春江是酒，为予涤荡愁结。

冶城是古代的城名，这里指的是湖北黄陂县东南。在这首词中，词人在经历了载酒红桥、游历冶城、故旧飘零之后，整首词在情感基调上多了一份伤感凄凉之情，然而，"海天空阔，春江是酒，为予涤荡愁结"又反映了词人洒脱的一面。

在离开冶城之后，词人还写了《八声甘州·怀冶城游好》，以表达对这些朋友的思念之情。

算人生离合似参辰，恰又似浮萍。看百年逆旅，一时过客，几度歧亭。何事眼前知己，惟我最飘零。天门惊折翼，一梦才醒。　记取冶城人物，是烟霞俦侣，海岳英灵。每长吟大嚼，逸气贯青冥。叹祖筵，宴歌声断，向青铜、短鬓易星星。红桥上、有人倚望，清泪盈盈。

对于少年时期这段游历红桥、冶城的经历，词人终生难忘，每每想起来都会涕泪如雨，如《摸鱼儿·书情》：

记红桥、少年游冶，多少雨情云绪，金鞍几度归来晚，香靥笑迎朱户。断肠处，是半醉，微醒灯暗夜深语。问情几许，情应似□□，吴蚕吐茧，缭乱万千绪。　离别处，淡月乳鸦啼曙。泪痕啼红袖污。海怀遐想何年了，空寄锦囊佳句。春欲去，恨不得，长绳系日留春住。相思最苦。莫道不消魂，衷肠铁石，涕泪□如雨。

经历了元明易代之际社会的动荡，词人更加怀旧，写下了《望海潮·怀旧》：

东城闲步，西园纵饮，十年一梦繁华。翠幄藏春，金鞍坐月，仙裙曳雪飘霞。半醉岸乌纱。有绰约娉婷，笑女歌娃，柳颤花柔，蒙茸芳草衬钿车。　重寻旧事堪嗟。谩魂飞故国，目断天涯。佩解纫兰，臂销玉幄，凤笙龙管谁家。蓬鬓点霜花。向荒凉水国，门掩蒹葭。独拥霜衾，茫茫归梦绕云沙。

曾经自己在东城闲步，西园纵歌，十年繁华宛如一梦，词人想起这些旧事不由嗟叹。如今魂飞故国，唯有"独拥霜衾"，只剩下茫茫归梦。作为闽中"十才子"之首，入明之后受到朝廷重视，但是在经过短暂的仕途之后，词人还是选择归乡。

他留下了两首咏物词，咏唱的对象是大雁和燕子，如《念奴娇·咏雁》：

登临送目，正木落、蘅皋水寒湘渚。碧海青天，三万里、望断惊弦弱羽。字写瑶空，阵横紫塞，梦入黄芦雨。锦笺一刹，谩留别后愁语。 空江水碧沙明，闲情谁与共，晚江鸥鹭。二十五弦，弹古恨，逐伴又还飞去。仙掌月明，长门灯暗，多少悲凉处。千秋哀怨，祇今犹绕筝柱。

又《贺新郎·咏燕》：

试问春无语，记年时，海角天涯，为谁来去。南浦垂杨吹作阵，空锁画楼烟雨。渐暖霭、呼群寻侣。仁蹴飞花来落水，更多情、惯学风前絮。长伴我，舞金缕。 乌衣巷末皆尘土，绘斜阳，平芜漠漠，旧巢何处。露井茨阶消息早，入背伯劳西度。算悄似、飘零羁旅。曾寄相思□云外，怅佳期枉被秋娘误。归路阔，杳难据。

咏雁词写的是秋天大雁南飞的景致，其中不仅有离别的惆怅，而且也写出了"仙掌月明，长门灯暗"的悲凉孤独之感。咏燕词则写的是春天燕子归来的情景，此时乌衣巷末皆为尘土，旧巢已经不复存在，于是有飘零羁旅之感。这两首词描写细腻婉转，意境幽远凄清，写出了词人在时代巨变中的悲凉之情。

另外，林鸿词中还有和虞集《苏武慢》八首，表达了他超尘脱俗的一面，以及在时代变迁中看淡世事之后的淡然心态。

董纪，字良史，以字行，更字述夫，上海（今上海）人。元至正间，以诗词知名乡里。入明，他被授江西按察使金事，不久告归。有《西郊笑端集》，存词六首，其中，《糖多令·触事感怀》较为突出。

举眼便凄凉，寒鸦噪夕阳。二十年、多少兴亡，花榭柳台无片瓦，歌舞地、放牛羊。 往事莫思量。说来愁断肠。旧时人、都在他乡。但得酒杯长在手，终日醉何妨。

此词的艺术性并不高，但是，词人真实地记录了元明之际二十年来的兴亡变化，曾经的花谢柳台不留片瓦，曾经的歌舞之地已经成为放牛的地方，举目望去，满目凄凉，只有寒鸦在夕阳之下发出噪声。于是，词人安慰自己，往事莫思量，说来更添惆怅。如今故人远在他乡，自己唯有独自沉醉忘记孤独寂寞，这首词写出了个人在易代之际的无奈之感。

第七章

元词发展过程中的南北融合

　　大家习惯以"南宗词"和"北宗词"来大致概括元词的两种风格。一般来说，"北宗词"被认为承金而来体现了北方的文化特色和文学传统，而"南宗词"则继承了南宋姜夔、张炎格律词派的传统。由此看来，元词发展中的地域性已经是一个不争的事实。但是，将元词以地域为标准一分为二的做法又太过笼统。在研究元词的地域性问题时，我们先要有这样的认识。首先，元朝是一个统一的封建王朝，尽管统治者将原南宋统治下的人列为四等之末，但这并不影响南北的交流和互动；其次，此时的元王朝是一个多民族、多文化共存的国家，在彼此的融合过程中，逐渐将各自的民族文化转化为一种南北融合之后的混一文化。因此，对元词的地域性问题仍应做深入的剖析，而且伴随着元朝统一过程中以及统一之后的"南人北上、北人南下"这一现象的出现，元代的文化和文学也在逐渐发生新的变化。

第一节　南人北上和北人南下

　　1276 年，随着南宋王朝向元廷献上降表，从唐代末年就陷入分裂的政治局面终于结束，刘因诗中"白沟以北即天涯"这一描述不复存在，中国历史又进入了大一统时期。陈垣先生在《元西域人华化考》一书中曾经谈到：

　　盖自辽、金、宋偏安后，南北隔绝者三百年，至元而门户洞开，西北拓地数万里，色目人杂居汉地无禁，所有中国之声明文物，一旦尽发无遗，西域人羡慕之余，不觉事事为之仿效。且元自延祐肇兴科举，每试，色目进士少者十余人，多者数十人，中间虽经废罢，然举行者犹十五六科，色目人之读书应试者甚众……故儒学、文学，均盛极一时。而论世者轻之，则以元享国不及百年，明人蔽于战胜余威，辄视如无物，加以种族之见，横亘胸中，有时杂以嘲戏……清人去元较远，同以异族入主，间有一二学者平心静气求之，则王世禛、赵翼两家之言可参考也。①

　　陈垣先生指出，从辽、金、宋偏安之后，南北隔绝已达三百年，而元朝的统一，打破了这种僵局。延祐科举虽时兴时废，但是随之出现了许多的色目进士，而且色目人之中读书应试者也越来越多。因此，儒学、文学均盛极一时，只是由于元享国不足百年，以及明人作为胜利者的偏见，使元代文学没有得到客观的评价。

　　正是有了元朝统一这一历史契机，南方词坛和北方词坛才以区域文化的代表平等地出现在我们的研究视野中。一旦禁区的闸门被打开，"北人南下、南人北上"就成为一种社会潮流。因为在统一刚刚到来之时，每个人对曾经的"异域"都充满了好奇，只不过有人是主动探索，有人是被动接受。虽然，以个人的微薄之力，他们不能对早已存在的南方词坛和北方词坛产生重大影响，但这也促使他们在不同地理环境下对词境做了又一次的开拓。

　　第一批北上的南人是作为人质的南宋皇室成员，而宫廷琴师汪元量就是其中一位。至元十三年（1276），汪元量随宋室三宫北上大都。至元十九年（1282），江南有事，元主遣宋君臣到上都。汪元量在他的五十二首词中，记录了他在大都和上都的生活。他在大都写的《望江南·幽州九日》将一个南方人初到大都时的悲伤和对故乡的思念之情表现得淋漓尽致。

　　官舍悄，坐到月西斜。永夜角声悲自语，客心愁破正思家。南北各天涯。　　肠断裂，搔首一长嗟。绮席象床寒玉枕，美人何处醉黄花。

---

① 陈垣:《元西域人华化考》，上海：上海古籍出版社，2000年，第132页。

和泪捻琵琶。

他从上都归来后写的《忆秦娥》，可以看作是南方人中最早的"上京纪行词"。"上京"即上都，与大都（今北京）南北相望，忽必烈在这里建立了开平府。因为处于滦河上游北岸，又有滦京、上京和滦阳之称，今在内蒙古正蓝旗。据《草木子》记载："元世祖定大兴府为大都，开平府为上都。每年四月，迤北青草，则驾幸上都以避暑，颁赐于其宗戚，马亦就水草。八月草将枯，则驾回大都。自后宫里岁以为常。车驾虽每岁往来于两都间，他无巡狩之事。"[1] 跟随大驾北巡的为皇帝的后妃、官员、儒士、宗教人士、军队以及皇帝的仪仗队。如果不是政治原因，作为异朝人质的汪元量是不会前往这一片蒙古草原的，这一段经历丰富了他的诗词内容。

马萧萧，燕支山中风飘飘。风飘飘，黄昏寒雨，只是无憀。　　玉人何处教吹箫，十年不见心如焦。心如焦。彩笺难寄，水远山遥。

燕支山在今甘肃省山丹县东，当时汪元量正在遣中。如果结合他的"上京纪行诗"来读，燕支山中"马萧萧"、"风飘飘"、"黄昏寒雨"的景象会更直观。在去上京的过程中，汪元量创作了《出居庸关》《长城外》《苏武洲毡房夜坐》《居延》《开平雪霁》《草地》《开平》《草地寒甚毡帐中读杜诗》等上京纪行诗。在一个南方人的心中，北方的苦寒加上政治的原因，这简直是一次生死未卜的旅程。"今臣出长城，未知死何处。""此时入骨寒，指堕肤亦裂。万里不同天，江南正炎热。"同时，汪元量也有了另外一种人生体验，对于开平的大雪，发出了"伟哉复伟哉"的赞叹。在天山观雪之后，他也能和王昭仪一样"手持并刀铁，相邀割驼肉"。在草地毡帐中再次读杜甫诗的时候，词人有了不同的感悟："少年读杜诗，颇厌其枯槁。斯时熟读之，始知句句好。"正是这十二年被迫北上的人生经历，丰富了汪元量的诗词创作。南归之后，再过金陵之时，他写了《莺啼序·重过金陵》这样的好词。

---

① 〔明〕叶子奇：《草木子》卷三，北京：中华书局，1959年，第64页。

金陵故都最好，有朱楼迢递。嗟倦客、又此凭高，槛外已少佳致。更落尽梨花，飞尽杨花，春也成憔悴。问青山、三国英雄，六朝奇伟。　　麦甸葵丘，荒台败垒，鹿豕衔枯荠。正潮打孤城，寂寞斜阳影里。听楼头，哀筋怨角，未把酒、愁心先醉。渐夜深，月满秦淮，烟笼寒水。　　凄凄惨惨，冷冷清清，灯火渡头市。慨商女不知兴废，隔江犹唱《庭花》，余音矗矗。伤心千古，泪痕如洗。乌衣巷口青芜路，认依稀、王谢旧邻里。临春结绮。可怜红粉成灰，萧索白杨风起。　　因思畴昔，铁索千寻，漫沉江底。挥羽扇、障西尘，便好角巾私第。清谈到底成何事。回首新亭，风景今如此。楚囚对泣何时已。叹人间，今古真儿戏。东风岁岁还来，吹入钟山，几重苍翠。

十二年的北上经历，不仅开阔了汪元量的视野，也使他从一位宫廷琴师转变为元初一位优秀的诗人、词人。所处地域环境的变化，使汪元量更能从一个新的角度审视自己的生活和创作。尽管这十二年的漂泊旅程对于汪元量而言是悲苦辛酸的，但他的作品留给我们是对那段历史最生动的记忆。

至元二十五年（1288），汪元量以道士身份南归。至元二十七年（1290）九月，张炎踏上了北游大都的旅程。据戴表元《送张叔夏西游序》记载："玉田张叔夏与余初相逢钱塘西湖上，翩翩然飘阿锡之衣，乘纤离之马，于时风神散朗，自以为承平故家贵游少年不翅也。垂及强仕，丧其行资，则既牢落偃蹇，尝以艺北游不遇，失意㤭㤭，南归愈不遇。"[1]显赫的身世和"南人"的政治地位，注定了张炎的大都之行必将不能如他所愿。但是，他留下了一个南方人在大都的见闻和感受。北上途中，他写了《壶中天·夜渡古黄河，与沈尧道、曾子敬同赋》：

扬舲万里，笑当年底事，中分南北。须信平生无梦到，却向而今游历。老柳官河，斜阳古道，风定波犹直。野人惊问，泛槎何处狂客。　　迎面落叶萧萧，水流沙共远，都无行迹。衰草凄迷秋更绿，惟有闲鸥独立。浪挟天浮，山邀云去，银浦横空碧。扣舷歌断，海蟾飞上孤白。

---

① 〔元〕戴表元：《剡源文集》卷十三，《四库全书》第一千一百九十四册，上海：上海古籍出版社，1987年，第175页。

在白沟的阻隔下，词人做梦都没有想到自己会到北方，并且有今日的大都之行。面对黄河边上的景物，感慨之情无以言表。到大都之后，词人遇到了杭妓沈海娇、汪菊坡，惊愕之余，相对如梦，写下了《国香》和《台城路》二词。到海云寺游赏，看到两棵千叶杏，奇丽可观，而江南却没有，于是写下了《三姝媚》：

芙蓉城伴侣。乍卸却单衣，茜罗重护。傍水开时，细看来、浑似阮郎前度。记得小楼，听一夜、江南春雨。梦醒箫鼓，流水青蘋，旧游何许。　　谁翦层芳深贮。便洗尽长安，半面尘土。绝似桃根、带笑痕来伴，柳枝娇舞。莫是孤村，试与问、酒家何处。曾醉梢头双果，园林未暑。

一年之后，张炎返回江南。当他再回忆这段往事时，更加感伤，写下了《甘州》：

记玉关、踏雪事清游。寒气脆貂裘。傍枯林古道，长河饮马，此意悠悠。短梦依然江表，老泪洒西州。一字无题处，落叶都愁。　　载取白云归去，问谁留楚佩，弄影中洲。折芦花赠远，零落一身秋。向寻常野桥流水，待招来、不是旧沙鸥。空怀感，有斜阳处，却怕登楼。

延祐六年（1319），周权携诗稿北游京师。袁桷非常赏识他，想要为他推荐官职，但是没有成功。他的才华得到了赵孟頫、欧阳玄、陈旅等人的赏识。在大都期间，周权写下了《洞仙歌·谢欧阳学士偕陈众仲教授过访》一词，以答谢他们的深厚友情。虽然在大都没有走上仕进之路，但是他的诗名得以在大都文化圈流播，也坚定了他南归后专一创作的决心。

以上我们谈到两种北上大都的南人，一种是作为人质，一种是自主前往大都。还有一种则是因为做官的原因。至元二十三年（1286），受元世祖的委托，程钜夫到江南寻访人才，在他的举荐下，大量南方文人北上大都，张伯淳、赵孟頫、吴澄等人就是其中代表，对于南北文化的融合起到了重要的作用。其中，吴澄作为一代大儒对于文坛的影响是不容置疑的，张伯淳存词二十二首，其中寿词十一首，次韵酬赠之作十一首。

赵孟頫词中的应制、祝寿之作多写于大都，而赵孟頫夫人管道昇只留下四首《渔父词》，表达了对南方故乡浓浓的思念之情。

> 遥想山堂数树梅。凌寒玉蕊发南枝。山月照，晓风吹。只为清香苦欲归。
> 南望吴兴路四千。几时回去雪溪边。名与利，付之天。笑把渔竿上画船。
> 身在燕山近帝居。归心日夜忆东吴。斟美酒，鲙新鱼。除却清闲总不如。
> 人生贵极是王侯。浮利浮名不自由。争得似，一扁舟。弄月吟风归去休。

南北统一之后，很多南方人有机会到北方任职，南方的名士揭傒斯、欧阳玄、杨载等大批名士选择北上，他们主要任职于翰林国史院和奎章阁，对于南北文化的交流起到了重要作用。同时，他们和汪元量、张炎、周权等人共同组成了"南人北上"这一生动的画面。在这里，有他乡遇故知的惊喜，也有愿望不能达成的遗憾。但是，有了这一段在北方生活的经历，他们对人生的体悟也更深刻，他们的创作也更丰富。

第一批来到江南的北人，应该是伯颜麾下的军士。随之而来的就是任职江南的北人，如卢挚、姚燧、张之翰、胡祗遹等人，他们与南方文士相互交游、唱和往来，在南方的山水间体悟南方的风土人情和文化，对于南北文风的交流起到了积极的推动作用。至元十七年（1280），白朴正式定居建康，并于至元二十八年（1291）二月出游杭州西湖。至元二十三年（1286），张翥出生，他作为"北人南下"的第二代，在南方度过了他人生中三分之二的岁月。六十多岁北上大都，并且活跃于大都文坛，成为南北地域文化融合下的典型代表。

"南人北上、北人南下"成为元代文坛的一道独特的风景线，他们的活动也为南北词坛注入了新鲜的血液。南宋的失败和四等之末的地位虽然使南方人对这些"手指红梅作杏花"的北人多少有些轻视，但是他们还是愿意到大都游历。尽管北人对南人心有芥蒂，但是南方秀美的山水无疑吸引了他们的视线。当南北的地域界线被打破，南北文人的流动成为现实时，这也意味着古代文学的版图将会发生变化，正如梅新林所谈到的："对于中国古代文学版图而言，流域轴线是其'动脉'，城市轴心是其'心脏'，文人群体则是其'灵魂'。作为文学活动与创作的主体，文人群体流向随时改变着而且最终决定着古代文学版图的整体格局。"①

第二节　元代词宗: 张翥

　　张翥不仅是"北人南下"的典型代表，而且也是南北地域文化融合下的典型代表，在这两种文化浸润之下，张翥成长为有元一代词宗，不仅延续了元好问、仇远之文脉，而且在元代文坛取得了不俗的成就。同时，从生卒年来看，他几乎跨越了元一统之后的整个时间段，见证了元朝统一之初的兴盛与走向没落时的衰败，相对于其他统一王朝的文人而言，这是一段不可复制的独特的人生经历。

　　张翥（1287—1368），字仲举，号蜕庵，晋宁（今山西临汾）人，寓居钱塘（今浙江杭州）。他的父亲在南方为史，自幼随父在江南生活。少年时，跟随江东大儒李存学习道德性命之学。不久，到杭州跟随仇远学习，得其诗歌音律之奥妙，从而以诗文"知名一时"。至元末，举荐于朝，至正初，召为国子助教，分教上都生员。以翰林编修参修辽、金、宋三史，起用为翰林国史院编修。封潞国公。致仕后，寓居京郊，对朝政仍有影响。他人生中的后二十年基本在大都翰林院任职，而且成为大都文坛的核心。至正二十八年三月卒，年八十二。张翥有《蜕岩词》两卷。其中，《蜕岩词》有《四库全书》本，《四部备要》本、《知不足丛书》本、《彊村丛书》本，存词一百三十三首。

　　张翥的生卒基本跨越了大元朝的始终，而且独特的人生经历使他成为南北融合的典型代表，这对其他朝代的词人而言是非常罕见的，但是，他在明代并没有被特别关注，在清代却受到了极大的推崇。叶申芗《本事词》认为："张仲举擅长乐府，为元代词宗。"②张德瀛在《词征》中谈到："蜕岩词无自制腔，其词谀于根，而盎于华，直接宋人步武。于元之

---

①　梅新林:《中国古代文学地理形态与演变》，上海:复旦大学出版社，2006年，第429页。

②　〔清〕叶申芗:《本事词》卷下，唐圭璋编:《词话丛编》第三册，北京:中华书局，1986年，第2381页。

一代，诚足以度越诸子，可谓海之明珠、鸟之凤凰矣。"①陈廷焯在《词坛丛话》中认为："元代作者，惟仲举一人耳。"②朱彝尊在《词综》中，选录张翥词二十七首，仅列周密、吴文英、张炎、周邦彦、辛弃疾和温庭筠之后，而为元代词人之冠。由此可见，清人对张翥在词学方面的成就给予了高度肯定，并且把他作为元代词人的代表。

在创作中，张翥继承了老师仇远的衣钵，这也是他能够在词的创作上达到南北融合的一个非常重要的原因，他的存词有次韵仇远的《临江仙·次韵山村先生赋柳》：

摇荡春光湖上路，多情偏识倡条。画船系在赤阑桥。花飞人别处，绿暗雨休朝。　　恼乱东风扶不起，空怜燕姹莺娇。舞衣香冷董妖娆。相思无限恨，犹似旧宫腰。

《最高楼·为山村仇先生赋》一词，张翥写了仇远晚年的生活，在女儿出嫁、儿子结婚之后，他"耆英社里酒杯频。日追游，时啸咏，任天真"，活得十分洒脱。

方寸地，七十四年春。世事几浮云。躬行斋内蒲团稳，耆英社里酒杯频。日追游，时啸咏，任天真。　　喜女嫁、男婚今已毕。便束帛、安车那肯出。无一事、挂闲身。西湖鸥鹭长为侣，北山猿鹤莫移文。愿年年，汤饼会，乐情亲。

张翥曾读白朴的《天籁集》，戏用其韵，效其体，写了《沁园春》：

客汝知乎，载酒轻舟，看花小车。胜炎洲出使，瘴浮征斾，禁门待漏，霜满朝靴。岁去堂堂，老来冉冉，瓶雀飞时手怎遮。平生事，叹山林迹远，霄汉程赊。　　从渠梦蝶疑蛇。得放懒、还须自在些。甚天荒地老，铜台歌舞，水流云散，金谷豪华。客问先生，归宜早计，醉后之

---

① 〔清〕张德瀛：《词征》卷六，唐圭璋编：《词话丛编》第五册，北京：中华书局，1986 年，第4171 页。

② 〔清〕陈廷焯：《词坛丛话》，唐圭璋编：《词话丛编》第四册，北京：中华书局，1986 年，第3727 页。

言可信耶。鸥盟在，任渔蓑江上，雨细风斜。

张翥于至正初年（1341）被任命为国子助教，此前有一段隐居扬州的生活经历，结识了很多朋友，对于这段生活，他的词也有记录，在《春从天上来》的词序中曾经写到，在丙子年（1336）的冬夜里，自己与松云子论五音、二变、十二调，且品箫以定清浊之下，还相为宫，梨然律吕之均，雅俗之应。"不觉漏下，月满霜空，神情发爽。"此时，松云子吹《春从天上来》曲，音韵凄远。词人倚歌和之。

袅袅和风。听响彻云间，彩凤啼雄。嬴女飞下，玉珮玲珑。肠断十二台空。渺霜天如海，写不尽、楚客情浓。烛销红。更锵金振羽，变徵移宫。　　扬州旧时月色，叹水调如今，离唱谁工。露叶残蛾，蟾花遗粉，寂寞琼树香中。问坡仙何处，沧江上、鹤梦无踪。思难穷。把一襟幽怨，吹与鱼龙。

《春从天上来》，调名始见宋张继先《虚靖真君词》，以金吴激所作最为典范，人们多以为此调为吴激所创。调名本意是用象征的手法赞颂梨园伎人演奏的美妙音乐，如同春意从天而降。词人这首词和松云子的曲相和，同样赞美了松云子高超的技艺。扬州筝工沈生曾经弹奏虞集的《浣溪沙》，词人写下了《声声慢》，一句"一曲哀弹，只遣态变魂惊"写出了沈生技艺的超群。

金銮学士，天上归来，兰舟小驻芜城。供奉新词，几度惯赋鸣筝。相逢沈郎绝艺，为尊前、细写余情。问何似，似秦关雁度，楚树蝉鸣。　　我亦从来多感，但登山临水，慷慨愁生。一曲哀弹，只遣态变魂惊。行期买花载酒，趁秋高、月明风清。须尽醉，听江头、肠断数声。

又《沁园春·广陵，九日与刘士干、成元璋泛舟邗沟》：

何许登临，路绕芜城，冈连楚皋。爱流云低响，歌催琼树，微波照影，人艳仙桃。松院移尊，柳桥携袖，随处兰舟且暂梢。秋无际，望空江雁远。落木天高。　　不妨左手持螯。更右把、金尊送浊醪。叹鸡台草暗，凄然兴废，龙山烟冷，老矣英豪。白发宁馕，黄花任插，要里西风破帽牢。刘郎醉，把吴笺笑擘，试与题糕。

词人和友人一起在扬州泛舟邗沟，词的上阕细腻地描写了这里的美景，词的下阕笔锋一转，则是对历史的咏叹，"叹鸡台草暗，凄然兴废，龙山烟冷，老矣英豪"。叹息之余，不如和友人畅饮一杯。张翥的前半生是在南方度过的，自然南方的美景进入他的创作中。春天的时候，他会和朋友们到西湖泛舟，如《摸鱼儿·春日西湖泛舟》：

涨西湖、半篙新雨，曲尘波外风软。兰舟同上鸳鸯浦，天气嫩寒轻暖。帘半卷。度一缕、歌云不碍桃花扇。莺娇燕婉。任狂客无肠，王孙有恨，莫放酒杯浅。　　垂杨岸，何处红亭翠馆。如今游兴全懒。山容水态依然好，惟有绮罗云散。君不见。歌舞地、青芜满目成秋苑。斜阳又晚。正落絮飞花，将春欲去，目送水天远。

又《忆旧游·重到金陵》：

怅麟残废井，凤去荒台，烟树敬斜。再到登临处，渺秦淮自碧，目断云沙。后庭漫有遗曲，玉树已无花。向苑寺裁诗，江亭把酒，暗换年华。　　双双旧时燕，问巷陌归来，王谢谁家。自昔西州泪，等生存零落，何事兴嗟。庚郎似我憔悴，回首又天涯。但满耳西风，关河冷落凝暮笳。

再到金陵的时候，词人有一种物是人非之感，不由感叹"江亭把酒，暗换年华"。经过了岁月的洗礼，此时词人的心境发生了变化，"庚郎似我憔悴，回首又天涯"一句写出了词人内心的无奈和凄凉。

他曾游历临川，写下了多首词，如《摸鱼儿·临川春游，连日病酒，赋此止之》《齐天乐·临川夜饮滏阳李辅之寓所》，如《齐天乐·临川夜饮滏阳李辅之寓所》：

红霜一树凄凉叶，惊鸟夜深啼落。客里相逢，尊前细数，几度雨飘风泊。微吟缓酌。渐月影斜敬，画阑东角。只怕梅花，无人看管瘦如削。　　江湖容易岁晚，想多情念我，归信曾约。尘土狂踪，山林旧隐，梦寄草堂猿鹤。离怀最恶。是酒醒香残，烛寒花薄。一段销凝，觉来无处著。

在临川春游，词人连日沉浸在饮酒之中，还到李辅之的府上夜饮。当在临川寓所听到筝声的时候，词人不由地引起伤感情怀，如《兰陵王·临川寓舍闻筝》：

晚风恶。墙外杨花正落。秋千罢、人在琐窗，犹怯春寒下帘幕。多情倦绣作。恰了棠梨半萼。移金雁、应是自调，尽寄深情与弦索。　数声白翎雀。又歇拍多时，娇甚弹错。新声旧谱多忘却。想红香憔悴，锦书辽邈，匆匆前度见略略。甚如在天角。　雾阁。闭银钥。奈梦断行云，青鸟难托。三生书记情缘薄。记旧家歌舞，那时行乐。桃枝人面，问酒家，负旧约。

《解连环·留别临川诸友》这首词感情真挚，饱含深情地写出了词人离别临川诸友时的不舍之情。

夜来风色。叹青灯素被，早寒欺客。想寂寞、人在帘枕，望鸿雁欲来，又催刀尺。秋满关河，更谁倚、夕阳横笛。记题花赋月，此地与君，几度游历。　江头楚枫渐赤。对离尊饮泪，难问消息。趁一舸、千里东归，眇天末乱山，水边孤驿。婉晚年华，怅回首、雨南云北。算今古、此情此恨，甚时尽得。

他的存词中，还留下了大量节序词，如《多丽·清明上巳，同日会饮西湖寿乐园》：

凤凰箫。新声远度兰桡。漾东风、湖光十里，参差绿港红桥。暖云蘸、郁金衫色，晴烟抹、翡翠裙腰。罨画名园，闹红芳榭，蒲葵亭畔彩绳摇。满鸳甃、落英堪藉，犹作殢人娇。渍罗袂、莫揉痕退，生怕香销。　忆当年、樽前扇底，多情冶叶倡条。浴兰女、隔花偷盼，修禊客、临水相招。旧约寻欢，新声换谱，三生梦里可怜宵。纵留得、栋花寒在，啼鴂已无聊。江南恨、越王台下，几度回潮。

他游历临川的时候，正值五月祠神，当时四处张灯结彩，游人如织，此情此景不由让词人忆起了杭州的元夕节，如《风流子》：

荷雨送凉飙，炎尘净、三市影灯宵。看珠珞翠绳，焰摇冰碗，彩棚花架，光射星桥。洞天好，笑声遮画扇，歌韵合鸾箫。琼树影中，月窥端正，雪罗香里，人斗娇娆。　　依稀元夜影，铜壶短、还又露洒烟飘。空遣酒怀摇荡，羁思无聊。想骢马钿车，俊游何在，雪梅蛾柳，旧梦难招。醉掩重门，半缸兰烬红销。

词人还由七夕节牛郎织女相会联想到人间悲欢离合之事，而且这种离合悲欢范围较大，不只限于夫妇，如《眉妩·七夕感事》：

又蛛分天巧，鹊误秋期，银汉会牛女。薄命犹如此，悲欢事，人间何限夫妇。此情更苦。怎似他、今夜相遇。素娥妒、不肯偏留照，渐凉影催曙。　　私语。钗盟何处。但翠屏天远，清梦云去。纵有闲针缕，相怜爱、丝丝空缀愁绪。窃香伴侣。问甚时、重画眉妩。谩铅泪弹风，都付与洗车雨。

七月十五中元节，词人在西湖乘舟观水灯，"一鼓归，宴杨山居山楼"直到天明，写下了《婆罗门引》：

暮天映碧，玻璃十顷蕊珠宫。金波拥出芙蓉。谁唤川妃微步，一色夜妆红。看光摇星汉，起舞鱼龙。　　月华正中。画船漾，藕花风。声度鸾箫缥缈，雁柱玲珑。酒阑兴极，更移上、琼楼十二重。残醉醒、烟水连空。

张翥活跃于南北文坛，与元代歌妓也有着密切的来往，如《风流子·赏筝妓崔爱》：

梨园供奉曲，卿卿解、写入十三弦。听促弹宝柱，暮催行雨，放娇银甲，春绕飞烟。可人处、凤声啼玉碎，燕尾点波圆。宜与画看，徽容妍丽，欲裁诗寄，莺思缠绵。　　多情曾相遇，归舟字、梦里尚记游仙。好请钿床纤手，移近樽前。尽何处教吹，玉箫明月，此情追忆，锦瑟华年。多少旧愁新恨，知为谁传。

又《意难忘·妓杨韵卿以善歌求赋》：

高韵天成。问当时爱爱，得似卿卿。江梅风致别，楚蕙雪香清。花旋旋，月盈盈。写不尽才情。把旧游，名讴试数，谁解新声。　诗家只有杨琼。向吴姬丛里，转更分明。金闺春思怯，翠被暮寒生。人欲去，酒还醒。黯此际销凝。待剪将，江云数尺，与染丹青。

又《鹧鸪天·为朱氏小妓绣帘赋三首》，其一：

半臂京绡稳称身。玉为颜面水为神。一痕头道分云绾，两点眉山入翠鬟。　丹杏小，碧桃新。雏莺恰啭上林春。平生惯是听歌耳，除却莲儿只一人。

其二：

一曲吴歌酒半酣。声声字字是江南。书凭仙苑青鸾递，花助妆楼粉蝶衔。　飞燕瘦，宝儿憨。已妍还慧更岩岩。无因剪得湘江水，与蘸春云作舞衫。

其三：

乍学琵琶已断肠。锦绦银甲玉悬珰。春风琼树声逾稳，秋水芙蓉字亦香。　微敛笑，浅匀妆。何须重觅杜韦娘。休教月底清歌去，怕趁行云上凤凰。

又《鹧鸪天·赠泉南琵琶妓》：

玉手琵琶半醉中。从容慢捻复轻拢。青衫司马情偏感，翠袖红莲艺更工。　花淡伫，月朦胧。归来无语立东风。汗巾红渍槟榔液，错认窗前唾绣绒。

又《水龙吟·赋倩云》：

无心却恁多情，闲愁长向眉尖聚。牢笼不定，为谁留恋，为谁归去。半饷花阴，霎儿月暝，几番日暮。被东风搅散，离愁惹断，又还趁、歌声驻。　　只恐佩环卧冷，好重将、绣帷调护。何人得似，晓妆鬖髻，春娇态度。缥缈樽前，朦胧眼底，非烟非雾。把柔情一缕，都随好梦，作阳台雨。

词人听了房氏的自然歌，写下《水龙吟》：

春风琼树香中，数声恰似流莺啭。歌尘飞下，落花起舞，骊珠脱串。豆蔻珠帘，牡丹雪岭，小桃人面。是自然绝艺，天然书谱，霓裳序、六幺遍。　　独占二分月色，向樽前、几番曾见。赏音如此，不辞醉墨，为题纨扇。浪雨闲云，剩香残黛，莫论恩怨。看秾华又老，情缘未断，寄楼中燕。

通过这些词，张翥为我们记录了元代身处社会底层的女子群像，崔爱擅长弹筝，"暮催行雨，放娇银甲，春绕飞烟。可人处、凤声啼玉碎，燕尾点波圆"引人入胜；杨韵卿、朱绣帘、房仕擅歌，"写不尽才情"、"除却莲儿只一人"、"乍学琵琶已断肠"、"数声恰似流莺啭"写出了她们技艺的高超。与宋人的赠妓词相比，元人的赠妓词更多的是对这些歌妓技艺的肯定，他用清婉细腻的笔调，对这些才貌超群的女子不吝赞美。

在张翥的词集中，有十几首题画词。其中，有题山水画的，如《高阳台·题赵仲穆作陈野云居士山水便面》《行香子·山水便面》；有题花鸟画的，如《摸鱼儿·题熊伯宣藏梅花卷子》《感皇恩·题仲穆画凌波水仙图》《疏影·王元章墨梅图》《满江红·钱舜举桃花折枝》《踏莎行·题赵善长王元章，为杨垓合写三友图》；有题人物画的，如《孤鸾·题钱舜举仙女梅下吹笛图》《清平乐·盛子昭花下欠伸美人图》。其中，《疏影·王元章墨梅图》一首：

山阴赋客。怪几番睡起，窗影生白。缥缈仙姝，飞下瑶台，淡伫东风颜色。微霜恰获朦胧月，更漠漠、暝烟低隔。恨翠禽、啼处惊残，一夜梦云无迹。　　惟有龙煤解染，数枝入画里，如印溪碧。老树枯苔，玉晕冰圈，满幅寒香狼藉。墨池雪岭春长好，悄不管、小楼横笛。怕有人、误认真花，欲点晓来妆额。

王元章即王冕，《墨梅图》是他画作中的代表作，这首词用有关梅花的典故不仅将画面意境具体呈现出来，而且"怕有人、误认真花，欲点晓来妆额"一句，更是对王冕的画梅技法给予了极高的赞扬。

有题扇面的《木兰花慢·题红犀扇面》：

记西湖送别，曾共绾，绿杨丝。怅水去云回，佳期杳渺，远梦参差。重来访邻寻里，爱卿卿、不减旧风姿。不著银筝清怨，难题纨扇相思。　　暗香销尽合欢枝。留在锦囊诗。又越北闽南，秋随雁影，花老莺儿。应缘采春情重，便鉴湖、春色恋徽之。扶起晓窗残醉，潮平月落多时。

张翥出仕较晚，前半生徜徉在南方的山水之间，辛巳年（1241），他被召为国子助教，开始了自己的仕宦之路，于是北上大都，写下了《洞仙歌·燕城初度》：

功名利达，任纷纷奔竞。纵使得来也侥幸。老眼看多时，钟鼎山林，须信道、造物安排有命。　　人生行乐耳，对月临风，一咏一觞且乘兴。五十五年春，南北东西，自笑萍踪久无定。好学取、渊明赋归来，但种柳栽花，便成三径。

出仕之时，张翥已经五十五岁，在他看来功名利禄得来是一种侥幸。同时，他还对自己的前半生进行了总结，南北东西，萍踪无定，即使如今出仕，内心深处始终有着慕陶情结。张翥存词中有写给自己的寿词，如《水调歌头·乙丑初度，是岁闰正月，戏以自寿》：

三十九年我，老色上吟髭。生辰月宿南斗，正合退之诗。今岁两逢正月，准算恰成四十，岁暮日斜时。腊瓮削红玉，汤饼煮银丝。　　炷炉香，饮杯酒，赋篇词。萧然世味，前身恐是出家儿。天下谁非健者，我辈终为奇士，一醉不须辞。莫问黄杨厄，春在老梅枝。

又《鹊桥仙·丙子岁，予年五十，酒边戏作》：

> 功名一饷。风波千丈。已与闲居认状。平生一步一崎岖，也攀到、
> 盘山顶上。　　梅花解笑。青禽能唱。容我尊前疏放。从今甘老醉乡侯，
> 算不是、麒麟画像。

这两首寿词，反映了词人出仕之前的生活状态，第一首词表达了他
"萧然世味，前身恐是出家儿"的想法，第二首词反映了他在功名之路上
一步一崎岖，于是发出了"从今甘老醉乡侯"的感叹。

在留存词作中，张翥的咏物词有三十多首，占到其词作存量的近四
分之一，也被后世认为是创作成就较高的词作。对张翥而言，作为随蒙
古军征伐江南的第二代，此时的元王朝已经进入较为稳定的阶段。他有
幸在少年时期，遇到仇远这样的老师，对他的创作产生了深远的影响。
他在咏物词的创作上，不仅着眼于"物"的呈现，也着眼于"意"的传
达；在审美情志的表达上，他既选择了南方的意象，也选择了北方的意
象，有时将这二者结合起来，如《六州歌头·孤山寻梅》一词：

> 孤山岁晚，石老数查牙。逋仙去，谁为主，自疏花。破冰芽。乌帽骑
> 驴处，近修竹，侵荒藓，知几度，踏残雪，趁晴霞。空谷佳人，独耐朝寒
> 峭，翠袖笼纱。甚江南江北，相忆梦魂赊。水绕云遮。思无涯。　　又苔
> 枝上，香痕沁，幺凤语。冻蜂衙。瀛屿月，偏来照，影横斜。瘦争些。好
> 约寻芳客，问前度，那人家。重呼酒，摘琼朵，插鬟鸦。唤起春娇扶醉，
> 休孤负、锦瑟年华。怕流芳不待，回首易风沙。吹断城笳。

此词上阕着重写寻梅之兴与得梅之乐，下阕着重写赏梅之趣与惜梅
之情。在化用姜夔《暗香》《疏影》句子和典故的基础上，又加入了北
方特有的意象，如"风沙"、"城笳"。这首词既有南宗词的"骚雅"，又
有北宗词的苍茫和雄健，体现出自己的时代特色。因此，王奕清在《历
代词话》卷九中引卓人月云："古今梅词甚多，惟张翥《六州歌头》一
首……真有飞鸿戏海、舞鹤游天之势。"[1]当然，这种气魄，不仅是张翥个

---

① 〔清〕王奕清，《历代词话》，唐圭璋编：《词话丛编》第二册，北京：中华书局，1986年，第
　　1287页。

人才性的张扬，也是这个多民族统一王朝所赋予的。另外，词人歌咏双头莲的《摸鱼儿》一词，在元好问《摸鱼儿·双蕖怨》的基础上展开，但又自出新意、不落窠臼，这两首词可谓元代咏莲花的"南北双璧"。

　　问莲根、有丝多少，莲心知为谁苦。双花脉脉娇相向，只是旧家儿女。天已许。甚不教、白头生死鸳鸯浦。夕阳无语。算谢客烟中，湘妃江上，未是断肠处。　　香奁梦，好在灵芝瑞露。人间俯仰今古。海枯石烂情缘在，幽恨不埋黄土。相思树。流年度、无端又被西风误。兰舟少住。怕载酒重来，红衣半落，狼藉卧风雨。

——元好问

　　问西湖、旧家儿女，香魂还又连理。多情欲赋双蕖怨，闲却满奁秋意。娇旖旎。爱照影、红妆一样新梳洗。王孙正拟。唤翠袖轻歌，玉筝低按，凉夜为花醉。　　鸳鸯浦，凄断凌波梦里。空怜心苦丝脆。吴娃小艇应偷采，一道绿萍犹碎。君试记。还怕是、西风吹作行云起。阑干谩倚。便载酒重来，寻芳已晚，余恨渺烟水。

——张翥

　　元好问的《摸鱼儿》通过莲花歌颂这对青年男女忠贞的爱情，而张翥也是以莲花为所托之物，表达的却是"寻芳已晚"的遗憾。其中，"怕载酒重来"与"便载酒重来"都表现出词人对莲花的爱惜之情，然而，莲花还是在风雨和人为的摧残下凋谢了，空留下词人的遗恨在烟水间荡漾。张翥词虽后出，但艺术成就丝毫不逊于元好问。其中，"余恨渺烟水"一句，又出自王沂孙《摸鱼儿·莼》一词：

　　玉帘寒、翠痕微断，浮空轻影零碎。碧芽也抱春洲怨，双卷小绒芳字。还又似。系罗带相思，几点青钿缀。吴中旧事。怅酪乳争奇，鲈鱼谩好，谁与共秋醉。　　江湖兴，昨夜西风又起。年年轻误归计。如今不怕归无准，却怕故人千里。何况是。正落日垂虹，怎赋登临意。沧浪梦里。纵一舸重游，孤怀暗老，余恨渺烟水。

王沂孙这首词上阕描绘莼菜，下阕用张翰因秋风而思故乡的典故，借以表达自己的家国身世之感，这里的"余恨"是家国之恨。而张翥则很好化用这一意境，但这里的"余恨"是"寻芳已晚"的遗憾。张翥在借鉴元好问和王沂孙词的同时，又进行了个性化的书写。

元代是蒙古族建立的统一的多民族国家，因而其文化也呈现出多元化和包容性的特征。相对于宋代词人而言，张翥在词学创作中多了一种贯通南北的气度，这使得张翥的咏物词也具有了南北浑融的美学特质。这是宋代咏物词大家所没有的，也是咏物词在元代的新变。

在路成文《宋代咏物词史论》中，词人提出六种创作姿态。他认为，早期咏物词采用"旁观式"的创作姿态，苏轼咏物词采用"旁观式"与"潜入式"的创作姿态，周邦彦咏物词采用"双向交流式"的创作姿态，辛弃疾咏物词采用"俯瞰式"的创作姿态，姜夔采用"交融互渗式"的创作姿态，史达祖采用"凝情静观式"的创作姿态。前人的创作无疑对张翥的咏物词创作提出了极大的挑战，处在咏物词创作的较高起点上，张翥很难再有新的突破。于是，张翥向众多的咏物词大家学习，从而形成了自己"转益多师"式的创作姿态。如《摸鱼儿·题熊伯宣藏梅花卷子》：

记西湖、水边曾见，查牙老树如此。冰痕冷沁苔枝雪，的皪数花才试。天也似。爱玉质、清高不入闲红紫。孤山处士。总赋得招魂，烟荒雨暗，寂寞抱香死。　　春风笔，休忆深宫旧事。添人多恨多思。墨池雪岭三生梦，唤起缟衣仙子。仍独自。伴瘦影、黄昏和月窥窗纸。声声字字。写不尽江南，闲愁万斛，诉与绿衣使。

"春风笔，休忆深宫旧事"化用姜夔《暗香》《疏影》二词句子，吴衡照认为："张仲举词出南宋，而兼诸公之长。如题梅花卷子云：'墨池雪岭三生梦，唤起缟衣仙子。仍独自。伴瘦影、黄昏和月窥窗纸。'绝似石帚。"[1]许昂霄认为："'仍独自'二句，'有追魂摄魄手段'。整首词笔致潇洒，在清空骚雅中自有一种豪迈之气，尤其是'春风笔，休忆深宫旧事。添人多恨多思'和'声声字字。写不尽江南，闲愁万斛，诉与绿衣

---

① 〔清〕吴衡照：《莲子居词话》卷二，唐圭璋编：《词话丛编》第三册，北京：中华书局，1986年，第 2436 页。

使'。"① 还有《水龙吟·广陵送客，次郑兰玉赋蓼花韵》：

芙蓉老去妆残，露华滴尽珠盘泪。水天潇洒，秋容冷淡，凭谁点缀。
瘦蒂黄边，孤蘋白外，满汀烟穗。把余妍分与，西风染就，犹堪爱，红
芳媚。　　几度临流送远，向花前、偏惊客意。船窗雨后，树枝低入，
香零粉碎。不见当年，秦淮花月，竹西歌吹。但此时此处，丛丛满眼，
伴离人醉。

吴衡照认为此词："蓼花云：'船窗雨后，树枝低入，香零粉碎。'绝
似玉田。"②整首词意境浑厚，尤其"不见当年，秦淮花月，竹西歌吹。但
此时此处，丛丛满眼，伴离人醉"两句，在今昔对照中，给人一种沉郁
之感和漂泊羁旅之叹。

另外，《定风波·商角调》一词：

恨行云、特地高寒，牢笼好梦不定。晼晚年华，凄凉客况，泥酒浑
成病。画阑深，碧窗静。一树瑶华可怜影。低映。怕月明照见，青禽相
并。　　素衾正冷。又寒香、枕上薰愁醒。甚银床霜冻，山童未起，谁
汲墙阴井。玉笙残，锦书迥。应是多情道薄倖。争肯。便等闲孤负，西
湖春兴。

此词是词人漂泊西江客舍时所作，漂泊的生活让词人感到人世的凄
凉，于是用酒舒缓心中的郁闷之情。此时，梅花的香味让词人从醉中醒
来，于时发出"便等闲孤负，西湖春兴"的感叹。吴衡照认为："西江客
舍闻梅花吹香满床云：'一树瑶华可怜影。低映。怕月明照见，青禽相
并。'绝似碧山。"③其咏玉簪一词，吴衡照也认为"绝似梦窗"。

由此可见，站在宋人以及以王沂孙为代表入元南宋遗民词人创作咏
物词的较高起点上，张翥在咏物词的创作上也在进行极大地努力和尝试。

---

① 〔清〕许昂霄：《词综偶评》，唐圭璋编：《词话丛编》第二册，北京：中华书局，1986 年，
第 1570 页。

② 〔清〕吴衡照：《莲子居词话》卷二，唐圭璋编：《词话丛编》第三册，北京：中华书局，
1986 年，第 2436 页。

③ 同上。

就词牌而言，选择《摸鱼儿》《水龙吟》这些常见的咏物词词牌；就所咏对象的选择上，以梅花为主，同时还有莲花、牡丹、芍药、蓼花、桂花、海棠、桃花、水仙、杏花以及云、雪花、柳絮、玉簪、枕头等生活中的物象；在咏物词的借鉴上，以姜夔、吴文英、王沂孙和张炎这些咏物词大家为主要学习对象，同时，又不落窠臼，在创作中采用贯通南北的词学视野，从而形成自己"转益多师式"的创作姿态。

吴文英是宋代创作咏物词最多的词家，他将咏物、抒情和叙事融为一体，并且运用隐喻和象征等艺术技法，他在形成其独特咏物词创作风格的同时，也造成了解读上的一些困难。王沂孙身处宋元易代之时，他的咏物词创作有着深远的寄托，如果不结合他的身世和经历来读，也是很难理解的。再加上整个南宋词坛复雅之风的影响，此时的咏物词创作虽然在艺术技法等方面取得了极大的成就，但在词意的表达上却显得极为晦涩。因此，咏物词的继续发展就显得极为艰难。面对咏物词发展的这种现状，张翥在进行咏物词创作时，不仅运用贯通南北的词学视野，而且从审美上主动回归姜夔的咏物词传统，如《水龙吟·西池败荷》：

水宫仙子归来，为谁独立西风背。凌波梦断，可怜零落，一奁环珮。雨叶敲寒，露房倒影，秋声惊碎。问西亭翠被，将愁何处，空留得，余香在。　　最爱双飞白鹭，镇相依、蓼边蘋外。舞衫歌扇，有人绣出，水情云态。西子湖边，越娘舟上，忆曾同采。甚人今未老，花应依旧，约明年再。

又《蝶恋花·柳絮》：

陌上垂杨吹絮罢。愁杀行人，又是春归也。点点飞来和泪洒。多情解逐章台马。　　瘦尽柔丝无一把。细叶青蘋，闲却当时画。惆怅此情何处写。黄昏淡月疏帘下。

《水龙吟》上阕咏物，下阕抒情，"甚人今未老，花应依旧，约明年再"反映出词人在看到西池残败荷花后的一份乐观旷达之情。此处不仅写物，又蕴含着深刻的哲理。因此，咏物与抒情在这里浑然融为一体。

《蝶恋花》一词，借柳絮表达词人对于春归的遗憾，并且运用大家熟悉的典故，使词意在较为浅显的语境下得以呈现。这两首词虽然没有深远的寄托、精工的刻画、肆意的铺陈，但在浅淡中自有一种深远之致，从而达到了姜夔所追求的清空骚雅之境。另外，张翥还有一首《东风第一枝·忆梅》：

> 老树浑苔，横枝未叶，青春肯误芳约。背阴未返冰魂，阳梢已含红萼。佳人寒怯，谁惊起、晓来梳掠。是月斜、花外幺禽，霜冷竹间幽鹤。　　云淡淡，粉痕渐薄。风细细、冻香又落。叩门喜伴金樽，倚阑怕听画角。依稀梦里，半面、浅窥朱箔。甚时得、重写鸾笺，去访旧游东阁。

此词颇得姜夔《暗香》之妙，整首词在意境的表现上清冷淡雅，咏物抒情融为一体，以至杨慎在《词品》中赞道："古今梅辞，以波仙《绿毛幺凤》为第一，此亦在魁选矣。"[①] 在回归姜夔审美理想传统的过程中，张翥咏物词突破入元南宋遗民词人咏物词创作的樊篱，从而建立起有自己时代特色的咏物词创作传统。

张翥在南宋遗民词人咏物词创作的较高基础上，以贯通南北的词学视野、"转益多师式"的创作姿态，主动向姜夔咏物词的审美理想回归，从而形成其清空雅致、浅显浑融的咏物词风格。可以说，在曲化之风影响元代词坛的过程中，张翥咏物词依然保留了咏物词的固有传统，他自己也成为元代咏物词的集大成者。

张翥年近六十才以"隐逸"身份被朝廷征召，之前的岁月，张翥一直生活在南方，而且活动于南方文坛。在明朝大将徐达占据大都之前，张翥去世。可以说，他见证了元朝由建立到灭亡的全过程。人生的最后二十几年，张翥活跃于大都文坛，由此，他也沟通了南北文坛。张翥词虽"欲求一篇如梅溪、碧山之沉厚，则不可得矣"，然"元词之不亡者，赖有仲举耳"。"自仲举后，明代绝少作者，直至国朝词，为之中

---

① 〔明〕杨慎：《词品》卷二，王云五主编：《丛书集成初编》第二千六百七十五册，上海：商务印书馆，1936年，第108—109页。

兴，益信仲举之词，风骨之高，直绝响三百余年。"①由此可见，张翥一生的历程不仅使他成为见证整个元朝重要的人物，而且活跃于南北文坛的人生经历，也使其词学成就成为融合南北词风之关键人物，作为"元代词宗"实属当之无愧。

第三节　同题集咏

杨镰先生在《元诗史》中谈到："元诗的一个特点是：社会人群（相识也罢，不相识也罢，甚至毫无干涉、南北隔绝）因赋咏同一个题目，而纳入一个共同的文化圈。这，就是诗人的同题集咏。"②其实，元词也是这样一种情况。元初有《乐府补题》唱和，收录了宋末元初十四位词人的咏物词。龙涎香、白莲、莼、蟹、蝉诸咏非区区赋物而已，皆寓其家国无穷之感。各位词人所使用的典故与意象多有重复，词意句法也颇为相似，惝恍迷离，题旨隐晦而哀感无端，风格十分一致，其中充满了亡国之痛、故国之思与身世之感，寄慨遥深，婉转多讽。

《乐府补题》是一本咏物词集，收录了包括张炎、周密、仇远、王沂孙、陈恕可、李彭老在内等十四人的三十七首词作，词旨幽微，寄意遥深。当时仇远、陈恕可尚未仕元。王沂孙至元中期出任庆元学正，此时或将致仕归乡，其《摸鱼儿·紫云山房拟赋莼》云："江湖兴，昨夜西风又起。年年轻误归计。如今不怕归无准，却怕故人千里。""却怕故人千里"一句表达了他不怕与故人相隔千里，而是怕被故人拒之于千里，不过王沂孙致仕之后，与故人往来依然很频繁。张炎《湘月》序云："余载书往来山阴道中，每以事夺，不能尽兴。戊子冬晚，与徐平野、王中仙曳舟溪上……"王沂孙死后，他作词哀悼，也表明了他们之间深厚的友情。

谈到元词的同题集咏，在北方词坛，当然要从元好问谈起。当他写了《摸鱼儿》之后，他的朋友纷纷唱和，李治就是其中一位。他受到元

---

① 〔清〕陈廷焯：《云韶集》卷十一，清代王氏晴霭庐钞本。

② 杨镰：《元诗史》，北京：人民文学出版社，2003年，第624页。

世祖的赏识，与当时的元好问、张德辉并称为"封龙山三老"，与元好问并称"元李"。他写了两首《摸鱼儿》与元好问相唱和，其一：

雁双双、正飞汾水，回头生死殊路。天长地久相思债，何似眼前俱去。摧劲羽。倘万一幽冥，却有重逢处。诗翁感遇。把江北江南，风嗦月唤，并付一丘土。　　仍为汝。小草幽兰丽句。声声字字酸楚。拍江秋影今何在，宰木欲迷堤树。霜魂苦。算犹胜、王嫱青冢贞娘墓。凭谁说与。叹鸟道长空，龙艘古渡。马耳泪如雨。

其二：

为多情、和天也老，不应情遽如许。请君试听双蕖怨，方见此情真处。谁点注。香潋滟银塘，对抹胭脂露。藕丝几缕。绊玉骨春心，金沙晓泪，漠漠瑞红吐。　　连理树。一样骊山怀古。古今朝暮云雨。六郎夫妇三生梦，肠断目成眉语。须唤取。共鸳鸯翡翠、照影长相聚。西风不住。恨寂寞芳魂，轻烟北渚。凉月又南浦。

杨果和《摸鱼儿·同遗山赋雁丘》：

怅年年、雁飞汾水，秋风依旧兰渚。网罗惊破双栖梦，孤影乱翻波素。还碎羽。算古往今来，只有相思苦。朝朝暮暮。想塞北风沙，江南烟月，争忍自来去。　　埋恨处。依约并门旧路。一丘寂寞寒雨。世间多少风流事，天也有心相妒。休说与。还却怕、有情多被无情误。一杯会举。待细读悲歌，满倾清泪，为尔酹黄土。

虽然这几首词没有元好问的词影响深远，但是写得同样情真意切，写出了世间爱情的凄婉悱恻和爱而不得的遗憾。

陈思济（1232—1301），字济民，号秋冈，柘城（今属河南）人。元世祖在潜邸闻其名，召被顾问，继位后，除右司都事等职。至元十七年，曾出访道教圣地洞霄故宫，作《木兰花慢》纪行：

望西南之柱，插天翠，一峰寒。尽泄雾喷云，撑霆挂月，气压群山。神仙。旧家洞府，但金堂、玉室画中看。苔壁空留陈迹，碧桃何处骖鸾。　　兵余城郭半凋残。制锦古来难。喜村落风烟，桑麻雨露，依旧平安。兴亡视今犹昔，问渔樵、何处笑谈间。斜倚西风无语，夕阳烟树空闲。

　　这首词写于至元十七年秋七月二十二日，即1280年，词人来到道教圣地洞霄故宫，这里在经历乱之后虽略显凋残，但是让人欣喜的是"喜村落风烟，桑麻雨露，依旧平安"，词人于是感慨兴亡古今一样，一切都付笑谈中。斜倚西风，此时没有太多的语言，唯见夕阳烟树。整首词词人淡笔勾勒，词中自有一种闲淡雅静之美。

　　李德基、赵若秀、刘元纷纷以《木兰花慢》相和，李德基和词为：

　　访仙家洞府，仰天柱，彻高寒。对百尺飞湍，四围乔木，九锁青山。危亭晚来极目，胜王维、三昧画中看。何处朝元会宴，时闻命驾回鸾。　　桃花临水已凋残。别后见应难。叹昨日秦宫，今朝汉苑，一梦槐安。征鞍欲留无计，恐仙棋、一局换人间。羡杀知还倦鸟，白云相对空闲。

　　又赵若秀《木兰花慢》：

　　看洞天福地，秋气爽，湿衣寒。对九锁峰高，擎天一柱，壮观杭山。岩前。旧遗仙迹，幻云根、直作画图看。多少乔松古木，真如舞凤飞鸾。　　西风匹马夕阳残。行路肯辞难。便乘此清游，欲寻仙去，心与身安。班超侯封万里，笑虚名、牢落满人间。试问潺潺流水，无心争似云闲。

　　又刘元《木兰花慢》：

　　问神仙何处，寻溪路，水声寒。此福地灵岩，西南天柱，洞府名山。翠蛟对谁或舞，更岩飞、龙凤骇人看。见说丹成仙去，当年跨鹤乘鸾。　　浮生贪胜似棋残。一著省时难。便采药眠云，吟风对月，醉酒长安。一任流行坎止，又何须、汩汩利名间。试与林泉相约，几时容我投闲。

在和词中，三位词人通过对仙家洞府洞霄故宫的描写，写出了这一处道教圣地的美，"对百尺飞湍，四围乔木，九锁青山"、"多少乔松古木，真如舞凤飞鸾"、"此福地灵岩，西南天柱，洞府名山"几句更是表现出了洞霄故宫作为道家修行圣地的不同凡响，下阕以"桃花临水已凋残"、"西风匹马夕阳残"、"浮生贪胜似棋残"起句，在昨日秦宫、今朝汉苑和一局换人间的感叹中，写出了世事多变，于是词人产生一种"无心争似云闲"、"几时容我投闲"的归隐之感。

陆行直（1273—1347后），字季道，一字甫之，别号胡天居士，姑苏（今江苏苏州）汾湖人，长于书画。有家妓名卿卿，以才色见称，友人张炎作古词赠之。二十一年之后，陆行直以翰林典籍致政归，卿卿、张炎皆成故人，画《碧梧苍石图》，友人纷纷作《清平乐》题卷。他在词序中谈到，友人张炎曾经赠他一首词："侯虫凄断。人语西风岸。月落沙平流水漫，惊见芦花来雁。可怜瘦损兰成，多情因为卿卿。只有一枝梧叶，不知多少秋声。"他于至治元年，即1321年仲夏二十四日，与治仙西窗夜坐，戏作《碧梧苍石》。转眼间二十一年过去了，如今卿卿、张炎都成故人，恍如隔世，于是写下《清平乐·题碧梧苍石图》这首词，以记录自己一时之感慨。

楚天云断，人隔潇湘岸。往事悠悠江水漫，怕听楼前新雁。　深闺旧梦还成，梦中独记怜卿。依约相思碎语，夜凉桐叶声声。

当陆行直题写这首词之后，当时很多文人纷纷效仿题写，陆留有：

斜阳目断，秋晚芦花岸。去信来音俱散漫，阵阵新寒惊雁。　愁将梧石描成，寄情只为思卿。笔下淋漓水墨，满空雨响风声。

王铉有：

柔肠先断，舟系汾湖岸。别恨离愁秋水漫，写入数行新雁。　幽闺兰梦初成，犹将小字呼卿。几点梧桐夜雨，一天霜月砧声。

郝贞题写两首：

因缘未断，江上湖平岸。心事留连烟水漫，愁见天边孤雁。　买兰和粉方成，因何辜负芳卿。老树不禁风落，寒猿夜夜哀声。（其一）

暮云飞断，潮落吴江岸。忆昔佳人愁思漫，那更楼头闻雁。　此时有意还成，争知恼杀兰卿。画作碧梧苍石，至今图得风声。（其二）

叶衡有：

翠屏香断，梦绕潇湘岸。旧恨不禁愁汗漫。分付秦筝斜雁。　吴笺赋恨难成，丹青恼杀苏卿。一片碧梧苍石，谁教写出秋声。

卫德嘉有：

彩云飞断，愁思茫无岸。落日平芜烟水漫，又见去年归雁。　琵琶旧曲难成，风流谁复如卿。满耳碧梧秋雨，浔阳江上哀声。

施可道有：

峡云飞断，锦石秋花岸。犹记尊前情烂漫，脉脉慵移筝雁。　碧梧图子谁成，主人以墨为卿。莫道凤枝栖老，西风长寄新声。

曹方父有：

断肠肠断，愁满斜阳岸。远水遥山情浩漫，春燕参差秋雁。　夜长闲梦空成，离魂不遇君卿。月转梧桐有影，天高河汉无声。

卫德辰有：

紫箫音断，睡起乌纱岸。梦峡飞云空汗漫，又负一番秋雁。　捻沙尚拟圆成，风流不减耆卿。怕听苍梧夜雨，等闲写入无声。

赵由俊有：

> 楚云迷断，桃叶江南岸。春去秋来情漫漫，愁绝一行新雁。　锦书欲寄双成，殷勤为谢芳卿。明月碧梧凉夜，有谁知度箫声。

陆承孙有：

> 吴山梦断，依旧江南岸。惊起湿香飞汗漫，倦听徘徊哀雁。　神游极表难成，屏帏曲曲如卿。深院吟蛩疏雨，断肠声外生声。

徐再思有：

> 西风吹断，帆迥浔阳岸。水影碧涵天影漫，倒印片云孤雁。　琵琶旧谱新成，舟中应有苏卿。愁耳不堪重听，声声又复声声。

竹月道人有：

> 寸肠愁断，目送斜阳岸。枫落吴江秋水漫，盼杀南来征雁。　绮窗好梦初成，梦回想见卿卿。明月西风夜冷，苍梧乱影多声。

刘则众有：

> 杨枝歌断，春老莺湖岸。可笑杨花飞漫漫，却作芦花孤雁。　国香欲赋难成，向来错怨轻卿。纵使此心如石，不禁梧叶离声。

当时，共十四位词人题写了十五首《清平乐·题碧梧苍石图》词，其中，赵由俊是赵孟頫的侄子；徐再思，别号甜斋，是著名的元曲家，与贯云石齐名，所作散曲以"酸甜乐府"并称；竹月是道士，尽管有些人名籍不详，但由此仍可看出作为书画家陆行直《碧梧苍石图》在当时影响之大，使得他的朋友们纷纷集咏。这首词在艺术创作方面谈不上成就有多高，但是他与家妓卿卿、文人张炎的深厚情谊以及这首词所表达出的时间流逝中的恍如隔世感，却是最触动人心的地方，这也是大家题写的重要原因，也成为目前留存元词中的一次大型的同题集咏。

大德六年即 1302 年，十一月，赵孟頫为钱德均画《水村图》，一时名人纷纷题跋成卷，束从周有《小重山·题水村图》：

杨柳丝丝两岸风。前村溪路远，小桥通。人家依约水西东。舟一叶，移过荻花丛。　　清景迥涵空。好山青未了，暮云重。是谁惊起几征鸿。天然趣，却在画图中。

陆祖允有《菩萨蛮·题水村图》：

当年图画知何处，如今身向沧洲住。吾亦爱吾庐，芸窗几卷书。青山天际小，目送飞鸿杳。试问钓鱼船，芦花浅水边。

汤弥昌有两首，其一为《虞美人·题水村图》：

翰林妙写溪村趣。茅屋知何处。溪翁想像住溪湾。一笑如今，家在画图间。　　西风门掩芦花溆。聊与渔家伍。人间不信有张翰。剪取吴淞，空向卷中看。

其二为《祝英台近·题水村图》：

染秋云，图泽国，野趣入游戏。能事何须，五日画一水。重重杨柳陂塘，茅茨篱落，鲈乡外、西风渔市。　　晚烟霁。恰有客泛扁舟，延缘度疏苇。欲访幽居，宛在碧溪尾。浩然目送飞鸿，醉歌欸乃，溪光里、乱山横翠。

《虞美人·题水村图》写于延祐丁巳，即 1317 年的中秋节，这首词不仅写出了村居生活的乐趣，而且表达了人们对村居生活的向往之情，而《祝英台近·题水村图》描写则更加细腻生动，图中有茅茨村落，有西风渔市，而且有客人乘着扁舟而来，静态中蕴含着动态之美，最后，"溪光里、乱山横翠"一句则又大气磅礴，画面由近及远，引起人们无数的遐想。

赵孟頫曾在《王右军思想帖》后跋云，大德二年（1298）二月二十三日，霍肃清臣、周密公瑾、郭天赐佑之、张博淳师道、廉希贡端甫、马昫德昌、乔簧成仲山、杨肯堂子构、李衍仲宾、王芝子庆、赵孟頫子昂、邓文原善之，集鲜于伯几池。佑之出《右军思想帖》真迹，有龙跳天门、虎卧凤阁之势，观者无不咨嗟叹赏，神物之难遇也。这是一次以书会友的宴会雅集，也是一次代表着南北交流的文化活动，参与者身份多样，既有廉希贡这样的蒙元官员，也有周密这样的南宋遗民，还有张伯淳、赵孟頫这样的仕元南人。他们身份虽然各异，政见也大不相同，却因共同的兴趣爱好而聚在一起，有时是因为诗词，有时是因为书画，南北文人的交流互动在元代成为了一件司空见惯的事情。

元成宗初年，宋远、滕宾、周景、刘将孙、萧烈邂逅古洪，流连数月，告别时以"重与细论文"为韵，分别赋《意难忘》词一阕，收入《名儒草堂诗余》卷中，宋远有《意难忘·分韵得重字》：

鸡犬云中。笑种桃道士，虚费春风。山城看过雁，春水梦为龙。云上下，燕西东。久别各相逢。向夜深，江声浦树，灯影渔篷。　　旧游新恨重重。便十分谈笑，一样飘蓬。诗书摧意气，丹鼎赚英雄。年未老，世无穷。春事苦匆匆。更与谁，题诗药市，沽酒新丰。

滕宾有《齐天乐·与字韵》：

片帆呼渡西山曲，匆匆载将春去。路人苍寒，浪翻红暖，一枕欹眠烟雨。酒朋诗侣。尽醉舞狂歌，气吞吴楚。一样风流，依然犹是晋风度。　　人生如此奇遇。问老天何意，五星来聚。句落瑶毫，香霏宝唾，惊倒世间儿女。渭川云树。怅后夜相思，月明何处。怕有新诗，雁来烦寄与。

周景有《水龙吟·细字韵》：

人生能几相逢，百年四海为兄弟。旧时青眼，今番白发，年华危涕。春更无情，抛人先去，杨花无蒂。况江程渐短，别期渐紧，须重把、兰舟系。　　幸自清江如画，指黄垆、流莺声细。沧波如许，平芜何处，明朝迢递。何预兴亡，不如休去，墙阴挑荠。且相期共看，蓬莱清浅，更三千岁。

刘将孙有《忆旧游·论字韵》：

正落花时节，憔悴东风，绿满愁痕。悄客梦惊呼伴侣，断鸿有约，回泊归云。江空共道惆怅，夜雨隔篷闻。尽世外纵横，人间恩怨，细酌重论。　　叹他乡异县，渺旧雨新知，历落情真。匆匆那忍别，料当君思我，我亦思君。人生自非麋鹿，无计久同群。此去重销魂，黄昏细雨人闭门。

萧烈有《八声甘州·文字韵》：

可怜生，飘零到荼蘼，依然旧销魂。残春几许，风风雨雨，客里又黄昏。无奈一江烟雾，腥浪卷河豚。身世忽如叶，那自清浑。　　莫厌悲歌笑语，奈天涯有梦，白发无根。怕相思别后，无字写回文。更月明洲渚，杜鹃声里，立向临分。三生石，情缘千里，风月柴门。

正如宋远在题序中所记，"感意气之相期"、"写情词以为别"，"托光华之日月，纵挥洒之云烟，岂无知言，为我回首"，朋友久别重逢，欣喜之情难以言表，"旧时青眼，今番白发"一句写出了岁月的流逝和人世的沧桑，一起题词饮酒，怡然自得，分别之时，依依不舍之情难以言表。词人通过这些词，留下了他们之间深厚友谊的文字记录。

元末，刘性初以"破窗风雨"自居，集乡贤题跋成卷，金绹写《踏莎行·题破窗风雨图和王筠庵韵》：

草带残编，荷衣断袂。破窗风雨深深闭。江南倦客正思家，灯花摇梦来乡里。　　翠竹檐前，碧蕉丛里。秋声斗合愁声碎。不教潘鬓总成霜，也应有泪如铅水。

张翥有《踏莎行·题破窗风雨图和王筠庵韵》：

檐宿吴云，风经楚袂。门深不似春宵闭。碧疏吹溜湿灯花，客乡无梦寻珂里。　　蒻韭吟遥，听潮浪里。江悬漏杏归心碎。相思鸠外绿蓑寒，一帘蕉响秋入水。

据明代朱存理《珊瑚木难》卷二记载，钱塘人杨明也曾题《题破窗风雨》，但是该词未留存下来。

顾瑛（1310—1369），又名顾阿英、顾德辉，字仲英，号金粟道人，昆山（今江苏太仓）人。家富资财，年逾四十，将旧业尽付子侄，于宅邸之西重建馆阁，原名"小桃源"，落成后为"玉山佳处"，即玉山草堂，在此款待诗友，定期行觞咏之会。明初流放中都临濠，病死于流放之地。所作结为《玉山璞稿》二十卷，传世仅二卷，存词四首。

谈到顾英，就不得不提玉山雅集，他组织的玉山雅集是元代规模最大、影响最为深远的文人雅集，据记载："元季知名之士列其间者十之八九。考宴集唱和之胜，始于金谷、兰亭，园林题咏之多，肇于辋川、云溪，其宾客之佳，文词之富，则未有过于是集者。"[①] 由此可见，当时文坛知名之士十有八九都是他的座上宾，诗酒雅集上同题唱和更是很平常的事情，他曾写过《水调歌头·天香词》，在当时也是和者众多。

金粟缀仙树，玉露浣人愁。谁道买花载酒，不似少年游。最是宫黄一点，散下天香万斛，来自广寒秋。蝴蝶逐人去，双立凤钗头。　向樽前，风满袖，月盈钩。缥缈羽衣天上，遗响遏云流。二十五声秋点，三十六宫夜月，横笛按伊州。同蹑彩鸾背，飞过小红楼。

于立有《水调歌头·天香词》：

微红晕双脸，浓黛写新愁。好是霓裳仙侣，曾向月中游。忆得影娥池上，金粟盈盈满树，风露九天秋。折取一枝去，簪向玉人头。　夜如年，天似水，月如钩。只恐芳时暗换，脉脉背人流。莫唱竹西古调，唤醒三生杜牧，遗梦绕扬州。醉跨青鸾去，双阙对琼楼。

岳榆有《水调歌头·天香词》：

风清玉蟾莹，霜薄翠鸾愁。夜深羽衣一曲，如在月宫游。色占名园琪树，香动仙岩贝阙，携手正宜秋。登科当小试，私语更低头。　赤栏桥，金粟影，绣帘钩。荷花六郎模样，消得一风流。遗落文昌籍姓，重叠太妃名字，声价满神州。贮君鸳鸯阁，期我凤皇楼。

陆仁有《水调歌头·天香词》：

露冷广寒夜，唤醒玉真愁。银桥忆得飞度，曾侍上皇游。一曲霓裳按罢，两袖天香归后，人亡已千秋。笑倚金粟树，斜插玉搔头。 忆钱塘，今夜月，也如钩。题诗欲寄红叶，又怕水西流。谁把琵琶弹恨，愁绝多情司马，不是在江州。醉饮玉山里，有雾绕飞楼。

张逊有《水调歌头·天香词》：

玉树后庭曲，千载有余愁。碧月夜凉人静，曾赋采华游。玉露细摇金缕，香雾轻笼翠葆，折下一天秋。张绪总能老，还自锁眉头。 把鸾笺，裁绣句，写银钩。回文巧成锦字，长恨与江流。漠漠梁间燕子，款款花边蝴蝶，梦觉却并州。独感旧时貌，还复照西楼。

另外，桐花道人吴国良，曾经在风雪中自云林来看顾瑛，将所持的桐花烟赠送给他，并在玉山佳处驻留数日。至正十年（1350）腊月二十二日，天空放晴，"相与同坐雪巢，以铜博山焚古龙涎，酌雪水烹藤茶。出万壑雷琴，听清癯生陈惟允弹石泉流水调"。此时，道人拿出所携卷，索和民瞻石先生所制《清平乐》。顾瑛邀在座郯云台同和，他自己写下《清平乐·题桐花道人卷和韵》：

凤箫声度，十二瑶台暮。开遍琼花千万树，才入谢家诗句。 仙人酌我流霞，梦中知在谁家。酒醒休扶上马，为君一洗筝琶。

郯云台即郯韶，经常出入玉山草堂，与张雨、顾瑛、杨维桢、倪瓒、危素等唱和酬答，作《清平乐·题桐花道人卷和韵》：

湘云微度，六曲朱栏暮。帘外香飘梅子树。知有王维索句。 谁将琼管吹霞。柳花飞过东家。说与门前去马，断肠休为琵琶。

来到玉山草堂的文人，彼此诗词唱和，以文会友。随着元末战火四起，玉山雅集终究随着历史的烽烟而消失，但是，文人们在玉山草堂雅集的文采风流却成为元代文学史上熠熠生辉的文坛佳事。

另外，《扬州琼华集》卷三收录《琼花词》，也属于元末文人的同题集咏，王哲是云南人，丘汝成、张月潭是扬州人，王舜耕籍贯不详，但是他们都写了《琼花词》，如王哲《风入松·琼华词》：

此花天下料应无，一株独在江都。根蟠后土余千载，东风暖，花蕊齐敷。九朵圆，攒香玉，中心巧缀真珠。　　溶溶晓露漫沾濡。玉液漱云腴。游人载酒频来赏，留题处，多是名儒。自有花神管领，不同凡卉荣枯。

丘汝乘有《风入松·和王哲琼华词》：

人间玉树古来无，何年移下仙都。扬州土暖春来早，一天雨，生意先敷。巧琢花，成玉瓣，香含半吐琼珠。　　先天玉液久涵濡。容貌自清腴。笙歌虽近豪华客，听吟咏，尤爱文儒。自是灵钟后土，天根万古难枯。

张月潭有《失调名·琼华词》：

百紫千红万翠，惟有琼花，独占扬州贵。似当年，唐昌观中玉蕊。尚记得，月里仙人来赏，醉中不觉遗琼珮。　　风度天香，犹胜一枝丹桂。曾向无双亭下，半酣独倚，似梦觉时，援笔留题。回首瑶台十二，犹想飞琼标致。

王舜耕有《玉楼春·琼华词》：

无双亭上春来早，玉蕊琼枝开遍了。洗清花朵露才晴，远送天香风透晓。　　阑干尽日笙歌绕。载酒爱花人不少。六街夜市醉扶归，二十四桥星月皎。

陈廷瑞有《壶中天·琼华词》：

无双亭上，问花神何日，谪来人世。倚贯瑶台高十二，天赋一般清致。香透琼肌，花盈玉貌。敉淡偏娇媚。春风容与，信然天下无对。　芳名久擅扬州，王孙公子，宴赏争欢会。尽日笙歌，聒得人人醉。十里珠帘，万家灯火，夜市才归去。年年如此，太平共乐千岁。

琼花，又称聚八仙、蝴蝶花、牛耳抱珠，四五月间开花，花大如盘，洁白如玉。琼花盛名已久，产于扬州，扬州自古繁华，历来是文人荟萃之地，于是有了《扬州琼花集》。这些词人以琼花为描写对象，不仅写出了它的与众不同，而且也写出了琼花的独特品质。虽然是同咏一物，但是他们运用了不同的表现技巧来衬托人们对琼花的喜爱之情。

另外，在《金精风月》卷下"词类"中，收录了赵玉庵等人咏金精山的词作，如赵玉庵的《声声慢》：

金精石老，玉洞天深，消除几緉山屐。曾笑痴儿谩指，仙桃相觅。当时凿开藓晕，阅千年未应云隔，飞雨过，趁松风，十里生我凉翮。　最是君家占断，箦谷邃，隐抱翠岚浓滴。底处藏云，想见星辉东壁。客来访猿问鹤，许磨崖，真记行迹。宁欠个，武夷仙吹起铁笛。

又曾牧庵《声声慢》：

凉飚散暑，潺雨锁烟，山灵似趣游屐。情思潇潇千里，水云堪觅。山川自今自古，算人生总成乖隔，乘兴好，笑渠侬，喝道惊残飞翮。　莫问金莲坠片，仙梦远，看他鹤悬泉滴。侧径萦纡，别有瀑流天壁。轻舟倩谁荡桨，断崖边，已无尘迹。归骑杳，听林花深蔼暮笛。

又曾楚山《瑞鹤仙》：

玉鸾西去远，但云岑、十二尚留葱蒨。浮尘锁危栈。看幢绡低约，雾沉香卷。楼船不返，鲍魂归、江南路断。祗番君、几劫痴情，种得蕙烟如线。　凝盼。虹泉常喷，鹤驭犹悬，四时随转。金莲坠片，愿从此，镇长见，怕桃餐。剩颗前峰又化，洞户难寻一扇。笑阳台、好梦初回，峡云易散。

又王芳洲《水龙吟》：

一旬两度游山，马蹄踏破芭蕉影。剑峰细看，唐碑细读，岩泉细听。石罅天深，池心雪化，洞中云冷。纵双桃不怪，群梅也笑，应不似，初来胜。　绝顶莲花不嫁，任东风、绿情红性。铁崖可凿，木钟能响，玉山难并。殿鹤凌空，野猿号雨。林鸦啼暝。又催人，归兴匆匆，恨杀数声仙磬。

又丘菊岩《洞仙歌》：

穿青缭翠，有云缄雾里。谁擘飞泉迸崖破。见冰花、舞雪冷嘤瑶枰。闲痴想，云外双桃婀娜。自番君梦断，峰上莲花，无主红香暗飞堕。谩铜钟不韵，木鹤慵飞。人世迥，谁更幽寻。如我那、宝殿苍苍碧苔深，但时见青猿，来窥崖果。

如果说元诗的"同题集咏"涉及月泉吟社咏"春日田园"、咏物诗、西湖竹枝词、宫词、上京纪游诗和咏梅等，元词的"同题集咏"则涉及了咏爱情故事、咏山水、咏画、文人欢会分韵题词和玉山草堂文人的同题集咏。处于元代这样一个多民族多文化交流和融合的时期，南北文人之间的"同题集咏"不管他们彼此之间认识与否，都有了更加特殊的意义，这已经超越了文学创作本身的价值，成为元代文学值得关注的文学现象。

第八章

释道词人群

在元代，出现了大量释道词人。《全金元词》收录了张雨、原秒、善住、明本、梵奇、李道纯、朱思本、吴真人、王惟一、王玠等人的二百余首词作。《全元词》在出版说明中指出，按照杨镰《全元词·凡例》的标准："无名氏词和断句、文学作品人物所作词、宗教教理词、竹枝词和宫词不予收入。因此唐圭璋先生的《全金元词》中所录的郑禧、吴氏女（以上见于《春梦录》）、张玉娘（见于《兰雪集》）、高氏（见于《尧山堂外纪》）、释梵琦、高道宽、宋德方、王志谨、姬翼、李道纯、苗善时、冯尊师、三于真人、刘铁冠、牛真人、吴真人、皇圃真人、李真人、杨真人、范真人、潜真子、纸舟先生、云阳子、牧常晃、王惟一、林辕、王玠、陈益之、无名氏（若干），以及今人补辑的张秉彝、何道全、白云法师之作，均未编入本编中。宗教人士丘处机原只收录六首不同于宗教教理的词，今不作删汰。"①在释道词人中，存词较多的有丘处机、尹志平、张雨等人。

第一节 释子词人

元代释子词人尽管存词不多，但是，他们是元代词史的一个重要组成部分。其中，释善住、明本是其中存词相对较多的词人，他们在词中同样记录了自己对人生的感悟。

---

① 杨镰：《全元词·凡例》，北京：中华书局，2019 年，第 1 页。

释善住（1278—约1330），字无住，号云屋，吴郡（今江苏苏州）人。元代高僧，往来吴淞江上，与仇远、宋无、赵孟頫、虞集等人唱和，长于近体诗，尤喜作绝句。他自云："典雅始成唐句法，粗豪终有宋人风。"曾居郡城报恩寺。有《谷响集》传世，存词十三首。

他的存词中，节序词较多，一年四季春夏秋冬在词中都有描写，如《临江仙·春暮》：

燕子穿帘深院静，画阑飞絮濛濛。砌苔柔绿衬残红，问春何处，移在柳阴中。　　老至十分诗思减，膝间闲理丝桐。曲终声尽意无穷。杜鹃开了，余恨寄南风。

又《浣溪沙·夏日》：

帘卷薰风夏日长。幽庭脉脉橘花香。闲看稚子弄莺簧。　　四月雨凉思御夹，三吴麦秀欲移秧。不知身在水云乡。

又《卜算子·秋夕》：

夜月照西风，露冷梧桐落。扬子江头朔雁飞，黄葛终难著。　　促织吊青灯，远梦惊初觉。拟抚窗间绿绮琴，寂寞无弦索。

又《菩萨蛮·灯夕次韵》：

当年老子逢佳节，万户华灯连皓月。和气满江城。喧喧队子行。　　掩关聊共坐，静对沉香火。一笑尽君欢，闲心无两般。

不同的时节，在词人笔下有不同的美，春日的情思、夏日的悠长、秋日的晚风、灯夕的热闹，词人通过简单地描述勾勒出来，读来清致淡雅。

善住喜欢游历，他到苏州虎丘，写了《朝中措·虎丘怀古》：

芳塘水满绿杨风，台殿隐朦胧。几度春来幽径，马蹄踏碎残红。　　寂寥广坐，尘埃漠漠，客散堂空。讲石雨苔侵遍，九原谁起生公。

尽管善住存词不多，但创作的内容却很广泛，咏物词有《忆王孙·咏柳》，题画词有《朝中措·桃源图》，甚至为雕銮匠写了一首《谒金门》：

天赋巧。刻出都非草草。浪迹江湖今欲老。尽传生活好。　　万物无非我造。异质殊形皆妙。游刃不因心眼到。一时能事了。

在次韵词《少年游》中，他用调侃的笔调写了自己的一生。

顶中玄发已成丝，回首不如归。浪宕人间，蹉跎岁月，清梦绕西池。　　百年光景无多日，七十古来稀。物外闲身，眼前尘事，休把误心期。

此时的释善住，已经是七十多岁，知道自己来日无多，于是发出了"物外闲身，眼前尘事，休把误心期"的感叹。

释明本（1263—1323），号中峰，钱塘（今浙江杭州）人。出家于吴山圣水寺，后住天目山，师从高僧原秒。元贞年间，继原秒主持大觉寺。曾游历江南，与冯子振、赵孟頫和贯云石等名流交往唱和。有《中锋广录》三十卷存世，元统二年诏入佛藏，存词十一首。

他的词为《行香子》组词，其中有写山居生活的，如：

玉殿琼楼。金锁银钩。总不如、岩谷清幽。蒲团纸帐，瓦钵磁瓯。却不知春，不知夏，不知秋。　　万事俱休。名利都勾。罢攀缘、永绝追求。溪山作伴，云月为俦。但乐清闲，乐自在，乐优游。

又《行香子》：

大槿篱笆。雪屋梅花。香馥馥、疏影横斜。久辞阛阓，识破浮华。有云门饼，金牛饭，赵州茶。　　验尽龙蛇。凡圣交加。喜清贫、不爱纷拏。孤窗独坐，目对天涯。闲伴清风，伴明月，伴烟霞。

通过这些词，词人写出了作为一名释子不知春夏秋冬、名利俱休、心如止水、清闲自在的山居生活，但是，词的语言略显口语化，无形中也破坏了词的含蓄之美。

> 水竹之居。吾爱吾庐。石粼粼、乱砌阶除。轩窗随意，小巧规模。却也清幽，也潇洒，也安舒。　　懒散无拘。此等如何。倚阑干、临水观鱼。风花雪月，赢得工夫。好炷些香，图些画，读些书。

释妙声（1308—？），字九皋，吴县（今江苏苏州）人。景德寺僧，元至正年间移常熟慧日寺。洪武初期，主江半禅寺。洪武三年，与释万金同被征召至京师。卒于洪武十六年以后。工诗文，有《东皋录》七卷等，存词二首。

有《菩萨蛮·题刘阮图》：

> 白云满地迷行路，溪流百折无由渡。水上见胡麻，有人双浣纱。　　仙家知已近，失喜惊相问。洞口碧桃开，郎君何处来。

又《忆秦娥·为沈东林题画》：

> 山中乐，白云瑶草黄金药。黄金药，流霞片片，共君斟酌。　　东林道士清如鹤，高情逸兴将谁托。将谁托，陶潜松菊，谢鲲丘壑。

不管是刘阮图，还是陶潜松菊，表现的都是远离世俗的隐居生活，这是词人的一种人生追求，同时也和他的释子身份非常契合。

释大伟写了《沁园春·寄紫泉》：

> 渥洼水边，一脉紫泉，产兹英雄。似汉时文体，班扬地步。晋人书法，羲献家风。挥尘高谈，岸巾长啸，寰海知名马治中。人都道，更展其逸足，冀北群空。　　一朝林下从容。便倾盖相忘达与穷。看珠玑万斛。异光照眼，虹霓千丈，豪气蟠胸。廊庙真才，蓬瀛仙品，天上文星世罕逢。从今日，且同宣教化，竟至三公。

僧仲璋"落魄嗜酒，滑稽玩世，颇为时人所爱"，他存词一首，白朴曾经在词前写序："中秋重九，人家佳节也。古今赋咏固多，予早年尝记僧仲璋《九日述怀》一篇，与此篇格相同，恐岁久无传，就附于此。"为《念奴娇》：

> 消磨九日，算年年、惟有黄花白酒。把酒簪花能有几，七十光阴回首。人寿难期，酒杯有限，花色应如旧。花秾酒酽，问君著甚消受。　　彭泽千古英魂，有花能折，有酒能倾否。万事悠悠输一醉，花酒休教离手。明日西风，阑珊酒尽，憔悴花枝瘦。酒肠花眼，正宜年少时候。

释英（约1255—1341），字实存，号白云，钱塘（今浙江杭州）人。早年喜为诗，出游闽海、江淮、燕汴。一日登径山，闻钟有感，便出家为僧，结茅天目山中，后住阳山福岩精舍。有诗集《白云集》四卷传世，赵孟頫在至大二年曾将其所作《望江南》净土词十二首，书写成卷，流传至今。

第二节　丘处机与前期道士词

尽管元朝统治者信奉佛教，但是在成吉思汗、忽必烈时期，道教也受到了极大尊重，其中的代表人物早期有丘处机、尹志平等人，后期有张雨，他们均创作了大量词作，并在元代释道词人中留下了浓墨重彩的一笔。

丘处机（1148—1227），字通密，道号长春子，登州栖霞（今属山东）人，全真道教"七真"之一。元太祖十五年，率门徒应召西行。太祖十七年，拜见太祖成吉思汗于西域雪山，为太祖嘉许。太祖十九年，还归燕山之长春宫，享年八十岁。著有《磻溪集》等，存词一百五十四首。

在这些词中，丘处机写了自己的经历，少年离家，纵心物外，在辗转飘蓬中寻求道法。西入陕西关中的十五余年中，"圣贤是则，填茔罢修，考妣枯骸，孰加怜悯。迩闻乡中信士，勠力葬之，怀抱不胜感激，无以为报"，于是，写下了《满庭芳》，表达了他对乡人的感激之情。

幼稚抛家，孤贫乐道，纵心物外飘蓬。故山坟垄，时节罢修崇。幸谢乡豪并力，穿新圹、起塔重重。遗骸并，同区改葬，迁入大茔中。　　人从。关外至，皆传盛德，悉报微躬。耳闻言，心下感念无穷。自恨无由报德，弥加志、笃进玄功。深回向，虔诚道友，各各少灾凶。

又《无俗念·居磻溪》：

孤身蹭蹬，泛秦川、西入磻溪乡域。旷谷岩前幽涧畔、高凿云龛栖迹。烟火俱无，箪瓢不置，日用何曾积。饥餐渴饮，逐时村巷求觅。　　选甚冷热残余，填肠塞肚，不假珍羞力。好弱将来糊口过，免得庖厨劳役。壮贯皮囊，熏蒸关窍，图使添津液。色身轻健，法身容易将息。

在居磻溪的日子里，他的生活是非常清苦的，不仅要忍受孤身一人的寂寞，而且饿了渴了得自己去村巷求觅，但他不计较饭菜的冷热，只要能填饱肚子即可，词人在这种生活中自得其乐，认为这样更容易修道。冬天的时候，"寂寞山家孤悄悄"，整日更是连个说话的人都没有。长夜漫漫，词人难以入眠，听着窗外的朔风凄冽吹过。白天到西村求饭，一路上冻得频频用呵气暖手。尽管饥寒交迫，但是心中求道的信念始终支撑着他，希望能够"撞开千古心月"，如《无俗念·岁寒守志》：

同云瑞雪，正三冬、郁闭严凝时节。寂寞山家孤悄悄，终日无人谈说。败衲重披，寒控独坐，夜永愁难彻。长更无寐，朔风穿户凄冽。　　求饭朝入西村，临泉夹道，玉叶凌花结。冻手频呵仍自恨，浊骨凡胎为劣。昼夜参差，饥寒逼迫，早晚超生灭。须凭一志，撞开千古心月。

为了学道，他辗转飘萍，游程万里，在《解冤结·自咏》中有记叙：

当初学道、凭空炼己，志冲天、人间无比。放旷山林，次后复、逍遥云水。过夷门、又临秦地。飘蓬十载，游程万里。度关津、崎岖迢递。事事谙来，但悟了、般般总弃。只随缘、布裘芒履。

关于学道，他写过《望海潮》：

神仙风范，长生门户，从来道德为基。余外万般，留心一念，颠狂造作皆非。真教示开迷。自上古轩辕，龙驾腾飞。代代相传授，至今日，尽归依。　　虚无千圣同规。盖摧残嗜欲，剖判天机。贪利喻仇，观身似梦，娄耽不整容仪。恬素返希夷，任垢面蓬头，纸袄麻衣。行满都抛却，泛寥廓，步云霓。

在丘处机的存词中，有不少述怀词，如《满庭芳》：

漂泊形骸，颠狂踪迹，状同不系之舟。逍遥终日，食饱恣遨游。任使高官重禄，金鱼袋、肥马轻裘。争知道，庄周梦蝶，蝴蝶梦庄周。　　休休。吾省也，贪财恋色，多病多忧。且麻袍葛屦，闲度春秋。逐疃巡村过处，儿童尽、呼饭相留。深知我，南柯梦断，心上别无求。

还有警示示众之词，如警示词《满庭芳》：

百尺危楼，千闲峻宇，艳歌出入从容。幻身无赖，何异烛当风。旧日掀天富贵，当时耀、绝代英雄。百年后，都归甚处，一旦尽成空。　　诸公。闻早悟，抽身退迹，跃出樊笼。念本初一点，牢落无穷。幸遇时平岁稔，偷闲好，消息圆融。忘机处，灵波湛湛，独镇水晶宫。

还有示众词《沁园春》三首，其一：

世事纷纷，似水东倾，甚时了期。叹利名千古，争驰虎豹，丘原一旦，总伴狐狸。枳棘丛中，桑榆影里，乱冢堆堆谁是谁。君知否，谩徒劳百载，空皱双眉。　　争如归去来兮。放四大、优游无所为。向碧岩古洞，完全性命，临风对月，笑傲希夷。一曲玄歌，千钟美酒，日月循环不老伊。童颜在，镇龟龄鹤寿，罢喝黄鸡。

其二：

列鼎雄豪，兔走乌飞，转头悄然。似电光开夜，云中乍闪，晨霜迎日，草上难坚。立马文章，题桥名誉，恍惚皆如作梦传。争如我，效忘机息虑，返朴归原。　　壶中异景堪怜。是别有风花雪月天。玩四时时见，祥云瑞气，三光光罩，玉洞琼筵。满泛流霞，高吟古调，骨健神清丹自圆。真堪爱，待功成一举，永镇飞仙。

其三：

智慧男儿，速悟尘劳，勿将性疲。但此身彼物，皆名幻化，多虚少实，不可追随。万种缠绵，千般汩没，荏苒光阴老却伊。争如向，大玄真教法，讨论希夷。　　乾坤荡荡无依。似一片、闲云出世奇。悟性宗合道，恩山易挫，神舟得岸，苦海难迷。行满功成，仙游羽化，物外何如土底归。无佗事，要升天入地，俱在心为。

他曾经写过《无俗念·长春真人赞武官梨花词》：

春游浩荡，是年年、寒食梨花时节。白锦无纹香烂漫，玉树琼苞堆雪。静夜沉沉，浮光霭霭，冷浸溶溶月。人间天上，烂银霞照通彻。　　浑似姑射真人，天姿灵秀，意气舒高洁。万化参差，谁信道、不与群芳同列。浩气清英，仙材卓荦，下土难分别。瑶台归去，洞天方看清绝。

这首咏梨花的词清雅脱俗，词人将梨花比喻为姑射真人，夸赞它天姿灵秀、意气高洁，自然不能和群芳同列，而且浩气清英、仙材卓颖，自是别具一格，这也表明了词人自己的人生追求。虽然求道之路异常艰辛，但是在词人心中，唯有洞天之地才能看到清绝之境。

尹志平（1169—1251），字太和，道号清和子，东莱（今山东掖县）人。十四岁，从马珏入道。金章宗明昌初，住盘山栖霞观，师从丘处机，受到丘处机的赏识。兴定四年，随丘处机应元太祖成吉思汗之召，远赴西域，写有纪行诗。丘处机去世，嗣主长春宫，继掌全真教事。明正统编刊本《道藏》编入《葆光集》三卷，卷中、卷下存词一百六十九首。

作为丘处机中意的弟子，他在词作中留下了师父的教诲行迹，如《凤栖梧·先师昔日屡言，燕山天下最胜之地，当是时，果葬于斯，以小词记其意耳》：

天下风光何处好。山海潜通，无比燕中道。四海云朋来往绕。先师默悟知还到。　　既入玄门须悟早。谁解修真，此事非草草。天意分明容起庙。燕山千里来怀抱。

又《踏云行·赠长春宫道众》：

智慧男儿，聪明上士。修真幸遇先师指。葆光殿阁对青山，白云堪伴长春子。　　乐道明心，胜看经史。神仙籍上书名字。大家勤苦守灵踪，皇天肯负清高志。

在他的词作中，留下了多首述怀词，如《凤栖梧·述怀》：

天下周游将欲遍。十载区区，恐负先师愿。老也休休人事远。游山玩水随缘转。　　报与知音听我劝。劫运刀兵，个个都亲见。仍自贪求生爱恋。前头路险如何免。

又《一剪梅·述怀赠程老先生》：

学道无成天不悭。虚名滥占，实得应难。从今志气更重加，东望都休，不下西山。　　深谢知交忻峥间。四时不阙，助我衣餐。有时庆会上朝元，功行双全。日赴千坛。

尹志平一直都努力修道，"天下周游将欲遍"，之所以十年间如此辛苦，是害怕辜负了老师丘处机的期望。尽管学道未成，但是他的志气更盛，"东望都休，不下西山"。在《西江月·寄京师道友》中也有过解释，两年的时间，他风尘万里，是不想留下遗憾。

只为功亏行阙，故教不免东西。自从别后二年期。路转风尘万里。　　词寄燕山道众，听予至嘱休疑。外缘虽干内忘机。免却前头懊悔。

他曾经写下《巫山一段云·秋阳观作》，在这首词中，词人追忆了少年时期追随师父丘处机游历八荒，甚至到了回纥人居住的大城隍，看到人们从事农桑，还远至沙漠，然后东还，这其实是他西行的一段重要经历。

十九游仙子，随师历八荒。西临回纥大城隍。到处见农桑。　一种灵瓜甚美。赤县几人知味。大千沙界有多般。鹤驾复东还。

这段随师父西行的经历，也更坚定了他将全真教发扬光大的信念，正如他在《无俗念》中所表达的：

天涯海角，任纵横、到处一身闲拓。世事知空风过耳，别有些儿欢乐。玉鼎烹煎，金炉滚沸，炼就丹砂药。服之归去，化身空外飞跃。　是则仙道玄微，凡尘脱去，便得同期约。达理通真功德备，岂在幽居岩壑。四相消磨，三彭遁匿，自是人情薄。全真正教，正大心地无错。

由此可以看出，全真教之所以在元代有那么大的影响力，与丘处机、尹志平等人的努力有着密不可分的关系，这些存词就是他们在道教中不断追寻道旨道义以及生命本我的生动记录和写照。

第三节　张雨与后期道士词

张雨（1283—1350），字伯雨，一名天雨，别号贞居子，钱塘（今浙江杭州）人。二十岁弃家为道士，居茅山，自号句曲外史，曾与张翥游仇远之门。博学多才，他是诗文家、词曲家、书画家。马祖常、杨载等人争与他为友，晚年尤被杨维桢推崇。有诗集《贞居集》（又名《句曲外史集》）七

张雨像

卷，其中词编入《贞居词》行世，存词五十三首。

他的存词多酬和次韵之作，如《苏武慢·至正八年夏和虞道园》：

清露晨流，新桐初引，消受北窗凉晓。经卷薰炉，笔床茶具，长物凭他围绕。老子无情，年光有限，只似木人花鸟。拟凝云、数朵奇峰，曾见汉唐池沼。　　还自笑，待老学蟫鱼，金题玉躞，书里也容身了。阿对泉头，布衣无恙，占断雨苔风篠。独鹤归来，西山缺处，掠过乱鸦林表。舞琴心三叠胎仙，坐到月高山小。

又《贺新郎·戏次仲举韵》：

金屋书中有。为钱塘佳丽，待寻欢偶。记得朝云前日梦，伏事东坡最久。且不是、郡无官守。日日湖中公事了，更成围、妓女随车后。翁两鬓，秃如帚。　　老来莫负簪花手。比佳人难得，灵芝三秀。此夕灯花何太喜，便用买红缠酒。催看个、肩舆迎取。有子平生千万足，看明年、堕地于菟走。挂冠去，学疏受。

又《瑶花慢·赋雪次仇山村韵》：

筛冰为雾，屑玉成尘，借阿姨风力。千岩竞秀，怎一夜、换作连城之璧。先生闭户，怪短日、寒催驹隙。想平沙鸿爪成行，□似醉时书迹。　　未随埋没双尖，便淡扫娥眉，与斗颜色。裁诗白战，驴背上、驮取灞桥吟客。撚须自笑，尽未让、诸峰头白。看洗出宫柳梢头，已借淡黄涂额。

这些词展现了张雨和虞集、张翥、仇远之间的酬赠往来，另外，他和张可久、杨维桢、薛昂夫交情匪浅，在词作中也有反映，如《木兰花慢·龟溪寄张小山》：

问出山小草，谁与伴，五湖游。便忆昔风光，桃花流水，杜若芳洲。来时洞门无锁，倩鹤群、长绕侍仙楼。邂逅小山招隐，依然我辈清流。　　春愁相恋住余不。寒拥敝貂裘。奈雨柳烟花，云帆溪鸟，都在帘钩。眼前自无俗物，动山心、嫌听鹿呦呦。猛把石阑干拍，贾胡知为谁留。

又《殿前欢·杨廉夫席上有赠》：

小吴娃。玉盘仙掌载春霞。后堂绛帐重帘下，谁理琵琶。香山处士家，玉局仙人画。一刻春无价。老夫醉也，乌帽琼华。

其中，《木兰花慢·和马昂夫》在众多酬和之作中自有不俗之气。

想桐君山水，正睡雨，听淋浪。记短棹曾经，烟村晚渡，石磴飞梁。无端故人书尺，便梦中、颠倒我衣裳。此去钓台多少，小山丛桂秋香。　　青苍秀色未渠央。台榭半消亡。拟招隐羊裘，寻盟鸥社，投老渔乡。何时扁舟到手，有一襟、风月待平章。输与浮丘仙伯，九皋声外苍茫。

这首词表现出词人想与马昂夫悠游山水的疏淡情怀，既有道家的淡泊之志，又不像一些释道词人将词作为宣讲教义的工具。

张雨咏物词的艺术价值也比较高，如《摸鱼儿·双莲一朵，为人折去，仲举邀予赋之》：

问凌波、并头私语，夜凉谁共料理。柔情早被鸳鸯妒，怕击水晶如意。香旖旎。待微雨清尘，略为新妆洗。骚辞漫拟。搴水末芙蓉，同心轻绝，未说已先醉。　　空折损，又堕偷香梦里。藕丝不断新脆。吴娃小艇无踪迹，也怪半池萍碎。还略记。是月冷、鸥眠鹭宿曾惊起。高荷恨倚。总回首西风，露盘轻泻，清泪似铅水。

这首《摸鱼儿》是词人应张翥而赋之，与元好问的《摸鱼儿》相比，仅是由双莲被人折去写起，虽没有曲折动人的爱情故事，但也不落俗套，词风清丽隽永，一句"清泪似铅水"写出了词人对双莲被人折去的惋惜之情。

又《宴山亭·赋杨梅》：

鹤顶朱圆，丰肌粟聚，宝叶揉蓝初洗。亲剪翠柯，远赠筠笼，脉脉红泉流齿。骨换丹砂，笑尚带、儒酸风味。谁记。曾问谱西泠，绿阴青子。　　君家几度尊前，摘天上繁星，伴人同醉。纤手素盘，历乱殷红，浮沉半壶脂水。珍果同时，惟醉写、来禽青李。争似。为越女、吴姬染指。

又《东风第一枝·玉簪》：

清泪如铅，绿房迎晓，宝阶低拥云叶。蜻蜓飞上梢头，依前艳香未歇。西窗暗雨，怪帘低、参差凉月。正一丛、深倚琅玕，石上只愁磨折。　　问瑶草、应怜短发。曾醉堕、无声腻滑。羞他金雀钿蝉，高似水仙罗袜。芳心断绝。谁与赠，湘皋琼珧。试折花、掷作银桥，看舞素鸾回雪。

《水调歌头·盆荷》一词亦能自出机杼：

江湖渺何许，归兴浩无边。忽闻数声水调，令我意悠然。莫笑盆池咫尺，移得风烟万顷，来傍小窗前。稀疏淡红翠，特地向人妍。　　华峰头，花十丈，藕如船。那知此中佳趣，别是一壶天。倒挽碧筒醯酒，醉卧绿云深处，云影自田田。梦中呼一叶，散发枕书眠。

张雨情思细腻，他善于观察，敏锐地捕捉到生长于盆中荷花的美，虽然这里的荷花没有生长于风烟万顷的江湖，但是放置窗前的盆荷却有着别样的美，同样让张雨生发出一种江湖之感。"醉卧绿云深处"、"散发枕书眠"的情态，表达出了他追求一种适宜与洒脱的生活状态。

词人曾写过一首《摸鱼儿·和王平轩》，其实就表明了他的人生态度。

看棋枰、一番换局，山中知几朝暮。旧时王谢堂前燕，都付后人怀古。胡琴语。索燕寝凝香，此日天应许。甘回味苦。笑老子痴顽，胸中色线，终为衮衣补。　　投簪去，正有小山丛桂，归来依旧为主。春江剩酿番江渌，门外尽多来屦。高阳侣。惯踏醉狂歌，惊起星河鹭。花枝争舞。语兰玉阶前，秾纤依约，犹染断缣素。

从这首词可以看出，张雨对人生已经达到了彻悟的境界，这也是他选择出家做道士的重要原因。但是和其他释道词人不同的是，他并未远离俗世，能够做到在二者之间往来自如，因此，词在他的笔下不是宣讲教义的工具，而是他抒发情感的重要载体，有一种清雅脱俗之美。

滕宾，即滕斌。据清人顾嗣立《元诗选》三集记载："斌一名宾，字玉霄，黄冈（今湖北省黄冈县）人。或云睢阳人。风流笃厚，见者心醉。往往狂嬉狎酒，韵致可人。其谈笑笔墨，为人传诵，宝爱不替。"[1]至大年间，任翰林学士，出为江西儒学提举，后出家入天台为道士。存词十一首。滕宾填词工整，如《鹊桥仙》：

斜阳一抹，青山数点。万里澄江如练。东风吹落橹声遥，又唤起、寒云一片。　　残鸦古渡，荒鸡村店。渐觉楼头人远。桃花流水小桥东，是那个、柴门半掩。

整首词由远及近，为我们展现出一幅早春二月黄昏时的江南小镇图。词人淡笔勾勒，却自有深远之致。又《齐天乐·与字韵》：

片帆呼渡西山曲，匆匆载将春去。路入苍寒，浪翻红暖，一枕欹眠烟雨。酒朋诗侣。尽醉舞狂歌，气吞吴楚。一样风流，依然犹是晋风度。　　人生如此奇遇。问老天何意，五星来聚。句落瑶毫，香霏宝唾，惊倒世间儿女。渭川云树。怅后夜相思，月明何处。怕有新诗，雁来烦寄与。

而《洞仙歌·送张宗师捧香》一词则别有一番风味。

醉骑黄鹄，飞下红云岛。铁笛吹寒洞天晓。被人间识破，惹起虚名，

---

① 〔清〕顾嗣立：《元诗选》三集，北京：中华书局，1987年，第118页。

惊宇宙，一笑天高月小。　　仙槎人去后，殿上班头，除却洪崖总年少。看天香袖里，散作东风，吹不断、海北天南都到。试容我、从游五陵间，便吹入苍寒，一蓑烟钓。

又《归朝欢》：

画角西风轰万鼓。犹忆元戎谈笑处。铁衣露重剑光寒，海波飞立鱼龙舞。匆匆留不住。万里玉关如掌路。空怅望，夕阳暮霭，人立湾傍渡。　　木落山空人掩户。得似旧时春色否。雁声叫彻楚天低，玉骢嘶入烟云去。无人凭说与。梅花泪老愁如雨。犹记得，颠崖如此，细向席前语。

词人虽是南方人，但这首词却有北方人之豪气。"醉骑黄鹄"、"从游五陵"的壮举，让陈廷焯这位对元词颇为不屑之人在《词则·别调集》中也发出了这样的感叹："词意超迈，笔力苍劲，元人中最铮铮者。"[1] 词人最终选择入道，去过一种"江上绿波烟草"的生活。

---

① 〔清〕陈廷焯：《词则·别调集》卷三，上海：上海古籍出版社，1984 年，第 673 页。

第九章

蒙古色目及域外词人

　　元词的发展和元诗有着密切的联系，元代词人同样也是诗文家，有些也是散曲家。杨镰先生在《元诗史》中专列"蒙古色目诗人"进行专章论述，同样，元代蒙古色目词人也是元代词史上一个非常有特点的群体。其中，比较有名的有萨都剌、马祖常等，还出现了李齐贤这样的域外词人。

第一节　蒙古色目词人

　　按照元朝的国策，将当时统治下的人分为蒙古、色目、汉人和南人。就蒙古、色目人而言，由于元朝统治者在征伐的过程中，随着疆域的扩展不断向南推进，他们汉化的程度也越来越高，出现蒙古逊都思氏（月鲁不花、笃烈图），康里部不忽木家族（不忽木、回回、崾崾），北庭廉氏（廉惇、廉惠山海牙），贯氏（贯云石、贯子素），汪古马氏（马祖常、马世德），这些典型的汉化家族，其中一些人属于双语作家，汉文化程度很高，能够用汉语进行文学创作。在蒙古色目词人中，从留存作品来看，伯颜可为蒙古词人的代表，他文武兼善；色目词人的创作相对较多，比较有名的有贯云石、马祖常等人，他们共同构成了元代词史上的独特存在。

　　耶律楚材（1190—1244），字晋卿，号湛然居士，契丹族，祖籍辽东医巫闾山西麓宜州弘政（今辽宁义县），生长于中都燕京（今北京），是辽国契丹王族后裔。成吉思汗曾征召耶律楚材赴行在，雅重其言，留在行在以备咨询。成吉思汗在西域征战六年，耶律楚材随侍左右，曾久驻河中府。元太宗曾任命其为管汉地文书，汉人尊称其为中书令、中书相公。著有《湛然居士文集》十四卷，存词仅一首，为《鹧鸪天·题七真洞》：

花界倾颓事已迁。浩歌遥望意茫然。江山王气空千劫，桃李春风又一年。　　横翠巘，架寒烟。野花平碧怨啼鹃。不知何限人间梦，并触沉思到酒边。

词人作为契丹王族后裔，经历了金元两朝，虽然得到元朝当政者的重用，但是心中仍然有着自己的隐痛，所以当词人看到七真观倾颓时，有感而发，写下了这首词。词的上阕"江山王气空千劫，桃李春风又一年"感叹朝代之兴替，岁月之流逝，下阕通过写七真观的荒凉，感叹"不知何限人间梦"中的世事无常，有深沉的历史感。词人尽管只留下一首词且体制短小，却写得境界开阔，笔触之中不失细腻豪迈。

耶律铸（1221—1285），字成仲，号双溪，宜州弘政（今辽宁义县）人，契丹族，耶律楚材之子，出生于西域。元宪宗、元世祖时，受到重用。中书二年，任中书左丞相。至元四年改平章政事等职。十九年再任中书左丞相。次年被罢免官职，并抄没一半家产，死后追封懿宁王，谥文忠。有《双溪醉隐集》六卷，存词九首。

在时代鼎革中，他亲眼见证了朝代的更替，于是言辞间有一种历史兴亡之感，如《眼儿媚·醴泉和高斋遇炀帝故宫》：

隔江谁唱后庭花。烟淡月笼沙。水云凝恨，锦帆何事，也到天涯。　　寄声衰柳将烟草，且莫怨年华。东君也是，世间行客，知遇谁家。

这首词首句借晚唐杜牧的诗句起兴，感叹世事人生的变幻无常，并引出朋友未受"知遇"之事。"寄声衰柳将烟草，且莫怨年华"、"东君也是"两句既有对朋友的宽慰之情，也表达了一种乐观豁达的人生态度。又《木兰花慢·丙戌岁，重游永安故宫，遍览太液池、蓬瀛桂窟殿、天香阁，同坐中诸客，感而赋此》：

花枝临太液，解语、入温柔。衔桂窟低迷，天香飘荡，倒影迟留。须知画图难足，更青山环抱帝王州。幻出三千花界，春风吹上木兰舟。　　凤吹绕瀛洲。记水浅蓬莱，尘扬沧海，一醉都休。华胥梦，虽无迹，甚鼎湖、龙去水空流。青鸟不来难问，玉妃几度仙游。

对于前朝的宫人，词人也表达了深切地同情，在时代沧桑巨变之中，她们红颜薄命，尤为可惜可叹，如《忆秦娥·赠前朝宫人琵琶色兰兰》：

恨凝积。佳人薄命尤堪惜。尤堪惜。事如春梦，了无遗迹。　　人生适意无南北。相逢何必曾相识。曾相识。恍疑犹览，内家图籍。

在词的创作上，词人欣赏辛弃疾，当他在阆州得到辛弃疾的乐府全集时，有感于《西江月》"而今何事最相宜，宜醉宜闲宜睡"一句，改为"宜笑宜狂宜醉"，写下《鹊桥仙》：

皇都门外，玄都观里。露井树旁歌意。先生凭甚作生涯，只嘲柳嘲桃嘲李。　　酒龙歌凤，莫相回避。就取逢场戏。且听人劝要推移，更宜笑宜狂宜醉。

又《六国朝令·家园席间作》：

鸣珂绣毂，锦带吴钩。曾雅称、量金结胜游。信人间无点事、可挂心头。须知，不待把闲情酿做闲愁。只恐落高人第二筹。　　歌云容裔，梦雨迟留。殢惯振芳尘，不夜楼。光饰仙春盛迹，点化温柔。索教颓纵惜花人，标傍风流。快入醉乡来，刘醉侯。

"宜笑宜狂宜醉"、"快入醉乡来，刘醉侯"两句，从侧面反映出耶律铸疏放旷达的心胸。

伯颜（1236—1295），蒙古八邻部人，元代著名的政治家、军事家，文韬武略。伯颜奉使入朝后，受忽必烈赏识，拜中书左丞相，后升任同知枢密院事。总帅襄阳元军南下攻宋。至元十三年，正月，宋幼主自临安出降。此后，辅佐元世祖、元成宗，屡立战功。卒后追封淮安王，谥忠武。一生征战之余，写有诗词，存词仅《喜春来》：

金鱼玉带罗襕扣，皁盖朱旛列五侯。山河判断，在俺笔尖头。得意秋，分破帝王忧。

这首小令在首句中通过描写服饰、车马表明了自己身居高位的身份，"山河判断，在俺笔尖头"一句直接写出了词人的自信和霸气，以及试图为皇帝分忧、建功立业的豪情壮志。据明叶子奇《草木子》卷四《谈薮篇》记载，丞相伯颜与元帅张弘范，席上各作一《喜春来》词。"伯颜云……张云：'金妆宝剑藏龙口，玉带红绒挂虎头。绿杨影里骤骅骝。得志秋，名满凤凰楼。'帅才相量，各言其志。"在攻打南宋的过程中，伯颜和张弘范都发挥了重要作用，为元朝统一全国立下了汗马功劳，叶子奇也以"帅才"称之，这首词也表现了伯颜的志向以及他的文韬武略。

拜住，字明善，蒙古族。至正二年进士，至正十年，为奉训大夫、山东东西道肃政廉访使金事，任山东乡试监试官。《词综补遗》卷十七编入拜住《菩萨蛮》，延祐二年任太常院使，元英宗即位，除中书平章政事等职。明英宗被弑，亦被害，拜住年仅二十六岁。谥忠献，改谥文忠。存词一首，为《菩萨蛮·秋千》：

红绳画板柔荑指，东风燕子双双起。夸俊要争高，更将裙系牢。　　牙床和困睡，一任金钗堕。推枕起来迟，纱窗月上时。

这首小令描写细腻生动，将女孩儿玩秋千时的神态刻画得惟妙惟肖，为了将秋千荡得更高，不仅系牢裙子，而且"一任金钗坠"，完全不顾形象，生动地刻画出了元代妇女较宋代少了很多的束缚和限制。

薛昂夫（约1272—1350），本名薛超吾，字昂夫，号九皋，西域回鹘人。家族入居中原，先居河南，又迁往江西南昌。汉姓马，一般称为"马昂夫"或"薛昂夫"。早年师从刘辰翁，曾任江西行省回回令史、建德诸路总管等职。元散曲名家。有《薛昂夫诗集》，未见传本。存词三首，如节序词《最高楼·九日》：

登高懒，且平地过重阳。风雨又何妨。问牛山悲泪又何苦，龙山佳会又何狂。笑渊明，便归去，又何忙。　　也休说、玉堂金马乐。也休说、竹篱茅舍恶。花与酒，一般香。西风莫放秋容老，时时留待客徜徉。便百年，浑是醉，几千场。

这首词词人写于重阳节，尽管有风有雨，但词人的兴致丝毫未减，在有花有酒时节，与朋友畅饮几杯，并且不怕沉醉。又《最高楼·暮春》：

花信紧，二十四番愁。风雨五更头。侵阶苔藓宜罗袜，逗衣梅润试香篝。绿窗闲，人梦觉，鸟声幽。　　按银筝、学弄相思调。写幽情、恨杀知音少。向何处，说风流。一丝杨柳千丝恨，三分春色二分休。落花中，流水里，两悠悠。

这首词将暮春时的惆怅写得柔婉缠绵，在落花流水中显现出词人的细腻情思。暮春时节，花期快要过去，五更时窗外的小雨更是增添了词人对春天即将逝去的伤感之情。空气潮湿，衣服也只能放在熏笼上。一觉醒来，听到窗外鸟儿的啼叫声，更显幽静。词人轻轻抚着银筝，慢慢练习相思曲，只可惜知音太少，心中的愁绪无处诉说。

又《太常引·题朝宗亭督孟博早归》：

冷烟千顷酿寒威。晓霜重、压征衣。休教六花飞。忆尚有、游人未归。　　江空岁晚，故园秋老，行色莫依违。特地为君期。趁南浦、莼鲈正肥。

这首词写出了对友人早归的期盼之情，而且想要告诉他，此时归来正是吃莼菜、鲈鱼的最好时节。虽是一首小令，词人于自然描写中自有清雅之义。

廉惇（约1276—？），字公迈，高昌（今新疆吐鲁番）畏兀人，元史名臣廉希宪第六子。曾任西蜀四川道肃政廉访使、秘书监卿、江西行省参政等职。后长期退居林下，卒，谥文靖。有《廉文靖集》，保存部分内容，存词一首，为《水调歌头·读书岩》：

杜陵佳丽地，千古尽英游。云烟去天尺立，绣阁倚朱楼。碧草荒岩五亩，翠霭丹崖百尺，宇宙为吾留。读书名始起，万古入冥搜。　凤池崇，金谷树，一浮沤。彭殇尔能何许，也欲接余晖。唤起终南灵爽，商略昔时品物，谁劣复谁优。白鹿庐山梦，颉颃天地秋。

廉惇的父亲廉希宪被忽必烈称为"廉孟子"，是一位深受儒家思想影响的色目文人，与当时的文人经常在自家的万柳堂唱酬集会，出镇陕西时，曾建读书堂，藏书两万卷，后廉惇又增加了一万卷，并将此命名为"读书岩"。商琦曾画《读书岩》图，并请刘岳申、元明善作记。在这首词中，词人表达出了建"读书岩"的初衷，希望能与白鹿洞书院相媲美，"颉颃天地秋"。实际上，这一点他们父子做到了，尽管廉惇没有显著的政绩，但是廉氏家族的子弟却遍布全国，在多民族共存的时代背景下对于文化的交流和发展起到了重要作用。

贯云石（1286—1324），本名小云石海涯，号酸斋、疏仙、疏懒野人、芦花道人、西域畏兀人。祖籍高昌回鹘王国柳中城（今新疆鄯善鲁克沁），入中原后，家族定居大都高粱河畔畏兀村（今北京市魏公村），并以北庭为郡望。祖父阿里海涯是元世祖攻占江南的功臣，父亲是贯只哥。他曾拜翰林学士等职，后弃官重返江南，定居钱塘。作为元曲家，词曲兼擅长，贯穿南北，声震朝野，有"马贯音学"美誉，马即马致远，贯即贯云石。存词二首。

定居钱塘之时，他记录下了这里元宵节的热闹场面，如《蝶恋花·钱塘灯夕》：

灯意留人云自列。六市轻帘，斗露钱塘月。十二修鬟流翠结。东风摇落仙肌雪。　浅浅银壶催晓色。兰影香中，总是江南客。去国一场春梦灭。关情不记分吴越。

又《水龙吟·扬州明月楼》：

晚来碧海风沉，满楼明月留人住。璚花香外，玉笙初响，修眉如妒。十二阑干，等闲隔断，人间风雨。望画桥檐影，紫芝尘暖，又唤起、登临趣。　回首西山南浦。问云物、为谁掀舞。关河如此，不须骑鹤，尽堪来去。月落潮平，小衾梦转，已非吾土。且从容对酒，龙香涴茧，写平山赋。

"关情不记分吴越"、"关河如此，不须骑鹤，尽堪来去"写出了南北统一后，人们能够来去自由的状况，这也让贯云石这位西域人，能够有机会走到大都，再由大都走到钱塘，这也是只有身处大一统之后在太平之世才能写出的词句，可惜的是，贯云石享年只有三十九岁。

马祖常（1279—1338），字伯庸，雍古族人，寓居光州（今河南潢川）。延祐二年首科进士，授翰林应奉、监察御史。累迁翰林待制，拜礼部尚书、御史中丞等职。卒，谥文贞。有《石田文集》十五卷，存词一首，为《万年欢·元日应制》：

瑞气祥云，拥龙光五色；绛阙春回析木，天街秀润，日月重辉。圣主垂衣，坐治万国。尽衣冠，朝会鵷行底，济济锵锵，喜瞻仙仗旌旗。　　和风动，洽九垓。听椒花献颂，白兽尊开。采胜辛盘，民物一时康泰。乐府新裁曲谱，凤笙起，彤庭云暖。青晓外，隐隐嵩呼：延祐与天同大。

这首词是应制之作，写于正月初一，词人将皇帝称为"圣主"，认为此时的元朝"民物一时康泰"，最后表达了"延祐与天同大"的赞美之情。延祐二年，元朝重开科举，马祖常成为首科进士，所以，此时的元王朝也更加具有包容性，呈现出一派欣欣向荣的气象，这首词就是对当时社会生活的一种真实反映。

偰玉立（1294—?），字世玉，号止庵（一作止堂），高昌回鹘人，出身世家，家族发祥于蒙古偰辇河，因此以偰为姓，入中原定居南昌，后以溧阳（今属江苏）为籍贯。延祐五年进士，授秘书监著作佐郎等职。生平见欧阳玄《高昌偰氏家传》和陈垣《元西域人华化考》等书中，存词仅一首。

据词人在词序中记载，至正戊子二月朔，即1348年二月初一，词人和戴仲治、刘石卿等人外出游玩，当时"山桃烂漫，烟雨冥濛，恍隔尘世。汲泉煮茗，清话移时"，于是写下《菩萨蛮》：

蒙岩几日桃花雨。依稀流水章桥去。只恐到天台。误通刘阮来。　　　玉堂开绮户。不隔尘寰路。休认避秦人。壶中别有春。

兀颜思忠（1297—?），字子中，女真族。至正元年出任南台御史，历任总管。至正五年，任河南宪副。曾在尉氏县作《水调歌头》，并刊刻在石头上。至正十二年，收复宝庆路。官至淮西宪副，生平见《至正金陵新志》卷六，存词一首。

据词人在《水调歌头》词序中记载，这首词写于至正乙酉冬十二月既望，即1345年腊月十六，词人贺刘耀卿、王敬忠、江朝彦分宪至邑，偶然得到弟弟子敬的家书，以及李仁忠寄来的招隐《水调歌头》，于是倚歌和之，抒发自己的情感。

白云渺何许，目断楚江天。省风大河南北，跋涉几山川。手线征衫尘暗，雁足帛书天阔，恨入短长篇。青镜晓慵看，华发早盈颠。　　叹流光，真逝水，自堪怜。明年屈指半百，勋业愧前贤。霄汉骖鸾无梦，桑梓归耕有计，醉且付高眠。寄谢鹿门老，待我共谈玄。

词人在上阕对收到信件进行了铺叙，点出了早生华发，下阕则感叹时光易逝，想到明年自己即将五十岁，但是却没有建功立业，面对前贤不免惭愧，于是表达了不如归去田园的想法。整首词娓娓道来，最后"寄谢鹿门老，待我共谈玄"一句自有一种旷达之感。

孟昉，字天伟，河西唐兀人，占籍大都（今北京市），一说占籍太原（今属山西）。入国子监，会试不第，辟掾宪司。曾任翰林待制，迁南台御史，行枢密院判官。江淮兵乱，弃官隐居。明初应召至京师。以制作"拟古诗"著称，有《孟待制文集》，生平见《书史会要》卷七，释来复《澹游集》、陈垣《元西域诗人华化考》卷四，存词十三首。

词人的存词《天净沙》是一组关于十二月乐词的组词，非常可贵的是，词人写了引言，阐述了自己对词的看法，从而能够看到元人对词的态度。

凡文章之有韵者，皆可歌也。第时有升降，言有雅俗，调有古今，声有清浊。原其所自，无非发人心之和，非六德之外别有一律吕也。汉魏晋宋之有乐府，人多不能晓。唐始有词，而宋因之，其知之者亦罕见其人焉。今之歌曲比于古词，有名同而言简者，时复亦有与古相同者。此皆世变之所致，非故求异乖，诸古而强合于今也。使今之曲歌于古，犹古之曲也。古之词歌于今，犹今之词也。其所以和人之心，养情性者，奚古今之异哉。先哲有言，今之乐，犹古之乐，不其然欤！尝读李长吉《十二月乐词》，其意新而不蹈袭，句丽而不慆淫。长短不一，音节亦异，旁构冥思，朝涵夕咏，谐五声以拥其腔，和八音以符其调。寻绎日久，竟无所得，遂辍其学，以待知音者出。而余承其教焉，因增损其语，而隐括为《天净沙》。如其首数，不惟于尊席之间，便于宛转之喉，且以发长吉之蕴藉，使不掩其声者，慎勿曰"侮贤者之言"云。

从这段引言可以看出，孟昉对词的认识非常深刻，他首先追述了词的起源，凡是有韵律的文章，都能歌唱，声音有升降，语言有雅俗，声调有古今，声音有清浊，总体而言，都是人们内心情感的一种表达。唐代开始有了词，宋人因袭这一文学形式，如今的歌曲，有的是名字相同语言简单的，有的则与前朝一致，这都是时代变化之后的结果，并不是文人故意求不同的结果。他曾经读过李贺的《十二月乐词》，创意新颖而没有蹈袭别人，长短不一，音节不同，虽努力学习但未得要领，如今终有所获，于是写下了《天净沙》：

上楼迎得春归，暗黄着柳依依。弄野轻寒似水，锦床鸳被。梦回初日迟迟。（正月）

劳劳胡燕酣春，逗烟薇帐生尘。蛾髻佳人瘦损，暖云如困。不堪起舞缃裙。（二月）

夹城曲水飘香，扫蛾云髻新妆。落尽梨化欲赏，不胜惆怅。东风萦损柔肠。（三月）

依微香雨青氛，金塘闲水生蘋。数点残芳堕粉，绿莎轻衬。月明空照黄昏。（四月）

铅华水汲青尊，含风轻毂虚门。舞困腮融汗粉，翠罗香润。鸳鸯扇织回文。（五月）

疏疏拂柳生裁，炎炎红镜初开。暑困天低寡色，火轮飞盖。晖晖日上蓬莱。（六月）

星依云渚溅溅，露零玉液涓涓。宝砌衰兰剪剪，碧天如练。光摇北斗阑干。（七月）

吴姬鬟拥双鸦，玉人梦里归家。风弄虚檐铁马，天高露下。月明丹桂生华。（八月）

鸡鸣晓色珑璁，鸦啼金井梧桐。月坠荃寒露涌，广寒霜重。方池冷悴芙蓉。（九月）

玉壶银箭难倾，缸花凝笑幽明。霜碎虚庭月冷，绣帏人静。夜长鸳梦难成。（十月）

高城回冷严光，白天碎堕琼芳。高饮挝钟日赏，流苏金帐。琐窗睡杀鸳鸯。（十一月）

日光洒洒生红，琼葩碎碎迷空。寒夜漫漫漏永，串销金凤。兽炉香霭春融。（十二月）

七十二候环催，葭灰玉绾重飞。莫道光阴似水，羲和迁辔。金鞭懒着龙媒。（闰月）

同马致远《天净沙·秋思》中枯藤、老树、昏鸦下秋天萧瑟荒凉的意境不同，这组《天净沙》词表现的是深闺女子在四季流转中的情感变化，表达的是对爱人的等待思念之情，情思细腻，辗转柔肠。

第二节　萨都剌与元词

萨都剌是蒙古色目词人中留存词作最多的，尽管他在词创作的数量上不能和诗歌相比，但是所创作词作的艺术成就较高，成为元词中蒙古色目词人的典型代表。

萨都剌（约 1280—1345），字天赐，号直斋，西域答失蛮氏。入居中原后，家族定居在大都附近。曾以"燕山萨天赐"自署。曾授镇江录事司达鲁花赤，历燕南河

萨都剌像

北道廉访司知事等职。晚年寓居杭州。有《萨天锡诗集》《雁门集》等别集传世，存词十六首。

萨都剌关注世事，写了不少怀古词，关于金陵的词作存下来三首，如《满江红·金陵怀古》：

> 六代豪华，春去也、更无消息。空怅望，山川形胜，已非畴昔。王谢堂前双燕子，乌衣巷口曾相识。听夜深、寂寞打孤城，春潮急。　思往事，愁如织。怀故国，空陈迹。但荒烟衰草，乱鸦斜日。玉树歌残秋露冷，胭脂井坏寒螀泣。到如今、惟有蒋山青，秦淮碧。

这首词堪称元代怀古词中的佳作，形象生动地写出了金陵作为古都的沧桑变迁。到如今，多少英雄人物，多少故国往事，都化为历史的风烟而去，惟有青山不老、秦淮长碧，也写出了人在自然面前的渺小之感。

又《酹江月·登凤凰台怀古用前调并韵》：

> 六朝形胜，想绮云楼阁，翠帘如雾。声断玉箫明月底，台上凤凰飞去。天外三山，洲边一鹭，李白题诗处。锦袍安在，淋漓醉墨飞雨。　遥忆王谢功名，人间富贵，散草头朝露。淡淡长空孤鸟没，落日招提铃语。古往今来，人生无定，南北行人路。浩歌一曲，莫辞别酒频注。

词人登上凤凰台，前朝往事涌入心中，在历史的追忆中领悟出人间富贵宛如浮云，于是，发出了"古往今来，人生无定，南北行人路"的慨叹，此时此刻，不如浩歌一曲，畅饮美酒。

又《百字令·登石头城》：

> 石头城上，望天低吴楚，眼空无物。指点六朝形胜地，惟有青山如壁。蔽日旌旗，连云樯橹，白骨纷如雪。一江南北，消磨多少豪杰。　寂寞避暑离宫，东风辇路，芳草年年发。落日无人松径里，鬼火高低明灭。歌舞尊前，繁华镜里，暗换青青发。伤心千古，秦淮一片明月。

　　站在南京城上，词人看到这六朝形胜之地，现在只有青山如旧。曾经的南北分离，让多少人化为白骨，消磨了多少豪杰；曾经热闹的避暑离宫，如今仅有芳草年年生长，落日中鬼火高低明灭，无人问津。伤心千古，只留下秦淮的一片明月。整首词格调凄婉，写出了六朝古都南京的沧桑变化。登苏州姑苏台，词人还写下了《酹江月·姑苏台怀古》，词中运用了吴越之争等大量典故，将往昔的繁华与今日的荒凉进行了对照，更加令人唏嘘感叹。

　　倚空台榭，爱朱阑飞瞰，百花洲渚。云岭回廊香径悄，争似旧时庭户。槛外游丝，水边垂柳，犹学宫腰舞。繁华如梦，登临无限清古。　　果见荒台落日，麋鹿来游，漫尔繁榛莽。忠臣抉目挂东门，可退越家兵伍。空铸干将，终为池沼，掩面归何所。千载遗风，尚听侬歌白苎。

　　又《木兰花慢·彭城怀古》：

　　古徐州形胜，消磨尽、几英雄。想铁甲重瞳，乌骓汗血，玉帐连空。楚歌八千兵散，料梦魂，应不到江东。空有黄河如带，乱山回合云龙。　　汉家陵阙起秋风，禾黍满关中。更戏马台荒，画眉人远，燕子楼空。人生百年如寄，且开怀，一饮尽千钟。回首荒城斜日，倚阑目送飞鸿。

　　这首词是萨都剌在元文宗至顺三年（1332）春三月，从翰林国史院应奉文字，出为江南诸道御史掾史时，路过徐州所作。上阕主要追忆项羽的历史事迹，表达了对他的缅怀之情。下阕则借项羽的失败抒发了自己的感悟，人生百年如白驹过隙，只有开怀饮酒，才能消解眼前的惆怅。"回首荒城斜日，倚阑目送飞鸿"为整首词营造了寂寞、苍凉、悲壮的意境，在怀古咏史中可见词人感情之激烈深沉。

　　多年的仕宦生涯，萨都剌有幸游历了很多地方，并用自己的词记录下来，如《酹江月·过淮阴》：

　　短衣瘦马，望楚天空阔，碧云林杪。野水孤城斜日里，犹忆那回曾到。

古木鸦啼，纸灰风起，飞入淮阴庙。椎牛酾酒，英雄千古谁吊。　　何处漂母荒坟，清明落日，肠断王孙草。鸟尽弓藏成底事，百事不如归好。半夜钟声，五更鸡唱，南北行人老。道傍杨柳，青青春又来了。

　　路过淮阴，词人想到了淮阴侯韩信以及与他有关的故事，想到了"鸟尽弓藏""不如归好"的人生哲理。不管如何，道旁杨柳依依，春天还是如约而至。词人善于通过简单凝练的语言抒发深刻的人生哲理。

　　萨都剌曾到茅山拜访张雨，写下了《酹江月·游句曲茅山》：

　　一壶幽绿，爱松阴满地，蕊珠宫府。老鹤一声霜衬履，隔断人间尘土。月户云窗，石田瑶草，丹鼎飞龙虎。茶蘼花落，东风吹散红雨。　　春透紫髓琼浆，玻璃杯酒，滑泻蔷薇露。前度刘郎重到也，开尽碧桃无数。花外琵琶，柳边莺燕，玉珮摇金缕。三山何在，乘鸾便欲飞去。

　　泊瓜洲之时，词人寄即休上人，写下了《少年游》，表达了对友人的思念之情：

　　风帆飞过海门秋。欲去且迟留。中酒情怀，离人滋味，都付水悠悠。　　沙头帕有燕南雁，还寄尺书不。动别经年，相思两地，无日不登楼。

　　又《水龙吟·赠友》：

　　王郎锦带吴钩，醉骑赤鲤银河去。绛袍弄月，银壶吸酒，锦笺挥兔。秃鬓西风，短篷落月，东吴西楚。怅丹阳郭里，相逢较晚，共剪烛、西窗雨。　　文采风流俊伟，碧纱巾挂珊瑚树。出门万里，掀髯一笑，青山无数。杨子江头，冻沙寒雨，莫天飞鹭。待明朝酒醒金山，过瓜洲渡。

　　在萨都剌的存词中，还有一首题画词，《酹江月·题清溪白云图》：

　　周郎幽趣，占清溪一曲，小桥横渡。溪上红尘飞不到，惟有白云来去。出岫无心，凌江有态，水面鱼吹絮。倚门遥望，钟山一半留住。　　涵影淡荡悠扬，朝朝暮暮，是几番今古。指点昔人行乐地，半是鹭洲鸥渚。映水朱楼，踏歌画舫，寂寞知何处。天涯倦客，几时归钓春雨。

又《少年游·小阑》：

去年人在凤凰池，银烛夜弹丝。沉水香消，梨云梦暖，深院绣帘垂。　　今年冷落江南夜，心事有谁知。杨柳风柔，海棠月淡，独自倚帘时。

通过题画词和小令，词人写出了天涯倦客对归钓春雨的渴望，以及今昔对照后的寂寞冷清之感，这两首词清雅别致，自有一种脱俗清丽之美。他继承了苏、辛清旷雄奇的风格，元张翥题其画像云："词林推为雄伯，而宪府叹为宗工。至其纂组锦绣，吐纳珠玑，才华鹄峙，文采鸾飞。富五车而登屈宋之奥，高八斗而窥班马之微，俾功开手，学美绍前，微论昭代之风雅，非先生其谁与归。"①

作为元诗冠冕的萨都剌，不仅在诗歌创作上取得了极高的成就，而且在词的创作上同样取得了不俗的成绩，不管是长调还是小令，都能在细微处见意蕴；不管是怀古咏史，还是酬赠抒怀，都能于旷达洒脱中见细腻情真，从而抒发他对历史人生的深刻感悟，他的词代表了色目词人较高的艺术成就。

第三节　域外词人

目前留存的元词中，选入了李齐贤和李穀两位高丽词人的作品，他们或因政治原因来到大都，或因其他原因定居这里，都选择了积极的态度融入当时的社会生活。李齐贤在大都、上都与名公交游，李穀还参加了当时的科举考试，同时，在游历做官的过程中，走入名山大川。因而，

---

① 萨镇冰，萨嘉锡修：《雁门萨氏家谱》，北京：北京图书馆出版社，2000年。

他们都有着广阔的视野，并将自己的见闻和感受用词这一形式进行了深入的表达，成为域外词人的代表，也丰富了元词的内涵。

李齐贤（1287—1367），字仲思，别号益斋，又号栎翁，高丽庆州人。年二十八，随高丽忠宣王入元都。在大都、上都与名公游，学识大进。至治二年冬，还京师途中，忠宣王被谮出西蕃，李齐贤往谒。历官门下侍中，封鸡林府院君。至正二十七年卒，年八十一，谥文忠。有《益斋长短句》，存词五十三首。

在《沁园春·将之成都》一词中，词人抒发了自己的身世之感。

堪笑书生，谬算狂谋，所就几何。谓一朝遭遇，云龙风虎，五湖归去，月艇烟蓑。人事多乖，君恩难报，争奈光阴随逝波。缘何事，背乡关万里，又向岷峨。　　幸今天下如家，顾去日无多来日多。好轻裘快马，穷探壮观，驰山走海，总入清哦。安用平生，突黔席暖，空使毛群欺卧驼。休肠断，听阳关第四，倒卷金荷。

词人早年就有文名，本是青年才俊，但命途多坎，背井离乡，随忠宣王来到大都，幸运的是在这里的生活还算不错，自己也很快融入了文人圈，在与名公交游中精进学问。此去成都，虽然山高路远，"毛群欺卧驼"，词人也告诉自己不必断肠，表达了词人乐观旷达的人生态度。

在路途之中，词人写了很多词来记录自己的见闻，过河北新乐县时，写了《鹧鸪天·过新乐县》：

宿雨连明半未晴。跨鞍聊复问前程。野田立鹤何山意，驿柳鸣蜩是处声。　　千古事，百年情。浮云起灭月亏盈。诗成却对青山笑，毕竟功名怎么生。

过陕西，写了《大江东去·过华阴》：

三峰奇绝，尽披露、一掬天悭风物。闻说翰林曾过此，长啸苍松翠壁。八表游神，三杯通道，驴背须如雪。尘埃俗眼，岂知天上人杰。　　犹想居士胸中，倚天千丈气，星虹间发。缥杳仙踪何处问，箭笴天光明灭。安得联翩，云裾霞佩，共散麒麟发。花间玉井，一樽轰醉秋月。

又《蝶恋花·汉武帝茂陵》：

石室天坛封禅了。青鸟含书，细报长生道。宝鼎光沉仙掌倒。茂陵斜日空秋草。　　百岁真同昏与晓。羽化何人，一见蓬莱岛。海上安期今亦老。从教喫尽如瓜枣。

又《水调歌头·过大散关》：

行尽碧溪曲，渐到乱山中。山中白日无色，虎啸谷生风。万仞崩崖叠嶂，千岁枯藤怪树，岚翠自濛濛。我马汗如雨，修径转层空。　　登绝顶，览元化，意难穷。群峰半落天外，灭没度秋鸿。男子平生大志，造物当年真巧，相对孰为雄。老去卧丘壑，说此诧儿童。

又《水调歌头·望华山》：

天地赋奇特，千古壮西州。三峰屹起相对，长剑凛清秋。铁锁高垂翠壁，玉井冷涵银汉，知在五云头。造物可无物，掌迹宛然留。　　记重瞳，崇祀秩，答神休。真诚若契真境，青鸟引丹楼。我欲乘风归去，只恐烟霞深处，幽绝使人愁。一啸蹇驴背，潘阆亦风流。

从这四首词，可以看出李齐贤有着深厚的中华文化积淀，对于与华阴、茂陵、大散关、华山有关的典故非常熟悉，并且能够很好地运用于自己的创作中。词人在词中为这些自然景观赞叹的同时，也为这些地方所蕴含的深厚历史而感叹。尤其到了长安，词人写下了《木兰花慢·长安怀古》，整首词写得气势雄浑，表达出尽管山川景物古今相同，但是兴废之间已是过眼烟云的豪迈之气，写出了深沉的历史沧桑之感。

骚人多感慨，况故国、遇秋风。望千里金城，一区天府，气势清雄。繁华事，无处问，但山川景物古今同。鹤去苍云太白，雁嘶红树新丰。　　夕阳西下水流东。兴废梦魂中。笑弱吐强吞，纵成横破，鸟没长空。争如似、犀首饮，向蜗牛角上任穷通。看取麟台图画，唯余马鬣蒿蓬。

入蜀之后，词人去了马嵬坡、杜甫草堂、司马相如驷马桥，写了《人月圆·马嵬效吴彦高》：

五云绣岭明珠殿，飞燕倚新妆。小輦中有，渔阳胡马，惊破霓裳。　海棠正好，东风无赖，狼藉春光。明眸皓齿，如今何在，空断人肠。

又《洞仙歌·杜子美草堂》：

百花潭上，但荒烟秋草。犹想君家屋乌好。记当年，远道华发归来，妻子冷，短褐天吴颠倒。卜居少尘事，留得囊钱，买酒寻花被春恼。　造物亦何心，枉了贤才，长羁旅、浪生虚老。却不解消磨尽诗名，百代下，令人暗伤怀抱。

在这首词中，词人对杜甫的遭遇深表遗憾与同情，尽管他满腹才华，但是遭逢时代巨变，一生羁旅，孤苦终老，让词人暗伤怀抱。其实，词人之所以能够感同身受，某种程度上和他自己寓居元朝的经历有着密切的关系。整首词格调凄婉，读来令人黯然神伤。

词人还写了三十一首小令《巫山一段云》，有两组潇湘八景：平沙落雁、远浦归帆、潇湘夜雨、洞庭秋月、江暮雪、烟寺暮钟、山市晴岚、渔村落照。如《巫山一段云·潇湘夜雨》：

潮落蒹葭浦，烟沉橘柚洲。黄陵祠下雨声秋。无限古今愁。　漠漠迷渔火，萧萧滞客舟。个中谁与共清幽。唯有一沙鸥。

又《巫山一段云·渔村落照》：

远岫留残照，微波映断霞。竹篱茅舍是渔家。一径傍林斜。　绿岸双双鹭，青山点点鸦。时闻笑语隔芦花，白酒换鱼虾。

词人还写了两组松都八景：紫洞寻僧、青郊送客、北山烟雨、西江风雪、白岳晴云、黄桥晚照、长湍石壁、朴渊瀑布。如《巫山一段云·西江风雪》：

　　过海风凄紧，连云雪杳茫。落花飘絮满江乡。偷放一春狂。　　渔市开门早，征帆入浦忙。酒楼何处咽丝篁。仇杀孟襄阳。

　　又《巫山一段云·黄桥晚照》：

　　隐见溪流转，纵横野垄分。隔林人语远堪闻。村径绿如裙。　　鸢集蜈山树，鸦投鹊岭云。来牛去马更纷纷。城郭日初曛。

　　这些小令写得情致盎然，词中有画，生动地将潇湘八景和松都八景描绘出来，对于一位异域词人而言能有这样生动细致的描绘实属不易，这也使他成为元代词史中的一位重要的高丽词人。

　　李穀（1298—1351），字中父，高丽人。元统元年进士，授翰林检阅。诏天下兴学，李穀捧诏书返回行省。曾授儒林郎。至正元年，返回大都，并留居，曾扈驾上都。至正十一年正月初一卒，赠谥文孝公。所著诗文，结为《稼亭集》二十卷，末卷附元人欧阳玄、谢端、余阙、黄溍、宋本、宋褧、王士点、苏天爵、贡师泰等二十多人的诗文，存词十首。

　　在十首存词中，词人次韵郑仲孚，以《巫山一段云》为词牌写了蔚州八咏，有大和楼、藏春坞、平远阁、望海台、白莲岩、碧波亭、开云浦、隐月峰，如写大和楼：

　　铁骑排江岸，红旗出郭门。遨头来此送宾轩。宾从亦何繁。　　水色摇歌扇，花香扑酒尊。但无过客闹晨昏。淳朴好山村。

　　又《巫山一段云·平远阁》：

　　有客登仙阁，和人棹酒船。宦游不觉到天边。江路草芊芊。　　极浦低红日，孤村起碧烟。离情诗思共悠然。岁月似奔川。

　　词人还写了《浣溪沙·真州新妓名词》：

　　客路春风醉不归。笙歌缓缓夜迟迟。竹西楼迥月参差。　　行乐雅宜无事地，寻访却恨未开时。他年谁折状元枝。

又《南柯子·次平海客舍诗韵》：

古木多寒籁，虚檐剩晚凉。秋声无处不鸣商，况是客程佳节、过重阳。　　诗壁笼纱碧，歌筵舞袖香。官奴已老尚新妆，几见使君遗臭、与流芳。

在这两首词中，词人描写了真州新妓和官奴的形象，"他年谁折状元枝"、"官奴已老尚新妆"两句表达了对她们遭际和命运的同情。李毂的存词全部是小令，不管是写景还是写人，善于在细节中见真情，清雅中不落俗套。

李毂虽是高丽人，但很好地融入了当时的官场和文人圈，不仅有机会扈驾上都，而且和欧阳玄等文人进行切磋交流。在元朝，他的学习与仕宦经历与元朝的诸多文士并无二致，而且受到儒家文化和当时隐逸之风的影响，崇尚礼教，在仕宦生涯中不忘追求陶渊明式的隐居生活，成为域外词人的代表人物。

第十章

元词的终结

元朝是中国历史上疆域最大的王朝，也是中国文学史上诗歌、散文、戏曲和小说四体兼备的时代。此时，南北界限打破，科举制度时废时兴，使元代文人对仕进之路并不是那么执着，他们内心深处始终对陶渊明式的田园隐居生活有着根深蒂固的情结。因此，文人中的游历之风、隐逸之风、雅集之风、题画之风、赏曲之风较为盛行，这也反映在他们词的创作中。但是，统治者由于未能很好地解决当时的社会矛盾，因此，元朝立国不足百年而亡。同时，由于元朝建国时间的短暂，留下的词学理论著作也较少，代表元代词论的有陆辅之的《词旨》。

第一节　元词的余响

1351 年，元廷下诏开黄河故道，于是民不聊生，从而爆发了农民起义，至此，元朝也走入了末期。入明之初，随着高启的腰斩、杨基的被贬以及曾经在元末声名显赫的"北郭十友"的纷纷陨落，元词也逐渐走上了终结之路。尽管有些研究者将高启、杨基列入明代词人，但是，考虑到他们在入明后不到十年就去世这一现状，以及他们主要的创作时间是在元代，所以，谈到元词的终结，自然需要从高启、杨基等人谈起。

高启（1336—1374），字季迪，号槎轩，又号青丘子，吴郡长州（今江苏苏州）人。元末隐居吴淞之青丘，与王行、杨基等十人，以"北郭十友"知名。洪武二年（1369），应诏修《元史》，授翰林院编修。擢户部右侍郎，自称难担此职，辞归，归家授书。因魏观改建府治所作上梁文被腰斩，年仅三十九岁。他与杨基、张羽、徐贲，并称"吴中四杰"，词集为《扣舷集》，存词三十三首。

高启的词多抒怀之作，虽然只有三十多首，但是他通过这些词，不仅表达出他的人生态度和自我追求，也塑造出自己洒脱不羁的文士形象，如《念奴娇·自述》：

策勋万里，笑书生、骨相有谁曾许。壮志平生还自负，羞比纷纷儿女。酒发雄谈，剑增奇气，诗吐惊人语。风云无便，未容黄鹄轻举。　　何事匹马尘埃，东西南北，十载犹羁旅。只恐陈登容易笑，负却故园鸡黍。笛里关山，樽前日月，回首空凝伫。吾今未老，不须清泪如雨。

又《摸鱼儿·自适》：

近年稍谙时事，傍人休笑头缩。赌棋几局输赢注，正似世情翻覆。思算熟。向前去、不如退后无羞辱。三般检束。莫恃微才，莫夸高论，莫趁闲追逐。　　虽都道，富贵人之所欲。天曾付几多福。倘来入手还须做，底用看人眉目。聊自足。见放着、有田可种有书堪读。村醪且漉。这后段行藏，从天发付，何须问龟卜。

在《念奴娇·自述》中，高启将一个才华横溢、颇有抱负的青年人形象刻画了出来，"酒发雄谈，剑增奇气，诗吐惊人语"。元明易代之际的战乱，十年羁旅生活，让这一切发生了变化，然而词人并没有消沉，一句"吾今未老，不须清泪如雨"表现出了他豪迈洒脱的性格，也使这首词有了苏东坡式的几许旷达。到了《摸鱼儿·自适》，词人的心态发生了很大的变化，"近年稍谙时事"，虽然"富贵人之所欲"，但是如今看起来，"有田可种，有书堪读"其实是最好的人生状态。"这后段行藏，从天发付，何须问龟卜"一句表达了词人的人生态度，无须占卜，顺应自然，归于田园。

又《沁园春·寄内兄周思谊》：

忆昔初逢，意气相期，一何壮哉。拟献三千牍，叫开汉阙。蹑一双跻，走上燕台。我劝君酬，君歌我舞，天地疏狂两秀才。惊回首，谩十年风月，四海尘埃。　　摩挲旧剑在苔。叹同掩、横门尽草莱。视黄金百镒，已随手去。素丝几缕，欲上头来。莫厌栖栖，但存耿耿，得失区区何足哀。心惟愿，长对尊中酒满，树上花开。

又《天仙子·怀旧》：

忆共当年游冶伴，爱听秦娥青玉案。琐窗春晓酒初醒，莺也唤、人也唤，不问谁家花惜看。　　旧事那知回首换，画舫空闲杨柳岸。相思日暮隔梁园，山一半、水一半，望眼别肠齐欲断。

在这两首词中，词人不仅生动地写出了和内兄周思谊相逢时的意气相投，宛如"天地疏狂两秀才"，而且也写出了对旧日朋友的怀念以及对共同度过美好时光的追忆。然而，十年的时间，社会动荡，不仅消磨了年少时的壮志，而且"望眼别肠齐欲断"，于是发出"心惟愿，长对尊中酒满，树上花开"的祝愿。由此可见，在时代巨变中，此时高启的心态已经发生了明显的变化。

又《木兰花慢·过城东废第》：

正春来梦好，春忽去，怎留将。早月坠筝楼，尘生戟户，草满球场。美人尽为黄壤。恨温柔、难把作家乡。桃李一番狼藉，燕莺几许凄凉。　　虚言地久天长，回首已斜阳。算只为当年，多些欢乐，少个思量。不见门前系马，有栖鸦、独占垂杨。试问朝来过客，谁人肯为伤悲。

当词人经过城东废弃的宅邸时，看到满是尘土的房屋、长满杂草的球场，想到逝去的美人，不由生出凄凉之感，于是感叹哪里有地久天长，回首只有一抹斜阳。陈霆在《渚山堂词话》卷二中评此词："张士诚据姑苏，凡高门大宅，悉为其权倖所占，计其一时歌钟甲第之富，舆马姬妾之盛，自谓安享乐成，永永无虑。孰知不五六年，烟灭云散，如高季迪之《木兰花慢》所慨是也……盖盛衰不常，物理反复，虽贵侯世戚，且不能保其盈满，况于一时草窃者哉。此足为陆梁者之戒。"①

在元明易代之际，面对纷乱的时局，词人心中的愁绪就像无根的柳絮扫除不断。羁旅之中，秋夜秋雨，让词人的愁思越发难以排解，见月悲伤，逢花懊恼，只有喝酒才能排解这种烦恼，于是，写下《醉江月·遣愁》表达自己的愁思。

问愁何似，似扫除不断，无根狂絮。应是羁怀难着尽，散入江云江树。夜雨心头，秋风鬓脚，总是相寻处。重门虽掩，几曾障得他住。　　难学庐女情肠，江淹庾信，空赋凄凉句。偏要相欺闲里客，端的此情难恕。见月还悲，逢花也恼，对酒方无虑。他来休怕，但教能遣他去。

当词人入明后被召京城，他写下了《倦寻芳·晓鸡》：

唤回好梦，呼起闲愁，何处咿喔。叫得霜飞，早似戍楼海角。征铎车前都已动，朝衣灯下应初着。最匆匆，念帐中惊听，送郎行却。　　问何事、不能缄口，催得人间，许多离索。我厌功名，怕候晓关开钥。但恋五更衾枕暖，不知千里程途恶。且高眠，任窗月，被他啼落。

"我厌功名"反映出词人在经历元明易代的社会大变革后，渴望过一种自由、不受拘束的生活。于是，高启在修完《元史》之后，归隐故乡。然而，洒脱不羁的高启还是因文字获罪于朱元璋，被腰斩于市。

高启留下三首咏物词，其中的两首堪称佳作，如《沁园春·雁》：

木落时来，花发时归，一年又年。记南楼望信，夕阳帘外，西窗惊梦，夜雨灯前。写月书斜，战霜阵整，横破潇湘万里天。风吹断，见两三低去，似落筝弦。　　相呼共宿寒烟。想只在、芦花浅水边。恨呜呜戍角，忽催飞起；悠悠渔火，长照愁眠。陇塞间关，江湖冷落，莫恋遗粮犹在田。须高举、教弋人空慕，云海茫然。

---

① 〔明〕陈霆：《渚山堂词话》，唐圭璋编：《词话丛编》第一册，北京：中华书局，1986年，第368页。

清人陈廷焯在《云韶集》卷十二中认为："此作句句精秀，虽非宋人风格，固自成明代杰作。'横波'七字，精湛而雄秀，真才人之笔。"① 又《疏帘淡月·秋柳》：

残结恨结。是弱舞初阑，困眠才歇。绿少黄多，错认早春时节。西风也送谁离别。断长条、似人攀折。谩思曾见，燕边分翠，马头吹雪。　　君莫问、隋宫汉阙。总寒烟细雨，晓风残月。不带流莺，却带断蝉悲咽。老来肠绪应愁绝。江南横管吹切。莫欺憔悴，明年依旧，万阴成列。

陈廷焯在《云韶集》卷十二中评高启词："青丘词，信笔写去，不留滞于古，别有高境。"② 王国维认为："有明一代，乐府道衰。《写情》《扣舷》，尚有宋元遗响。"③

高启的有些词有时信手拈来，显得太过随意，如《忆秦娥·感叹》：

功名骤，时人笑我真迂缪。真迂缪。不能进取，几年落后。　　一场翻覆难收救，布衣惟我还如旧。还如旧，思量前事，是天成就。

这首词口语化色彩比较浓厚，丧失了词本来的含蓄蕴藉之美，还有"八人少个六人多"这样的句子也很多，在《摸鱼儿·自适》中一连用了三个"莫"字，具有曲化色彩，这也反映出了元代词人中曲化这一共性问题。

洪武七年（1374），除了高启被杀，魏观也被杀，明清以来学者将他们的被杀多归于高启写诗讥讽。魏观（？—1374），字杞山，元末隐居读书，有才学。洪武初，太子读书，后为太常卿、礼部主事，出知苏州府，后以谗被诛。存词三首。

在元末己亥（1359）秋七月初三，魏观谪都昌，将船泊在驿亭，登眺有感，写下《水调歌头》：

---

① 〔清〕陈廷焯:《云韶集》卷十二评语，清代王氏晴霭庐钞本。

② 同上。

③ 王国维:《人间词话·附录》，北京：人民文学出版社，1960年，第255页。

湖光与山色，并作十分秋。驿亭时一登眺，无处著闲愁。渺渺洞庭春渌，郁郁匡庐空翠，吟览复何求。眼底足清赏，赖有明月舟。　慨多士，成远别，思悠悠。班家子弟，珍重休把笔轻投。遮莫石梁茆屋，浑似荒村野店。随分且消忧。公论在天下，泾渭不同流。

从这首词可以看出，对于很早进入朱元璋阵营的魏观而言，他对朱元璋是忠心的，而且"公论在天下，泾渭不同流"一句也表明他不惧谗言，是一个坦荡之人。但是，友人高启《上梁文》中的"龙盘虎踞"和辞官归家的经历也确实刺激到了朱元璋对于和他在元末一争高下的张士诚的敏感神经，这也成为朱元璋迫害江南文人、大兴文字狱的重要开端。

杨基（1326—1378 后），字孟载，号眉庵，祖籍嘉州（今四川乐山），徙居吴中（今江苏吴县）。名列"北郭十子"之中，他与高启、张羽、徐贲，并称"吴中四杰"。入明之前，他曾被张士诚辟为丞相府记室，后辞去，客饶介所。入明之后，他曾任山西按察使，却因谗言被贬，卒于工所。有《眉庵集》十二卷，《全明词》录七十四首，《全明词补编》补录六首，存词共八十首。

杨基的词以复古自许，言称"寓居无聊，未免感时抚事，援填古词，用拨新闷云"，如《贺新郎·句曲闲居春暮》：

风晴树阴薄。正帘栊、杨花飞尽，楝花吹落。一径青苔无人到，翠葆时翻露箨。听树顶长鸣孤鹤。半沼香萍风约住。见新荷、影里双鱼跃。多少恨，顿忘却。　疏狂莫笑今非昨，想当时、狂歌醉舞，转头都错。内苑樱桃纤纤手，劝荐金盘杏酪，梦不到南薰池阁。世事多因忙里误，算人生只有闲中乐。且对酒，任漂泊。

他创作了大量时序词和咏物词，也有题画、祝寿以及羁旅之作。词人在对春、夏、秋、冬四季的描写中抒怀，其中又以春天为主，主题涉及春思、春恨、闺怨等，"春"字在他的词中不断出现，如《多丽·春思》：

问莺花，底事萧索。是东风、酿成细雨，晚来吹满楼阁。辟寒金、再簪宝髻，镇帷屏、重护香幄。杏惜生红，桃缄浅碧，向人憔悴未开。一莩念、惟有淡黄杨柳，摇曳珠箔。凭阑久、春鸿去尽，锦字谁托。　　奈梦里、清歌妙舞，觉来偏更情恶。听高楼、数声羌笛，管多少、残梦梅花惊落。鸳带慵宽，凤鞋懒绣，新晴谁与共行乐。料应在、楚云湘水，深处望黄鹤。不似柳花长，任凭漂泊。

又《青玉案》一词：

五更风雨花如霰。问春在，谁庭院。报到春光浮水面。一双鹈鹕，数茎芹藻，无数桃花片。　　武陵溪上东风怨，空趁渔郎再寻遍。抛弃已同秋后燕。那知别后，飘飘荡荡，这里重相见。

这些词情景交融、意境优美，给人一种轻灵荡漾之感，颇得北宋词人风致。除写春天到来时的情思，杨基还咏叹了春天的诸多物象，如春水、桃花、柳树、黄莺、燕子、柳絮、鸥，如《沁园春·春水》：

巴蜀雪消，湘汉冰融，净无片埃。看风吹皱绿，晴涵杜若，雨添香腻，暖浸莓苔。江涨鱼鳞，溪沈燕尾，赢得沙鸥宿鹭猜。花阴下，见行人待渡，芳意徘徊。　　湖边十二楼台，映多少珠帘影倒开。爱绿醅可染，浦萄新酿，麹尘低醮，杨柳初栽。修禊人归，浣纱女去，犹有余香拂岸来。多情处，汎桃花无数，流出天台。

这首词不仅词采华艳，而且有一股清新之气。"修禊人归，浣纱女去，犹有余香拂岸来。多情处，汎桃花无数，流出天台"一句在平易中余香满口。另外，杨基写秋天的作品也堪称佳作，如《摸鱼儿·感秋》：

问黄花为谁开晚，青青犹绕西圃。秋光赖有芙蓉好，那更薄霜轻雾。江远处，但只见、寒烟衰草山无数。凭栏不语。恨一点飞鸿，数声柔橹，都不带愁去。　　当时梦，空忆邯郸故步。山阳笛里曾赋，黄金散尽英雄老，莫倚善题鹦鹉。君看取。□且信，提携如意樽前舞。浮名浪许。要插柳当门，种桃临水，归老旧游路。

又《念奴娇·壬子重阳感旧》：

今年重九，被闲愁、孤负一番时节。菊蕊青青香未吐，知我无心攀折。紫蟹凝霜，金橙喷雾，旧事凭谁说。故山何处，莫山无限红叶。　　遥想响屧廊西，涵空阁上，水与云相接。回首十年成一梦，却倚西风伤别。料得明年，人虽强健，双鬓都成雪。且须沽酒，与君低问明月。

"壬子"为洪武五年，即 1372 年。虽是重阳佳节，词人却笼罩在闲愁之中，感怀往事，慨叹流年。"旧事凭谁说"、"故山何处"、"回首十年成一梦"透露出词人对往日岁月的追忆之情。《摸鱼儿·感秋》一词，张仲谋据"山阳笛里曾赋"一句推断，写于洪武七年（1374）高启被腰斩之后。

入明之后，杨基在山西按察使任上写了《惜余春慢》，南北气候的差异，引发了词人对故乡和友人的思念。他在题序中写到："初到山西，才中秋，已寒甚，拥蔽裘矣。缅思故乡，正当赏桂问月之期，杳莫可得。然诸友亦多散没，惟止仲在焉。用填词一阕寄之，则乡情旅况，览示何如。"

陇头水涩，秋蝉过塞，雁鸣寒威陟。至恁早，觉袖手懒将开。这气候、偏与中原异，峭砭肌骨，冽脆髭须，江南老实难当御。览高山、何叶不零，那百草归何处。　　记故乡、秋暑方消，金粟飘香，黄花委地。漫携壶，共上著翠微吟盼。白云红树时去，世更无几。南迁北往，番成梦里。到明朝、赢得边雪，霏颠空令抚髀。

除这些时序词外，杨基的咏物词尽管数量不多，但也写得颇具神韵，如《望湘人·咏尘》：

爱轻随马足，深辗绣轮，落花飞絮相和。紫陌春情，东华风暖。拂拂嫩红掀簸。罗袜微生，素衣曾染，闲愁无那。看补巢、燕子衔将，细雨香泥重做。　　谁向花前行过。见金莲踪迹，尚留些个。无处觅佳音，赢得两眉低护锁。茂弘何事，犹携纨扇。却恐西风相污。且归去、绿树阴中，净扫青苔高卧。

又《烛影摇红·咏帘》：

花影重重，乱纹匝地无人卷。有谁惆怅立黄昏，疏映宫妆浅。只有杨花得见。解匆匆、寻方觅便。多情长在，暮雨回廊，夜香庭院。　曾记扬州，红楼十里东风软。腰肢半露玉娉婷，犹恨蓬山远。闲闷如今怎遣。奈草色、青青似剪。且教高揭，放数点春，□一双新燕。

词人将这两个意象细腻传神地表现出来，清新俊逸，颇得咏物之致。在杨基的作品中，还有一首写给妻子的寿词《齐天乐·客中寿婉素》：

华鲸声远莺声早，匆匆瑞烟笼晓。蛾绿添眉，蜂黄点额，楼上妆梳初了。罗轻佩小，向晴日帘栊，暖云池沼。细蒫名香，满斟春酒拜翁媪。　繁华流水东去，又梁园密雪，长干芳草。杨柳东风，梨花淡月，几度梦魂牵绕。佳辰渐好，愿此别归来，会多离少。笑引儿孙，故乡称二老。

这首词是词人客居异乡为妻子婉素而写的一首寿词。杨基曾在苏州、江西、山西等地做官，虽与妻子聚少离多，却一日不曾忘却，"几度梦魂牵绕"。词人希望在以后的日子里与妻子能够在故乡安享天伦之乐。遗憾的是，杨基被谗言所累，卒于工所，年仅四十七岁。杨基还有一首《念奴娇》，更真切地表现出他身处异地对家乡、儿女的那份浓浓的思念之情。

一天风雨，奈无情、误我匆匆行色。龙女祠前三日住，可是东君留客。梦里家山、灯前儿女，几处烟波隔。数茎愁鬓，看来今又添白。　遥想小小宫桃，盈盈墙杏，都被轻寒勒。只有春江如得意，添却蒲萄三尺。莺燕休愁，凫鹥莫笑，行止非人力。明朝西去，布帆高挂晴碧。

同长调和中调比起来，杨基的小令写得纤丽清新，如《清平乐·折柳》：

欺烟困雨，拂拂愁千缕。曾把腰肢羞舞女。赢得轻盈如许。　犹寒未暖时光，将昏渐晓池塘。记取春来杨柳，风流正在轻黄。

又《点绛唇》：

何处飞来，柳梢一点黄金小。弄晴催晓。喉舌如簧巧。　　春梦须臾，正绕江南道。空相恼，被他惊觉。绿遍池塘草。

后世的词论家们也给了杨基较高的评价，朱彝尊在《黑蝶斋诗余序》中认为："词莫善于姜夔，宗之者，张辑、卢祖皋、史达祖、吴文英、蒋捷、王沂孙、张炎、周密、陈允平、张翥、杨基，皆具夔之一体。基之后，得其门者寡矣。"① 田同之认为："明初作手，若杨孟载、高季迪、刘伯温辈，皆温雅纤丽，咀宫含商。"② 冯金伯引胡殿臣语："卧子论廉访诗如三吴少年，轻俊可喜，所乏庄雅。予谓庄雅固诗人首推，清俊实词家至宝。盖诗不庄雅必无风格，词不轻俊必无神韵。况其苍雅幽艳，又有不啻以清俊见者，然则孟载之诗与词，未易同日语矣。"③

杨基的词清新雅洁，在元明过渡之际的词人当中，他是较多保留了宋词清新自然创作风格的一位，所写作品不失自然清俊之美。

贝琼（1314—1379），字廷琚，一名贝阙，崇德人。至正间领乡荐，元末战乱期间，退居殳山。洪武三年，征修元史，洪武六年，除国子监助教，存词十五首。

经历了元明易代之际的战乱，词人的词中多了许多愁绪和伤感，以及面对年华逝去的无可奈何之感，如《风入松》：

踏槐犹记伴儿童，今日总成翁。十年不到西湖路，轻孤负、秋月春风。回首桃花水远，伤心燕子楼空。　　猖条冶叶自西东，何处托流红。繁华梦断愁多少，都分付、鹦鹉杯中。莫问今来古往，倚楼闲送飞鸿。

① 〔清〕朱彝尊：《曝书亭集》卷四十，四部丛刊初编本，上海：上海书店，1989年，第2页。

② 〔清〕田同之：《西圃词说》，唐圭璋编：《词话丛编》第二册，北京：中华书局，1986年，第1454页。

③ 〔清〕冯金伯：《词苑萃编》卷七，唐圭璋编：《词话丛编》第二册，北京：中华书局，1986年，第1918页。

秋去春来，在季节的流转中总能触动词人的情思，如《水龙吟·春思》：

楚天归雁千行，一字不寄相思苦。匆匆过了，踏青时节，更愁风雨。燕子黄昏，海棠春晓，几番凄楚。问谁能为写，重重别恨，算除有江淹赋。　　尚记银屏翠箔，抱琵琶，夜调新谱。芳年易度，沈腰宽尽，白头如许。弱水三山，武林一曲，重寻何处。奈无情，杜宇年年，此日到淮南路。

千行归雁让词人想起了远方思念的人，踏青时节已过，但这种凄楚别恨更加无法排解。芳华易逝，如今白头如许，重寻何处。"奈无情，杜宇年年，此日到淮南路"一句更是将词的意境带入到一种不可言说的愁绪之中。

《应天长·吴仲圭秋江独钓图》则塑造了一位超然物外的独钓者形象。

澄江日落。渺一叶归航，渡口初泊。垂钓何人，不管中流风恶。西山青似削。旷千里、楚乡萧索。问甚处，更有桃源，看花如昨。　　往事总成错。羡范蠡风流，故迹依约。微利虚名，何啻蝇头蜗角。宫袍无意著，但消得、绿蓑青箬。鲈堪斫。明月当天，酒醒还酌。

他的咏物词有《八六子·秋日海棠》：

满空山。乱飘黄叶，花仙特地衢寒。恨薄命萧娘嫁晚，捧心西子妆成，恍然梦闲。　　清明时节曾看，院落早莺犹困，楼台乳燕初还。怅过了，韶华一枝偷绽，拒霜争艳，断霞分彩，空赢得人自先惊老去，天应不放春闲。倚阑干。春风别愁几番。

又《南浦·赋水光山色舟》：

一叶小如凫，趁几番、樵风日日来往。何处最堪看，吴门外，都是白波青嶂。斜阳半歙，采菱尚有莲娃唱。谩载得、前村月归来，人家三两。　　何须万斛黄龙，驾滟预瞿塘，接天风浪。空为利名牵，谁能似，鸱夷散发湖上。秋行更好，镜中新绿东西向。雪寒夜静定，多在萧萧，芦花深放。

入明之初，"北郭十友"、"吴中四杰"纷纷陨落，谢应芳这样的由元入明词人或隐居山林，或潜心学问授徒，或应诏修史，同时，还有些入仕词人在明初继续着自己在新朝的创作，虽然元王朝已经退出了历史舞台，但是元词并没有真正终结，它作为中国词史上的重要环节，明词将在它奠定的基础上继续向前发展，并在时代社会变迁中形成新的时代特色！

第二节　关于元代词论

在中国词学史上，元代就现存词学理论而言，较之宋代和明清两朝而言，明显较少，最具代表性的词学理论著作当属元人陆辅之的《词旨》。

陆辅之（1275—约1350），字行直，青年时师从张炎，其《词旨》为专门阐释和传授张炎词法而作，《词旨》开篇云："夫词亦难言矣，正取近雅，而又不远俗。予从乐笑翁游，深得奥旨制度之法，因从其言，命韶暂作《词旨》。语近而明，法简而要，傻初学易于入室云。"由此可见，陆辅之的词学理论深受老师张炎的影响，同时也是对张炎词学理论的传承。那么，要谈元代的词学理论，就需要从张炎谈起。

张炎（1248—约1320），字叔夏，号玉田，又号乐笑翁，临安（今浙江杭州）人，祖籍秦州成纪（今甘肃天水），张俊六世孙。1276 年，元兵攻破临安，南宋覆灭，张炎祖父张濡被元人磔杀，家财被抄没。后来，家道中落，他曾北游燕赵谋官，但是失意南归，落魄而终。尽管张炎人生中大部分的时间是在元朝度过的，但是后人并没有将他的作品收入元代，而是作为入元南宋遗民词人来看待。他著有《山中白云词》，存词三百零二首，留下词学理论著作《词源》一书。

他的祖父张濡、父亲张枢皆能词善音律，张炎也精通音律，审音拈韵，细致入微，遣词造句，流丽清畅，时有精警之处。其为词主张"清空"、"骚雅"，倾慕周邦彦、姜夔。在宋元时代的变迁中，张炎不仅经历了战乱，更是切身感受到了亲人的离去、家道的中落。入元之后，对于这个新的王朝，他并不排斥，也曾想去实现人生的理想和抱负，却始终没有得到这样的机会。这样一种人生经历，让他在自己的创作中更多地表现出了亡国之痛、沦落之悲，他与宋末著名词人蒋捷、王沂孙、周密并称"宋末四大家"。

他的词学理论著作《词源》，共二卷，保存了有关乐词的丰富资料，此书分为制曲、句法、字面、虚、清空、意趣、用事、咏物、节序、赋情、令曲、杂论等篇章。其论词的最高标准是"意趣高远"、"雅正"、"清空"。他曾经在《词源》卷下谈到写这本书的初衷："余疏陋谫才，昔在先人侍侧，闻杨守斋、毛敏仲、徐南溪诸公商榷音律，尝知绪余，故生平好为词章，用功逾四十年，未见其进。今老矣，嗟古音之寥寥，虑雅词之落落，僭述管见，类列于后，与同志者商略之。"当自己年华老去的时候，张炎看到古音寥寥、雅词落落，于是写下了这本书，不仅是对宋词词学理论的总结，也有着对词这一文体面对的现实问题试图进行匡正的初衷，希望使其回到词的本位。

如果说北方词坛推崇元好问，体现了金元词坛一脉相承的北方风气，元初北方词坛以元好问及追随者为主体，刘秉忠、王旭、姚燧、王恽、白朴、刘因、刘敏中等词人的创作颇具北词风貌，以豪爽高迈为其主导审美倾向，体现了元代北方词人远承苏辛、近取遗山的创作追求。张炎则提倡复雅的理念，体现了南宋清雅词派的词学思想，在他的影响下，仇远、张翥和张雨等人身体力行，力求雅正，对于元代南方词坛乃至整个元词产生了深远的影响。尽管在元词中能够看到以俗语入词的现象，但是因为有了张炎及其后继者对词"雅正"的追求，从而深刻地影响了元词发展的风气和走向，元代南方词坛也得以在元代中后期成为元代词坛的主导。

陆辅之作为张炎的学生，从词学理论方面对张炎的《词源》进行继承，他写下了《词旨》，包括"词说七则"、"属对凡三十八则"、"乐笑翁齐对凡二十三则"、"警句凡九十二则"、"乐笑翁警句凡十三则"、"词眼凡二十六则"、"单字集虚凡三十三字"，提出"务要自然"为纲领的词学理论，他还认为"作词四贵"："命意贵远，用字贵便，造语贵奇，练字贵响。"同时，作词还要重视谋篇布局。

其基本词学观念与《词源》基本一致，试图通过具体技巧手法的传授，为初学者指出一条"雅正"之路。此书创作的初衷是希望能够为那些学词之人提供相应的路径和方法，尽管后人对这本书褒贬不一，总体而言，继承有余，创新不足，但是对于元人延续宋词"清空"、"雅正"之风起到了重要作用，也说明元代词学理论虽然薄弱，但是《词旨》对于宋词理论的传承有着重要的意义，是词学理论史上不可或缺的重要单元。

除此之外，元代的词论还散见于个别文人的论词文章当中，虽然不系统，但是能够反映出元人对于词的认识和评价，有程钜夫的《题晴川乐府》、仇远的《山中白云词序》、刘埙的《词人吴用章传》、赵文的《吴山房乐府序》、吴澄的《戴子容诗词序》《新编乐府序》《张仲美乐府序》《题山南曾叔仁词后》等，如吴澄在《张仲美乐府序》中谈到：

> 风者，民俗之谣；雅者，士大夫之作，故风葩而雅正。后世诗人之诗，往往雅体在而风体亡。道人情思，使听者悠然而感发，犹有风人遗意者，其惟乐府乎？宋诸人所工尚矣。国初太原元裕之以此擅名，近时涿郡卢处道亦有可取。河南张仲美，年与卢相若，而尝同游，韵度酷似之。盖能文能诗，而乐府为尤长。然仲美，正人也，其辞丽以则，而岂丽以淫者之所可同也哉？①

在吴澄看来，"风"是民俗歌谣，"雅"是士大夫之作，后世的诗歌，雅体在而风体亡，但是，总体而言，词要有风人遗意，可道人情思。宋人所作尚"工"，元初元好问以此擅名，河北卢挚亦有可取，河南张仲美与卢挚交好同游，两人风格相似，张仲美的词"丽以则"而"非丽以淫"，即追求雅正，从而达到"风葩而雅正"的境界。其实，这种观点和张炎的词学理论有异曲同工之妙。

还有赵文的《吴山房乐府序》：

> 欧、晏词，知是庆历嘉祐间人语；观周美成词，其为宣和靖康也无

---

① 〔元〕吴澄：《张仲美乐府序》，《全元文》卷四百八十四，第十四册，南京：江苏古籍出版社（今凤凰出版社），2001年，第323页。

疑矣。声音之为世道邪？世道之为声音邪！有不自知其然而然者矣。悲夫！美成号知音律者，宣和之为靖康也，美成其知之乎？"绿芜凋尽台城路"、"渭水西风，长安乱叶"，非佳语也。"凭高眺远"之余，"蟹螯"玉液以自陶写，而终之曰："醉翁山翁，但愁斜照敛。"观此词，国欲缓亡，得乎？渡江后，康伯可未离宣和间一种风气，君子以是知宋之不能复中原也。近世辛幼安，跌荡磊落，犹有中原豪杰之气。而江南言词者，宗美成；中州言词者，宗元遗山；词之优劣未暇论，而风气之异，遂为南北、强弱之占可感已。玉树后庭，花盛陈亡，花间丽情盛唐亡；清真盛宋亡，可畏哉！吾友吴孔瞻所着《乐府》，悲壮磊落，得意处不减幼安、遗山意者，其世道之初乎？天地间能言之士，骎骎欲绝。后此十年，作乐歌，告宗庙，示万世，非老于文学，谁宜为！ ①

在这篇词论中，赵文探讨了词的创作与时代的关系，是"声音之为世道邪"，还是"世道之为声音邪"，意思是词风影响世风，还是世风影响词风。他谈到南北词风的不同，江南言词者，推崇周邦彦，中州言词者，推崇元好问。词的优劣先不必讨论，风气不同，于是也就有了南北词风的不同。在他看来，当花间词兴盛的时候陈灭亡，花间丽情之时唐朝灭亡，周邦彦词兴盛之时宋朝灭亡，由此可见，词风也是世风的一种反映。

这些为词人所作的词序，总体而言，无出张炎词学理论之右，主张合音律，推崇"雅正"之风。在论词者看来，词这种文学样式与时代风气有着密切的关系，文学创作很大程度上是当时社会生活的反映，并且受到时代风气的影响。

---

① 〔元〕赵文:《吴山房乐府序》,《全元文》卷三百三十二，第十册，南京:江苏古籍出版社（今凤凰出版社），2001 年，第 71 页。

参考文献

非词学文献及论著

［1］〔明〕宋濂等.元史［M］.北京：中华书局，1976.

［2］〔清〕张廷玉等.明史［M］.北京：中华书局，1974.

［3］〔元〕陶宗仪.南村辍耕录［M］.北京：中华书局，1959.

［4］〔明〕叶子奇.草木子［M］.北京：中华书局，1959.

［5］〔清〕钱谦益.列朝诗集小传［M］.上海：上海古籍出版社，1983.

［6］〔元〕张可久著，吕薇芬、杨镰校注.张可久集校注［M］.杭州：浙江古籍出版社，1995.

［7］〔明〕高启著，清金檀辑注.高青丘集［M］.上海：上海古籍出版社，1985.

［8］〔明〕刘基著，林家骊点校.刘基集［M］.杭州：浙江古籍出版社，1999.

［9］汪元量著，胡才甫校注.汪元量集校注［M］.杭州：浙江古籍出版社，1999.

［10］邓绍基.元代文学史［M］.北京：人民文学出版社，1991.

［11］杨镰.元诗史［M］.北京：人民文学出版社，2003.

［12］杨镰.元代文学编年史［M］.太原：山西教育出版社，2005.

［13］查洪德.理学背景下的元代文论与诗文［M］.北京：中华书局，2006.

［14］查洪德.元代文学通论［M］.上海：东方出版中心，2019.

［15］幺书仪.元代文人心态［M］.北京：文化艺术出版社，1993.

［16］徐子方.挑战与抉择——元代文人心态史［M］.石家庄：河北教育出版社，2001.

［17］梁归智，周月亮.大俗小雅——元代文化人心迹追踪［M］.保定：河北大学出版社，2001.

［18］查洪德，李军.元代文学文献学［M］.北京：中国社会科学出版社，2002.

［19］陈高华，史卫民. 元大都元上都研究［M］. 北京：中国社会科学出版社，2020.

［20］史卫民. 元代社会生活史［M］. 北京：中国社会科学出版社，1996.

［21］蒙思明. 元代社会阶级制度［M］. 上海：上海世纪出版集团，2006.

［22］李修生等. 全元文［M］. 南京：江苏古籍出版社，1997.

［23］陶秋英编选，虞行校订. 宋金元文论选［M］. 北京：人民文学出版社，1984.

［24］欧阳光. 宋元诗社研究丛稿［M］. 广州：广东高等教育出版社，1996.

［25］方勇. 南宋遗民诗人群体研究［M］. 北京：人民出版社，2000.

［26］傅璇琮，蒋寅. 中国古代文学通论（辽金元卷）［M］. 沈阳：辽宁人民出版社，2005.

［27］陈高华，史卫民. 中国风俗通史（元代卷）［M］. 上海：上海文艺出版社，2001.

［28］徐梓. 元代书院研究［M］. 北京：社会科学文献出版社，2000.

［29］杜哲森. 元代绘画史［M］. 北京：人民美术出版社，2000.

［30］韩璐. 张翥研究［M］. 台北：花木兰文化出版社，2013.

［31］周振鹤. 中国历代文化区域研究［M］. 上海：复旦大学出版社，1997.

［32］邹逸麟. 中国历史人文地理［M］. 北京：科学出版社，2001.

［33］张步天. 中国历史文化地理［M］. 长沙：湖南教育出版社，1993.

［34］张步天. 中国历史地理［M］. 长沙：湖南大学出版社，1988.

［35］陈正祥. 中国文化地理［M］. 北京：生活·读书·新知三联书店，1983.

［36］曹道衡. 南朝文学与北朝文学研究［M］. 南京：江苏古籍出版社，1999.

［37］胡阿祥. 魏晋本土文学地理研究［M］. 南京：南京大学出版社，2001.

［38］李浩. 唐代三大地域文学士族研究［M］. 北京：中华书局，2002.

［39］戴伟华. 地域文化与唐代诗歌［M］. 北京：中华书局，2006.

［40］程民生. 宋代地域文化［M］. 郑州：河南大学出版社，1997.

［41］梅新林. 中国古代文学地理形态与演变［M］. 上海：复旦大学出版社，2006.

［42］陈庆元. 文学：地域的观照［M］. 上海：上海远东出版社，2003.

［43］邱江宁. 元代文人群体的地理分布与文学格局［M］. 北京：中华书局，2021.

［44］梁启超. 饮冰室合集（第二册）［M］. 北京：中华书局，1989.

［45］程千帆.文论十笺［M］.哈尔滨：黑龙江人民出版社，1983.

［46］王水照.王水照自选集［M］.上海：上海教育出版社，2000.

［47］邓乔彬.宋代绘画研究［M］.郑州：河南大学出版社，2006.

［48］柳诒徵.中国文化史［M］.北京：中国大百科全书出版社，1988.

［49］蒋星煜.中国隐士与中国文化［M］.上海：三联书店，1988.

［50］刘海峰，李冰.中国科举史［M］.上海：东方出版中心，2004.

［51］陈建华.中国江浙地区十四至十七世纪社会意识与文学［M］.
上海：学林出版社，1992.

［52］孙正容.朱元璋系年要录［M］.杭州：浙江人民出版社，1983.

［53］陶东风.文体演变及其文化意味［M］.昆明：云南人民出版社，1994.

［54］〔英〕迈克·克朗，杨淑华等.文化地理学［M］.南京：南京大
学出版社，2003.

［55］〔法〕斯达尔夫人，徐继曾.论文学［M］.北京：人民文学出版
社，1986.

词学文献及论著

［56］〔清〕朱彝尊，汪森.词综［M］.上海：上海古籍出版社，1978.

［57］〔清〕王鹏运.四印斋所刻词［M］.上海：上海古籍出版社，1989.

［58］朱祖谋.彊村丛书［M］.上海：上海古籍出版社，1989.

［59］曾昭岷，曹济平，王兆鹏，刘尊明.全唐五代词［M］.北京：
中华书局，1999.

［60］唐圭璋.全宋词［M］.北京：中华书局，1965.

［61］孔繁礼辑.全宋词补辑［M］.北京：中华书局，1981.

［62］唐圭璋.宋词四考［M］.南京：江苏文艺出版社，1959.

［63］唐圭璋.全金元词［M］.北京：中华书局，1979.

［64］杨镰.全元词［M］.北京：中华书局，2019.

［65］饶宗颐初纂，张璋总纂.全明词［M］.北京：中华书局，2004.

［66］周明初，叶晔.全明词补编［M］.杭州：浙江大学出版社，2007.

［67］唐圭璋.词话丛编［M］.北京：中华书局，1986.

［68］施蛰存.词籍序跋萃编［M］.北京：中国社会科学出版社，1994.

［69］王兆鹏.词学史料学［M］.北京：中华书局，2004.

［70］崔海正主编，高峰著.唐五代词研究史稿［M］.济南：齐鲁书
社，2006.

［71］崔海正主编，刘靖渊、崔海正著.北宋词研究史稿［M］.济南：
齐鲁书社，2006.

［72］崔海正主编，邓红梅、侯方元著.南宋词研究史稿［M］.济南：齐鲁书社，2006.

［73］崔海正主编，刘静、刘磊著.金元词研究史稿［M］.济南：齐鲁书社，2006.

［74］王易.词曲史［M］.上海：上海书店，1989.

［75］吴梅.词学通论［M］.上海：华东师范大学出版社，1996.

［76］饶宗颐.词集考［M］.北京：中华书局，1992.

［77］刘扬忠.唐宋词流派史［M］.福州：福建人民出版社，1999.

［78］黄兆汉.金元词史［M］.台北：台湾学生书局，1992.

［79］赵维江.金元词论稿［M］.北京：中国社会科学出版社，2000.

［80］陶然.金元词通论［M］.上海：上海古籍出版社，2001.

［81］丁放.金元词学研究［M］.北京：中国社会科学出版社，2002.

［82］钟陵.金元词纪事会评［M］.合肥：黄山书社，1995.

［83］张仲谋.明词史［M］.北京：人民文学出版社，2002.

［84］尤振中，尤以丁.明词纪事会评［M］.合肥：黄山书社，1995.

［85］方智范等.中国词学批评史［M］.北京：中国社会科学出版社，1994.

［86］谢桃坊.中国词学史［M］.成都：巴蜀书社，1993.

［87］汤涒.敦煌曲子词地域文化研究［M］.上海：上海古籍出版社，2004.

［88］黄杰.宋词与民俗［M］.上海：商务印书馆，2005.

［89］林顺夫.中国抒情传统的转变——姜夔与南宋词［M］.上海：上海古籍出版社，2005.

［90］路成文.宋代咏物词史论［M］.上海：商务印书馆，2005.

［91］许伯卿.宋词题材研究［M］.北京：中华书局，2007.

［92］牛海蓉.元初宋金遗民词人研究［M］.北京：中国社会科学出版社，2007.

［93］朱崇才.词话史［M］.北京：中华书局，2006.

［94］任中敏.词曲通义［M］.上海：商务印书馆，1931.

［95］隋树森.全元散曲［M］.北京：中华书局，1964.

［96］隋树森.元人散曲论丛［M］.济南：齐鲁书社，1986.

［97］赵义山.元散曲通论［M］.上海：上海古籍出版社，2004.

［98］李昌集.中国古代散曲史［M］.上海：华东师范大学出版社，1991.

［99］赵义山.明清散曲史［M］.北京：人民出版社，2007.

后记

在 2023 年的新年即将到来之际，我完成了这部《元词史》的写作。追忆这部书的缘起，还是要从读博时说起，当时导师刘扬忠先生在谈到我的博士论文选题时，他认为我的专业方向是词学，硕士期间主要研究的是元代文学，而且就元词的研究现状而言，《唐宋词史》《明词史》和《清词史》都已出版，就《元词史》而言还没有人去做这样一个选题，然而元词毕竟是中国词史上的重要一环，在词史上同样有着重要的意义，建议我针对这一情况进行博士论文的撰写。令人遗憾的是，我毕业时由于时间的关系和思考不够成熟没有完成这件事情，而是针对元代南方词坛进行了专题研究。

毕业之后，虽然迟迟没有动笔，但是刘老师的谆谆教诲一直言犹在耳，始终未曾忘记，我也无数次在脑海中思考：面对这样一个多民族多元文化共存的大一统时代，该如何去建构他的词学？在今天这样一个时代，当我们重新审视元词时，将它放在词学史的长河中又该如何去评价它？关于元词，唐圭璋先生于 1979 年出版了《全金元词》，这是关于元词研究的开创性成果，2019 年底杨镰先生《全元词》出版，对元词资料又做了进一步的丰富，两位先生无疑为我研究元词提供了大量的词学文献资料，也成为我完成这部书的重要动力来源。

从刘老师给我上课时第一次聊到这个题目，到在中国社会科学院研究生院写的毕业论文只涉及其中部分内容，再到十年后提笔写作完成这本书，一路走来，感谢生命中有幸遇到的这些良师益友。在博士三年的学习中，博导刘扬忠先生对我悉心指导，指引我在学术之路上深耕细作，为我今天能够完成这本书打下了扎实的基础，虽然很遗憾他已经看不到这本书的出版，但是对于我而言依然有着重要的意义。我想告诉老师的是，他指导我的这个重要的选题，学生始终记得并认真完成了它。更重要的是，他在学术上的造诣与风骨告诉我，探索发现的路上，天涯并不遥远，也会永远激励我不问西东，在人生的道路上不断超越自己，并且在人生的每个阶段都成为更好的自己！

师母郑丹和师兄郑永晓在这本书出版的过程中给予我很大的帮助，没有他们的帮助就不会有这本书的出版。从2006年到中国社会科学院研究生院读书相识至今，无论是学业上的困惑，还是其他的事情，但凡遇到问题和困难，师母和师兄总会无私地帮助我，让我永远心存感激！

贾继用师兄作为古典文献专业毕业的博士，擅长书法，对于元代书法绘画有着很深的研究，在本书出版的过程中也给予我极大的帮助。每次和师弟韩璐见面，我们都会交流彼此近期在做的事情。他曾经参加我的博士论文答辩会，在送我他的书《之宾集》时，在扉页上赫然写着"将元词进行到底"，这是对我的提醒，更是对我的督促，让我不敢懈怠。

感谢团结出版社，感谢陈梦霏编辑在本书出版过程中从校对到编排所做的工作，在此过程中付出了大量努力，她力求让这本书以最好的效果呈现在读者面前。

感恩这些人生中美好的遇见，让我始终保持着最初对学术的那份热情，没有放下，更没有放弃。在这本书出版之际，十年时间匆匆而过，尽管完成这部书的时间有些长，但对于我而言，这是对我过去十年的总结和记录。

回首往昔，那些读书求知的岁月在时间的流逝中更显珍贵，也告诉我人生中总要尝试做一些不曾涉足的事情，要勇于去探索未知的领域，这样我们才能抵达心中的地平线。展望明天，愿我们在岁月的流逝中找到自己喜欢的东西，在世界纷繁复杂的变化中依然能够在热爱中去做好它，并在此过程中找到人生的价值和意义，不负走过的岁月，不负逝去的年华，不负年轻时的初心！

如今，书稿即将付梓，虽然受学识水平的限制，书中仍有许多不尽如人意的地方，但是对于元词研究而言，我还是交上了自己这么多年思考后的答卷，希望以自己的微薄之力能为词学研究贡献自己的一份力量。

最后，对于《元词史》写作中存在的不足，敬请方家不吝赐教！

2023年6月6日